Sra.
Poe

LYNN CULLEN

Sra. Poe

Tradução
Maria de Fátima Oliva do Coutto

BERTRAND BRASIL

Rio de Janeiro | 2016

Copyright © 2014 *by* Lynn Cullen

Título original: *Mrs. Poe*

Design de capa: Christopher Sergio

Imagens de capa: Moldura © Luther Holman Hale / Library of Congress Prints & Photographs Division, LC-USZC4-12731; Mulher © Chris Tobin / Digital Vision / Getty Images

Editoração: FA Studio

Texto revisado segundo o novo
Acordo Ortográfico da Língua Portuguesa

2016
Impresso no Brasil
Printed in Brazil

Cip-Brasil. Catalogação na publicação.
Sindicato Nacional dos Editores de Livros, RJ.

C974s	Cullen, Lynn Sra. Poe / Lynn Cullen; tradução Maria de Fátima Oliva do Coutto. — 1. ed. — Rio de Janeiro: Bertrand Brasil, 2016. Tradução de: Mrs. Poe ISBN 978-85-286-1845-7 1. Ficção histórica inglesa. I. Coutto, Maria de Fátima Oliva do. II. Título.
16-29857	CDD: 823 CDU: 821.111-3

Todos os direitos reservados pela:
EDITORA BERTRAND BRASIL LTDA.
Rua Argentina, 171 — 2º andar — São Cristóvão
20921-380 — Rio de Janeiro — RJ
Tel.: (0xx21) 2585-2070 — Fax: (0xx21) 2585-2087

Atendimento e venda direta ao leitor:
mdireto@record.com.br ou (0xx21) 2585-2002

Para Lauren, Megan, e Ali

O Corvo

Edgar Allan Poe

Numa meia-noite cava, quando, exausto, eu meditava
Nuns estranhos, velhos livros de doutrinas ancestrais
E já quase adormecia, percebi que alguém batia
Num soar que mal se ouvia, leve e lesto, em meus portais.
Disse a mim: "É um visitante que ora bate em meus portais;
                             É só isto, e nada mais."

Ah! Tão claro que eu me lembro! Era num frio e atroz dezembro,
E as chamas no chão, morrendo, davam sombras fantasmais.
E eu sonhava logo o alvor e p'ra acabar com a minha dor
Lia em vão, lembrando o amor desta de dons angelicais,
A qual chamam Leonora as legiões angelicais,
                          Mas que aqui não chamam mais.

E um sussurro triste e langue nas cortinas cor de sangue
Assustou-me com tremores nunca vistos tão reais;
E ao meu peito que batia eu mesmo em pé me repetia:
"É somente, em noite fria, um visitante aos meus portais
Que, tardio, pede entrada assim batendo aos meus portais.
                             É só isto, e nada mais."

Neste instante a minha alma fez-se forte e ganhou calma
E "Senhor" disse, "ou Senhora, perdoai, se me aguardais;
Que eu já ia adormecendo quando viestes cá batendo,
Tão de leve assim fazendo, assim fazendo em meus portais,
Que eu pensei que não ouvira" — e abri bem largo os meus portais;
                             Treva intensa, e nada mais.

Longamente a noite olhei e estarrecido me encontrei,
E, assustado, tive sonhos que ninguém sonhou iguais,
Mas total era o deserto e ser nenhum havia perto
Quando um nome, único e certo, sussurrei entre meus ais —
— "Leonora" — esta palavra — e o eco a repôs entre os meus ais.
                                               E isto é tudo, e nada mais.

Para o quarto então volvendo, toda a alma em mim ardendo,
Logo ouvi mais uma vez alguém batendo em tons iguais.
— "Certamente este ruído da janela é que é partido.
Nela irei, e esclarecido então serei destes sinais.
Sorverá o meu coração o desvendar destes sinais. —
                                               Isto é o vento, e nada mais".

A janela abri então, quando, em estranha vibração,
Um altivo Corvo entrou, como os dos tempos ancestrais,
Não me fez um cumprimento, não deteve-se um momento;
Mas com ar de nobre acento pousou sobre os meus umbrais.
                                               Pousou mudo, e nada mais.

E este pássaro noturno fez-me menos taciturno
Com o modo rijo e sério dos seus gestos glaciais.
"Não trazendo embora crista", disse eu, "ninguém avista
Covardia em tua pista, egresso de orlas infernais.
Qual é lá teu nobre nome, lá nas orlas infernais?"
                                               Disse o Corvo: "Nunca mais."

E eu fiquei maravilhado vendo a ave ter falado
Tão correto, embora o senso fosse falho em frases tais;
Mas que todos digam sim a que jamais antes de mim
Viu um homem ave assim entronizada em seus umbrais,
Ave ou bicho sobre o busto que há por sobre os seus umbrais
                                               Se chamando "Nunca mais".

Mas o Corvo empoleirado nada disse além, velado,
Como se coubesse inteiro nessas sílabas fatais.
Nem um gesto então vibrou e pena alguma se agitou,
Minha boca murmurou: —"Por amanhã também te vais,
Como os sonhos e os amigos voaram antes, tu te vais".
　　　　　　　　　　　Disse o Corvo: "Nunca mais."

Pasmo a ouvir esta resposta no silêncio tão bem posta,
Disse: — "Ao certo ele só sabe esta expressão de funerais.
Deve tê-la ouvido um dia de um seu dono que sofria
Com a Desgraça que o seguia e na Miséria onde os seus ais
Foram ruindo e enfim compondo um estribilho feito em ais
　　　　　　　　　　　Que é este "Nunca, nunca mais".

Mas o Corvo novamente fez-me à dor sorrir contente
E sentei-me em frente a ele, olhando o busto em meus umbrais,
E enterrado no veludo somei sonhos, quieto e mudo,
P'ra entender, ligando tudo, o que dos dias ancestrais
Quis tal magra e agra ave negra desses dias ancestrais
　　　　　　　　　　　Ao grasnar-me "Nunca mais".

Por ali fiquei pensando, mas nem sílaba falando
Aos seus olhos me queimando como chamas infernais;
E afundei-me discorrendo, com a cabeça me pendendo,
Na almofada onde ia erguendo a luz cruel sombras triunfais,
No veludo onde ela à luz que me olha em sombras triunfais
　　　　　　　　　　　Não se deita, nunca mais!

Fez-se então o ar mais denso, como cheio de um incenso
Que espalhassem alvos anjos dando passos musicais.
"Infeliz! Por teu lamento Deus te deu o esquecimento."
Disse a mim em pensamento: "Olvida a causa dos teus ais!
Deita logo este nepente em Leonora e nos teus ais!"
　　　　　　　　　　　Disse o Corvo: "Nunca mais."

"Profeta!", eu disse, "Ente mau" — Profeta em ave e obra infernal! –
Que o Demônio ou a tormenta aqui lançou nos meus umbrais,
Nesta casa e este deserto, nesta terra, ainda desperto,
Neste encanto escuro e incerto! Dize a mim, pelos meus ais!
Há um bálsamo em Galaad? Responde a mim, pelos meus ais!"
Disse o Corvo: "Nunca mais."

"Profeta!", eu disse, "Ente mau" — Profeta em ave e obra infernal! –
Pelo Deus que é de nós dois e dorme em sombras eternais,
Dize a esta alma atormentada se no Éden que há além do nada
Há de achar a antiga amada que hoje em sons celestiais
Anjos chamam Leonora, em meio a sons celestiais."
Disse o Corvo: "Nunca mais."

— "Que a esta voz voltes aos ares, ave ou diabo — vai! Não pares!
Volta até", eu gritei de pé, "tuas turvas orlas infernais!
Não me fique pena alguma a te lembrar! Também se suma
A mentira que te esfuma não me reste em meus umbrais!
Tire o bico do meu peito e a forma atroz dos meus umbrais!"
Disse o Corvo: "Nunca mais."

E o Corvo, que não voará, lá ainda está, lá ainda está
No busto branco de Palas, em meu quarto, aos seus portais;
E os seus olhos vão lembrando os de um demônio então sonhando.
E a luz, no chão escoando, lhe ergue a sombra em meus umbrais,
E minha alma desta sombra, que se alonga em meus umbrais
Não há de erguer-se — Nunca mais!

("O Corvo", tradução de Alexei Bueno, em *Cinco séculos de Poesia*, Record, 2013)

Meu primeiro encontro com o poeta foi no hotel Astor House...

O rosto orgulhoso e bonito, cabeça ereta, os olhos escuros fais-cando com a luz eletiva do sentimento e do pensamento, uma incompa-rável e singular mescla de doçura e altivez na expressão e conduta, ele me cumprimentou com calma, gravidade, quase frieza; com tamanha inten-sidade, entretanto, que não pude deixar de sentir-me profundamente im-pressionada. A partir daquele momento, até a sua morte, fomos amigos... Mantive correspondência com o sr. Poe, obedecendo às ardentes súplicas de sua esposa, que imaginava que minha influência sobre ele produzia efeito benéfico e restritivo.

— FRANCES SARGENT OSGOOD, carta a R.W. Griswold, 1850.

Pessoalmente, (a Sra. Osgood) é de estatura média, delgada quase beirando a fragilidade, graciosa tanto em movimento quando em repouso, compleição em geral pálida, cabelos muitos negros e brilhantes; olhos grandes de um cinza claro e luminoso, e com uma singular capacidade de expressão. Em nenhum aspecto pode ser considerada bonita (como o epíteto é compreendido pelo mundo), mas a pergunta "É de fato possível que não o seja" é feita amiúde, e na maioria das vezes pelos que a conhecem de modo mais íntimo.

— EDGAR ALLAN POE, "The Literati of New York City. No. V".
Gody's Lady's Book, Setembro de 1846.

Inverno de 1845

Um

Defrontada com más notícias, a maioria das mulheres de minha posição social pode dar-se ao luxo de desabar no sofá, deixar a xícara de porcelana escorregar entre os dedos e espatifar-se no tapete, o cabelo soltar-se elegantemente dos grampos, e as quatorze anáguas engomadas amassarem em um triturar aveludado. Não sou uma delas. Sou esposa de um homem sempre atarefado pintando retratos de clientes abastados — a maioria, por sinal, mulheres — a ponto de se esquecer de que tem família. Tenho mais em comum com as moças que vagueiam pelas ruas lamacentas de Corlear's Hook, tentando separar os marinheiros de seus dólares, do que com as mulheres da minha classe social, apesar de minha aparência.

Naquela tarde, no escritório do jornal *The Evening Mirror*, o pensamento disparou em minha mente como um cavalo picado por uma vespa. Eu ouvia o editor, sr. George Pope Morris, contar uma piada sobre dois habitantes apalermados de Indiana. Eu sabia que a notícia que o sr. Morris obviamente adiava em me dar não devia ser boa. Mesmo assim, ri encantada com sua piada infantil, quase sufocada pelo miasma criado pelo excesso de perfume da pomada de cabelo, pela cola aberta sobre sua mesa, e pela gaiola de papagaio à minha esquerda necessitando urgentemente de limpeza. Eu esperava suavizá-lo, assim como uma "prostituta" amolece o coração de seus potenciais clientes erguendo a barra da saia.

Investi enquanto o sr. Morris ainda ria às gargalhadas da própria piada. Mostrando dentes escovados com especial cuidado antes de partir para confrontá-lo, após um silêncio de vinte e um dias, eu disse: — Sobre o poema que enviei em janeiro... — Interrompi-me e arregalei os olhos esperançosamente, meu equivalente a levantar a anágua. Se eu queria me tornar independente, precisava de rendimentos.

Nenhum marinheiro observando um par de tornozelos pareceu mais desconfiado do que o sr. George Pope Morris naquele momento, embora poucos marinheiros conseguissem obter o seu sucesso em termos de toalete, sobretudo quanto ao cabelo. Nunca antes tamanho volume de cachos elevou-se de uma cabeça humana sem a ajuda de enchimento. Era como se ele usasse sua cartola como molde. De propósito ou por acidente, uma larga mecha escapou da cabeleira e agora balançava em sua testa como um anzol gelatinoso.

— Quem sabe não se lembra onde o colocou — disse eu em tom desenvolto. Talvez ele preferisse jogar a culpa no sócio. — Talvez esteja com o sr. Willis.

Seu olhar escorregou até meu busto, registrou desapontamento ao ver apenas a capa, e depois subiu bruscamente para o meu rosto.

— Sinto muito, sra. Osgood. Para ser sincero, não é o que estamos buscando.

— Tenho certeza de que suas leitoras gostariam de minhas alusões ao amor nas descrições de flores. O sr. Rufus Griswold foi muito gentil em incluir alguns de meus poemas em sua recente coletânea. Por acaso, ouviu falar do livro?

— Conheço a coletânea de Griswold. Todos a conhecem; ele fez questão de se assegurar disso. Como aquele medíocre fanfarrão obteve tanta autoridade em poesia, nunca saberei.

— Com ameaças de morte?

O sr. Morris riu e apontou o dedo em riste para mim.

— Sra. Osgood!

Rapidamente, antes de perder sua atenção, prossegui: — Meu livro, *The Poetry of Flowers and the Flowers of Poetry*, publicado pelo sr. Harper, vendeu bem.

— Quando foi isso? — perguntou, distraído.

— Faz dois anos. — Na verdade, tinham sido quatro.

— Como imaginei. Ultimamente, flores não vendem. Hoje em dia todo mundo se interessa por histórias que provoquem calafrios. Histórias macabras.

— Como o poema do pássaro do sr. Poe?

Ele assentiu, produzindo o balançar da grande mecha encaracolada e engordurada.

— Na verdade, sim. Nossas vendas dispararam quando publicamos "O Corvo" no final de janeiro. O mesmo aconteceu depois de sua reedição na semana passada. Suspeito que mesmo que tenhamos que reimprimi-lo dez vezes, mesmo assim não será o suficiente. Os leitores andam vorazes como aves de rapina.

— Entendo. — Não entendia. Sim, eu tinha lido o poema. Todos em Nova York o leram desde sua primeira publicação no mês anterior. Mesmo o alemão que vendia jornais no Village o conhecia. Naquela manhã, quando lhe perguntei se tinha a edição atual do *Mirror*, ele respondeu com um sorriso e sotaque "Nonca mas".

Minha melhor amiga, a sra. John Russell Bartlett, integrante do círculo fechado dos literati de Nova York, graças ao marido, um livreiro e editor de uma pequena editora, não sossegava. Vinha tentando usar de ardis para encontrá-lo desde a publicação de "O Corvo". Na verdade, pensei em obter um vislumbre do assombroso sr. Poe no escritório naquela manhã. Ele era editor, bem como colaborador, do *Mirror*.

O sr. Morris pareceu ler a minha mente.

— Evidentemente, nosso querido sr. Poe está saboreando seu sucesso. Vem ameaçando deixar nosso periódico. Onde quer que vá, desejo sorte a quem for obrigado a lidar com seus humores.

— Ele é tão instável? — Ainda esperava adular o sr. Morris, conquistando-lhe a amizade, e assim obter seu reconhecimento.

O sr. Morris fez um gesto como se levasse uma taça à boca.

— Oh. — Fiz uma careta conspiratória.

— Ele é realmente bem desajustado, sabe? Suspeito que não seja apenas desequilibrado, e não só por causa da bebida.

— Que vergonha!

Ele sorriu.

— Ouça, sra. Osgood, a senhora é uma mulher inteligente. Teve certa sorte com suas coleções de histórias infantis. Meus pequenos adoraram "O Gato de Botas". Por que não volta a se dedicar a esse tipo de literatura?

Eu não podia lhe contar o verdadeiro motivo. Dinheiro. Escrever histórias para crianças não pagava as minhas contas.

— Acho importante ampliar o leque de opções — respondi. — Tenho coisas que gostaria de dizer. — O que também era verdade. Por que uma mulher deveria ficar restrita à literatura infantil?

Ele gargalhou.

— Como qual cor traz o rubor das rosas à tez de alguém ou como cuidar da decoração no Natal?

Ri, boa prostituta que sou. Ainda sorrindo, disse:

— Acho que pode surpreender-se com a minha capacidade.

O papagaio palreou. Ele o alimentou com um biscoito retirado do bolso, limpou as mãos na calça, seu olhar realizando a costumeira rotação dos meus olhos para o meu busto e retornando ao rosto. Obriguei-me a manter um ar cordial, embora invadida pela vontade de dar um tapa na mecha encaracolada em sua testa.

Ele franziu o cenho.

— Uma mulher bonita como a senhora não deveria ter de se preocupar com esse tipo de coisa, mas que tal se apresentasse algo tão atual e excitante quanto "O Corvo", mas de um ponto de vista feminino?

— Quer dizer algo lúgubre?

— Isso mesmo — disse, entusiasmando-se com a ideia. — Sim, exatamente — lúgubre. Muito lúgubre. Acho que pode haver mercado para isso. Contos assustadores para mulheres.

— Gostaria que eu fosse uma espécie de sra. Poe?

— Ah! Sim, essa é a ideia.

— Vou ganhar o mesmo que o sr. Poe? — perguntei descaradamente. Tempos desesperados exigem medidas bruscas.

Ele marcou a impropriedade de minha pergunta com uma pausa antes de responder.

— Não paguei nada a Poe, pois ele fazia parte da equipe. Achei que gostaria de ganhar mais que isso.

Embora já invejosa do recente sucesso do sr. Poe, senti uma ponta de comiseração pelo homem. Talvez ele fosse de família abastada, como o sr. Longfellow ou o sr. Bryant, e não necessitasse de dinheiro ou de minha compaixão. De qualquer maneira, ele não era casado com um pintor de retratos namorador.

O sr. Morris me conduziu até a porta.

— O *Mirror* é um jornal popular, sra. Osgood. Não estamos interessados em literatura para eruditos. Traga algo atual e interessante. Algo lúgubre que deixará as leitoras com medo de apagar as velas à noite. Faça isso, e verei o que posso fazer pela senhora. Mas não nos vire as costas quando tiver alcançado o auge do sucesso, como o nosso sr. Poe.

— Eu jamais agiria assim. Prometo.

— Poe é o pior inimigo de si mesmo. Tão logo faz um amigo, transforma-o em antagonista.

— Fico me perguntando o que pode ter acontecido para ter temperamento tão difícil.

Ele deu de ombros. — Por que os lobos mordem? Simplesmente mordem. — Manteve a porta aberta, deixando entrar um vento forte e frio. — Mande lembranças ao sr. Osgood.

— Obrigada — disse. — Farei isso. — Isso se ele porventura se cansasse da atual herdeira e voltasse para casa.

Logo me vi na calçada da Nassau Street, considerando o dia ameno para fevereiro, com neve derretida até os tornozelos. Cavalheiros passavam, envoltos em sobretudos abotoados e com as cabeças cobertas por cartolas. Lançavam olhares curiosos em minha direção, sem saber se eu era uma senhora a quem deviam cumprimentar com um roçar de dedos no chapéu ou uma prostituta que perambulava no santuário secreto deles. Poucas mulheres, de qualquer espécie, aventuravam-se nas vizinhanças do santificado centro de negócios de Nova York — a casa de máquinas que se transformava na maior fábrica de dinheiro no mundo.

Arqueei-me sob o vento fustigante, sempre presente no inverno desta ilha, e virei a esquina para entrar na Ann Street. Um landau se moveu com estrépito, as rodas arremessando neve derretida. Do outro lado da calçada, um porco para engorda fuçava — um dos milhares de porcos nas ruas, quer nos bairros ricos quer nos pobres. A umidade trouxera o cheiro de fumaça a brotar da floresta de chaminés nos tetos bem como o fedor de estrume de cavalo, lixo em decomposição e urina. Dizem que, do mar, os marinheiros podem farejar o cheiro da cidade de Nova York a seis milhas de distância. Não duvido.

Dois curtos quarteirões adiante, ao atravessar a Ann Street, avistei o Barnum's American Museum, com seus estandartes anunciando fraudes tais como a ama-seca da infância do presidente Washington e a sereia das ilhas Fiji, e cheguei ao passeio da Broadway, onde a neve já fora removida. Veículos choviam a cântaros na via pública à minha frente como se uma veia tivesse sido aberta na cidade e sangrasse carruagens nas esburacadas calçadas de pedras. Faziam um ruído ensurdecedor. Os cascos compactos e desordenados dos cavalos de carga batiam na rua enquanto puxavam barulhentas carroças cheias de tonéis. Imponentes carruagens rangiam atrás do som dos cascos de cavalos baios. Cavalos de aluguel chacoalhavam ao lado de ônibus com janelas repletas de olhares atentos. Chicotes estalavam; condutores berravam; cães latiam. No meio de toda essa barulheira, numa sacada do prédio da Barnum, uma orquestra de instrumentos de sopro tocava sem descanso. Era o suficiente para testar a sanidade de alguém.

Agarrando minhas saias, apressei-me através de uma brecha no tráfego considerável. Pousei ofegante do outro lado da rua, onde o hotel Astor House, seis andares de sólida cortesia de granito, repousava, franzindo suas nobres colunas para mim. Parecia ciente de que eu tinha apenas dois centavos na cara bolsa em meu braço.

Há um mês apenas eu era uma de suas mimadas hóspedes. Estava entre os privilegiados que se banhavam em suas banheiras de água corrente quente. Também havia me deleitado lendo perto das luzes a gás e jantado com os ricos e formosos na mesa de hóspedes. Para causar boa impressão, Samuel insistira em reservar quartos no Astor House quando nos mudamos de Londres para Nova York.

Se eu soubesse do desastroso estado de nossas finanças, jamais teria concordado. Mas Samuel achou que sendo eu filha de um abastado comerciante de Boston, não aceitaria menos. Ele nunca conseguira superar a desigualdade de nossos antecedentes, por mais que eu lhe afirmasse que nada disso me importava. Por outro lado, eu tinha superado a diferença no momento em que ele me beijou pela primeira vez. Eu não ligaria se nos mudássemos para uma choupana, desde que passasse a noite nos braços de Samuel Osgood. Samuel, entretanto, nunca acreditou muito nisso. Não há criatura mais orgulhosa do que um homem de origem humilde.

Agora, encurvada contra o vento gelado e sentindo o aperto de minhas botas finas e pontudas e as fisgadas do meu espartilho, caminhei para a agressão dos sentidos que atende pelo nome de Broadway. O imenso turbilhão de trabalhadores e suas bestas ofuscavam os olhos, assim como os abundantes estabelecimentos vivamente pintados com placas que alardeavam DAGUERREÓTIPOS FIÉIS! AS OSTRAS MAIS FRESCAS DO MUNDO! SORVETES DE DAR ÁGUA NA BOCA! LEQUES DA MELHOR QUALIDADE! O fedor das criaturas marítimas apodrecendo misturava-se ao cheiro doce dos perfumes, assim como ao forte odor de carne humana da plebe e ao aroma de tortas assando.

Logo os toldos agitados de vendedores de fumo, comerciantes de miudezas e entrepostos de tecidos deram lugar a mansões com grades de ferro adornado orlando suas fundações como suíças. Apesar de ser o homem mais rico de todos, o sr. Astor, se recusar a ser mudar de seu conjunto de edifícios de pedra na esquina da Broadway com a Prince, a moda entre os novos-ricos, donos de dinheiro recém-cunhado, era se exibir construindo um castelo nas vizinhanças, ao norte da Houston Street. Foi nesse pomposo distrito que eu virei na Bleecker Street, a oeste. Usando botas fabricadas para passear em uma praça bem-cuidada, e não para trilhar um quilômetro e meio nas calçadas de pedras, passei, caminhando penosamente a passos miúdos, por fileiras de mansões de tijolos na Le Roy Place, em muitas das quais eu já havia tomado chá. Perto da antiga casa ostensivamente enorme do escritor James Fenimore Cooper, na Carroll Place, sobre a qual sua esposa gostava de reclamar amiúde e em alto e bom som que era "muito suntuosa para nossos simples gostos franceses", virei à direita e entrei na Laurens Street.

Já vislumbrando o final da rua, acelerei o passo tanto quanto meu maldito espartilho e os pés machucados permitiam. Claudiquei elegantemente diante de uma fileira de estábulos caindo aos pedaços, oficinas de ferreiros e pequenas moradias de madeira usadas pelos que serviam os cidadãos dos palácios ao redor, até no final, a um bloco da Washington Square, chegar à Amity Place, outro enclave do Renascimento Grego — novas residências de quatro andares enjauladas em grades pretas de ferro ornamental. De uma janela do terceiro andar, através de uma forma oval desobstruída do gelo pelo sol, espiavam duas menininhas.

Meu coração se aqueceu. Abri o portão de ferro ornamental, subi o íngreme lance de seis degraus de pedra e abri a porta.

Vinnie, de cinco anos e meio, descia correndo a estreita escada quando entrei no saguão.

— Mamãe, ele comprou seu poema?

— Segure o corrimão! — exclamei.

Atrás dela, minha filha primogênita, Ellen, três anos mais velha do que a irmã e infinitamente mais cautelosa, desceu as escadas de modo mais criterioso.

Vinnie avançou na minha direção. O som de uma queda fez-se ouvir no andar de cima, seguido por um gemido e pela voz exasperada de minha amiga Eliza.

Ellen aterrissou a salvo e esticou os braços para pegar meu capote e meu chapéu.

— Henri está se comportando mal.

Dei uma espiada por cima dela.

— É, estou ouvindo.

— Mamãe — perguntou Vinnie —, o homem comprou seu poema?

— Ele não comprou aquele, mas pediu outros. — Abri minha palma da mão enluvada, na qual repousavam dois dropes de hortelã. Eu os tinha apanhado de um pratinho na mesa do sr. Morris, enquanto esperava sua chegada.

O sorriso de Vinnie revelou um novo arco vazio nas gengivas superiores. Ela enfiou a bala na boca.

Ellen ajeitou meus pertences no braço e apanhou sua bala. Embora ainda não tivesse completado nove anos, já era tão sensata quanto uma senhora da Sociedade da Temperança no Natal.

— A senhora deveria escrever mais histórias para crianças — disse, retirando minhas luvas. — Eles sempre compram suas histórias infantis.

— Estou tentando abrir as minhas asas. O que eu falo sobre pássaros que não abrem as asas?

A bala bateu nos dentes restantes de Vinnie enquanto ela a movia para a bochecha para falar.

— Eles nunca aprendem a voar.

— A senhora não precisa voar, mãe — disse Ellen. — A senhora precisa ganhar dinheiro.

Como ela sabia essas coisas? Na sua idade, eu vestia bonecas de papel. Amaldiçoado seja, Samuel Osgood, por tantas preocupações que estragavam e encurtavam sua infância. Eu podia desfiar todos os tipos de cuidados e consideração do pai em relação a nós, mas ela sempre lograva enxergar a verdade.

— Agora, o que eu preciso é ajudar a sra. Bartlett — disse, animada. — Vinnie, como está seu ouvido?

Ela cautelosamente tocou na orelha de onde brotava um tufo de algodão.

— Dói.

Naquele momento, um menininho num agasalho amarrotado desceu pesadamente a escada, seguido de perto por uma senhora comum, porém distinta e de aparência gentil, da minha idade. Atrás dela, uma bonita criada irlandesa de bochechas vermelhas carregava um bebê.

— Fanny! — berrou Eliza. — Graças a Deus, você voltou. Tenho novidades!

Apesar de morar com Eliza Bartlett e sua família havia vários meses, meu coração ainda inflava de gratidão ao vê-la. Ela e o marido me acolheram quando fui despejada da Astor House. Aparentemente, antes de Samuel levantar acampamento em novembro rumo a pastagens mais exuberantes, deixara de pagar a conta referente aos três meses anteriores. Quando cruzei a soleira da porta de Eliza contando minha humilhante história, ela não emitiu nenhum julgamento; apenas declarou: — Vocês ficam conosco. — Tampouco teceu comentários quando nossas outras amigas perguntaram sobre Samuel. Sentou-se em silêncio e me deixou mentir sobre seu iminente retorno. Salvou-me, portanto, da compaixão de nosso círculo de amigas, que desabaria sobre mim por ser a esposa abandonada de um traste. Eu ganharia a solidariedade delas, mas perderia minha posição e meu orgulho.

Ela tirou o pequenino Johnny do colo da criada.

— Mary, por favor, leve as coisas da sra. Osgood para secar lá em cima e também leve Henry com você. Henry, *obedeça.* — Para mim, ela exclamou: — Meu Deus, você parece congelada. Por que não alugou um carro para voltar para casa?

— Que novidade é essa que tem para me contar?

Ela retirou a mão do pequeno Johnny de dentro de sua blusa.

— O sr. Poe vai aparecer.

— Aqui?

Ela riu.

— Não. A não ser que queira mudar fraldas. Ele vai comparecer à casa de uma jovem chamada Anne Lynch no sábado. E nós, minha querida, fomos convidadas.

Descobri que minha animação para encontrar o renomado escritor intensificou-se pelo fato de ter acabado de ser encorajada a ser sua concorrente.

— Maravilhoso! Nós conhecemos essa srta. Lynch?

Eliza entregou o pequeno Johnny para Vinnıe, que implorava em silêncio com os braços abertos.

— Ela chegou há pouco de Providence, é amiga da família de Russell. Hoje deu uma passada na loja dele e comentou que pretendia começar um salão não apenas para os costumeiros frequentadores de bom-tom, mas para artistas de todos os tipos, ricos ou pobres. Ouso dizer que ela pode ter chances de sucesso depois de ter conquistado Poe.

— Eu gostaria de saber como ela o atraiu.

— Ela pode vir a se arrepender. Ele tem fama de ser terrivelmente implacável. Poe não aprecia *nada.*

Era verdade. Eu tinha lido suas críticas em *The Evening Mirror.* Antes de "O Corvo", ele era mais conhecido nos círculos literários por sua caneta venenosa. Por bons motivos, era chamado de *Tomahawker,* pela alegria em retalhar em pedacinhos seus colegas escritores. Repetidas vezes, destroçou o bom e bem--educado sr. Longfellow com uma selvageria absolutamente sem

25

sentido. Com efeito, eu já me questionara sobre sua sanidade antes mesmo da acusação do sr. Morris, ou ao menos seus motivos para cometer tais abusos.

— O encontro será às sete. Diga que vai comigo. Já falei com ela a seu respeito. — Ela percebeu minha hesitação. — Disse que é poeta.

Bendita seja, Eliza.

— Eu vou, se até lá as meninas estiverem bem de saúde.

Vinnie encaixou o pequeno Johnny no quadril.

— Eu vou estar!

— Então está certo — disse eu, com uma indiferença que não sentia. Se eu me tornasse sua concorrente, em breve também poderia cair em desgraça com o sr. Poe.

Dois

Acordei na manhã seguinte tremendo de frio. Deixei as meninas enroscadas uma na outra debaixo das cobertas em nossa cama, fui até a janela e limpei parte do gelo. A neve caía, alastrando-se por calçadas e ruas, cobrindo os telhados, encimando os corrimões de ferro das escadarias na frente das casas. O entregador de leite passou em um trenó, tanto o chapéu e os ombros quanto a crina de seu cavalo encobertos por cristais de gelo.

Aconchegando-me no penhoar, fui até a lareira, escavei e cutuquei os tições amontoados. Martha, uma das empregadas irlandesas de Eliza, ajudante da cozinheira e da criada, entrou no quarto com um balde de carvão e uma vasilha de água e sussurrou pedidos de desculpas ao ver-me agachada. Estando Marta ocupada em supervisionar o fogo, voltei a imaginar como teria sobrevivido sem a generosidade de seus patrões e para onde iria uma vez cessada a hospitalidade. Em hipótese alguma retornaria para a casa de minha mãe, pois ela nunca superara a decepção por meu casamento com Samuel. A morte de meu pai, no ano seguinte às minhas núpcias, voltara-a ainda mais contra mim; ela culpava seu enfraquecimento de saúde ao golpe causado por minha perda. As portas das casas de minhas irmãs e irmãos estavam igualmente fechadas e sequer eu poderia encontrar abrigo nos braços de outro homem. Pelo menos não de um homem decente, caso me divorciasse de Samuel por abandono. Ninguém queria uma divorciada como esposa. Nem sequer podia dar-me ao luxo de ter um caso. Se me apaixonasse por um homem enquanto ainda casada, Samuel teria o direito legal de ficar com as crianças. Apenas os Bartlett me protegiam da mais profunda pobreza e isolamento.

Quando Martha terminou de prover o fogo e começou a verter água em meu jarro, pensei nas crianças esfarrapadas que vira do lado de fora do pátio de carvão nas redondezas, brigando pelos pedaços que escorregavam das charretes a caminho das entregas. Mesmo quando me imaginava entre eles, batendo numa criança abandonada, vencida pela privação, com o objetivo de conseguir um torrão, via a imagem de meu marido diante de uma aconchegante lareira crepitante, passando geleia no pão tostado, e sua atual amante, jovem, loura e muito rica sorrindo enquanto ele comia um ovo. Algum dia teria nascido um homem mais terrivelmente egoísta do que Samuel Stillman Osgood?

Eu tinha vinte e três anos quando o conheci há dez anos. Ele, vinte e seis. Alto e bonito de um jeito rústico, o rosto encovado. Tinha cabelos e olhos do tom marrom de terra recém-revolvida, as maçãs do rosto altas de um Mohawk, e um nariz forte e reto. Eu o encontrara na galeria de quadros do Athenaeum em minha nativa Boston, onde fora escrever poesia, na esperança de que a arte me inspirasse. Mal sabia que aquele jovem e confiante homem com um punhado de pincéis na mão tumultuaria para sempre a minha vida tranquila.

Ele trabalhava em um cavalete montado diante do famoso retrato de George Washington pintado por Gilbert Stuart. Caminhei quieta a fim de não o perturbar, observando a cópia do retrato quase completa no cavalete. Tinha acabado de passar por ele quando o lápis escorregou do meu caderno e caiu com estrépito no chão de mármore.

Ele ergueu o rosto.

— Desculpa — sussurrei.

Ele apanhou meu lápis e o entregou com um galante floreio.

— Madame.

Senti o calor subir pelo pescoço. Ele era bonito demais.

— Obrigada. Peço desculpas por interromper. — Dei-lhe as costas.

— Não vá embora.

Detive-me.

Ele sorriu.

— Por favor, sua opinião me poderia ser útil.

— A minha?

— O sr. Washington parece estar escondendo um segredo?

Espiei o retrato tantas vezes visto que chegava a ponto de ignorá-lo. Os olhos pareciam cautelosos. Apenas o leve traço de um sorriso animava os lábios cerrados do presidente. Era o rosto de um homem sob rigoroso autocontrole. Assustada, perguntei-me o quanto conhecíamos aquele homem tão famoso.

— E está?

— Está. Sabe qual é? — Ele inclinou-se para a frente. Quando me aproximei, sussurrou. — Seus dentes são ruins.

Sufoquei uma risada.

— Não! — sussurrei de volta.

— Shhh. — Ele fingiu esquadrinhar a sala em busca de bisbilhoteiros. — Dizem que, mesmo na juventude, sentia tamanho constrangimento por causa dos dentes que raramente sorria, embora fosse um mulherengo, acredite ou não.

— O marido da Velha Martha?

Ele colocou as mãos nos quadris num protesto zombeteiro.

— Pois fique sabendo que "o marido da Velha Martha", quando era jovem, tinha uma amante em Mount Vernon, do outro lado do Potomac. A melhor amiga da esposa.

— Talvez Martha é que não tivesse motivos para sorrir.

Ele deu uma gargalhada, e eu me achei espirituosa.

— Poderia supor isso, mas, para sua informação, a Velha Martha era louca por ele. Todas as mulheres eram. Elas brigavam para ser seu par nas danças e acotovelavam-se na fila para apertar a mão dele nas recepções.

— Mesmo sem ele sorrir?

— Talvez por isso. As mulheres adoram homens misteriosos, taciturnos.

— Eu não.

Ele riu.

— Sorte sua. Então, talvez não fique muito decepcionada ao saber que o motivo do vistoso George estar emburrado na época desse quadro era por não lhe restar um único dente na boca.

— Pobre George.

— De fato, pobre George. Sua nova dentadura era um terror. Parece que seu dentista nunca conseguiu imprimir a curvatura nas articulações para encaixar a dentadura.

— Ai! — Estendi a mão. — Entendo que seja uma autoridade no sr. Washington e em odontologia, senhor...?

Ele deu um amável puxão na minha mão enluvada.

— Osgood, Samuel Osgood. E a senhorita é...?

— Frances Locke.

— Prazer em conhecê-la, srta. Locke. Para ser sincero, na verdade não sou especialista nem no sr. Washington nem em seus dentes ou mesmo em suas amantes. Fiz um pouco de pesquisa porque precisava saber o motivo de seu queixo parecer tão disforme no retrato de Stuart. — Ele lançou ao retrato original uma olhada carinhosa. — Stuart não teria pintado esse sorriso embaraçado no rosto de Washington a não ser que ele estivesse realmente embaraçado. Caso não tenha percebido, Gilbert Stuart é meu herói.

Estudei sua reprodução do quadro de Stuart.

— Sua cópia é perfeita.

— Provavelmente deve estar se perguntando se posso pintar originais e também cópias de mestres.

— Não — protestei com uma risada, embora fosse exatamente o que eu pensava.

— Pode me emprestar, por favor, seu caderno de notas e o lápis?

Entreguei-os. Ele estudou meu rosto como se eu fosse uma estátua ou um quadro, e não uma mulher de carne e osso. Então, quando retrocedi sob seu escrutínio, ele ergueu meu lápis, tirou a medida de meus traços e fez algumas marcações antes de começar a desenhar rapidamente. No tempo que se leva para pentear e fazer uma trança para dormir, ele terminou o esboço e virou meu caderno de notas para mim. Era uma perfeita e rápida imagem feita a lápis, reproduzindo, inclusive, a expressão cética de meu olhar.

— Realmente pareço tão cética?

Ele apenas sorriu.

— Preciso mostrar isso à minha família. Eles me acusam de ser excessivamente impetuosa, mas *não* considero impetuosidade, e sim sensatez e praticidade, levar para casa um cachorro desgarrado ou alimentar os gatos andando a esmo no beco ou dar minha mesada aos órfãos. Na verdade, tenho dúvidas todo o tempo. Qualquer pessoa pensante tem. Cada pergunta dá margem a muitos pontos de vista.

— A senhorita deve enfrentar problemas com a igreja.

Correspondi ao seu sorriso largo.

— E, às vezes, sr. Osgood, deve-se simplesmente não se preocupar com nada.

Seu olhar suavizou.

— Acredito — disse após um instante —, que esses são os momentos mais felizes.

Sorríamos um para o outro.

Ele curvou-se.

— Permitiria que eu a pintasse, srta. Locke? Seria uma grande honra. — Devo ter parecido desconfiada de suas intenções, pois acrescentou: — Eu o faria aqui mesmo. Os bibliotecários podem servir de damas de companhia.

— Confio no senhor.

— A grande cética? Sinto-me lisonjeado.

Nós dois rimos. Combinamos um encontro no mesmo lugar, no dia seguinte. Antes de terminar meu retrato, já tinha me pedido em casamento. Em um mês nos casamos, a despeito das zelosas objeções de meus pais. Achei que eles mudariam de ideia e entenderiam seu real valor apesar de seu livro-caixa negativo, mas nunca o fizeram. O amor não era tudo para eles, como era para mim. Meu pai me cortou do testamento. Minha mãe recusou-se a me ver. De tão inebriada de amor, não me importei. Antes do final de nossa lua de mel, eu já estava grávida.

No oitavo mês de minha primeira gravidez, quando ainda morávamos na Inglaterra para que Samuel pudesse pintar a nata da sociedade britânica, aprendi o motivo de sua popularidade com as minhas companheiras de sexo; ele deitava com elas com o mesmo entusiasmo com que as pintava. Descobri que eu era apenas uma de muitas, embora, até onde sei, e para o bem de minhas filhas, espero, eu fosse a única com quem se casara. Ele alegou que eu era tão linda que precisava me possuir — uma honra questionável.

As meninas acordaram. Após uma rápida ablução na bacia, estavam vestidas, enroladas em mantas e instaladas à mesa da sala de família, no porão de Eliza, com seus livros depois de terem tomado o desjejum. Nada de escola naquele dia, pois o ouvido de Vinnie ainda purgava e a gripe de Ellen não melhorara.

Eliza saíra para visitar uma amiga doente, os filhos mais moços estavam no andar de cima sob os cuidados da empregada. O sr. Bartlett encontrava-se na pequena livraria que administrava no Astor House — sua maneira de saciar a própria mania pelo mundo da escrita. Minhas meninas e eu tínhamos a aconchegante sala de teto baixo só para nós, ao som caseiro do bater de panelas ouvido através da parede adjacente à cozinha. Olhando pelas janelas do porão, que de tão cobertas de gelo apenas revelavam um indistinto relance das pernas de calças e saias dos passantes na calçada, peguei uma cópia de *The American Review* e a escancarei para a minha aula do dia: "O Corvo". Tamborilando o dedo para acompanhar o ritmo, recitei em silêncio os versos.

Mal começara a ler o poema, resmunguei: — Que trapaça! É só um jogo de palavras. — Em voz alta, li:

Mas o Corvo empoleirado nada disse além, velado,
Como se coubesse inteiro nessas sílabas fatais.
Nem um gesto então vibrou e pena alguma se agitou,
Minha boca murmurou: —"Por amanhã também te vais,
Como os sonhos e os amigos voaram antes, tu te vais"
Disse o Corvo: "Nunca mais."
Pasmo a ouvir esta resposta no silêncio tão bem posta,
Disse: — "Ao certo ele só sabe esta expressão de funerais.
Deve tê-la ouvido um dia de um seu dono que sofria
Com a Desgraça que o seguia e na Miséria onde os seus ais
Foram ruindo e enfim compondo um estribilho feito em ais
Que é este "Nunca, nunca mais".

Parei ao perceber que as meninas prestavam atenção.

— Está escrevendo um poema novo? — perguntou Vinnie.

— Não, esse é do sr. Edgar Poe.

— Leia todo o poema para nós.

— A senhora não deveria estar escrevendo um poema? — perguntou Ellen.

— Sim — respondi. — Deveria. Voltem ao trabalho. Se puderem retornar à escola amanhã, não vão querer ficar para trás.

Comecei de novo, do começo, com a esperança de compreender como essa composição tola havia capturado a imaginação do público leitor. Cheguei ao verso seguinte:

Mas o Corvo novamente fez-me à dor sorrir contente
E sentei-me em frente a ele, olhando o busto em meus umbrais,
E enterrado no veludo somei sonhos, quieto e mudo,
P'ra entender, ligando tudo, o que dos dias ancestrais
Quis tal magra e agra ave negra desses dias ancestrais
Ao grasnar-me "Nunca mais".

— É isso. — Larguei a revista.

— O que, mamãe? — perguntou Vinnie.

— Essa tola aliteração — clangor, clamor, claudicante.

O rosto de Ellen estava sério como o de um juiz no tribunal.

— A senhora quer dizer que é teatral, terrível e tenebroso?

Assenti. — Repulsivo repelente rebotalho.

Vinnie deu um pulo, arrastando os xales tal uma múmia arrasta as ataduras.

— Não, é fedor, comedor de cocô!

— Não seja grosseira, Vinnie — disse eu.

As meninas se entreolharam.

Fechei a cara. — É puro excremento, exasperante e excruciante.

— Mamãe — disse Ellen esbaforida.

— O que isso quer dizer? — berrou Vinnie.

Ellen lhe explicou. E uma torrente de ofensas aliterativas desatrelou-se do poema do sr. Poe. As meninas ainda trocavam insultos ultrajantes quanto tomei do papel e da caneta e destampei o tinteiro. Brincadeira não enche carteira.

Algo novo, tinha pedido o sr. Morris. *Algo divertido. Algo lúgubre que deixe as leitoras com medo de apagar as velas à noite.*

Posto que eu me esforçasse, com duas mininhas dando risadinhas à mesa, nenhum tema assustador me viria à mente, embora a precariedade de nosso bem-estar fosse verdadeiramente aterradora. Do abandono de Samuel eu conheci o medo da penúria. Conheci em primeira mão a angústia e o desespero, e como eles logo se convertem em fúria. Mas ainda não me encontrara cara a cara com a absoluta malevolência, com o lado sombrio e maligno da humanidade acostumada ao sofrimento dos outros. Faz-se mister saber isso quando se deve escrever algo realmente arrepiante. Mas com isso eu só me defrontaria mais tarde.

Três

As lâmpadas de gás tremeluziram nos candeeiros da sala de visitas dupla da srta. Anne Charlotte Lynch, em Waverly Place, banhando os rostos inteligentes dos convidados de um laranja pálido. Reconheci muitos dos costumeiros membros do grupo literário de Nova York, mas havia outros: uma poeta da Boêmia com argolas de cigana e túnica folgada; o idoso sr. Audubon em seu terno de camurça; um tal de sr. Walter Whitman que, beligerante, usava sobrecasaca com abas compridas e babados de eras passadas. Ao contrário dos esmerados acepipes servidos nos demais salões, a srta. Lynch alimentava esse grupo diversificado de modo simples: biscoitos amanteigados e pequenas porções de sorvete italiano, regados a chá. Não havia criadas para nos servir — ali todos se encontravam no mesmo pé de igualdade —, nem entretenimento planejado. Tudo que se oferecia era discussão e encorajamento para a leitura de curtos trechos ou para tocar composições recentes. Ideias eram o ponto forte, insistia a srta. Lynch. Ela mesma se vestia como se estivesse arrumada para dar aula, sua ocupação durante o dia na Brooklyn Academy for Young Ladies. De fato, esse modesto ambiente de seriedade intelectual, não contaminado pela crassa influência do dinheiro, seria totalmente verossímil — se não houvesse uma grande quantidade de elegantes carruagens esperando do lado de fora numa fila que chegava à Washington Square. Mas a ilusão era agradável.

Agora, uma hora decorrida desde o início do evento, tomei meu chá, observando sempre que um recém-chegado entrava no aposento iluminado de laranja. Como todos os demais, eu aguardava a iminente chegada do sr. Poe. Ele trazia os literati de Nova York sob seu jugo. Apesar de as discussões ouvidas naquela noite terem abordado, *inicialmente*, os cortiços desumanamente abarrotadas de Five Points, onde imigrantes irlandeses eram amontoados — três famílias em um aposento imundo desprovido de janelas —, ou o crescente problema de traficantes de escravos que capturavam homens negros livres nas ruas de Nova York e os vendia para cativeiro nos mercados de Baltimore e Richmond, ou a contínua remoção, pelo Departamento de Guerra, dos índios das planícies que lhes pertenciam por direito, cedo ou tarde, a conversa voltava a girar sobre Poe.

— Sabem que ele se casou com a prima em primeiro grau de treze anos? — disse Margaret Fuller, dirigindo-se ao grupo perto do qual passei. — Pelo que sei, já estão casados há dez anos. — Além de ser crítica literária do *New York Tribune,* do sr. Greeley, a mulher mais lida na Nova Inglaterra, e uma das poucas na América a sustentar-se com seus escritos, a srta. Fuller era especialista nos índios dos Grandes Lagos. Nessa noite, ela usava um peitilho potawatomi de ossos por cima do corpete de sarja de lã. De fato, com seu nariz aquilino e penetrantes olhos negros, seu rosto se assemelhava a uma machadinha de guerra dos índios.

Helen Fiske, que não devia ter mais de quinze anos de idade, cabelos cor de ovo, e tão frágil quanto a srta. Fuller era dura, disse:

— Talvez todas as sulistas se casem cedo.

A srta. Fiske foi rapidamente atacada por todos os lados por seu desconhecimento dos sulistas, que eram exatamente como nós só um bocadinho mais antiquados. A verdade inconfessa era que os nova-iorquinos consideravam todos um bocadinho — bem mais do que um bocadinho — mais antiquados, se comparados com eles mesmos.

O sr. Greeley, também presente, ergueu a chávena de chá. As unhas de seus dedos grossos viviam permanentemente manchadas de tinta de impressão, embora, como editor do *Tribune*, seus dias de encaixar tipos tivessem ficado há tempos para trás.

— Vou lhes contar de uma nova moda que julgo absurda: essa noção de Amor Livre. Alegam que "o amor espiritual sagrado" é mais importante que o casamento legal — eu lhes desejo sorte.

— Fique quieto — disse a srta. Fuller —, o sr. Andrews pode ouvir.

Os participantes da pequena roda olharam na direção da lareira, onde a srta. Lynch e o fundador do movimento do Amor Livre, o sr. Stephen Pearl Andrews, conversavam com expressão séria.

— Além do mais — disse a srta. Fuller —, não tenho certeza se Andrews está totalmente enganado.

— Margaret, não me diga que é uma das partidárias do amor livre — disse o sr. Greeley com um sorriso ambíguo.

— Não, mas como Andrews, concordo que as relações maritais sem o consentimento da esposa equivalem a um estupro.

O sr. Greeley pareceu não tê-la escutado.

— Devemos perguntar a Poe o que ele acha dos Amantes Livres. Ele parece ter opinião sobre tudo.

— Ouvi dizer que ele foi levado à corte marcial pelo exército — disse o daguerreotipista Mathew Brady. Embora jovem, usava óculos de lentes grossas e redondas que triplicavam o tamanho de seus olhos, dando-lhe a aparência de um homem bem mais velho. Quando ele tomou o chá, vi suas mãos tingidas da cor marrom-avermelhada do iodo usado para revelar seus daguerreótipos, um tipo de retrato em que se expunham substâncias químicas à luz; uma moda passageira que, segundo meu marido afirmava, cairia logo em desuso.

— Não me surpreendo. — O sr. Greeley engoliu a sua porção enquanto espanava as migalhas derrubadas no comprido casaco cinza. — Ouvi dizer que ele tem um fraco pela garrafa.

— Seja como for — disse a srta. Fuller —, acho sua poesia comovente apesar de um pouco elementar, e de suas histórias girarem sempre em torno dos mortos.

— E isso é espantoso? — perguntou a srta. Fiske, as madeixas amarelas quase trêmulas. — Ouvi dizer que ele perdeu a mãe quando era pequenininho.

A srta. Fuller franziu o cenho.

— Pobre Poe.

Atrás dos prismas dos óculos, os olhos do sr. Brady dilataram-se ainda mais.

— Por que todas as mulheres dizem isso? Correm para ele como se fossem a sua mãe desaparecida.

Um silêncio pairou na sala. Um homem esbelto, imaculadamente vestido, entrou na sala de visitas com a srta. Lynch, cujo rosto pequeno e delicado, em formato de coração, inclinava-se para ele em estado de adoração. A testa larga de Poe, livre das ondas rebeldes do cabelo, enfatizava os olhos de tonalidade cinza e cílios escuros com que encarava a todos com fria inteligência. Sua boca, encimada por um bigode sedoso, embora de formato delicado, era firme e desdenhosa. Empertigado como um soldado, mantinha-se tão rijo que parecia prestes a atacar quem se aproximasse ou a afastar-se em passos solenes da sala. Eu não sabia se deveria correr para ele ou dele.

— Não acredito que as damas tenham em mente ocupar o lugar da mãe dele — disse o sr. Greeley em voz baixa.

— Atenção, todos — exclamou a srta. Lynch —, gostaria de apresentar o sr. Poe!

Ninguém se moveu. Na esteira do silêncio, uma jovem frágil de olhos azul-esverdeados e fitas coloridas esvoaçantes no cabelo, na gola e nas mangas, chegou à porta da sala de visitas no braço do sr. Nathaniel Willis, sócio do sr. Morris no *Mirror*. Era de uma beleza frágil, magra e pálida, e os cabelos tão negros a ponto de ter tonalidades azuis. Seus traços eram bastante semelhantes aos do sr. Poe — testa larga, boca desenhada e olhos de contornos escuros. Pareciam irmãos, sendo ele o mais velho e ela o adorável bebê de uma família particularmente bonita.

A srta. Lynch se voltou e passou o braço em torno dos ombros delicados da jovem, conduzindo-a até a sala.

— E esta, queridos, é a sra. Poe!

A mulher-menina sorriu com doçura. Ao lado da jovem esposa, o sr. Poe correu os olhos pelo grupo como se prestes a nos devorar.

O idoso sr. Audubon avançou e estendeu a mão à sra. Poe, as franjas de seu casaco de camurça pendentes.

— Minha querida e adorável dama, por onde andava quando eu era jovem?

O sr. Poe o encarou parecendo indeciso se deveria considerar tal comentário como ofensa.

Usando a idade e o egocentrismo como escudo contra o medo, o sr. Audubon insistiu com a esposa de Poe.

— Em que cidade nasceu, minha cara? Sei que não é de Nova York. É meiga demais.

— Baltimore. — A voz da sra. Poe ressoava como um sininho. Era uma voz de criança apesar de ter, caso a srta. Fuller estivesse correta, vinte e três anos de idade.

— Baltimore, ah, um nome que adoro. Já ouviu falar do corrupião de Baltimore?

— Não, senhor.

— Não? Bem, não deveria supor que alguém tão jovem e inocente soubesse *tudo*. É um pássaro, madame, um pássaro. — O sr. Audubon dobrou-lhe a mão em seu braço. — Vi o meu primeiro corrupião-laranja na Louisiana, em 1822. Eu pinto pássaros. Já o havia mencionado?

Eles se afastaram, o idoso filho ilegítimo de um aristocrata, vestido como um desbravador, e a esposa do sucesso de Nova York, tão bonita com seus laços quanto uma boneca. Em qualquer outro sarau, tal par chamaria a atenção. Na reunião da srta. Lynch, que ela preferia chamar de conversazione, eram apenas parte do grupo pitoresco.

Aproveitando a oportunidade, a srta. Fuller deteve o sr. Poe. Relutantemente, as conversações ao meu redor reiniciaram. Fingi ouvir o sr. Greeley e o sr. Brady enquanto observava o sr. Poe e sua esposa. Era inquietante a semelhança entre eles. Teriam crescido juntos? Neste caso, quando descobriram que o que os unia era mais do que o sangue?

— Fanny.

Eu me sobressaltei.

Eliza riu.

— Eu a assustei.

— Não, não me assustou.

Ela acercou-se.

— E quanto ao sr. Poe? — sussurrou.

Respirei fundo.

— Francamente, sim.

Ela gargalhou.

— Entendo o que quer dizer. Mas acho que ele pode ser um cavalheiro quando o conhecermos melhor.

— Diga isso ao pobre sr. Longfellow e aos inúmeros outros poetas que ele aniquilou.

Eliza relanceou os olhos pelos grupos.

— Rápido. Poe parece entediado. É a nossa chance de nos apresentarmos.

Ela me puxou pela sala recendendo a pomada de cabelo, biscoitos amanteigados e pele perfumada. Detivemo-nos diante do sr. Poe, que ouvia indiferente o relato da srta. Fiske sobre o falecimento da mãe no ano anterior e de como essa partida servira para aprofundar sua poesia e lhe permitira *sentir* deveras.

— Acredito que ela ainda esteja comigo, sr. Poe. — A srta. Fiske perscrutou o rosto do interlocutor com sinceridade. — Sempre que vejo uma pluma caída, sei que ela a enviou. Eu as recolho. Está vendo a que ela me enviou hoje? — Retirou uma pena marrom da bolsa.

Ele passou os olhos da pluma para a srta. Fiske.

— Ela não está descansando confortável no paraíso, não é?

A srta. Fiske recuou como se empurrada.

Eliza escolheu este momento para interromper.

— Sr. Poe?

Ele desviou o olhar sinistro para ela. Quase estremeci com a dor e a fúria contida nos olhos de cílios escuros. O que acontecera com aquele homem para transformá-lo naquela fera ferida?

O assombro perpassou o rosto de Eliza. Ela recobrou o equilíbrio com a velocidade de uma mulher de sociedade experiente.

— Acredito que tenha conhecido meu marido, John Russell Bartlett.

— O editor? Ele é o dono da livraria no Astor House.

— Exatamente — disse, encantada. — Sou Eliza, a esposa dele. Gostaria que conhecesse minha amiga querida.

O sr. Poe me atravessou com um olhar questionável.

— Sr. Poe, essa é a sra. Samuel Osgood. Fanny, como é chamada pelos vários amigos e admiradores. Sua poesia é bastante conhecida.

Ele deixou seu lindo e terrível olhar recair sobre mim. Por mais desconfortável que me sentisse, recusei-me a desviar o olhar. Não deixaria esse poeta de segunda categoria, por mais popular que fosse, me assustar. Ele colocava uma perna de cada vez na calça, como qualquer outro homem.

Embora sua expressão permanecesse fria, os olhos registraram surpresa e depois divertimento. Ele me achava assim tão ridícula?

Eliza nos olhou de soslaio.

— Fanny escreveu várias coletâneas para crianças. "A Campânula", "O Marquês de Carabás", "O Gato de Botas" e "O Alfabeto de Flores". Temos muito orgulho dela.

Devo ter soado tão infantil quanto minhas histórias.

— Também escrevo poemas para adultos.

— Escreve, sim! — bradou Eliza. — Também escreveu sobre flores para adultos.

— Flores — disse ele em tom indiferente.

Fui salva de cavar um buraco e enfiar a cabeça no tapete de tanta vergonha pela vigorosa aproximação da atriz inglesa, sra. Fanny Butler, nascida Kemble, que avançava em nossa direção com um frufu de saias cor de abóbora. Com seus cachos castanhos, cútis alva e rosada, e expressivos olhos castanhos, era ainda mais bonita em pessoa do que nos cartazes ainda estampados por Londres vários anos depois de ter deixado os palcos para se casar.

— Senhor Poe! — disse ela com voz empostada. — Estava morta de vontade de falar com o senhor.

Ele me fitou como se pensasse em dizer algo mais e depois lhe lançou um olhar frio.

— A senhora parece positivamente viva.

Ela riu.

— Obrigada, o senhor tem toda a razão — disse com voz menos afetada —, devemos ficar atentos às nossas palavras. Acabamos preguiçosos; pelo menos, eu.

Ela estendeu a mão para mim como se eu fosse um homem.

— E a senhora é?

Apertei sua mão.

— Frances Osgood.

— Muito prazer em conhecê-la.

Notei uma sombra de tristeza por trás do sorriso corajoso. Embora ela tivesse acabado de se instalar na cidade, todos sabiam de sua recente separação do marido americano em consequência da discordância sobre o tema da escravidão, sendo ele um dos maiores senhores de escravos da nação. Recém-casada, após se mudar para a plantação, ela começou a desprezar tanto a escravidão humana quanto o marido, em doses iguais, e tinha publicamente denunciado ambos. Agora que o deixara, era considerada por muitos uma mulher desnaturada, não apenas pelo rompimento com o marido em nome de um princípio — mesmo tão importante quanto esse —, mas por abandonar os filhos, sobre os quais não tinha direitos legais por ter deixado o marido. Posto ser a sra. Butler tão vilipendiada, a srta. Lynch tinha sido deveras corajosa em convidá-la e também ao sr. Andrews e seu Amor Livre. Em outras reuniões menos intelectuais e mais "respeitáveis", mulheres "decentes" deixariam o aposento caso a sra.

Butler entrasse. Era surpreendente a rapidez com que ela tinha passado de queridinha paparicada dos palcos a pária profundamente menosprezada.

— Fico contente por essa chance de falar com o senhor — disse ao sr. Poe. — Gostaria de saber se teria interesse em encenar "O Corvo" como peça curta em um evento de caridade.

— Sou meu único objeto de caridade, sra. Butler.

Ela tornou a rir.

— Não estou brincando. — Ele a encarou até turvar sua vivacidade. — Eu nunca brinco.

Neste instante, a srta. Lynch chamou a atenção de todos para o sr. Whitman, que desejava ler um poema.

Todos o cercaram com suas xícaras de chá — o sr. Poe, percebi, com a sra. Butler.

Não tive outra chance de falar com ele naquela noite. Mas se eu fosse como as outras mariposas esvoaçando em sua luz, teria sentido seu recuo, pois, logo após a leitura do sr. Whitman, a jovem esposa de Poe, parada atrás da sra. Butler, começou a tossir. Como a sra. Poe não conseguisse se recompor, o sr. Poe pediu licença para deixar a reunião.

Saíram rapidamente, com a jovem esposa segurando um lenço na boca, mas não sem antes ter fuzilado a sra. Butler com um olhar alarmante. Num piscar de olhos, seu rosto jovem e inocente desfigurou-se num olhar lacerante. Ou teria sido imaginação minha? No instante em que percebi, o olhar sumiu, substituído pela tosse, fazendo-me duvidar do que tinha visto. Então, a sra. Lynch pediu meus préstimos para ajudar a reabastecer o chá de todos, e o pensamento foi apagado como uma vela na chuva.

Quatro

Existe um nome para o fenômeno no qual uma vez a atenção de alguém despertada para um novo vocábulo, assunto, ou conhecido, este alguém começa a vê-lo e ouvi-lo por toda parte? Experimentei isso com o sr. Poe e seu poema de pássaro nas semanas subsequentes à apresentação. Ouvi duas senhoras trocando versos de "O Corvo" enquanto esperávamos o ônibus passar na esquina da Broadway com Amity. Um cavalheiro parado do lado de fora de uma adega de ostras na MacDougal Street trazia uma cópia do *Mirror* aberta na última reedição do poema. Meninas pulando corda na calçada da Sullivan Street cantarolavam "Disse o corvo, disse o corvo, disse o corvo, "Nunca mais!".

Nessa mesma manhã, no Jefferson Market, enquanto me esforçava, os dedos congelados, para retirar da bolsa alguns centavos a fim de comprar maçãs, ouvi o quitandeiro, outro alemão, perguntar ao homem atrás de mim se ele lera a paródia de "O Corvo" intitulada "A Coruja".

— Nem o diabo dava ser tão esperto — disse ele. — A Coruja da Temperança não vai beber a uísque...

— Deixe-me adivinhar — disse o homem — ... nunca mais.

Olhei para cima quando riram. O quitandeiro observava minhas mãos, alheio à inveja que despertara em mim. Por que eu não havia pensado em escrever uma paródia? Melhor humor do que horror — a espécie de poema ou história arrepiante que o sr. Morris tinha solicitado não estava exatamente brotando de minha pena. Na verdade, eu não gostava de ler histórias assustadoras — quanto mais escrevê-las. Não gostava de como abertamente brincavam com o medo das pessoas da morte, de morrer e dos mortos. O que havia de errado com o sr. Poe para ele viver tão preocupado com esses assuntos? Por que precisava ser tão lúgubre? Por que as pessoas queriam que ele fosse tão lúgubre?

Não obstante, sua fama crescia entre os iletrados e o círculo letrado de igual forma. Justo na noite anterior, os Bartlett e todos os demais conhecidos tinham ido à New York Society Library ouvi-lo proferir uma conferência sobre poesia americana. Embora eu tivesse vários poemas na coletânea que ele discutiria, inventei uma desculpa para ficar em casa, secretamente incapaz de aguentar ouvi-lo elogiar outros autores mais importantes, quando minha própria escrita afundava. Mas me perguntei, contudo, quem ele teria ferido com o tacape e, portanto, lamentei descobrir, quando desci para o café da manhã, que não haveria nenhum relatório. Eliza tinha saído com a criada.

Agora, perto da janela da sala de visitas da frente, sentada à escrivaninha que os Bartlett tão generosamente haviam instalado para mim, depois de ter comido uma maçã, penteado e enrolado meu cabelo num coque, e aparado três penas, voltei à história que tentava escrever. Peguei uma pena, mergulhei-a no tinteiro, fitei o papel em branco e descansei a pena. Um olhar no quadro na parede — um retrato do austero avô do sr. Bartlett, lembrando-me de que eu não tinha casa — me fez tomar a pena de novo.

Em uma hora, compusera um poema sobre um anjo caído. Odiei-o. Isso não me impediu de agasalhar-me para um passeio ao Centro.

O sr. Morris abaixou meu manuscrito.

— Anjos, sra. Osgood? Demônios é que estão vendendo agora.

— Anjos caídos são uma espécie de demônios — disse, não convencendo nem a mim mesma.

Ele deu um tapinha na página superior.

— Não os seus. Eles são decididamente angelicais. E seu anjo não caiu com força suficiente. As pessoas querem ver *desespero*. Elas querem ver *horror*. Querem morrer de susto.

— Eu sei — murmurei.

— Tudo isso é — disse, devolvendo-me o manuscrito —, é triste. Guardei-o em minha bolsa.

— Talvez deva ater-se às revistas femininas.

— Obrigada pelo seu tempo, sr. Morris.

Ele me acompanhou até a porta. Quando me voltei para propor outra ideia, seu amplo vulto já recuava pelo corredor.

Comecei a longa e penosa caminhada para casa. Havia poucos veículos na Ann Street, e a maioria passava apressado. O tempo ficara gelado depois de um degelo de dois dias. A lama nas ruas e calçadas endureceram e se transformaram em gelo. A caminho do escritório do *Mirror*, eu escorregara diversas vezes e, tentando evitar uma queda, acabara estirando um músculo das costas. Agora, sem a possibilidade da venda, senti a dor com ainda maior intensidade. Andava a passos cautelosos no gelo, quebrando a cabeça com a premissa de um poema engenhoso — não, um poema ou uma história *aterrorizante*.

Olhava os cartazes decorando o hall de tolices do Barnum Museum, tentando tirar inspiração de suas fantásticas criaturas, quando escorreguei e caí como um saco de carvão. Fiquei ali sentada, o pavimento gelado me provocando arrepios através de minhas anáguas, até surgir à vista a mão enluvada diante de minha touca. Meu olhar foi subindo pela calça bem passada, pela frente abotoada de um sobretudo do exército marrom-escuro, até um par de olhos cinza de cílios negros que me olhava calmamente por baixo da aba de um chapéu lustroso.

— Tome. — O sr. Poe estendeu a mão. — Eu não mordo.

Segurei-lhe a mão. Ele me puxou com força e, depois que me encontrava em pé, desviou o olhar enquanto eu ajeitava a roupa.

— Está bem? — perguntou.

— Estou.

Ele tornou a me fitar para verificar se era verdade.

— Foi um tombo feio. Estava atravessando a rua quando vi a senhora cair.

— Devo ter feito um papel ridículo.

— Nem tanto — disse ele. Refreou um sorriso. Os olhos eram quase gentis quando iluminados pelo bom humor.

Nesse instante, ele desviou o olhar para o outro lado da rua.

— Seu sorriso refugiou-se em sua típica expressão fria.

— Se tem certeza de que está bem...

— Estou, sim. Obrigada pela ajuda.

Cumprimentou-me tocando o chapéu e desceu a Ann Street.

Olhei para a outra calçada da Broadway. Margaret Fuller acenava da calçada diante do Astor House Hotel.

Atravessei aproveitando uma brecha em meio ao fluxo de trenós que desciam deslizando pela rua.

— Como vai? — perguntou quando cheguei ao outro lado.

— Não a vejo desde a reunião de Anne Lynch na semana passada.

— Estou bem, obrigada. E você?

Embora a srta. Fuller e eu nos conhecêssemos socialmente, quase nunca nos falávamos. O fato de ser conhecida pela poesia infantil não me conferia grande prestígio. Fora meu marido, com seu charme, boa aparência e habilidade para produzir esboços lisonjeiros das damas, quem atraíra sua atenção nas ocasiões em que nos encontramos.

— Acabei de ver você conversando com o sr. Poe — disse sem rodeios. — Ele lhe disse o quanto gostou de seu último livro de poemas?

Podia sentir meu sorriso esvanecer. Estaria ela debochando de mim?

Ela me espiou por baixo de sua touca com aqueles olhos de ave de rapina.

— Não me diga que não soube da conferência na biblioteca a noite passada. Onde estava? Não a vi.

— Não pude comparecer.

— Ninguém ainda lhe contou?

— Ainda não.

— Minha querida, você foi o assunto da noite. Todo mundo aventou a possibilidade de vocês dois serem amantes.

— O quê?

— Estavam brincando, é claro. Diga a seu encantador marido para não se preocupar. — Ela riu e depois segurou meu braço. — Vamos entrar para almoçar, e eu conto tudo.

— Realmente não posso. — Não suportaria defrontar-me com o gerente de hotel que havia me despejado.

Nesse momento, um vistoso trenó puxado por quatro cavalos reluzentes virou a esquina da Barclay Street. A passageira era uma mulher idosa usando um magnífico chapéu de pele e capa.

— É inacreditável que ela se exiba tão exultante tendo construído sua fortuna à custa da aflição das mulheres — disse a srta. Fuller depois de passado o trenó. Ao ver meu rosto perplexo, completou: — Madame Restell.

— Não a conheço.

— Escrevi uma coluna sobre ela no ano passado. Continua anunciando no *Sun*, alegando conhecer o "segredo europeu" de pôr um ponto final na gravidez. Pois eu lhe digo qual é esse "segredo": aborto. Administrado por alguém sem sombra sequer de treinamento.

Observei o trenó subir a Broadway, um esplêndido veículo desfilando entre carruagens prosaicas. Que mina de ouro ela havia encontrado... Enquanto as mulheres sentissem o aperto de um abraço masculino, ela teria um bocado de ocupação.

— Então — disse a srta. Fuller —, o que me diz de almoçarmos? É minha convidada. Com certeza, vai querer ouvir o que Poe tinha a dizer.

Deixei-a rebocar-me para o hotel.

Dentro do superaquecido interior do vestíbulo, a srta. Fuller ergueu a voz acima das conversas desconexas que ecoavam nos tetos altos.

— Realmente deveria ter ido à conferência na noite passada. Poe estava em extraordinária forma. Com seu jeito misterioso, educado, ele começou a proferir críticas violentas ao trabalho de todos os que constam em *The Poets and Poetry of America*. Acusou o sr. Longfellow de plágio.

— Outra vez, não — murmurei, olhando ao redor. Cortinas drapeadas de veludo guarneciam as janelas, obstruindo a entrada de qualquer luz natural que pudesse interferir no tom laranja incandescente espalhado pelos candelabros a gás. Nesse lusco-fusco sobrenatural, damas e cavalheiros bem-vestidos moviam-se languidamente, como se suspensos por alguma espécie de fluido. Fiquei aliviada ao não ver entre eles o coronel Stetson, o proprietário que me apresentou nossa conta não liquidada.

A srta. Fuller meneou a cabeça.

— Ah, sim. De novo. Ele chamou Bryant de "trivial". E as pobres e indefesas falecidas irmãs Davidson? Valha-me Deus, ele as destruiu. Precisava ouvir o que disse a respeito de Rufus Griswold. Poe o aniquilou pela escolha de obras tão medíocres para sua coletânea. Rufus estava sentado perto de mim. Devia ver a cara dele. Nem esses sofás são tão vermelhos.

— Uma vergonha.

— Por isso fiquei animada ao ver Poe há pouco. Queria que ele desse uma declaração para minha coluna. Decerto diria algo escandaloso. Mas depois ele escapou. Ele fez algum comentário?

— Na verdade, não conversamos. Ele só estava me ajudando a levantar. Eu caí no gelo.

Sob a estranha luz, o nariz da srta. Fuller ficou ainda mais parecido com o de um falcão.

— Tem certeza?

— Acho que ele não me reconheceu da festa da srta. Lynch.

Ela descartou o comentário com um riso debochado.

— Não se engane. Jovens bonitas são sempre lembradas.

Chegamos à sala de refeições, um aposento tão excessivo no uso de madeira pesada quanto o salão em termos de mármore e cetim. Como eu pudera suportar morar num lugar daqueles? Sua opulência me sufocou.

Nossos agasalhos foram recolhidos, revelando que a srta. Fuller não usava seu peitilho potawatomi na ocasião, mas uma pulseira que parecia feita de osso.

— Ninguém foi poupado da causticidade do sr. Poe — afirmou após sentarmos. — Exceto uma pessoa. — Ela piscou num lampejo de pálpebras brancas. — Você.

— Realmente não entendo.

Ela deu uma risada áspera.

— A modéstia lhe cai muito bem. Os homens adoram esse tipo de atitude. Adoraria poder adotá-la.

Ela prosseguiu antes que eu pudesse protestar.

— Durante toda a conferência, foi a única poeta que ele sistematicamente elogiou. Disse que você tinha um "futuro róseo". Tem noção de que isso é um trunfo na sua mão? Quase briguei para conseguir uma cópia de seus trabalhos. Com certeza, deve ter alguma ligação com ele. Poe não iria crocitar daquele jeito por mero divertimento, o homem odeia elogios exagerados. Conte, Frances. Pode ser extraoficialmente, se preferir.

Negar uma ligação seria desperdiçar uma oportunidade para ascender rumo ao reconhecimento profissional. Mas recordar o sorriso franco do sr. Poe, mesmo que à minha custa, me fez sentir uma pitada de proteção em relação a ele.

— Infelizmente não temos qualquer espécie de ligação. Falei rapidamente na conversazione da srta. Lynch. Só isso. Como eu disse, acho que ele não me reconheceu há pouco, embora tenha parecido quase gentil.

— Poe? Gentil? Sabia que havia algo no ar. Poe nunca é "gentil".

O garçom chegou. Eu me encolhia, pois o conhecia de minha estada no hotel. Para meu imenso alívio, ele indagou educadamente sobre meu marido e filhas como se fôssemos hóspedes de boa reputação. Mesmo assim, indaguei-me sobre o que a srta. Fuller sabia a respeito de Samuel. A mulher parecia ter antenas para captar escândalos.

O garçom tinha acabado de servir nossa sopa quando o maître veio à nossa mesa e, curvando-se, como se ele também nada soubesse de cofres vazios, apresentou-me um jornal dobrado.

— Do cavalheiro, madame.

Olhei por cima do ombro. Na entrada da sala de refeições, o diminuto sócio do sr. Morris, o sr. Willis, nos cumprimentou no seu jeito precipitado. Com a cabeça levemente achatada já beirando a calvície e a postura arremessada para a frente, me fez pensar em um gafanhoto.

— Diga a ele que se aproxime — ordenou a srta. Fuller.

Desdobrei o jornal. A página abriu em uma cópia de "O Corvo". Os cabelos em meus braços se arrepiaram.

A srta. Fuller me deu um sorriso conspiratório.

— Última chance de confessar sobre o sr. Poe.

O sr. Willis transpôs a sala aos pulos.

— Desculpe a interrupção. Eu deixava o escritório há pouco quando o sr. Poe entrou. Ele me pediu para lhe entregar o poema, sra. Osgood, e pedir sua opinião.

— Minha opinião?

Ele cruzou e descruzou os braços, depois os desceu, como se ciente do desassossego que aparentava.

— Ele disse que pode lhe dar a opinião pessoalmente. Acredito, sra. Osgood, que é a maneira de nosso querido sr. Poe dizer que gostaria de conversar com a senhora.

Por quê?

A srta. Fuller ergueu as sobrancelhas.

— Se realmente não o conhece, Frances, deveria aceitar o convite. Seria útil manter relações com o sr. Poe. Seu marido não vai criar objeções, vai?

— Acredito que não.

— Pois bem? — perguntou o sr. Willis.

Quis dizer a ele que achava o poema-pássaro de Poe infantil e estranho. Se um dia eu fosse capaz de descobrir como escrever uma obra "arrepiante" para o sr. Morris, torcia para que fosse profundo e tivesse algo a dizer quanto ao coração humano — e não fosse apenas um jogo de palavras.

Mas meu marido tinha fugido, e mesmo que eu entrasse com o pedido de divórcio, isto não me traria nenhum benefício, pois ele não possuía dinheiro para me sustentar. Eu não estava em condições de torcer o nariz para o sr. Edgar A. Poe e o reconhecimento que seu apoio poderia me proporcionar. Certamente nenhum mal adviria de tal aproximação.

— Diga a ele, por favor, que admiro imensamente seu poema.

Cinco

Duas semanas depois, enfiada debaixo de uma espessa manta de búfalo, seguia para o Centro, nervosa demais para desfrutar do passeio ou apreciar a carruagem da srta. Fuller, puxada a galope pelo cavalo baio. O fato de a srta. Fuller ser a única mulher em Nova York a se sustentar com a escrita, sem mencionar o fato de ter renda de sobra para comprar o próprio cabriolé, pouco importava para mim naquele momento. Por que eu havia concordado em encontrar Poe? E por que ele queria me encontrar? Ele já tinha marcado e cancelado um compromisso na semana anterior. Fiquei aliviada com o cancelamento, apenas para me sentir mais uma vez agitada quando definiu nova data. Tão repentina e inexplicavelmente quanto ele havia promovido meu trabalho na *New York Society Library*, ele podia retirar o apoio caso eu fizesse algum comentário desagradável. Quem sabia o que precipitava o tacape do homem?

A srta. Fuller puxou as rédeas. — Aqui estamos. — Fitou-me com expressão indagadora, como se eu devesse descer de seu elegante veículo sem ela.

— Não deveríamos esperar o porteiro segurar as rédeas? — perguntei.

— Segurar as rédeas? Oh, achou que eu fosse com você? Não, não, querida, vou inspecionar um cortiço na Hester Street. Achou, de fato, que eu fosse com você? Minha única intenção era trazê-la até aqui. Achei que seu marido apreciaria que eu a escoltasse, uma vez que, como você diz, ele se encontra fora da cidade.

— Não prefere que eu a acompanhe ao cortiço? — perguntei.

— E deixar o sr. Poe à espera? Eu não ousaria. — A srta. Fuller acalmou o cavalo, depois acenou indicando o hotel. — Ande. Vai ser bom para seus livros.

Relutante, saí de baixo da pesada manta; prendi a respiração ao ouvir o ruído da carruagem sobre a rua de pedras.

Descobri-me na calçada diante do hotel, contemplando a ideia de imediatamente dar meia-volta na Broadway, quando senti a presença de alguém atrás de mim. Antes que eu pudesse me mover, um homem disse:

— Senhor, ajudai os pobres ursos e castores.

Ao virar, deparei-me com o sr. Poe, seus olhos de cílios negros apontados para o prédio à nossa frente. Sem um alô, ele disse:

— Palavras de Davy Crockett ao ver pela primeira vez essa construção.

— Por causa do comércio de peles do sr. Astor? — hesitei.

Ele prosseguiu como se eu não tivesse falado.

— Mas Crockett estava enganado. Não foram os ursos e castores que fizeram a fortuna de Astor. Foi o ópio comprado dos chineses.

— O sr. Astor negocia ópio? — olhei-o, surpresa.

Ele manteve o olhar fixo no hotel.

— Sempre que vir tanta riqueza, pressuponha que alguém sujou as mãos. Santos não constroem fortunas.

— Nunca pensei nisso.

Ele me lançou um olhar penetrante.

— Verdade?

Repreendida, recuei.

— O sr. Astor prefere ser mais conhecido pelo massacre de animais do que por sua associação com opiatos. Eu me pergunto o motivo. — Ele abaixou o olhar para mim. — Podemos entrar, sra. Osgood?

Então ele me reconhecia. Eu o precedi e entrei no quente ventre do vestíbulo. Enquanto passávamos por pessoas impressionantes trajando lindas roupas, senti-me comum e insignificante, uma inútil mulher abandonada, apesar de meu vestido ser tão refinado quanto o de todas as outras. Eu não passava de uma fraude.

Detive-me para fitá-lo.

— Congratulações pelo sucesso de "O Corvo".

Ele franziu o rosto como se tivesse sido insultado.

— As pessoas adoram. Onde quer que eu vá só se fala nisso.

— As "pessoas" não têm gosto. Não me diga que o considera o trabalho de um gênio.

Seria isso um ardil? Esquadrinhei seus olhos de contornos escuros em busca de algum indício.

Diante da falta de resposta, ele disse:

— Obrigado, sra. Osgood. A senhora é a primeira mulher sincera que conheci em Nova York. — Ele balançou a cabeça. — Tive sorte por me tornar famoso graças a essa obra.

Ainda indecisa se deveria me mostrar efusiva, mudei de assunto em busca de terreno mais seguro.

— Posso perguntar no que está trabalhando agora?

— Um livro acerca do universo material e espiritual.

Ri.

Ele me olhou com frieza.

— Desculpa. Achei que estivesse brincando.

— Eu nunca brinco.

— Claro que não. Peço desculpas.

— Embora preferisse estar brincando. O livro nunca vai vender.

— Suas obras sempre vendem — disse eu, de modo descontraído.

— Nenhuma de minhas obras com ideias legítimas. As pessoas querem ser estimuladas ou assustadas. Não querem pensar.

Abri um sorriso hesitante. O que ele queria comigo?

— Por isso, selecionei seus poemas em minha conferência — comentou. — Eles trazem sentimentos verdadeiros quando lidos nas entrelinhas.

Não pude deixar de me sentir desarmada.

— Obrigada. Acho que os pensamentos ditos nas entrelinhas são o que há de mais importante em um poema ou história.

— Como na vida.

Relutante, encontrei seu olhar intenso.

— Sim.

— Fiquei particularmente arrebatado por seu poema "Leonora":

So when Love poured through thy pure heart his lightning,
On thy pale cheek the soft rose-hues awoke—
So when wild Passion, that timid heart frightening,
Poisoned the treasure, it trembled and broke! *

Engoli minha surpresa.

— O senhor o decorou.

Um elegante casal passeava, ele trajando roupa de lã encorpada e ela, camadas de renda dispendiosas. O sr. Poe franziu o cenho.

— O seu poema de alguma forma me tocou, e não apenas por eu ter escrito um com o mesmo título e ter utilizado seu nome em "O Corvo".

— Uma coincidência.

Encarou-me.

Desviei o olhar. Por que o sr. Poe marcara esse encontro? Certamente, tinha coisas melhores a fazer do que acalentar as esperanças de uma escritora desconhecida.

— Provavelmente está se perguntando por que quis encontrá-la.

Respirei fundo.

_____

*E quando o Amor disparou um raio em teu coração puro,/ Na cútis pálida, um suave e rosado colorido brotou—/ E quando a indômita Paixão, aquele tímido coração assustado, / envenenou o tesouro, ele tremeu e se partiu!"

— Na verdade, venho em nome de minha esposa.

— A sra. Poe?

Ele franziu levemente o cenho diante da pergunta desnecessária.

— Ela é uma leitora aplicada. Eu lhe ensinei todos os clássicos. Gosto de encorajá-la quando demonstra interesse por boas obras, e seus poemas, sra. Osgood, a encantam.

Visualizei a bonita mulher-criança que vira na conversazione da srta. Lynch. Não sabia se ela admirava meus poemas para adultos ou para crianças.

— Obrigada pelas gentis palavras, sr. Poe. Gostaria que ela estivesse aqui para poder lhe agradecer também.

Sua expressão endureceu.

— Ela teve bronquite. A recuperação tem sido demorada e difícil. Fora de cogitação ela sair hoje.

— Lamento saber.

— As poucas vezes em que se aventurou além dos limites de nossa casa só serviram para atrapalhar sua cura.

— Lamento sinceramente.

Ele desviou o olhar, depois me deitou os olhos como se eu o tivesse ofendido.

— Não vai ouvi-la reclamar. Ela é uma menina corajosa, boa. Se eu pudesse levá-la para a Jamaica ou para as Bermudas ou algum lugar de clima quente, tenho certeza de que ficaria curada.

Então por que não iam? Graças a seu sucesso, com certeza ele possuía dinheiro.

— Espero que fique logo boa.

Sua expressão voltou à fria cortesia.

— É uma audácia perguntar. Afinal, somos completos estranhos e tem suas obrigações com seu marido e família, mas poderia visitá-la qualquer dia desses? Só de olhar dentro de seus olhos sei que é uma pessoa boa e gentil, e que sua afável amizade pode ajudar.

Então por isso ele quis me encontrar? Encabulada com minha decepção, exclamei:

— Gostaria muito. Pode me dar o prazer de visitá-la em sua casa?

— Sra. Osgood, é muita gentileza. Sim, sim, gostaríamos muito.

— Quando gostaria que eu fosse?

— Quando quiser.

— A semana que vem lhe convém?

— Escolha o dia. Qualquer dia. Organizarei minha agenda para recebê-la.

— Segunda-feira à tarde? Dedico minhas horas matinais para a escrita... — Escrever o que eu esperava seria minha imitação de seu trabalho.

Ele fez uma reverência, tão tolhido, tão formal como se numa corte real.

— Ficaremos muito gratos.

Deu-me as direções para sua casa, no número 154 da Greenwich Street, e depois cumprimentou-me de novo e me deixou no salão do Astor, repleto de toda a ostentação que ursos e castores e ópio podiam comprar.

Seis

Naquele sábado, por insistência de Eliza, compareci a outra das conversaziones da srta. Lynch. Como de hábito, conversas instigantes. Sob a luz de gás laranja amplificada pelos vários espelhos nas paredes, a srta. Fuller, exibindo uma faixa de cabelo de contas de donzela iroquesa, regalou o grupo com algumas das expressões pitorescas aprendidas durante uma visita às famílias pobres em Bowery — "gíria", como chamavam. Homens eram *"b'hoys"**; mulheres eram *"g'hals."* Um amigo era um "colega" ou um "camarada", e morrer era "bater as botas." "Até logo" era o desconcertante "até mais".

Assegurando aos "camaradas" não ter menor intenção de "bater as botas", o sr. Greeley em seguida discorreu sobre o estado que fora aprovado pela União na semana anterior. A Flórida, um pântano dominado pela malária, ao qual os semínolas se aferravam, era uma terra, todos concordaram, que jamais teria grande valor. Os donos de plantações da Geórgia apenas a desejavam visando à expansão quando seus campos de algodão se tornassem improdutivos. A conversa, então, mudou para a escravidão, que poucos dos presentes apoiavam. Contudo, quando a sra. Butler começou a relatar os horrores presenciados na plantação do marido, o assunto subentendido de seu divórcio ergueu sua

---

*B'hoys e g'hals — palavras originárias da pronúncia irlandesa para boys e girls. Os termos passaram a descrever os jovens da classe trabalhadora de Lower Manhattan no final dos anos 1840 e durante a Guerra Civil (*N. T.*)

inoportuna cabeça, provocando alguns olhares frios no aposento superaquecido.

Para manter a conversa em termos civilizados, a srta. Lynch nos interrompeu para os biscoitos e chá. Ofereci meus serviços para cuidar do samovar, pois o assunto da separação me era muito próximo para me deixar à vontade. Permaneci em minha posição atrás do samovar quando os convidados se reuniram em pequenos grupos com suas bebidas. Fiquei surpresa quando a srta. Fuller gesticulou convidando-me a me juntar a ela e ao sr. Greeley. Cautelosa, adiantei-me.

— Gostaria de saber se ele trará a esposa — dizia o sr. Greeley.

— Espero que sim — disse a srta. Fuller. — Ele fazem um par curiosamente ímpar. Frances, aqui presente, vai à casa deles na próxima semana.

— Vai! — exclamou o sr. Greeley.

— Lembra-se da sra. Osgood? — perguntou ela.

— A esposa do talentoso pintor? — O sr. Greeley passou os olhos pela multidão. — Onde ele está? Não me recordo de tê-lo visto ultimamente. Ele costumava desenhar esboços das damas com a mesma facilidade com que amarrava os sapatos.

— Ele recebeu uma encomenda fora da cidade.

Ele me olhou mais atentamente.

— Vai à casa dos Poe?

Assenti, perguntando-me se não tinha sido má ideia contar à srta. Fuller sobre o convite.

— Qual sua ligação com ele?

— Na verdade, nenhuma.

Não podia lhes contar que ele tinha decorado meu poema. Por razões que eu não compreendia por completo, essa recordação era demasiado preciosa para ser compartilhada.

— Isso é o que Frances insiste em alegar — disse a srta. Fuller ao sr. Greeley.

— Mas, de fato, não tenho.

Os traços flexíveis do sr. Greeley dobraram-se em um sorriso de lábios elásticos.

— A madame protesta em demasia.

— Venho tentando entrevistar a sra. Poe há semanas — disse a srta. Fuller. — E, no entanto, Frances, aqui presente, sai do Astor House com um convite para a residência deles.

O sr. Greeley sorriu.

— Bem, sendo uma mulher bonita como a sra. Osgood...

A srta. Fuller o interrompeu.

— Dá-se conta de como suas palavras são ofensivas?

— Perdoe-me. — O sr. Greeley fez uma reverência para ambas. — Minha intenção era elogiar. Está trabalhando para o *Herald*? — perguntou-me. — Porque, se estiver, me dê seus artigos e pagarei o dobro do que estiverem pagando.

— É uma visita unicamente social — disse eu —, à sra. Poe.

O sr. Greeley agarrou minha mão e esfregou os nós de meus dedos.

— Deixe que me contagie com parte de sua magia. Poe não permite que ninguém chegue perto de sua esposa-criança.

— Como deve se lembrar, ele também elogiou os poemas de Frances em sua conferência na Society Library — disse a srta. Fuller. — Na mesma noite em que crucificou Longfellow.

O sr. Greeley pestanejou.

— E a senhora não é amiga do homem.

— Não — afirmei.

Ele chamou o sr. Brady, que passava com uma chávena vazia de chá. — Sabia que essa jovem é amiga de Poe?

O sr. Brady descansou a xícara, pegou minha mão nas suas, quimicamente manchadas, e me fitou através das lentes prismáticas. — Venho tentando conseguir que Poe pose para um retrato desde janeiro. Diga-me como influenciá-lo.

Eu ri.

— Não faço ideia.

— Poe convidou a sra. Osgood para visitar a esposa — disse o sr. Greeley.

— Está brincando. Vai ter de nos contar como ela é em casa.

A srta. Fuller levantou a faixa de cabeça enquanto espreitava a entrada.

— Talvez o sr. Poe nos deleite com a presença da esposa hoje à noite.

— Acho que não — comentei. — Ela está doente.

Meus colegas de conversa silenciaram, esperando que eu prosseguisse. Admirei o interesse deles.

— Ela teve bronquite — disse eu.

— Ela estava com uma tosse terrível da última vez que veio aqui — disse a srta. Fuller.

— O sr. Poe comentou que aquela saída afetou sua recuperação — comentei.

— Percebi que ele estava preocupado — disse o sr. Brady. — Uma tosse, e num instante ele a arrancou daqui.

— Fiquei achando que ele se envergonhava dela — disse a srta. Fuller. Diante do olhar de censura dos amigos, ela complementou: — Bem, ela é apenas uma criança. Não me digam que sou a única a achar estranho ele ter se casado com a prima adolescente.

— Ela podia ter treze anos quando se casaram — disse o sr. Greeley —, mas você mesma me disse que eles estão juntos há dez anos. Mostre-me um homem que não gostaria de ter uma esposa bonita, e vinte e três anos.

— A sra. Poe é bastante instruída — descobri-me dizendo. — Conhece todos os clássicos.

— Oh! — exclamou a srta. Fuller.

Novamente todos os olhares convergiram para mim. Senti-me invadida por uma onda impetuosa de poder.

— O sr. Poe me disse que ele mesmo lhe ensinou.

— Sério? — perguntou o sr. Greeley.

Um jovem dândi usando anéis de pedras preciosas por cima das luvas juntou-se a nós. Do domo marmóreo da testa, desnudo pelo recuo dos cabelos, até a quase bonita curva de seus lábios e abas do nariz, o rosto barbeado e rosado era o retrato da elegância, tão gracioso quanto o *David* de Michelangelo. Apenas o profundo sulco entre as sobrancelhas arruinava a bem-cuidada aparência, conferindo-lhe uma expressão irascível.

— Poe? — perguntou ele. — Ouvi alguém pronunciar o nome de Poe? Jamais acredite em uma só palavra do que aquele louco diz.

— Sra. Osgood — disse a srta. Fuller —, certamente já foi apresentada ao reverendo Rufus Griswold. Ele chegou da Filadélfia e está de passagem por Nova York. Rufus, conhece a sra. Osgood?

— Já nos correspondemos por cartas. — Ele pressionou os lábios bem-desenhados em minha mão. — É muito mais bonita do que imaginei. Em geral, acho as poetas mais bonitas no papel do que em pessoa.

O sr. Greeley estendeu a mão para pegar um biscoito.

— Sempre conquistando corações — disse com ironia.

Reprimi um sorriso. Não cair nas boas graças de Rufus Griswold representava o suicídio para um poeta. De algum modo, esse jovem irritadiço se tornara o árbitro do bom-gosto em termos de poesia americana, embora ainda na casa dos vinte anos. A inclusão em suas edições anuais de *The Poets and Poetry of America* podia coroar ou arruinar um escritor, assim como suas críticas ou a ausência delas. Nenhuma crítica era acompanhada tão atentamente pelo público leitor — exceto, recentemente, as do sr. Poe.

— É um prazer, afinal, conhecê-lo pessoalmente, reverendo Griswold — disse eu. — Espero que essa edição esteja vendendo bem.

— Estava — disse contrariado —, até Poe fazê-la em pedacinhos há cerca de duas semanas.

— Ora, Rufus — disse a srta. Fuller —, imaginei que seu público tivesse aumentado. Poe devotou uma noite inteira ao seu livro.

— Para despejar suas críticas negativas!

A srta. Fuller deu de ombros.

— Propaganda grátis.

— Ele me humilhou publicamente!

— Margaret tem razão, Griswold — disse o sr. Greeley. — Os jornais literários não comentaram outra coisa durante semanas a fio. Controvérsia vende. Ele o está ajudando a ganhar uma bela soma de dinheiro.

— De que lado estão? — bradou o reverendo Griswold. Ele percebeu os olhares de censura. — Não pensem que ele não está se promovendo. Ele se julga tão inteligente agindo como o Guerreiro do Tomahawk... Gostaria de saber como se sentiria do outro lado da machadinha.

O sr. Greeley esfregou as suíças.

— Sem dúvida, Poe é muito esperto quando se trata da auto-promoção. Eu não desconsideraria a hipótese de ele ter escrito a paródia da coruja de seu poema do corvo.

A srta. Fuller segurou meu braço, incitando-me a falar.

— Frances foi convidada à casa de Poe, Rufus.

— Então vai ao covil do leão? — O reverendo Griswold analisou meu rosto com uma sagacidade que me causou embaraço. — Melhor tomar cuidado. Ele vai devorar uma coisinha bonita como você.

— Suspeito que essa "coisinha bonita" possa abrir caminho para a confiança de Poe com mais rapidez do que você poderia forçar a passagem — disse a srta. Fuller.

O sr. Greeley espichou os lábios num sorriso galhofeiro.

— Traga-nos um relatório.

— Quando estiver com ele — disse o sr. Brady —, convença-o a posar para mim.

A srta. Fuller esfregou meu braço amistosamente.

— Rufus, pegue um pouco de chá para ela. Vai nos contar tudo, não vai, Frances?

Aceitei a xícara que o carrancudo reverendo Griswold serviu. Eu gostaria de leite no meu chá, mas era tão incomum ser servida por um homem, não o contrário, que calei a boca.

— E então, vai nos fornecer um relatório? — perguntou a srta. Fuller.

Em silêncio, olhei o líquido marrom em minha xícara e, em seguida, o grupo à espera de minha resposta. Na casa de Eliza, duas meninas dependiam de mim para o seu sustento. Afinal, eu não descobriria nada cuja revelação prejudicasse o sr. Poe.

— Vou — disse. — É claro.

— Ótimo — disse a srta. Fuller.

Em seguida, empurrando sua faixa de cabeça, especulou se a esposa do novo presidente estaria de fato grávida, quando havia tempos comentava-se que uma operação realizada para a retirada de pedras nos rins teria deixado o sr. Polk tão esterilizado quanto um jarro de água fervida.

Sete

Desci a Greenwich Street, mantendo grande distância do porco de engorda a se banquetear com uma casca de abóbora putrefata. Do outro lado, uma bem-vestida dama Temperança* entregava panfletos aos homens que emergiam de um dos vários bares que salpicavam a vizinhança como sementes escuras numa espiga de milho indígena. Um vendedor ambulante passou com dificuldade, a roda de seu carrinho de mão deixando um sulco no pavimento entulhado de lixo. O quarteirão, que agora enfrentava tempos difíceis, outrora abrigara negociantes e banqueiros em casas comuns e sólidas, construídas de tijolos. Quando, contudo, a febre amarela varreu a cidade há uns vinte e poucos anos, muitos desses homens, abastados o suficiente para escapar, mudaram-se para a aldeia de Greenwich ou para o campo nos arredores e, desde então, continuaram a estabelecer-se em direção ao Norte. Morar no Centro da cidade passou a ser démodé. Nas residências deixadas para trás, em vez de uma família, agora se amontoavam quatro — famílias constituídas por gente vinda de terras estrangeiras, mais frequentemente da Alemanha e da Irlanda.

Passei por um alemão que carregava uma pilha de tecido branco, seguido pela mulher, que usava um lenço amarrado na

---

*A *American Temperance Society* foi criada em 1826. Tratava-se de um movimento social que estimulava a moderação no consumo de bebidas alcoólicas. Criticava o excesso do consumo e exortava a abstinência, usando de sua influência política para pressionar o governo a promulgar leis para regular a venda de álcool ou até mesmo sua total proibição (*N. T.*)

cabeça e, na mesa da cozinha da casa, transformaria a pilha em golas ou punhos. Roupas velhas ondulavam de cordas atadas no beco onde um bando de crianças irlandesas chutavam um vidro vazio de remédio vendido sem receita; um bebê esfarrapado cambaleava atrás delas. No final da rua, a vários blocos de distância, era possível ver mastros de veleiros cruzando atrás das copas de árvores desnudas do Battery Park, onde a ilha dava lugar ao mar.

Cheguei ao endereço dado por Poe. Número 154. Eu só podia ter me enganado.

Muito tempo se passara desde que algum comerciante se orgulhara daquela casa. No vidro da janela mais próxima da porta, um buraco do tamanho de um punho havia sido tapado com trapos. Persianas quase sem ripas pendiam das janelas do andar superior, e a porta cobria-se de pintura descascada. Mesmo a maçaneta, pendurada pela haste, demonstrava avançado estágio de negligência. Certamente, um poeta que capturara a imaginação da cidade deveria viver em situação mais confortável.

Relutante, subi as escadas e bati na porta danificada, encolhendo-me diante da ideia do grosseirão que eu poderia estar perturbando por engano. Quando ninguém atendeu, dei as costas, aliviada. Nesse momento, uma elegante carruagem particular parou no prédio localizado a várias portas de distância. Observei um vulto profusamente velado deixar o veículo. Antes que entrasse no prédio, o condutor açoitou os cavalos e a carruagem partiu num barulho surdo e contínuo, sem esperar pela passageira.

A porta do número 154 abriu às minhas costas derrubando a maçaneta, que rolou até os meus pés. Com um suspiro, eu a apanhei e me virei. O sr. Poe, trajando um impecável casacão preto e carregando um enorme gato malhado, me encarou como se eu devesse falar.

— Olá — disse eu, feito uma idiota.

Ele estendeu a palma da mão. Coloquei a maçaneta sobre ela.

Ele se afastou para que eu pudesse entrar na lúgubre residência.

Meu medo inflamou-se em raiva ao entrar. Por que ele se comportava de modo tão frio? Não teria vindo se ele não tivesse me convidado.

Dentro, tiritando perto do aquecedor, que servia tanto para cozinhar quanto para aquecer, uma mulher que parecia ser o que o sr. Poe poderia vir a ser em poucos anos, caso fosse mulher e vivesse em permanente estado de preocupação. Tinha a testa alta do sr. Poe e os cílios escuros, mas as linhas do rosto quadrado e os olhos arredondados revelavam uma ansiedade totalmente estranha aos dele.

— Sra. Osgood — disse Poe, acariciando o gato —, essa é a minha tia, sra. Clemm.

Ela se adiantou apressada para apertar minhas mãos, as compridas tiras da touca branca de viúva ondulando. Teria sido sua filha quem se casara com Poe? Ela relanceou os olhos para um e para outro, obviamente ansiosa para falar.

— Precisa avisar Virginia que ela tem visita — disse o sr. Poe suavemente.

Seu peito, tipo almofada, ergueu-se num suspiro antes de girar para o quarto dos fundos.

Mantive meu olhar adestrado em linha reta, fingindo não ter visto o mobiliário do austero aposento: um sofá surrado; uma mesa posta com tecido de linho escurecido nas bordas, sinal de ter sido passado a ferro muitas vezes; três cadeiras com encosto em formato de lira; o aquecedor. Livros forravam as paredes sem o auxílio de estantes. Além da louça de porcelana branca na mesa, a única peça de boa qualidade na sala era uma escrivaninha pequena e elegante. Parecia perdida abaixo da janela tapada com trapos.

— Espero que não tenha encontrado dificuldade em chegar aqui — disse o sr. Poe.

Sussurros e sons abafados chegavam do quarto dos fundos.

— Nenhuma.

Ele colocou no chão o gato, que se moveu até o sofá, pulou e escolheu um lugar.

— Posso guardar seu casaco?

Inventando e descartando desculpas para fugir, deixei que me ajudasse a retirar o agasalho. Sua proximidade me embaraçou. Eu tentava me livrar de meu desconcerto quando a sra. Poe apareceu num vestido de lã cinza de estudante, o rosto tão animado quanto o de uma criança numa loja de balas.

— Sra. Osgood! Muito obrigada por ter vindo! Estava morta de vontade de encontrá-la desde que li "O Gato de Botas"! — Ela fitou o marido. — Adoro seus poemas sobre flores também.

Antes que pudesse agradecer, ela exclamou:

— Por favor, peço desculpas por nossa residência temporária. Eddie precisava de um lugar perto do trabalho, e a curto prazo não encontramos nada disponível, a não ser esta casa. Ao menos, não temos que a dividir com estranhos desprezíveis.

A sra. Clemm torceu o nariz. A sra. Poe pareceu não perceber.

— Já soube que Eddie é dono de *The Broadway Journal*?

— Parabéns — disse ao sr. Poe. — Então deixou o *Mirror*?

— Aquele monstro do Morris o enganou no pagamento de seus poemas! — exclamou a sra. Poe. — Ele realmente achava que poderia se safar? — Sua voz angelical destilava vingança. — Espere só. Ele vai ver. Eddie vai ter sua desforra.

Perplexa, eu disse:

— Levando-se em conta sua vertente literária, acredito que os talentos de seu marido serão muito mais apreciados no *Journal*.

A expressão do sr. Poe permaneceu impassível.

— Receio que minha posição no *Journal* não seja tão elevada quanto possa parecer. Sendo um dos três proprietários, trabalho dezesseis horas por dia. Pareço ser o sócio designado para o trabalho árduo.

— Então não devo tomar seu tempo. — Fiz menção de levantar.

— Ah, por favor, fique! — pediu a sra. Poe, novamente toda doçura. — Acabou de chegar.

A sra. Clemm, andando de um lado para o outro, em segundo plano, perguntou:

— Aceita café?

O rosto do sr. Poe permaneceu neutro.

— Mamãe acabou de preparar — acrescentou a sra. Poe como quem apresenta um chamariz adicional. — Não temos como tomar tudo sozinhos. Por favor!

Eu me abaixei, encolhendo-me. Parecia não haver um jeito educado de sair.

— Obrigada, mas só uma xícara.

Logo me encontrei no sofá com a sra. Poe e o gato malhado assentados um de cada lado, a mesa movida para junto de nossos joelhos. A sra. Clemm serviu o café nas xícaras de porcelana, a mão pousada na cafeteira, pronta para repor o líquido ao meu menor gole. O sr. Poe, empertigado como um soldado, folheava calmamente um livro, parado de pé perto do sofá.

A sra. Poe sorriu para mim sobre a borda da xícara, os olhos de um extraordinário violeta-claro dentro da moldura familiar de cílios escuros. Sua pele, notei, era quase tão translúcida e branca quanto a própria xícara. Era possível distinguir o tracejado de veias azuis sob a pele, dando a estranha sensação de que outra criatura totalmente diferente espreitava de dentro de sua carne.

Ela descansou a xícara tão cuidadosamente quanto uma criança brincando de tomar chá. Numa voz extremamente séria, pediu:

— Conte como escreveu "O Gato de Botas".

— Faz poucos anos — disse eu. — Estava lendo as histórias de Charles Perrault para minhas crianças...

— Ah, você tem crianças! De que idade? Meninos ou meninas? Quantos?

— Meninas. Ellen vai fazer nove anos e May Vincent, a quem eu chamo de Vinnie, tem quase seis.

— Ah, que adorável! Eddie e eu estamos loucos para ter filhos! Quero encher a casa de crianças.

— Primeiro precisamos conseguir a casa — disse o sr. Poe, virando as páginas.

— Gosto do campo! — disse a sra. Poe. — Acabamos de nos mudar da fazenda mais linda do mundo descortinando o North River. Tinha pomares, vacas e galinhas, mas era preciso ficar perto do escritório de Eddie. Sinto faita do adorável ar fresco. Acha o ar da cidade agradável para suas filhas?

Corri na tentativa de acompanhar o curso de seu pensamento.

— Mais agradável do que em Londres.

— Então morou em Londres!

— Minhas filhas nasceram lá.

— Quero morar em Londres! Quero morar em Paris! — Ela fez biquinho. — Mas Eddie não deixa. — Ela mudou de assunto antes que eu fosse obrigada a fazê-lo. — Onde nasceu?

— Boston.

O sr. Poe ergueu o olhar.

A sra. Poe passeou o olhar de um para o outro.

— Eddie, você sabia? Eddie é de lá. Agora entendo por que ele gosta da senhora.

O sr. Poe "gostava" de mim?

— Simplesmente nasci lá. — disse ele, indiferente. — Não guardo qualquer recordação do lugar.

— Mais café? — perguntou a sra. Clemm. Quando ela se lançou com o pote, vi que sua touca trazia as mesmas marcas chamuscadas de ferro da toalha de mesa.

— Acho tão maravilhoso que escreva histórias para crianças — disse a sra. Poe. — Quero que Eddie também as escreva quando nossos filhos chegarem. Não vou deixar que leia aquelas histórias assustadoras para eles. Mataria de medo nossos pobres bebês. Deve achar que Eddie é apavorante, mas ele não é. Você é, Eddie?

Ele não respondeu.

— Lê muitos autores franceses, sra. Osgood? — perguntou a sra. Poe.

Eu me esforcei para conectar os fios soltos da conversa.

— Ah, Perrault. Às vezes. "O Gato de Botas" é tradução minha — com minhas próprias reviravoltas, é claro.

— Eddie também gosta. — Um toque de arrogância se insinuou na voz da sra. Poe. — Ele pega histórias alemãs e francesas e as transforma em suas.

— Na verdade — disse o sr. Poe —, elas funcionam mais como inspiração.

— Suas histórias são melhores que as de todo mundo.

Ela me lançou um olhar desafiante.

— Sim — disse eu. — Aposto que sim.

O sr. Poe fechou a cara.

— Quer mais um pouco de café? — bradou a sra. Clemm.

— Eddie me ensinou francês — anunciou a sra. Poe. — Ele diz que eu falo como uma parisiense. Teria algum livro nessa língua para me recomendar?

Ela me sorria esperançosa quando começou a tossir. Eu me reclinei no sofá tomando o café educadamente, enquanto ela tossia, primeiro no punho, depois no lenço que o sr. Poe retirou do bolso do casaco. O gato fugiu do sofá. A sra. Clemm instou a filha a beber o café quente, e como a sra. Poe não conseguiu obedecer, ela pulou, recolheu um frasco de remédio do quarto dos fundos e verteu parte numa colher. A sra. Poe não lograva parar de tossir tempo suficiente para tomar o remédio. Emitiu um som agudo quando o sr. Poe esfregou suas costas estreitas, cada convulsão contraindo mais e mais os pulmões até a pele em torno de seu nariz e lábios ficarem azuis.

— Não deveria levá-la para fora para pegar um pouco de ar? — perguntei, impotente.

— Virginia! — choramingou a sra. Clemm, derrubando o remédio da colher. — Respire! Respire!

A sra. Poe foi agitada por espasmos silenciosos até que, por fim, misericordiosamente, eles cessaram. O sr. Poe a abraçou, o rosto contraído de medo.

A sra. Poe abriu um sorriso débil ao se recostar no marido.

— Desculpa — sussurrou para mim.

Meu olhar foi para o lenço que havia caído de sua mão. No centro, uma moeda de líquido rubro.

Fiquei arrepiada de medo.

— Devo partir e deixar que descanse.

— Não — murmurou ela. Afastou-se do sr. Poe quando a mãe a enrolou com o próprio xale preto. — Por favor, fique.

Repousei a mão em seu braço.

— Voltarei outra hora.

— Promete?

— Claro.

Relutante, a sra. Clemm afastou a mesa para me deixar sair do sofá. Depois de um lacrimoso adeus, a sra. Poe afundou no sofá e observou o sr. Poe ajudar-me a vestir a capa.

Ele me acompanhou e fechou a porta atrás dele.

— Obrigado por vir — disse baixinho.

— O prazer foi meu — disse eu.

— Não pode imaginar o que isso significa para minha esposa.

Senti uma onda de comiseração pelo homem. Sua frágil e jovem esposa parecia tão indefesa e doente. Mais uma vez me perguntei por que uma pessoa com suas posses não a levara a viver em algum lugar de clima mais ameno para curar os pulmões doentes, quando ele tão obviamente a mimava. Eu começava a compreender que, afinal, o sr. Poe talvez não fosse tão abastado.

— Fiquei feliz em vir. Espero que sua esposa melhore logo.

Seu silêncio disse mais do que qualquer palavra poderia exprimir.

O vento despenteou os cabelos negros que reluziam sob o sol fraco de março. Tomei consciência do quanto era bonito e nobre em seu comedimento. Ele era tão fechado quanto seu casacão, como se achasse que tudo que dependia dele fosse desabar, caso relaxasse por um segundo sequer.

— Mais uma vez obrigada pelo café.

— Posso acompanhá-la e colocá-la a salvo em um cabriolé? — perguntou.

— Não está suficientemente protegido contra o frio. De qualquer maneira, vim a pé. Não é tão longe. — Não mencionaria que eu não queria desperdiçar dinheiro em um fiacre.

— Gostaria de tomar um pouco de ar. Importa-se se eu a acompanhar durante um trecho da caminhada?

— A sra. Poe não precisa do senhor?

Ele manteve qualquer emoção afastada do rosto.

— Provavelmente já adormeceu. A mãe cuidará dela.

Caminhamos em silêncio pela calçada, os destroços ensopados deixados pela neve derretida escorrendo aos nossos pés. Fiquei imaginando há quanto tempo a sra. Poe sofria de bronquite ou se era tísica, motivo pelo qual não tivera os filhos tão ardentemente desejados.

Uma mulher envolta em véus virou a esquina e caminhou em nossa direção. Tentei ver seu rosto quando passou por nós, mas estava tão encoberta que foi impossível discernir seus traços. Voltei-me e a vi passar pela casa do sr. Poe e se dirigir ao prédio mais afastado, onde eu tinha visto o outro vulto encoberto entrar mais cedo.

— Na sua rua tem algum convento de freiras?

— Convento? — Virou-se para acompanhar o meu olhar. — Não, não é um convento.

Ele não ofereceu outra explicação enquanto caminhávamos.

— No que está trabalhando agora? — perguntou.

— Não tenho trabalhado muito. — *Exceto projetos visando extrair sucesso à custa de sua glória.* Senti meu rosto irradiando vergonha. — Como vai o seu livro sobre, o que era mesmo, o universo espiritual?

Ele me fitou.

— Ah, então lembrou-se.

— É claro.

Ele desviou de novo o olhar.

— Infelizmente tive de deixá-lo de lado para escrever algo vendável.

Lancei-lhe um olhar de empatia.

— Algo assustador?

— Não há nada mais assustador do que a realidade nua e crua. Mas leitores não querem isso, querem? — Ele me concedeu um sorriso pesaroso. — O que acha que devo escrever?

— Não preciso lhe dizer. É o escritor mais popular de Nova York.

— Acha? — Ele analisou meu rosto como se tentasse detectar alguma insinceridade.

— "O Corvo" está nos lábios de todos. Minha amiga Eliza ouviu "nunca mais" numa peça no Castle Garden Theatre. As meninas pulando corda na minha vizinhança entoavam "nunca mais". Ouvi senhoras conversando entusiasmadas sobre o encontro com o corvo, como se o senhor e seu poema fossem um só. Como se sente sendo repentinamente adorado por milhares de leitores?

Ele fez um muxoxo.

— Para ser sincero, sra. Osgood, passei toda a minha vida lutando para obter fama. Por estranho que pareça, agora que obtive certa dose de sucesso, isso não me trouxe mais paz. Na verdade, diria até que sinto menos paz. É como se eu estivesse parado à beira de um precipício e olhasse para o abismo.

Quando vi que ele falava sério, disse:

— Talvez deva aproveitar a fama. O senhor contou que está trabalhando dezesseis horas por dia. Deve estar exausto.

— Jornais não se publicam sozinhos nem livros se escrevem sozinhos.

— Talvez possa contratar alguém para tomar conta de parte de seu trabalho editorial.

— Se vou administrar um jornal meu, devo conhecer o negócio de trás para a frente.

— É isso o que almeja, ter o seu próprio jornal?

— Sim, é um de meus objetivos. — Ele abriu um sorriso débil. — A senhora me pegou.

Pensei em meu próprio objetivo de edificar minha reputação literária; entretanto, também me era importante ser boa mãe.

— Há tantas obrigações que tomam nossas horas todos os dias. Que pena termos apenas uma vida.

— Temos, sra. Osgood?

Percebi que falava sério.

— Acha que temos outra chance?

— Nesse registro interminável e pesaroso? Não, nosso criador não seria tão cruel.

— Então, o que sugere que devemos aguardar?

— Nós dois somos poetas, sra. Osgood. Nosso ofício é propor perguntas, não respondê-las.

Lancei-lhe um silencioso agradecimento por me considerar sua igual.

Então, ele pegou meu braço. Da porta aberta de um bar um homem saiu titubeante, o cabelo oleoso caído no rosto, perseguido por berros e risadas. Enquanto esperávamos que ele cambaleasse para longe de nosso caminho, olhei a mão do sr. Poe. Ele encontrou meus olhos.

O tempo, estranha e nitidamente, parou. Nós nos fitávamos com precaução, como se uma conexão, por nós mesmos temida, se firmasse entre nós, quando a sra. Clemm surgiu alvoroçada na calçada, a touca torta e o xale pendurado em desalinho nos ombros.

— Eddie! Eddie! Venha rápido. É Virginia.

A mão deslizou do meu braço.

Eu os observei partir, ele, empertigado e elegante, apesar de caminhar às pressas; ela, precipitada, desajeitada. Muito depois de terem partido, eu sentia o toque de sua mão em meu braço. Torci para que sua frágil e jovem esposa se curasse, embora uma voz macia sussurrasse: *Gostaria que ele fosse meu.*

Fui à Historical Society Library na Washington Square a caminho de casa. Minha associação com o sr. Poe surtiu o arrebatador efeito de me inspirar a escrever. Talvez eu pudesse sustentar a mim e a minha família, caso me dedicasse com mais afinco. Com isso em mente, passeei pela galeria, examinando os quadros em busca de inspiração, enquanto cavalheiros conversavam baixinho à minha volta. Um poema sobre o Tempo flutuou em minha mente, mas, como tantos outros poemas e histórias que brilham como gemas na imaginação de alguém, tão logo peguei o papel e o lápis e me sentei para escrever, ele se transformou em poeira.

Frustrada, rabisquei as linhas vãs produzidas, depois subjuguei minha imaginação obrigando-a a criar um conto gótico para vender ao sr. Morris. Estranhamente, a sra. Poe infiltrou-se em minha mente. Enquanto olhava a escrivaninha, eu a vi como um anjo das trevas vindo à Terra sob a forma de uma mulher formosa. Ela encantava os admiradores com sua doçura e inocência, inspirando-os à complacência, apenas para atacar e...

E o quê? Quebrar seus pescoços? Descansei o lápis. Nem mesmo o sr. Morris publicaria tamanha bobagem. De onde eu tirara tal ideia? Estremecendo diante de minha perversidade, peguei a bolsa e saí imediatamente.

Eliza costurava na sala de família, no andar de baixo, quando voltei. Ela me cumprimentou com um sorriso inquisitivo. Ninguém imaginaria a desesperada tristeza emboscada atrás daqueles animados olhos azuis, sinal de que ainda sofria o luto pelo filho de dois anos perdido para a febre escarlate havia menos de três anos e pela filha de sete anos que sucumbira à difteria. Ela agarrou-se aos filhos sobreviventes, uma menina de nove anos, Anna, e os dois meninos, com uma silenciosa impetuosidade ainda mais pungente pelo esforço em esconder sua dor.

— Mary levou as crianças ao parque. — Ela puxou a linha. — Espero que não se importe.

Tirei o chapéu.

— Obrigada. Sinceramente, não sei o que faria sem você.

— Não pense nisso. Como foi o encontro com o sr. Poe?

— Na verdade, muito agradável.

Ela riu.

— Poe?

— Surpreendentemente, sim.

— Estamos falando do homem que regularmente desce o porrete em Longfellow?

— O mesmo. Mas hoje ele não atacou ninguém com o bastão. De fato, foi quase cortês. — Refleti um instante. — Em especial quando deixamos sua casa.

Ela ergueu as sobrancelhas.

Repousei o chapéu sobre a mesa e me sentei.

— Não é o que está pensando. Ele é muito devotado à esposa. Acho que ela lhe desperta uma grande dose de preocupação. Ela está realmente muito doente.

— Ele não seria o primeiro homem a dar as costas às suas obrigações.

Dei uma risada pesarosa.

— Não, Samuel já mapeou esse território.

Ela parou de coser.

— Desculpe, Fanny, não foi minha intenção sugerir isso.

— Não faz mal, nós duas sabemos quem é Samuel.

Ela suspirou. Da porta fechada da cozinha veio o tinido da louça anunciando que Bridget, a cozinheira, preparava o jantar.

— Como é a sra. Poe? — perguntou Eliza. — Além do fato de ser doente.

Apanhei minha cesta de costura.

— Não posso dizer com absoluta certeza.

Ela enfiou a agulha no pano.

— O que quer dizer? Como ela parece ser? Meiga? Mordaz?

— Por mais estranho que pareça, as duas coisas. Mais para meiga, diria. Acho que tem boas intenções.

Ela puxou a agulha do outro lado.

— Essa é uma coisa muito estranha de se dizer.

Distraída, peguei uma das meias de Vinnie.

— Embora tenha falado um bocado, é muito difícil compreendê-la. Para ser sincera, de certa forma me desconcertou.

— Então não gostou dela...

— Não é isso.

— ...mas prefere o marido; e ele, evidentemente, gosta de você.

— Eu não disse isso!

— Ele a convidou para ir à casa dele.

— A pedido da esposa.

— E você conversou a sós com ele.

Enfiei o dedo em um buraco no calcanhar da meia.

— Só por pouco tempo. Ele me acompanhou durante parte do caminho.

Senti o afetuoso olhar de preocupação de Eliza, antes de retornar à costura.

Como se retirasse uma joia preciosa do esconderijo, repeti mentalmente a conversa com o sr. Poe. Eu recolhia cada uma das palavras ditas em busca de qualquer vestígio de cordialidade — e, para meu grande assombro, as descobria em grande número — quando Eliza falou.

— Fanny, tome cuidado. Ainda está vulnerável; a ferida aberta pela partida de Samuel ainda é muito recente.

Ri.

— O sr. Poe é apaixonado pela esposa. Sem dúvida, está imaginando coisas.

— Talvez. — Ela costurou em silêncio. Depois de um instante, perguntou: — Eu disse a você quem deixou um cartão de visitas hoje? O reverendo, sr. Griswold.

— Ainda bem que eu não estava.

Ela riu.

— Fanny!

— Sinto muito. Foi um comentário rude, mas ele... Não acha que tem algo um tanto irritante nele?

— Não o conheço. Mas talvez você deva conhecê-lo melhor. Ele pode ser muito importante para sua carreira. Russell diz que todos ficam com as orelhas em pé, atentos ao que ele publica. — Ela puxou a agulha. — Talvez tenha vindo aqui procurar Russell.

— *Ai meu Deus*, tomara que seja esse o caso.

Ela gargalhou. Uma vez terminado o conserto, cortou a linha com os dentes. Então, o assunto sobre o sr. Poe foi igualmente deixado de lado, ao menos durante a tarde.

Oito

Sábado chegou e, com ele, outra noite literária na residência da srta. Lynch. Por razões que me recusei a admitir, vesti-me com extremo apuro. Quando Mary, a criada de Eliza, abotoou as costas de meu vestido, fui tomada de surpresa pela ideia de que a srta. Fiske e as outras ricas e jovens senhoras se esforçariam ao máximo para dar a impressão de serem menos ricas, com o objetivo de se encaixarem na modesta elegância do círculo da srta. Lynch, enquanto as menos abastadas estariam empenhando-se com todas as forças para dar a impressão de terem dinheiro. Como Samuel teria debochado da insistência na moderação da srta. Lynch, principalmente se soubesse que ela e a mãe, com quem morava, gozavam, na verdade, de situação privilegiada. Ele se enfurecia quando aqueles que possuíam dinheiro não o ostentavam. Considerava-os desonestos. Apenas os ricos, dizia com certo tom de amargura, podem se dar ao luxo de agir como se o dinheiro não importasse. Será que um dia ele voltaria a Nova York? Ele estava perdendo a oportunidade de lançar o anzol nesse novo lago de belas abastadas enquanto debochava de suas pretensões intelectuais. Quem quer que o tenha fisgado agora devia ter grandes somas de ouro para mantê-lo afastado por tanto tempo. Ou, quem sabe, ele simplesmente não se importasse com as filhas e comigo.

Vinnie alisou o reluzente cetim de minha saia enquanto Mary ajeitava o decote ao redor de meus ombros.

— Mamãe, a senhora está bonita. Vai ser a mulher mais linda da festa.

Ela não sabia da sra. Butler, cuja beleza era famosa nos dois lados do Atlântico, nem da srta. Lynch, com sua doçura e coquete inocência.

— Duvido muito, querida, mas obrigada. Obrigada, Mary — disse quando ela terminou.

— A senhora está bonita.

Sorri para Mary, cujo vestido simples não lhe escondia a beleza exuberante. Com grandes olhos azul-escuros realçados por um sinal de beleza abaixo do olho esquerdo, as bochechas e os lábios vermelhos, e o cabelo escuro dos irlandeses, ela era de tirar o fôlego, assim como a verde paisagem rural de onde viera. Algum homem em breve a reivindicaria, e Eliza ficaria sem uma competente ama-seca.

Ellen, sentada na minha cama, disse:

— Queria que papai visse a senhora. Então, ele nunca iria embora.

Eu me adiantei e a cingi ao peito, furiosa com Samuel por magoar as filhas e, pior ainda, por ser tão centrado em si mesmo que não fazia ideia de que as magoava.

— Acho que nem eu nem você podíamos ter feito nada para ele ficar aqui, meu amor. Ele vai voltar assim que puder. Sua partida nada tem a ver conosco.

Ellen franziu o rosto em dúvida.

— Ele já escreveu?

— Não.

— Talvez a senhora devesse ter sido mais boazinha com ele.

Abri os braços para Vinnie, repentinamente chorosa, e a puxei para perto também.

— Seu pai ama vocês duas, muito, muito. Como poderia ser diferente? — Beijei o topo de suas cabeças para dar ênfase às minhas palavras: — Vocês são as meninas mais cativantes, mais inteligentes, mais adoravelmente tolas do mundo.

Recuei com um sorriso, apesar do coração partido pelo sofrimento das duas.

— Bem — disse, animada —, que tipo de colar acham que a srta. Fuller vai usar hoje: de conchas, de ossos ou de dentes de animais?

Vinnie enxugou os olhos. — De ossos. — Tanto ela quanto a irmã tinham conhecido a srta. Fuller por ocasião de passeios vespertinos na Broadway, no último outono, quando o tempo estava bonito. Como era fácil de adivinhar, o vestido singular da srta. Fuller deixara uma indelével impressão nas meninas.

— De dentes. — Ellen voltou a recuar, assumindo sua fachada solene. — Dente de gente.

— É possível — disse eu.

— Talvez ela dê uma parada no dentista a caminho da festa e pegue alguns.

— Talvez ela roube os dentes das pessoas. — Ellen franziu o cenho.

— Ellen! — Meu tom de voz excessivamente chocado trouxe um sorriso ao seu rosto.

A troca de ideias sangrentas e impróprias acerca de como a srta. Fuller podia reforçar seu estoque de dentes despertou-me uma repentina ideia para uma história assustadora. E se uma mulher linda, tendo perdido os dentes por doença, forçasse a criada a dar os próprios dentes e os mandasse implantar em suas gengivas, e então descobrisse que começava a pensar e falar como a criada...?

Balancei a cabeça para afastar a feiura de tal pensamento. Como eu poderia, um dia, escrever o tipo de poesia que vendia bem quando descrever o lado escuro me enervava? Como o sr. Poe conseguia? Seria de se supor que sua mente era doentia. Contudo, o sr. Poe que eu começava a conhecer não parecia nada doentio, mas sim constante e mesmo ponderado, quando conversávamos a sós. Para ser sincera, mais sincera do que podia ser com Eliza, descobri que gostava um bocado dele.

Enquanto prendia o brinco de pingentes que Samuel me dera quando ainda me cortejava — um par de pérolas que ilusoriamente dera a impressão de que ele tinha dinheiro —, eu me senti apreensiva por ter de falar das circunstâncias privadas do sr. Poe para a srta. Fuller e o sr. Greeley. O sr. Poe confiara em mim a ponto de me permitir encontrar a esposa enferma. Parecia um erro traí-lo.

Então, naquela noite na festa, fiquei aliviada ao descobrir que nem a srta. Fuller nem o sr. Greeley tinham comparecido. Coloquei o samovar em funcionamento com vigor animado, feliz em ajudar a srta. Lynch a servir os convidados, enquanto ouvia fragmentos de conversas. Era libertador ser capaz de observar as várias personalidades sem a distração de ter de interagir com seus donos: a genuína modéstia e sincera cordialidade da srta. Lynch, que deixava à vontade mesmo pomposos elitistas como o senador Daniel Webster, parado com sua carranca perto da cornija da lareira, trajando o seu vistoso casaco roxo; a sra. Butler, com sua enorme energia de atriz e natural bom-humor, apesar de rejeitada por alguns dos mais tradicionais membros do grupo; e o reverendo Griswold com seu toque de Midas da negatividade, capaz de puncionar o humor de qualquer pessoa com uma única palavra amarga. Logo após a distribuição dos biscoitos, puxamos cadeiras e sofás para assistir ao jovem espiritualista, Andrew Jackson Davis, apresentar uma performance improvisada da arte do mesmerismo.

Ele passou os olhos pelo grupo, o rosto comprido e atraente erguido num sorriso largo.

— Algum voluntário? — perguntou. — Ele poderia ser muito bonito, caso o lustroso montículo de barba não tivesse sido aparado com tamanha precisão junto à sua mandíbula, que o fazia parecer usar um tufo de pelos.

— O que sentimos quando somos mesmerizados? — perguntou Eliza, entusiasmada. A seu lado, o marido, Russell, avesso a disparates, balançou a cabeça.

— Entra-se em transe e não se sente nada — disse o sr. Davis. — Durante o período em que se encontram no estado de sono nervoso, posso lhes pedir para realizarem algumas tarefas simples. Eles não se lembrarão de nada quando forem despertados.

A sra. Butler se apresentou diante dele.

— Use-me. Eu gostaria de tentar.

O sr. Davis sentou-a defronte do grupo. Em seguida, retirou um estojo de couro do colete. Nesse momento, o sr. Poe entrou no salão, segurando a cartola.

A srta. Lynch adejou em sua direção.

— Venha, sr. Poe! Estamos nos preparando para ver o sr. Davis colocar a sra. Butler num transe nervoso.

O sr. Poe capturou meu olhar, enquanto era conduzido para a cadeira que ela ocupara. Sorri, ridiculamente encabulada. Ele piscou em reconhecimento pouco antes de diminuírem a intensidade das lâmpadas de gás.

Não consegui me concentrar por completo no mesmerismo. Sim, observei o sr. Davis pegar uma cureta do estojo e balançar sua lâmina reluzente diante dos olhos da srta. Kemble, nome de solteira da sra. Butler, para que ela pudesse olhá-la sem necessidade de levantar o rosto. Sim, eu o ouvi ordenar que acompanhasse o objeto com os olhos de um lado para o outro, e ouvi quando ele lhe avisou que estava ficando sonolenta. Testemunhei seus cílios começarem a pesar, e o sr. Davis dar um passo à frente e os fechar, bastando colocar o polegar diante deles. Embora meu rosto estivesse voltado na direção da apresentação, eu observava o sr. Poe pelo canto dos olhos enquanto ele assistia aos procedimentos com atenção. Não pude evitar imaginar se a saúde da sra. Poe estaria melhor. Teria ele encontrado uma nova residência? E o mais absurdo, teria pensado em mim?

Um movimento atrás de nós denunciou a entrada pé ante pé do sr. Greeley acompanhado da srta. Fuller e de um homem que reconheci como o outro editor do *Tribune*.

— Shhh! — sussurrou uma das damas. — É um mesmerismo!

— Essa impostura? — falou a srta. Fuller entre dentes, instalando-se em uma cadeira rapidamente providenciada pela srta. Lynch.

Logo a sra. Butler miava como um gato sob o comando do sr. Davis. Ele lhe ordenou que voltasse a dormir e depois perguntou o que ela tinha visto.

— Minha irmã — disse com voz estranha.

— Onde está sua irmã? — perguntou o sr. Davis.

— Ali! — A sra. Butler esticou o braço. Ao fazê-lo, derrubou de um pedestal uma urna chinesa que se despedaçou no chão como um ovo batido contra a borda de uma frigideira.

A sra. Butler abriu um olho.

— Sinto muito, Anne — sussurrou para a srta. Lynch.

Todos riram, exceto o sr. Davis e, notei, o sr. Poe. Quando as pessoas se dispersaram em grupos animados, ele puxou de lado o sr. Davis. Conversavam calmamente quando a srta. Fuller deu um tapinha em meu braço.

— Como foi o encontro com Poe? — perguntou em voz baixa.

Olhei seu colar — de pedra, hoje — em busca de uma resposta evasiva.

O sr. Greeley aproximou-se devagar com um biscoito.

— O que eu perdi?

A srta. Fuller se contorceu para ver se o sr. Poe ainda estava ocupado.

— Só perguntei acerca de Poe — sussurrou. — Então conte, como é a casa dele?

Baixei o rosto.

— Não posso dizer. Ele está morando numa residência temporária.

— Conversou com a esposa dele? — perguntou o sr. Greeley.

Ergui o olhar.

— Ela foi muito amável.

— Amável! — exclamou a srta. Fuller. — Não posso escrever uma coluna sobre alguém "amável"!

Desviei os olhos para o sr. Poe, ainda mobilizado pelo sr. Andrews.

— Na verdade, não conheço os Poe. De qualquer modo, talvez não exista nada na vida do sr. Poe que justifique um artigo em sua coluna.

A srta. Fuller lançou-me um olhar incrédulo.

— Edgar Poe casou-se com a prima em primeiro grau, de treze anos, quando ele já estava na casa dos vinte. Ele regularmente trucida os melhores poetas da América. Suas histórias são repletas de pessoas mortas que assombram seus assassinos. E pretende me convencer que não há nada para escrever sobre a sua vida privada?

Vi o sr. Poe aproximar-se. Meu olhar de reprovação fez a srta. Fuller se voltar.

— Sr. Poe! — exclamou. — Boa noite.

— Até logo, lamento. Passei o dia inteiro no escritório e devo voltar para casa. Sra. Osgood. — Fez uma reverência. — Esperava encontrá-la aqui. Minha esposa gostaria de saber se poderia visitá-la na próxima semana. Talvez na terça-feira?

Senti o sorriso da srta. Fuller em mim.

— Com certeza — respondi.

— Às dez horas?

— Às dez seria ótimo.

Com acenos para todos, ele retrocedeu e depois saiu.

— Bem — disse o sr. Greeley —, essa foi rápida.

A srta. Fuller gargalhou.

— E depois diz que não conhece os Poe.

Mantive a expressão cordial. O sr. Poe caminhara dois quilômetros e meio do escritório até a Washington Square e teria de caminhar distância semelhante para chegar à sua casa. Parecia tempo e trabalho demasiado apenas para transmitir um convite.

O reverendo Griswold juntou-se ao nosso grupo.

— Onde Poe está indo?

— Para casa — disse o sr. Greeley.

— É para lá mesmo que deve correr! — exclamou o reverendo Griswold. — Se pensa que vou perdoá-lo depois de ter insultado meu livro, vai ter uma bela surpresa.

— Duvido que o pegue de surpresa, Rufus — disse a srta. Fuller. — A não ser que, na verdade, o tenha perdoado.

O reverendo Griswold ergueu o suave rosto rosado com um sorriso superior.

— Por que eu deveria perdoar Edgar Poe, quando arruiná-lo seria tão mais divertido? — Seus anéis esmigalharam meus dedos quando ele puxou minha mão com a sua, enluvada de cinza pombo. Ele exalava um intenso odor de rosas esmagadas ao inclinar-se para beijá-la. — Não concorda, sra. Osgood?

Nove

Bolinhas congeladas de granizo ressoavam em minha touca e serviam de minúsculos rolamentos de esfera sob meus pés enquanto eu andava cautelosamente ao longo da sombria extensão da Greenwich Street naquela terça-feira. As crianças tinham desaparecido. A dama Temperança havia abandonado seu posto à porta do botequim. A taverna estava fechada, e emitiu um rugido quando o freguês saiu cambaleando e se defrontou com a sibilante cortina de gelo. Eu não saberia dizer por que eu me dirigia à casa de Poe com esse tempo. Ou talvez soubesse e não admitisse sequer para mim mesma.

O gelo estilhaçou-se debaixo de minhas botas conforme subi os degraus da casa. Através da janela tapada com um trapo, vi uma vela bruxuleante. *Permita que o sr. Poe esteja aqui.* Resoluta, bati na porta.

A sra. Clemm atendeu. Sua expressão preocupada desmanchou-se num sorriso largo.

— Entre!

Ao entrar, encontrei a sra. Poe sentada no sofá com o gato malhado no colo.

— Sra. Osgood, a senhora veio! Não imaginei que viesse.

A sra. Clemm pegou meu chapéu, capote e luvas.

— Café? — bradou.

A sra. Poe meneou entusiasticamente a cabeça pedindo que eu aceitasse.

— Seria ótimo. Obrigada.

A sra. Poe bateu no assento ao lado dela e do gato. Tão logo me sentei, a sra. Clemm empurrou a mesa à minha frente, literalmente me bloqueando. Estremeci, apesar do forno quase incendiado de calor.

— Eddie não está — disse a sra. Poe. — Caso o esperasse encontrar aqui.

Ocultei meu desapontamento.

— Vim ver a senhora. Obrigada por me convidar. Como está se sentindo?

A sra. Clemm trouxe o bule de café do fogão.

— Estamos bem! Dois outros jornais publicaram o poema do pássaro de Eddie. — Ela verteu o líquido do bule rústico em uma das delicadas xícaras de porcelana de osso. — Com isso são doze revistas ou jornais no total, sem incluir os que o publicaram duas vezes.

— É um poema maravilhoso — disse eu.

A sra. Poe agarrou o gato, que continuava tentando pular de seu colo.

— A senhora acha?

Peguei a xícara que a sra. Clemm me ofereceu.

— Ah, sim. Quando o ouvimos, não conseguimos tirá-lo da mente.

— Como uma maldição — disse a sra. Poe.

— Ai, meu Deus, Virginia — disse a sra. Clemm —, lá vem você de novo com essa história de maldições. Você é tão assustadora quanto Eddie.

A sra. Poe sorriu satisfeita.

— Isso é porque eu e ele somos iguais, sem tirar nem pôr.

— Nunca se viu duas crianças tão independentes — disse a sra. Clemm balançando a cabeça e também as duas longas abas da touca de viúva. — Os dois corriam de mim quando eu os chamava, embora Eddie fosse mais velho e devesse ter mais juízo. Virginia sempre foi a instigadora. Quando era apenas uma pequerrucha, ela levava o pobre Eddie para o mau caminho.

A sra. Poe riu como se sua mãe tivesse acabado de lhe fazer o maior elogio.

Sorri, perguntando-me se a sra. Clemm, próxima demais do par para ter uma perspectiva exata, poderia ser um péssimo juiz no que dizia respeito às habilidades dos dois. Parecia especialmente notável que julgasse o elegante e bem-sucedido sr. Poe, já na casa dos trinta, uma criança. Virginia, por outro lado, parecia menos madura do que minha Ellen.

Ansiando por discutir um assunto mais confortável, perguntei:

— O sr. Poe escrevia quando era menino?

— Nossa, e como! — respondeu a sra. Clemm. — Era tudo o que lhe restava; afinal, perdeu a mãe muito cedo, e, mais tarde foi rejeitado pelo padrasto. Às vezes, acho que a caneta era sua única amiga no mundo.

Sua expressão preocupada iluminou-se.

— Entretanto, ele sempre foi muito bom na escrita. Por falar nisso, um dia me escreveu o poema mais inteligente do mundo pedindo desculpas por ter quebrado o bule desse aparelho.

A sra. Poe manteve o gato sob controle enquanto bebericava o café.

— Eu quebrei o bule.

Atônita, a sra. Clemm a fitou.

— Foi você?

A sra. Poe continuou a tomar café, segurando a xícara com seu dedinho mínimo rosado suspenso.

Depois de um silêncio tenso, eu disse:

— O sr. Poe deve ter sido bom aluno na escola.

A sra. Clemm retornou a atenção para mim.

— Ah, muito bom, de fato! Sempre soube que ele seria alguém notável.

— A senhora deve estar muito orgulhosa agora.

Com afetação, a sra. Poe colocou a xícara no pires.

— Conte-nos sobre o seu marido.

Encontrei seu olhar inquiridor.

— Não há muito a contar.

— Ele é rico?

— Virginia! — exclamou a sra. Clemm.

Eu ri com pretensa naturalidade.

— Isso eu não sei, mas ele pinta pessoas ricas.

— Ele é pintor? — perguntou a sra. Poe.

— Retratista — respondi. — Segue a escola de Gilbert Stuart.

— Gilbert Stuart é muito bom?

— Foi o melhor na sua época. Já viu o retrato de George Washington?

Ela assentiu.

— Em revistas.

— É bem provável que aqueles retratos fossem gravuras a partir de quadros do sr. Stuart. Muitas das telas expostas na Casa Branca em Washington foram pintadas por ele.

— Então o sr. Stuart é famoso?

— Muito.

— Seu marido também?

Respirei fundo.

— Ele tenta.

— Pode pedir a ele para vir aqui pintar o meu retrato?

— Virginia! — bradou a sra. Clemm. — Não deve pedir isso. Talvez ele esteja ocupado.

Contemplei o rosto infantil da sra. Poe, lindo e resplande-cente de excitação.

— Tenho certeza de que Samuel adoraria pintar seu retrato. Infelizmente, ele não está na cidade no momento.

Que as forças divinas ajudassem o sr. Poe, caso Samuel apare-cesse na cidade. A sra. Poe, era exatamente o tipo de vítima senti-mental e sensível à adulação que Samuel encarava com bons olhos. Ele a deixaria nas nuvens antes que ela tivesse tempo de pestanejar.

— Eu poderia exibir uma pose dramática para ele. — Estufando o peito estreito, chamou numa voz empostada e teatral, "SE-NHOR POE!" O gato aproveitou a oportunidade para pular de seu colo quando ela impulsionou o rosto quase colando-o ao meu. — O senhor se importaria de apresentar uma peça para uma obra de caridade?

Sua imitação me surpreendeu.

— A senhora deve ser admiradora da sra. Butler.

Ela deu de ombros.

— Não.

— Sua imitação foi perfeita — comentei, tentando manter o bom-humor.

— Virginia é uma observadora sagaz. — A sra. Clemm serviu-se de outra xícara. — Tão inteligente quanto Eddie.

— Tenho certeza de que sim — murmurei.

A sra. Poe começou a tossir. Entregou a xícara à mãe visivelmente tensa. Embora os paroxismos parecessem vir do fundo do peito, desta vez o ataque foi de curta duração. No intervalo entre a entrada às pressas da sra. Clemm no quarto dos fundos e seu retorno com o frasco, o ataque de tosse da sra. Poe havia cessado.

A sra. Poe continuou a falar como se não houvesse ocorrido qualquer interrupção na conversa.

— Se tiver interesse, escrevi alguns poemas.

Suspirei em silêncio. Então, era por isso ela quisera me conhecer. Como tantos outros, achou que, por ter trabalhos publicados, eu detinha a chave do segredo para o sucesso. Mal sabia como eu me esforçara para lograr ter meu próprio trabalho publicado. Mal conseguia me ajudar, quanto mais ajudar alguém. Mas por que ela recorreria a mim se estava ansiosa por publicar seus poemas? Certamente, o marido tinha melhores contatos.

— Adoraria ler seus poemas — disse.

Com isso, a sra. Poe mergulhou e sumiu de vista. Voltou à tona com um maço de papéis, retirados de debaixo do sofá. Ela os estendia para mim no momento em que a porta se abriu.

O sr. Poe entrou, a cartola e os ombros de seu sobretudo militar cor de canela reluziam por causa do gelo.

— Eddie! — exclamou a sra. Clemm.

— Querido — gritou a sra. Poe.

O sr. Poe retirou o sobretudo, o chapéu e as luvas. Enquanto isso, a sra. Poe arrancava os papéis de minha mão e os guardava de volta no esconderijo.

Ele se aproximou e beijou tanto a tia quanto a mulher; em seguida, acenou para mim num gesto grave.

— Sra. Osgood.

— Não tem de trabalhar? — perguntou a sra. Poe.

O gato escapou num passo rápido. O sr. Poe pegou-o no colo e começou a afagá-lo. Eu podia ouvir seus altos ronrons de meu lugar no sofá.

— Para variar, recebemos todos os manuscritos para a edição a tempo. Já estão nas mãos do tipógrafo. Pensei em vir para casa.

— A sra. Osgood está aqui.

— É, estou vendo. — Sua atitude tornou-se mais reservada.

— Sabia que o marido dela é um pintor famoso? — perguntou a sra. Poe.

— É muita gentileza sua — murmurei.

— Um pintor? — O sr. Poe acariciou o gato. — Parece uma ocupação interessante.

— Ele pinta retratos — disse a sra. Poe. — Pedi à sra. Osgood para ele pintar o meu.

O sr. Poe desceu o gato e pegou o café oferecido pela tia.

— Em quanto tempo ele pode pintar um retrato? — quis saber a sra. Poe.

— Não sei ao certo — respondi. — Tampouco sei quando ele retornará à cidade.

— Posso ser a primeira depois que ele voltar para casa?

— Posso perguntar a ele.

— Nunca tive um retrato pintado, Eddie tem um monte. — disse, batendo palmas. Fez um aceno à mãe, o que impeliu a sra. Clemm a dar um salto e sair apressada da sala. Voltou com uma caixa de chapéu cheia de recortes de revistas e jornais, depois remexeu até encontrar o que procurava. Abriu uma revista e a estendeu para mim. — Esse retrato saiu na *Graham's* do mês passado. O que acha?

Na gravura, o sr. Poe parecia um alegre escrivão dono de uma curiosa testa inclinada. À exceção das generosas costeletas, o rosto era liso e sem pelos como um ovo.

— Muito bom.

— Pareço ter sido feito de cera — disse o sr. Poe — e deixado perto do fogo por muito tempo. Muddy — disse à tia —, jogue isso fora. Eu sou feio, mas não tanto.

A sra. Clemm examinou a foto atentamente.

— Acho que está muito bonito. Fica melhor sem bigode.

A sra. Poe esfregou os lábios.

— Seu *gosto* também fica melhor sem bigode.

O sr. Poe voltou-se propositalmente para mim.

— O seu marido pintou a senhora muitas vezes?

Meu pensamento voltou à galeria do Boston Athenaeum. Eu me vi posando para Samuel: ele dava pinceladas em meu retrato na tela. Mesmo quando duas senhoras idosas examinaram os quadros ao nosso redor, permaneci com os olhos fixos nas mãos de Samuel, tão ativas e fortes. Desejei tê-las em mim. Horas se passaram — ou foram minutos? — antes de finalmente as damas se dirigirem à galeria seguinte. No momento em que se foram, ele jogou os pincéis, aproximou-se silenciosamente e tirou os meus pés do chão. Pressionou a boca e o corpo com força contra o meu. O prazer tinha sido excruciante.

— Uma vez.

O sr. Poe me encarou como se pudesse ler minha mente.

Afogueada, desviei o olhar, enquanto a sra. Poe bradava para o marido:

— É muito pedir para pintarem um retrato meu antes de eu morrer?

O desespero atravessou os olhos do sr. Poe, depois desvaneceu tão rápido quanto tinha surgido.

— Temos décadas para ter dúzias de retratos seus pintados, Virginia, se assim o desejar. — Ele olhou para mim. — O que o seu marido pensa dos daguerreótipos? Receia que prejudiquem seu trabalho?

A conversa passou ao seguro tema dos daguerreótipos versus retratos pintados a óleo: o sr. Poe discorrendo sobre a acuidade do daguerreótipo em representar um objeto, e eu, surpreendentemente, defendendo meu marido e argumentando sobre a capacidade do artista de capturar a essência de uma pessoa de um modo jamais possível com o uso de substâncias químicas processadas numa bandeja.

O sr. Poe tomara assento perto da esposa e, com o gato nos joelhos, tinha de falar por cima do animal ereto para se dirigir a mim.

— A senhora defende que a maneira como uma pessoa é percebida por um artista pode diferir do que um daguerreótipo mecanicamente registra?

— Por mais estranho que pareça — disse eu —, sim. Dizem que Gilbert Stuart, mentor do meu marido, "fixava a alma de seus retratados nas telas." Esse foi o maior elogio com que um crítico poderia recompensá-la. E é verdade: as pessoas que posaram para Stuart parecem iluminadas por uma luz interior. Não se consegue isso com daguerreótipos.

Ele acariciou o gato ronronante.

— Ao afirmar que ele "fixava a alma de uma pessoa nas telas" — disse calmamente —, o crítico pressupõe que nós, pessoas, bem como os artistas, podemos ver as almas dos outros.

— Talvez possamos — afirmei. — Talvez todos tenhamos a capacidade de perceber a alma do outro e o façamos todos os dias, sem sequer prestar atenção e perceber quando o fazemos. A isso damos o nome de conhecer o "caráter" ou a "personalidade" de alguém.

O sr. Poe me encarou como se eu tivesse dito algo profundo.

Eu podia sentir o olhar da sra. Poe pousado em nós quando tomei o café. Ela me deu um sorrisinho estranho.

— Então preciso ter meu retrato pintado. Gostaria de ter minha alma fixada numa tela. — Voltou-se para o marido. — Assim você poderia ter a minha essência para sempre, Eddie. Mesmo depois que eu tiver partido.

O sr. Poe pareceu se encolher, apesar de não ter movido um músculo.

— Que conversa interessante! — bradou a sra. Clemm. — Fixar coisas em telas. Não posso pensar em nada mais mórbido! — Ergueu-se de um salto de uma das cadeiras baratas. — Deveríamos comemorar a visita da sra. Osgood e o fato de você ter chegado a essa hora em casa com um jantar cedo. Eddie, você deve estar semimorto de fome. Saiu às pressas daqui hoje de manhã sem desjejum. Tem cinco centavos? Vou correndo até a rua comprar uma torta de carne para nós.

O gato pulou no chão quando o sr. Poe enfiou a mão no bolso, de onde retirou umas poucas moedas.

Eu comecei a me levantar.

— Preciso ir.

— Não! — bradou a sra. Poe. — Assim não será divertido.

— Sim, fique — pediu a sra. Clemm. — É tão bom ter a senhora aqui.

— Por favor, fique — pediu o sr. Poe. Não obstante sua atitude estritamente cortês, ele de repente pareceu tão desolado que tornei a me sentar.

A sra. Clemm retirou-se para o quarto dos fundos, voltou numa peliça escura com os punhos desfiados e, depois de pegar uma moeda da palma da mão dele, saiu apressada na direção da porta.

Por insistência da sra. Poe, olhamos os recortes que sua mãe trouxera; a sra. Poe recordava o que ela fazia enquanto ele compunha as várias histórias e poemas, e o sr. Poe olhava fixamente as palavras. A única vez que respondeu energicamente foi quando ela retirou uma aquarela desbotada do fundo da pilha e a exibiu.

— Olhe! O lugar mais importante do mundo inteiro... pelo menos, segundo meu marido. — Ela lhe deu um sorriso de esguelha.

Observei a aquarela com mais atenção.

— O porto de Boston?

Sem articular palavra, o sr. Poe tirou-lhe a aquarela das mãos, levantou-se e subiu as escadas a passos largos, seguido pelo gato.

— Caterina, você é uma traidora — gritou a sra. Poe para o gato. — Podia, ao menos, fingir que gosta de mim.

— Sinto muito — disse eu, desconcertada. — Ofendi seu marido?

— Não se preocupe, ele não vai magoar *a senhora*.

Nesse exato momento, a sra. Clemm retornou com uma torta de carne. Não haveria saída para mim. A mesa foi posta, o sr. Poe reintegrou-se ao grupo, e a refeição, embora escassa, foi servida.

Sobre a torta de porco boiando em gordura, a sra. Poe tagarelou narrando os jogos que ela e "Eddie" brincavam quando crianças. O sr. Poe parecia ter recuperado a tranquilidade, pois comeu calmamente enquanto a esposa explicava como eles tinham passado a maior parte da infância separados, ela crescendo em Baltimore, ele morando com os pais adotivos em Richmond e na Inglaterra. Só depois que ele voltou do serviço militar em West Point, disse a sra. Poe enquanto o marido cortava o pedaço de torta em minúsculos pedaços, ele tornou a entrar em contato com ela. Mais uma vez me veio à mente o que pensei quando os vi pela primeira vez no salão da srta. Lynch: como haviam passado de primos brincando de cabra cega no Natal a namorados querendo se casar?

O pensamento me fez recordar da srta. Fuller à espera das minhas impressões. A torta revirou em meu estômago. Apesar da fama do sr. Poe, o par me encheu de aborrecida tristeza. Em uma das mais movimentadas cidades do mundo, eles pareciam habitar uma ilha desolada, construída por eles, a lamber sua porta danificada com as costas voltadas contra a maré das convenções sociais.

Depois da refeição, a sra. Clemm deu uma dose de remédio na colher à sra. Poe, que logo a deixou tão sonolenta, que pedi licença e saí.

Lá fora, o tempo tinha melhorado. Embora ainda fizesse frio, o céu exibia aquele azul claro e jovial, possível somente após uma tempestade. Um quarteirão depois da residência temporária dos Poe, um bando de crianças tomara a rua, reunidas em torno de um menino cuja cabeça raspada indicava uma recente infestação de piolhos. Ele segurava algo nas mãos unidas. À medida que fui me aproximando, vi o que era: um gatinho cinza de um ou dois meses de idade.

Outro menino, mais sujo e menor do que o desordeiro com o filhote, correu com um saco de aniagem e o abriu. O menino maior enfiou o gato no saco, pegou-o e o atirou-o sobre o ombro.

Ele desceu a rua, seguido pelas outras crianças. Com crescente horror, vi o bando desordenado desfilar diante de um salão e de uma série de casas até a loja de um ferreiro, onde pararam diante da gamela. O menino suspendeu o saco sobre a água.

Antes que eu pudesse gritar, o sr. Poe arremeteu e arrebatou o saco. Eu não percebera que ele havia saído de casa.

— É meu! — berrou o menino.

— Não é mais — disse o sr. Poe.

— Não pode ficar com ele.

O olhar do sr. Poe fez com que quase todas as crianças saíssem em disparada. Apenas o menino permaneceu, os punhos armados como um brigão da área de Five Points.

— Na certa, você não sabe — disse o sr. Poe com toda calma — que, quando alguém mata um gato, ele volta para se vingar.

— Não é verdade!

— Não? — O sr. Poe sorriu. — Já vi isso acontecer. Não pode acabar com eles. Vi um gato preto voltar para assombrar seu assassino mesmo depois de ter sido emparedado. O animal espancado, morto, berrava atrás dos tijolos: Miau. MIAU. *MIAU*. — Ele bateu com o pé. — *SSSSSS!*

O menino fugiu a galope.

O sr. Poe enfiou a mão dentro do saco e retirou o filhote, cujas garras cor-de-rosa agarravam-se ao tecido de amianto.

A princípio hesitante, aproximei-me do sr. Poe enquanto ele o soltava.

— Vi o senhor salvar o gatinho.

Ele ergueu o olhar, acariciando o animal choroso.

Acariciei o pelo que crescia em sulcos finos no topo da cabeça do gatinho.

— Aquela história foi excelente para assustar o valentão.

— É do meu conto "O Gato Preto"; fiz umas pequenas mudanças para a ocasião.

Eu não tinha lido o conto — na verdade, de suas obras, só conhecia "O Corvo", pois não queria ser influenciada por seu estilo. Mesmo aquele poema tinha sido o bastante para enxergar através de suas lentes sombrias e severas. Mas ele não pareceu ver meu olhar de embaraço, pois aproximou o gato do rosto e perguntou:

— E agora, o que faço com você?

— Parece que sua esposa se sentia melhor hoje.

Ele me lançou um olhar penetrante.

— A tosse melhorou.

— A senhora acha?

Sua expressão denotava tamanho desânimo, que respondi:

— Sim, acho. Muito melhor do que da última vez em que a encontrei.

Ele acariciou o focinho do filhote. A provação deixara-o exausto; ele havia parado de miar e fechara os olhinhos.

Acariciei o focinho do gatinho de um jeito similar.

— Pobrezinho.

— Aprecio que tenha vindo — disse o sr. Poe. — Há muito tempo não tínhamos um dia tão agradável.

Com todo o seu recente sucesso? Contudo, percebi que era sincero.

Ele me olhou profundamente, como se tentasse expressar-se com os olhos.

— Fiquei emocionado com seu comentário sobre enxergar a alma dos outros — disse calmamente.

— Acredita ser possível?

— Primeiro é preciso acreditar na existência da alma.

— O senhor acredita?

— Caso entendamos como alma a criatura que vive dentro de cada um de nós, uma criatura nascida afetuosa, nascida alegre, mas que a cada golpe fecha-se mais profundamente em sua concha até por fim, murcho, o próprio ser tornar-se irreconhecível mesmo para seu próprio eu. Neste caso, sim, eu acredito.

Podia sentir o olhar fixo em meu rosto, incitando-me a fitá-lo.

— Nossa alma faz parte de nós, assim como nossas mãos ou nossa voz — disse ele calmamente —; todavia, reconhecer isso nos aterroriza. Por que será?

Lentamente, ergui meus olhos ao encontro dos seus. Não desviaria o olhar, não obstante ser errado interagir com um homem casado desse modo íntimo. E o que vi dentro de seus olhos de contornos escuros — não apenas meus próprios olhos, mas a percepção intensa, clara, de uma sensação inominada — fez meu peito doer com jubilosa identificação. Um sorriso de admiração brotou simultaneamente em nossos rostos.

Apercebi-me do ferreiro conduzindo um cavalo na direção de sua loja. O sr. Poe desviou o olhar e, protegendo o gatinho, abriu espaço para a passagem deles.

O vínculo, tão vívido havia apenas um minuto, fora rompido. Agora que tínhamos experimentado tanta intimidade, não mais podíamos suportar olhar um para o outro. Concentramo-nos no gatinho aconchegado ao peito do sr. Poe.

— Estou procurando poemas para o meu jornal — disse, enquanto o afagávamos. — Entendo que todo o seu trabalho deva estar prometido para outro veículo, mas caso um dia esteja em busca de espaço, ficaria honrado se pensasse em mim.

— Obrigada — disse calmamente. — Pensarei.

Quase encabulado agora, ele baixou o olhar para o gato, que começara de novo a miar.

— Acho que ele está desesperado.

— Posso? — Estendi a mão para pegá-lo quando um fiacre passou ruidosamente sobre as pedras do calçamento. O veículo parou na rua a alguns prédios depois da residência do sr. Poe. Uma mulher saltou, o rosto coberto pelo chapéu com véus.

— Quem são essas mulheres encobertas? — perguntei. — Já as vi diversas vezes. Estão de luto?

Ele relanceou os olhos na direção da mulher.

— De certa forma, sim.

— Quem perderam?

— Aquele é o local de trabalho da madame Restell. — Ele notou que eu sabia a quem se referia. — Eu nem imaginava quando alugamos a casa, ou teria pensado duas vezes. Virginia ainda não descobriu. Temo que isso não será bom para ela. — Respirou fundo. — Ela pode ser muito intolerante.

— Claro.

Ele me lançou um olhar cortante.

— Qualquer mulher reagiria com veemência — disse eu. — Trata-se de um negócio lastimável.

Senti que se retraiu. Depois de um instante, ele disse: — Preciso encontrar outra moradia o mais rápido possível. Não posso fazer nada que venha a causar o agravamento da doença de Virginia.

— Não — concordei gravemente —, não pode.

Uma fúria aterrorizante faiscou em seus olhos. Ele abriu a boca, fez menção de falar; contudo, pareceu refletir melhor, despediu-se e afastou-se a passos largos.

Fiquei ali parada, tremendo na calçada com o gatinho, seus ossos leves tiritando junto comigo. Eu sabia que deveria antipatizar com o homem, deveria temê-lo, deveria manter distância a todo custo. Sabia que não o faria.

Dez

Nos degraus de pedra do pórtico da srta. Lynch, no sábado à noite seguinte, Vinnie se deteve e recostou-se no corrimão ornamentado para espiar dentro do próprio casaco.

— O que foi, Vinnie? — perguntei.

Afastando a ponta da lapela, revelou o que retardava seus passos. Súbito, os claros e curiosos olhos de um gatinho apareceram.

— Poe quer olhar.

Quando seus filhos menores entraram na casa da srta. Lynch com Mary — as crianças tinham sido convidadas para uma conversazione especial naquela noite —, Eliza parou ao nosso lado, de braço dado com o marido. — Algum problema?

— Vinnie trouxe o gato — suspirei.

— Poe queria vir à festa — explicou Vinnie.

— Bem, agora já estamos aqui. Por favor, ponha Poe para dormir antes de entrarmos. — Estremeci ao dizer isso. Quando levei o gatinho para casa, depois de obter a permissão de Eliza para mantê-lo, contei às meninas como o sr. Poe o tinha salvado. Elas insistiram que ele deveria receber o seu nome, mesmo depois de termos descoberto que se tratava de uma fêmea. Isso é o que acontece quando se deixa uma criança dar nome a um bichinho de estimação.

No vestíbulo, fomos saudados pela srta. Lynch. Do interior, veio o melodioso som de um violoncelo.

— Sr. e sra. Bartlett! Sra. Osgood! Essas são suas adoráveis crianças?

Nós as apresentamos à srta. Lynch, que apertou a mão de cada uma.

— Organizei um entretenimento especial para vocês — disse a srta. Lynch. — Uma de minhas amigas aprendeu algumas histórias muito bonitas para crianças com um homem que mora longe, muito longe. Ela vai contar essas histórias para vocês hoje.

— Minha mãe escreve histórias para crianças — disse Ellen.

— É, eu sei — disse a srta. Lynch. — Essas histórias são do sr. Hans Christian Andersen, que mora lá na Dinamarca. Não são tão boas quanto as de sua mãe, tenho certeza, mas talvez goste delas também.

A sra. Fuller entrou no vestíbulo usando grandes brincos de argolas — presente de uma mulher da tribo indígena algonquina, diria-nos depois — em pleno balanceio.

Ela meneou a cabeça para Eliza e o marido.

— Bartlett, sra. Bartlett.

Para mim, ela disse: — Olá, Frances. Essas menininhas são suas?

Apresentei-as, não obstante já as ter encontrado em outras ocasiões. A sra. Fuller apertou as mãos delas e as dos filhos de Eliza, e esperou enquanto tirávamos nossos agasalhos e os empilhávamos nos braços da criada da srta. Lynch para que os guardasse no andar de cima.

— O que tem aí? — perguntou, quando Vinnie tirou o casaco.

— Uma gatinha.

— Encantadora — disse em tom indiferente. — Qual o nome dela?

— Poe.

Um sorriso furtivo brotou no rosto da srta. Fuller.

— Ah!

— O sr. Poe a salvou — explicou Vinnie em tom sério. — Uns meninos iam machucar ela.

— Bom para o sr. Poe. — Ela deu um tapinha na cabeça do gato como se ele fosse um cachorro. — Não se esqueça de dar leite para ela hoje.

— Não vou me esquecer, não.

— Agora subam — disse eu.

Vinnie subiu correndo as escadas atrás da prole de Eliza, seguida por Ellen e pela criada de Eliza, Mary, que se arrastava atrás dela. A srta. Lynch dirigiu-se à sala de visitas com o sr. Bartlett. Lancei um olhar desamparado para Eliza quando a srta. Fuller pegou meu braço e me conduziu rumo ao salão com passo de tartaruga.

— Devo concluir que compareceu ao compromisso com a sra. Poe.

— Quem está tocando violoncelo? — Fingi não ter ouvido.

— Um sueco. Poe estava lá, não é?

— Ele chegou antes de eu sair. Foi tudo muito breve.

Ela sorriu. — Como eles se comportam?

Ansiosa, olhei na direção da entrada do salão.

— Como qualquer outro casal unido pelo matrimônio.

— Ou seja...

— Muito gentis um com o outro.

Ela riu.

— Esse não é o tipo de comportamento observado em típicos casais unidos pelo matrimônio. Nosso amigo Greeley nem mora com a esposa, embora vivam na mesma cidade. Ela mora em uma casa em Turtle Bay e ele tem aposentos no Astor House. O mesmo ocorre com cinco outros cavalheiros que eu poderia mencionar.

— Eles parecem ter um casamento feliz.

— O reverendo Griswold morava a cidades de distância da esposa enquanto ela era viva. Só depois que ela faleceu é que ele passou a sentir uma imensa saudade dela. Ouvi dizer que, quando voltou para casa, teve de ser arrancado à força de cima do corpo sem vida; depois do funeral, não deixou seu túmulo senão sob a intervenção de um parente. Como se isso não fosse repulsivo o suficiente, mandou desenterrar o corpo quarenta dias após o sepultamento. Cortou cachos de seu cabelo e aferrou-se ao cadáver escurecido, soluçando como um bebê. Suponho que tenha sido acometido de uma grave crise de arrependimento.

— Que horror!

Levando em conta seu espírito bisbilhoteiro, ela devia saber que Samuel me abandonara.

Chegamos à entrada do salão.

— Olhe ao redor — disse, como se fôssemos donas da sala e de todos dentro dela. — Para cada pessoa casada aqui há uma história de rejeição e traição. Algumas histórias são mais tristes do que outras. Mas todo mundo traz feridas.

— Não necessariamente.

Ela me examinou por um instante, depois me conduziu até os outros convidados. Para meu alívio, a srta. Fiske, a das penas celestiais, e sua jovem amiga em visita de Massachusetts, a de olhos sonhadores, srta. Louisa Alcott, aproximaram-se para nos cumprimentar. A srta. Fuller logo se afastou — evidentemente havia peixes maiores a fisgar do que aquelas jovens. Mesmo enquanto nós três discutíamos conhecidos mútuos em Boston, mais uma vez eu me congratulava por ter submetido alguns poemas inéditos ao jornal do sr. Poe, acompanhados de uma nota explicativa em que informava preferir manter minha identidade anônima e usar um pseudônimo. Se ele os aceitasse e os publicasse como meus, a srta. Fuller, com sua predileção por escândalos, com certeza transformaria isso numa sensação.

Eu começava a respirar com mais facilidade quando a srta. Fuller avançou e, capturando-me de novo, conduziu-me rumo à mesa onde o chá seria servido em breve.

— Apesar de seus livros infantis, você não me dá a impressão de ser ingênua.

Senti minha raiva germinar. Se isso era um elogio, certamente soava como insulto. Quem era ela para me intimidar na festa da srta. Lynch? Para mim bastava.

— Vou direto ao ponto, Frances. Estou querendo um artigo sobre a vida do sr. e da sra. Poe.

— Um artigo?

— Sim. Seu. Quero escândalo. Quanto ele tem bebido? O que fazem quando estão sozinhos? O que existe por trás de seu temperamento reservado? Não pode negar que o homem parece à beira de uma explosão.

— Não posso...

— Seu nome aparecerá em minha coluna no *Tribune*. Se é dinheiro que precisa, estou disposta a pagar dez dólares adiantados e dez dólares no ato da entrega. — Ela fez uma pausa. — Não que você precise.

Aquilo era muito dinheiro. Minha situação instável veio-me à mente. O pagamento por meus poemas no *The Broadway Journal* — caso o sr. Poe os aceitasse — não chegaria a tanto. As histórias aterrorizantes para o sr. Morris ainda não fluíam de minha mente. Duas das poucas mulheres que se sustentavam com seus escritos na América tinham colunas em periódicos, a srta. Fuller, no *Tribune*, e a sra. Sarah Hale, no *Godey's Lady's Book* da Filadélfia. Eu precisava dedicar à oferta da srta. Fuller, por mais repugnante que fosse, sérias considerações. Talvez meu futuro fosse como colaboradora em revistas.

— Se aceitasse esse projeto, seria com o consentimento dos Poe.

Ela deu de ombros.

— Se quer comprometer suas chances, fique à vontade para consultá-los.

A chegada do sr. Greeley, todo pomposo com sua cartola e sorriso aberto, surtiu o feliz efeito de desviar a atenção da srta. Fuller de mim. Ocupei meu lugar atrás do samovar, para colocar certa distância entre mim e ela, e ter tempo para pensar.

Eliza se aproxima.

— Margaret está com a pulga atrás da orelha? — sussurrou. Com voz abafada, respondi:

— Ela quer que eu escreva um artigo sobre os Poe.

— Para o *Tribune*?

Meneei a cabeça.

Ela me olhou.

— E você quer?

Neste momento, o reverendo Griswold aproximou-se.

— Posso me unir às senhoras?

O domo rosado de sua testa reluziu à luz de gás quando ele se curvou para beijar minha mão. Estremeci, visualizando o reverendo agarrado à esposa morta.

— Por favor — disse Eliza educadamente.

— Eu quis falar com a mulher mais bonita da sala. Não há quem brilhe perto da senhora. — Ele me cobriu com um sorriso envolvente. Senti-me mal por Eliza, mas foi ela quem me lançou um olhar de comiseração antes de se afastar.

— O marido dela é o editor, certo? — perguntou, observando-a se afastar.

— Sim, Russell Bartlett.

— Um bom homem. Ele elogiou profusamente meu livro numa crítica no *Mirror*. Ficarei feliz em retribuir o favor quanto a suas publicações. É assim que o mundo gira, concorda?

— Receio ter de verificar como estão minhas filhas. Encontram-se lá em cima.

— Talvez seu marido possa se ocupar disso. — Ele percebeu meu olhar.

— Ele não veio hoje.

Aguardou outra explicação. Sem êxito, apenas sorriu.

— Deve ter ouvido, sra. Osgood, que minha coletânea fez um estrondoso sucesso. Confesso ser verdade. Com humildade, aceito o fato de tantas pessoas confiarem no meu gosto em termos de poesia. Acho que devem reconhecer minha grande responsabilidade em lhes oferecer o melhor da América. Imagine, então, minha *honra*, quando meu editor recentemente me pediu para publicar uma *nova* edição de *The Poets and Poetry of America*. Posso contar com mais algumas composições da senhora?

Sabia que deveria saltar sobre a oportunidade. Apesar de ter redundado em pouco dinheiro — o reverendo Griswold pagava a seus poetas uma pequena remuneração adiantada e ficava com os lucros das vendas —, o reconhecimento que me dera tinha sido inestimável. Então, por que me senti como se fizesse um acordo com Rumpelstiltskin e em troca oferecesse meu primogênito?

Os convidados mergulharam no silêncio. O violoncelista sueco calou seu arco. Olhei na direção da porta. O sr. Poe, sozinho, assomara à porta e segurava um buquê de calêndulas brancas amarradas em um lenço de linho. Não pude deixar de pensar no quão ameaçadas as delicadas flores brancas pareciam contra a implacável negrura de sua sobrecasaca.

— Ele novamente — resmungou o reverendo Griswold.

A srta. Lynch correu para cumprimentá-lo, mas a srta. Fuller a antecedeu. Calmo, o sr. Poe olhou a srta. Fuller apalpar-lhe a mão. Com um gracioso aceno para a srta. Lynch, deixou-se guiar pela srta. Fuller, cujos brincos altercavam com a voz deveras animada. Retornei meu olhar para o reverendo Griswold, dedicado ao processo de listar os autores a serem incluídos em sua nova coletânea.

— Grandes amigos, todos eles — disse concluindo. — Fiz questão de conhecer bem meus poetas. E, portanto, a senhora também. Na verdade, isso me daria imenso prazer.

Sorri, minha atenção concentrada no sr. Poe, que se desembaraçou da srta. Fuller.

— A senhora estará em excelente companhia — disse o reverendo Griswold. — Meu querido amigo, o sr. Longfellow, já me prometeu seu mais recente poema. Eu o considero o maior poeta de nossos tempos, não importa o que o sr. Poe diga.

— E o que foi que eu disse? — O sr. Poe parou calmamente ao lado dele.

O rosto rosado do reverendo Griswold enrubesceu.

— O senhor comete um grave erro ao denegrir a imagem do sr. Longfellow. Serei sincero: muito me alegra que o nosso colega Outis vá publicar um artigo no *Mirror* no qual o condena por acusar Longfellow de plágio! O senhor bem merece.

— Talvez mereça. — O sr. Poe virou-se para mim e estendeu as campânulas brancas. — Para a senhora. Da minha esposa.

Forcei-me a manter a calma.

— Por favor, agradeça em meu nome.

O esgar do reverendo Griswold intensificou-se quando aspirei o perfume das flores. Fiquei surpresa ao descobrir que flores tão brancas e simples possuíam um perfume tão poderosamente sedutor.

— Ela as colheu no campo — disse o sr. Poe com calma. — Levei-a para passear em nossa antiga fazenda hoje de manhã. Pudemos fazer um piquenique antes de o tempo mudar.

— Isso deve tê-la animado. — Relanceei os olhos pelos grupos de convidados. — Ela veio hoje?

O violoncelista recomeçou a tocar. O sr. Poe balançou a cabeça.

— O dia no campo a deixou exausta, receio.

— Escute — disse o reverendo Griswold —, estávamos conversando.

— Não percebi. Tive a impressão de que a sra. Osgood estava prestes a sair. — Ofereceu-me o braço. — Sra. Osgood?

Despedi-me do reverendo Griswold com um aceno. Envergonhada, repousei a mão no braço do sr. Poe. Tentei amortecer a sensação de sua sinuosa carne irradiando através de minha luva.

Quando tínhamos dado cinco passos, ele perguntou:

— Onde deseja ir?

— O mais longe possível dele.

Atravessamos a sala cumprimentando pessoas pelo caminho, mas sem nos determos. Podia perceber os olhares inquisitivos às minhas costas quando deixamos o salão em direção ao vestíbulo.

— Longe o suficiente?

— Ainda não.

Atravessamos o vestíbulo e nos dirigimos a um recanto num vão sob as escadas, um canto com estantes de livros, iluminado por uma única lâmpada sobre uma mesa coberta com um descanso de pano. Ele me ofereceu a única cadeira, onde fui envolvida pelo perfume antiquado de óleo de baleia em combustão e papel em decomposição. A melancólica música do violoncelo gemia a distância. Do andar de cima vinha o murmúrio de uma voz feminina, subindo e descendo o tom enquanto contava uma história para as crianças.

— Agora está longe o suficiente?

Disfarcei o sorriso.

— Acho que sim.

Ele parou ao lado da cadeira, permanecendo totalmente visível do vestíbulo, caso alguém decidisse olhar.

Quando ele permaneceu calado, perguntei:

— Como sabia que eu precisava ser salva?

— Todos na sala sabiam, exceto Griswold.

— Ai, meu Deus, sou tão transparente assim?

— Não, ele é que é tão insuportável.

Trocamos um breve sorriso. Então, voltei a aspirar o perfume das campânulas brancas, sem saber onde pousar o meu olhar.

Ele espiou os livros como se procurasse algo. Abruptamente, disse:

— Fico feliz por termos um momento para falar a sós. Tenho pensado na nossa conversa do outro dia.

Ergui o olhar.

— Sobre o pintor fixar as almas na tela.

Eu ri.

— Receio que isso soe um bocado macabro no momento.

Ele me olhou calmamente, como se esperasse que eu ficasse séria.

— Por favor, continue — disse eu.

Ele sabia como seus olhos de cílios escuros me enfraqueciam?

— Escrevi uma história poucos anos atrás — disse ele —, "O Retrato Oval", sobre um artista que está pintando o retrato de casamento da esposa. A esposa posa para ele dia após dia, semana após semana, enquanto ele tenta aperfeiçoar a imagem. Entende, ele quer obter o que nenhum pintor conseguiu antes: pintar um retrato tão real quanto a vida. Ele trabalha durante semanas, depois meses, até por fim um dia constatar, para sua alegria e espanto, que *finalmente* fez o retrato parecer tão vivo quanto sua linda esposa. Sua alma havia ganhado vida na tela! Exultando por sua desmedida fortuna, volta-se para ela para mostrar sua obra-prima. Mas, pobre homem, sua esposa está morta.

Um arrepio percorreu-me a espinha.

— A senhora entende o porquê de sua declaração me afetar tanto? — perguntou. — Na verdade, tinha escrito uma história sobre isso.

— Uma coincidência.

— Será? Muitos diriam isso, concordo. Mas outros diriam que tal "coincidência" não é, de jeito nenhum, uma coincidência, mas sim a evidência de dois espíritos em comunhão.

— Não sei ao certo se compreendo.

— Na verdade, quem compreende? Ao menos, não por completo. Nosso mundo não tem nome para essa sensação que discerne o reino do qual nossos espíritos fazem parte. Apesar disso, todos nadamos na substância dessa outra dimensão. Ela flui em nós, através de nós, sobre nós, banhando-nos com sua luz. Vez por outra obtemos uma vaga ideia de sua existência. Devemos ignorá-la, lutar contra ela ou aceitá-la?

— Temos escolha?

— Temos.

Cheirei as campânulas brancas, o coração batendo mais rápido.

— E se alguém aceitar? O que acontece?

— Ela a enfrenta.

Pouco a pouco, levantei os olhos para ele. Ele esperava por mim.

Nada em minha experiência passada me preparara para receber outra pessoa de modo tão franco e não me afastar, para me deixar ser penetrada ao mesmo tempo em que a penetrava. Senti a dor, o sofrimento e a doçura daquele homem parado e me olhando de cima, e no mesmo instante absorvi o golpe de ter o mais íntimo do meu ser exposto. A sensação foi sobrepujante. Desviei o olhar, a euforia disparou uma descarga elétrica através de meu corpo.

Quando voltei a erguer o olhar, ele deixara de me encarar.

— Peço desculpas — disse ele.

— Não precisa. Sinto-me honrada por compartilhar suas ideias comigo.

— Não são apenas ideias.

Nossos olhares voltaram novamente a se encontrar por um breve instante. O choque foi tamanho que até os dedos dos meus pés latejaram.

O violoncelo vibrou na outra sala. Ele respirou fundo.

— Virginia está muito doente.

— Por causa do passeio de hoje?

— Não.

Diante de seu silêncio, falei:

— Ela parecia estar tossindo menos da última vez que nos encontramos. Não deve se preocupar. Ela é jovem e forte e se recuperará por completo, vai ver.

Seu rosto ficou triste.

— Será?

A srta. Fiske e a srta. Alcott entraram em meio a um farfalhar de saias no vestíbulo.

— Ah, ei-lo! — exclamou a srta. Fiske, os cachos louros tremulantes. — Sr. Poe, gostaríamos de saber se poderia ler "O Corvo" para o nosso grupo. A srta. Lynch disse que o faria se pedíssemos delicadamente.

— Noite lúgubre de hoje convém à leitura do poema — disse a srta. Alcott, os olhos tão sonhadores quanto os de um bezerro.

— A srta. Lynch disse que apagaria as luzes. — A srta. Fiske estremeceu. — Será mais assustador.

O sr. Poe me fitou.

— Seus ouvintes o aguardam — disse eu alegremente.

Ele se deixou ser levado do recanto.

Permaneci ali, escutando o murmúrio das crianças que faziam perguntas à contadora de histórias lá em cima. Por mais estranho que pareça, podia sentir a presença do sr. Poe ao meu lado. Por que ele havia me escolhido para confidente? Eu me sentia honrada, apesar de saber que era errado. Como poderia lutar contra a velada corrente de comunicação entre nós? Mesmo quando eu me protegia, ansiava por ela.

— Fanny! — Eliza se precipitou na minha direção. — Aí está! Andava à sua procura. Poe vai ler agora. Você vem? — Ela examinou as flores murchando em minha mão. — São campânulas brancas?

— A sra. Poe as mandou.

Seu rosto sincero foi nublado por um olhar de censura e reprovação.

— Estranho. Sempre ouvi dizer que trazer campânulas brancas para dentro de casa dá azar. Dizem que é prenúncio de morte.

— Ao ver minha expressão, ela me pôs de pé. — Deixa para lá... é apenas uma história infundada. Venha, caso contrário perderemos o sr. Poe.

Primavera de 1845

Onze

Era primeiro de abril, dia da mentira, com o qual eu me identificava totalmente. Após a *conversazione*, passei dias, ridiculamente confesso, à espera de uma palavra do sr. Poe, de uma batida na porta a qualquer momento. *Ele não sabe onde eu moro*, repreendi-me. Quando me lembrei de que, na verdade, ele tinha o endereço de Eliza, pois eu o havia incluído com os poemas submetidos para publicação em seu jornal, contra-argumentei dizendo que mesmo que ele houvesse aprovado meus poemas, não viria me comunicar em pessoa, pois bastaria uma carta. Não havia motivo para ele se dar ao trabalho de percorrer tal distância.

No entanto, ao me sentar ostensivamente à mesa de jantar na sala familiar do porão de Eliza com lápis e papel, com a intenção de compor um poema, senti a presença do sr. Poe de um modo impossível de ser explicado. Era como se eu tivesse certeza de que ele pensava em mim, mas não pudesse agir de acordo com sua vontade, como se nossas almas se comunicassem na estranha dimensão sobre a qual ele escrevera.

Certamente não se tratava apenas de imaginação. Relanceei os olhos pela sala. Não *sentia* a preocupação de Eliza comigo enquanto ela costurava no sofá e seu filho Henry brincava com os soldadinhos de chumbo aos seus pés? Eu não *sentia* em relação ao nosso grupo o distanciamento de Mary, a empregada, cuja alma vagava por sua terra natal, mesmo quando ela se encontrava sentada ao lado da mesa e balançava o bebê John no joelho? Não *sentia* o amor de Vinnie por sua boneca quando ela lhe dava comida em um chá promovido pela mandona Anna Bartlett ou o desconforto de Ellen por morar na casa de outra pessoa até quando lia um livro, uma menininha numa grande cadeira de espaldar alto?

Uma enérgica batida de saltos soou nas escadas do lado de fora de nossa janela. O som estridente da campainha.

Ofeguei.

— O que foi, mamãe? — perguntou Vinnie.

Ellen se levantou de um salto.

— É papai?

Os olhos de Vinnie se arregalaram.

— Sério? É ele, mamãe?

Amaldiçoei-me por lhes criar expectativas.

— Acho que não, queridas. Ele tem andado muito, muito ocupado.

Atentas, ignoraram minhas palavras, enquanto Catherine, a criada de quarto, desceu do saguão no andar superior e atendeu a porta. Uma voz feminina. Elas visivelmente fraquejaram.

A srta. Fuller desceu enrolada no que parecia ser um xale de pele de veado com penduricalhos de conchas do mar. Consternada, Catherine a seguia esfregando as mãos. As boas maneiras ditavam que as visitas aguardassem no vestíbulo até a dona da casa concordar em recebê-las.

— Margaret! — exclamou Eliza. — Por favor, perdoe nossas humildes instalações.

— Imagina, eu é que lhe devo um pedido de desculpas. Insisti em descer. — A srta. Fuller esquadrinhou a sala. — Espero que não se importe.

— De maneira nenhuma — disse Eliza.

— Vim trocar uma palavra com Frances, se for possível.

— Certamente. — Eliza ergueu as sobrancelhas para mim. — Gostaria de conversar na sala de visitas do andar de cima? Catherine, por favor, verifique se a sala está suficientemente aquecida.

— Obrigada — disse a srta. Fuller, embora todos nós soubéssemos que o risco de Margaret Fuller não fazer o que bem entendesse era mínimo. — Não me demoro. Planejo me encontrar com uma mulher que providencia o envio de mulheres pobres com filhos nascidos fora do casamento para lares respeitáveis onde trabalharão como amas de leite. Um programa ambicioso, se não defensável.

Subimos.

— Conversei com o sr. Poe sobre o meu interesse em publicar um artigo sobre sua vida. Ele não se mostrou favorável à ideia.

— Posso imaginar — disse eu.

— Até — disse a srta. Fuller — eu lhe dizer quem seria a entrevistadora.

Sua audácia não tinha limites.

— Não concordei.

— Eu sei, eu disse isso. Ele pareceu bastante desapontado.

— Talvez — disse eu — tenha confundido seu alívio por não ter sua história contada com desapontamento. Tenho a sensação de que ele é um homem bastante reservado.

A srta. Fuller sorriu.

— Está vendo? Por isso você é a perfeita candidata para a função. Você compreende Poe, por mais esquisito que ele seja.

— Somos dois poetas que respeitam os respectivos trabalhos, só isso.

— Chame seu relacionamento da maneira que bem lhe aprouver — disse ela. — Ele concordou em ser entrevistado para um artigo em profundidade.

— Ele concordou?

— Então vai aceitar o trabalho?

— Não sei. Estou surpresa que ele queira isso.

A srta. Fuller retirou uma moeda da bolsa.

— Creio que essa foi a quantia com a qual concordamos. Aceite o dinheiro mais fácil que já ganhou. — Ela puxou minha mão e colocou a moeda de ouro de dez dólares. — Poe a espera no Astor House amanhã às duas horas da tarde.

Olhei com desdém a águia brilhando na palma da minha mão.

— Por que a cara taciturna? O reconhecimento por esse artigo lhe trará benefícios. Quer ser famosa por seu trabalho, certo?

Nunca tinha verbalizado isso. Seria a minha ambição tão aparente?

— Bem, até logo, querida amiga, e boa sorte. — Ela se virou para ir embora, as conchas do mar de seu xale chacoalhando. Logo depois se deteve. — Ah, e se quiser escrever mais colunas para o *Tribune*, trate de cavar toda a sujeira a respeito dele que puder. Há algo deliciosamente errado com ele, embora eu não consiga definir exatamente o quê. Espero que você consiga.

E foi assim que me vi empoleirada na beirada de um sofá de cetim vermelho no Astor House, observando o desfile dos influentes jovens lordes do comércio e dos ociosos e mimados filhos dos novos-ricos. Era fácil distinguir os dois grupos, mesmo sem prestar atenção às bengalas com cabo de madrepérola, aos monóculos e às correntes douradas prediletas dos últimos. Bastava olhar os sapatos.

Botas prosaicas de couro de búfalo reluzentes espreitavam das pernas das calças dos reis do comércio enquanto eles atravessavam a sala a passos largos. Aqueles que haviam herdado a fortuna da família preferiam polainas e sapatilhas macias, como se seus pés jamais pisassem nada mais áspero do que tapetes turcos. Supunha que, de fato, jamais o tivessem feito.

Conduzia meu estudo de calçados quando um rumor transpassou o grupo. Ergui o olhar e vi John Jacob Astor, o construtor daquele santificado templo de dinheiro sendo conduzido como um rei através do salão em uma suntuosa liteira. Embora não fizesse frio, o homem idoso estava enrolado em peles de todos os tipos: de raposa, de mink, de lince. Apenas seu rosto rabugento e enrugado aparecia por baixo da pilha de peles. Era como se o velho negociante se afogasse na mercadoria com a qual construíra sua fortuna.

— Acho que os ursos e os castores podem estar obtendo sua vingança.

Virei-me. O sr. Poe estava de pé atrás do sofá, o chapéu na mão. O homem se movia tão silenciosamente quanto um lobo. Levantei-me, mais feliz de vê-lo do que me era reservado o direito.

— Estava exatamente pensando em algo parecido.

Ele sorriu.

A cor em suas faces, intensificada pela caminhada sob o vento úmido, realçava o cinza suave de seus olhos. Fiquei pensando no quão lindos eram os olhos emoldurados pelos cílios negros e o quão inteligentes e perscrutadores, até me dar conta de que talvez ele estivesse lendo pensamentos.

Busquei em minha bolsa o material de trabalho. Ele deu a volta no sofá.

— Obrigada por concordar em me dar essa entrevista — disse eu, sem o fitar. — A srta. Fuller insistiu bastante para que eu escrevesse um artigo a respeito do senhor. — Tirei um lápis e um bloco da bolsa. — Gostaria que soubesse que me opus, não quis imiscuir-me em sua vida pessoal.

— Obrigado pela discrição — disse o sr. Poe. — E também devo lhe agradecer por aceitar esse projeto. Está me fazendo um favor escrevendo sobre mim. Mas se importaria muito se caminhássemos? O dia está claro e tenho ficado confinado em meu escritório horas em demasia.

— Também prefiro o ar fresco.

— Claro que sim. Pensamos parecido.

Trocamos um sorriso. Estanquei a felicidade borbulhando dentro de mim. *Era uma simples entrevista. Não seja ridícula.*

Do lado de fora do hotel, paramos na calçada com as carruagens e carroças rodando para cima e para baixo da Broadway.

— Para que direção? — perguntou ele.

Neste momento, dois homens altos desceram a escada do hotel carregando o sr. Astor. Ele pestanejou de dentro do monte de peles como uma criatura desacostumada com a luz. Cavalos foram parados de ambas direções enquanto ele era transferido para dentro de uma carruagem dourada.

— Para o parque — disse eu —, antes que os ursos e castores ataquem.

Rindo, atravessamos correndo a Broadway no hiato provocado pelos preparativos para a partida do sr. Astor. Chegamos à calçada do Barnum's American Museum, na esquina da Ann Street, do outro lado do City Hall Park. Na sacada acima da marquise do museu, uma banda trombeteava de modo atroz uma festiva marcha. Quando tapei os ouvidos, meu xale escorregou dos ombros.

O sr. Poe o ergueu e o repôs no lugar.

— Dizem que Barnum contrata a pior banda que encontra para obrigar as pessoas a entrarem.

Meu ombro formigou no local onde ele havia tocado.

— Acho que ele já alcançou seu intento.

Nossos olhos se encontraram. Lutei contra o encantamento florescendo em meu rosto apesar de perceber que ele também enfrentava batalha similar.

Um homem trajando terno de xadrez espalhafatoso e ensanduichado no meio de duas placas anunciando o museu do sr. Barnum deu um passo à frente e agitou um guia ilustrado para nós.

— O senhor e sua senhora gostariam de ver as últimas atrações?

Abri minha boca para corrigi-lo, mas descobri que não queria agir assim.

O sr. Poe reprimiu um sorriso.

— Bem, a senhora gostaria?

O homem-sanduíche, cujos grossos lábios rubros e rosto estreito davam a impressão de um peixe usando cartola, empurrou o programa para mim.

— Que tal, senhora?

Fiz um aceno de cabeça para o sr. Poe.

— Bem, senhor, se isso atrair sua curiosidade, também atrairá a minha.

— Bem, ouviu a senhora.

— O sr. Poe pôs minha mão enluvada em seu braço como se fosse a coisa mais natural do mundo.

— Mostre-nos a mostra.

Entramos no museu seguindo o homem, meu eu profundo concentrado na minha mão no braço do sr. Poe, meu corpo palpitando de excitação. Depois que o sr. Poe pagou nossa entrada de vinte e cinco centavos cada, descobrimos que éramos os únicos visitantes no saguão à meia-luz iluminado tão somente por lâmpadas a gás.

— Figuras de cera — disse o sr. Poe.

Embriaguei-me com o prazer experimentado pelo seu contato enquanto caminhávamos admirando o panteão de personagens famosos. Detivemo-nos diante do busto de cera de William Shakespeare.

— Um confrade inteligente — disse o sr. Poe.

— Acho que possuem alguma semelhança.

Ele franziu o cenho.

— É a testa. E os cachos. Só espero que os meus cubram mais o meu couro cabeludo.

Ri.

— Eu estava falando da semelhança em termos de inteligência. — Acenei com a cabeça para o busto. — Ilustre Senhor Mais Famoso Escritor do Passado, apresento-lhe o Mais Famoso Escritor do Presente.

Com a mão livre, ele fingiu cumprimentar o busto.

— Que conselho poderia me dar, gentil senhor?

— É verdade — afirmei —, o senhor é o mais famoso escritor de Nova York hoje em dia... de todos os Estados Unidos, eu diria. Um dia seu busto estará aqui perto do sr. Shakespeare.

— Um pensamento assustador.

— Mas pode acontecer.

— Não me parece possível. — Ele baixou o olhar para mim.

— Costumava pensar que, apesar da minha dedicação ao trabalho e de um considerável número de publicações pouco conhecidas, jamais seria um sucesso a não ser que fosse famoso. Só depois da fama, eu de fato ganharia vida.

— Não é o que todos os escritores acham? É como se fôssemos bonecos que só ganham vida quando tocados pela fama. — Sorri para ele. — Então é verdade? Sente-se mudado?

Ele pensou, depois fez uma careta.

— Não.

Suspirei.

— Como eu temia.

Ele me acariciou com um olhar agradecido.

— Como me compreende bem. Não posso dizer que já senti isso com outra pessoa. Soube disso no instante em que a encontrei. Obrigado.

— Por quê?

— Por iluminar a minha vida.

Sorrimos alegres um para o outro tão francamente quanto crianças. Quando, por fim, voltamos a caminhar, o ar em si pareceu leve.

Além dos bustos, surgiu o primeiro de vários quadros vivos em tamanho natural intitulado "A Família de Ébrios", embora nenhuma explicação se fizesse necessária. Crianças de cera, em trajes esfarrapados, bastante semelhantes às da rua do sr. Poe, eram representadas em vários atos de travessura: quebrando vasos, zombando umas das outras, entornando farinha. No centro da algazarra congelada, os pais debruçados sobre a mesa, adormecidos, a causa da sonolência evidenciada pelo jarro marcado com *Xs* diante deles. A pouca distância, a luz a gás apontava para o rosto branco e emaciado; um filho pequeno jazia morto na pequena e estreita cama.

Eu podia sentir a boa disposição do sr. Poe desaparecer. Tive vontade de soltar seu braço, mas temi aborrecê-lo.

Por fim o sr. Poe disse:

— Eles entenderam tudo errado.

Esperei que prosseguisse.

— Era a mãe quem deveria estar no leito de morte, e os filhinhos sendo levados para tocá-la. Pelo menos, essa é minha recordação de tal cena. Meu pai, que eu ainda não tinha conhecido, e que jamais tornaria a ver, era aquele curvado sobre a mesa com a garrafa. Meu irmão, William, e eu estávamos sendo compelidos a nos despedirmos. Eu ainda não tinha três anos. — Eu o ouvi engolir em seco. — Minha tia me fez tocar o rosto de minha mãe. Estava frio. Nenhum rosto deveria ser tão frio. Minha mãe tinha se tornado algo inumano.

— Sinto muito.

Ele respirou fundo.

— Lembro-me dela ainda viva. Era dona de um brilho, de uma luz jovial incomparável. Eu só queria agradá-la... — Seu maxilar contraído demonstrava a luta travada para se conter. — Lamento tanto por ela não ter vivido para ver o meu sucesso. Quem sabe então eu pudesse realmente acreditar nele.

Apenas nossos passos e o farfalhar de minhas saias quebraram o silêncio enquanto caminhávamos para o próximo quadro. A cena era de uma família feliz: os avós idosos liam as Escrituras enquanto o restante da família rodeava a mãe, que tocava pianoforte.

Seu tom era de frivolidade forçada.

— Somos nós, senhora?

Mas o encanto tinha sido quebrado. Eu nos vi como éramos: duas pessoas casadas com outras, sozinhas num lugar público. Afastei-me.

— Fale sobre a sra. Poe real. Sua esposa.

Seu rosto assumiu uma expressão severa.

— Agora estou sendo entrevistado?

Balancei a cabeça.

— Não, pergunto como amiga.

— Uma amiga não me perguntaria sobre ela.

— Uma amiga perguntaria, sim, e por isso estou perguntando.

— Nós somos apenas amigos, sra. Osgood?

Não soube o que responder.

Agitada, continuei ao seu lado passando por figuras de cera dos famosos irmãos siameses, Eng e Chang, por um mandarim chinês, por um casal de gigantes e por um quadro vivo mostrando o nascimento e a morte de Cristo. Ninguém perturbou nosso isolamento. Era como se o museu estivesse aberto tão somente para nós.

Paramos diante de uma grande escadaria. Voltei-me para confrontá-lo.

— O que *somos*, sr. Poe?

— É necessário discutir isso? — perguntou. — Não podemos simplesmente ser o que somos um para o outro?

Ofendida por ele ter descartado a pergunta que ele próprio provocara, desci as escadas em profundo silêncio.

Ao pé da escada, um espelho em tamanho natural assomou diante de nós. Quando nos detivemos na frente do espelho, nossas imagens cresceram e atingiram proporções gigantescas. Meus olhos, grandes como melões, encararam meu parceiro fantasticamente agigantado.

Seu monstruoso reflexo sobriamente considerou o meu.

— Certa vez, escrevi uma história, "William Wilson". Nela, o narrador é assombrado por um colega igual a ele em todos os detalhes, tanto na aparência quanto nos modos, mesmo no nome, exceto por uma perturbadora característica: seu duplo é perverso. Esse gêmeo ruim segue todos os passos de sua vida, comportando-se de modo vergonhoso, criando o caos, destruindo a reputação de William Wilson, pois todos confundem o William Wilson mau com o bom. Por fim, o William Wilson bondoso não aguenta mais a situação. Enraivecido, assassina o gêmeo a punhaladas. Tomado de horror pelo que fez, ele se afasta cambaleante e se olha no espelho. Seu *doppelgänger*, agora lívido e ensanguentado, sorri para ele. — Ele baixou o olhar para mim. — Desde que escrevi essa história, passei a não gostar de espelhos.

Não desviaria meu olhar de nossas reflexos.

— Isso não é um conto. Isso somos eu e você.

Sua imagem amplificada tentou sorrir.

— Sim, você e eu, minha senhora, em maior escala.

Não era sua "senhora". Sua verdadeira esposa estava doente e desamparada. E eu tinha um marido, a quem um dia amara com todo o meu ser, e tinha duas filhas com ele, as luzes de minha vida, que precisavam que eu me comportasse, apesar de o pai delas ser um patife.

Desviei.

— Não posso fazer isso.

— Fazer o quê.

Continuar com esse flerte.

— Examinei seu rosto.

— Entrevistar o senhor.

— A senhora se sentiria melhor entrevistando a minha esposa?

Não queria nada com ela. Eu queria beijá-lo. Eu queria que ele me beijasse.

— Sim.

— Então faça isso — disse com toda calma. — Amanhã, se quiser.

Deixamos o museu logo depois, tendo os entretenimentos perdido seu poder de entreter. Estávamos parados na calçada, deixando nossos olhos se acostumarem com a luz, quando o líder de um bando de pombos passageiros voou sobre nossas cabeças. Os pássaros logo escureceram o céu, os milhares de asas a bater, amortecendo o ruído contínuo das rodas nas pedras do calçamento, abafando a vibração da cidade. Separamo-nos debaixo das sombras desorientadas, tomando caminhos separados sob o interminável zumbido da onda primordial.

Doze

Afinal, o acesso de tosse da sra. Poe decresceu até cessar, deixando-a ofegante. Ela se recostou e pestanejou para mim, tão altiva quanto uma criança fazendo pose de rainha.

— Pode repetir a pergunta, por favor?

Desviei o olhar da sala. Várias semanas depois de minha primeira visita, a residência dos Poe começava a ganhar uma aparência menos temporária. Uma estante entalhada com adornos tinha sido pendurada e exibia os livros antes alinhados na paredes. Um tapete curvo tinha sido disposto no chão e a vidraça quebrada, consertada. Mesmo a maçaneta despencada agora estava presa. Parecia que o sr. Poe pretendia manter a família ali. Imaginara que ele não gostasse que a mulher morasse tão perto do estabelecimento de Madame Restell. Por que ele escolheria permanecer em lugar tão lúgubre, tão longe de todos?

Baixei o rosto para o caderno de notas.

— Como era o sr. Poe quando menino?

— Caso se refira a quando ele era um *menininho* — disse a sra. Poe arrogante —, mamãe seria um melhor juiz. Não tinha nascido quando ele era pequeno. Temos treze anos de diferença.

A sra. Clemm, encarapitada na beira da cadeira de balanço como um ladrão sendo interrogado por seus crimes, intensificou a permanente expressão de preocupação.

— A senhora deve achar enorme a diferença de idade entre eles.

— Ah, não — disse eu.

— A maioria das pessoas acharia — disse a sra. Clemm —, mas Virginia sempre foi muito madura para a idade.

— Claro.

— Quanto a Eddie, quando menino, era uma coisinha tão triste.

As abas da touca da sra. Clemm esbarraram em seus ombros quando ela balançou a cabeça ao se lembrar.

— O pai abandonou a mãe dele quando Eddie tinha dois anos, e a mãe morreu naquele mesmo ano.

— Eu sei, ele me contou.

A sra. Poe me lançou um olhar penetrante.

— Ele contou? Quando?

A sra. Clemm pareceu ignorar o olhar fixo da filha sobre mim.

— Tudo o que a mãe deixou para ele foi uma miniatura de si mesma e aquela pintura do porto de Boston. Uma herança triste, tão triste, pobre criaturinha. Eu o teria adotado naquele estado lastimável, mas o sr. John Allan, de Richmond, o arrancou ali mesmo, na cabeceira da mãe. A esposa do sr. Allan não podia ter filhos, entende? Suponho que ela via no pequeno Eddie um brinquedinho. Não me admira, ele era uma criança linda, com madeixas negras e grandes olhos cinza. Exatamente como a minha Virginia. Pareciam gêmeos.

— Os Allan devem tê-lo mimado — disse eu.

A sra. Poe precisava continuar me encarando?

— Ah, sim — disse a sra. Clemm —, eu mesma nunca conheci a sra. Allan, mas Eddie disse que ela o tratava como um príncipe. Mas depois sua saúde piorou e ela ficou de cama. Então, o sr. Allan mandou Eddie para colégios internos, tanto aqui quanto na Inglaterra, quando ele ainda era pequeno.

— Seis anos. — A sra. Poe fez um biquinho com a boca numa expressão pueril. — Desde os seis anos.

Fiz uma anotação, desejando que ela desviasse o olhar.

— Então o sr. Poe recebeu uma boa educação?

— O sr. Allan nunca permitiu que o pobre Eddie saísse da escola para visitá-lo — disse a sra. Clemm, entusiasmada com o assunto. — Nem na Inglaterra, nem em Richmond, nem em lugar algum. Então, quando Eddie foi para a Universidade de Virginia, o sr. Allan deixou de lhe mandar dinheiro suficiente para comer, quanto mais para comprar livros. Ele sofreu privações terríveis, terríveis.

De repente, a sra. Poe indagou:

— Quando Eddie lhe falou sobre sua infância?

Ergui o olhar, alarmada com o tom de voz.

— Ontem. Ele me deu uma entrevista para esse artigo. Deve ter contado à senhora.

— Não, e não entendo porquê.

Eu me vi parada diante do espelho labirinto com o seu marido.

— Foi muito rápido. Nada que valesse a pena mencionar.

A maçaneta girou. O sr. Poe entrou.

A sra. Poe ficou me olhando quando ele se aproximou para beijá-la e à tia. Ele afagou a gata que tinha aparecido, depois acenou em minha direção, cuidadosamente evitando qualquer contato visual.

— Ia contar agora mesmo à sra. Osgood como você trapaceava na faculdade — disse a sra. Poe.

Apenas um leve erguer de sobrancelhas marcou a desaprovação do sr. Poe. A sra. Clemm exclamou:

— Virginia, isso não é verdade! Ele jogava, mas não trapaceava.

— Realmente não preciso saber — disse eu.

— Ele era apenas um menino! — bradou a sra. Clemm. — Ele perdeu tudo e mais um pouco.

— Trapaceiros nunca prosperam — cantarolou a sra. Poe.

O sr. Poe encarou a mulher, o rosto pálido.

— Talvez a senhora não queira incluir isso no seu artigo — disse a sra. Clemm, insegura.

— Por que não, mamãe? — perguntou a sra. Poe. — Temos orgulho do que nos tornamos. Quando o sr. Allan morreu, era um dos homens mais ricos em Richmond, mas não deixou um centavo para Eddie. Deve estar se contorcendo na sepultura ao ver como Eddie ficou famoso.

A sra. Clemm me deu um sorriso desapontado.

— Ah, o sr. Allan tinha a casa mais encantadora do mundo! Eu a vi quando nos mudamos com Eddie para Richmond. Era chamada de Moldavia. Tinha grandes colunas brancas na frente e duas varandas para descanso nos fundos. Não havia casa mais elegante no...

— Basta — afirmou categórico o sr. Poe.

A sra. Clemm se espantou.

— Sinto muito — disse o sr. Poe com calma. — Eu não deveria ter falado nesse tom com você, Muddy. Mas achei que o artigo fosse acerca de meus escritos.

— É? — perguntou a sra. Poe. — Achei que fosse sobre nós.

Ainda evitando meus olhos, ele me disse:

— Lamento ter interrompido a entrevista. Apenas vim em casa buscar um manuscrito que esqueci. — Ele deu um beijinho na cabeça da esposa. — Até logo, minha querida. Até logo, Muddy.

Então, com um frio aceno para mim, recolheu alguns papéis na escrivaninha e saiu.

Depois que a porta fechou, a sra. Clemm disse orgulhosa.

— Ele é muito ocupado.

Meneei a cabeça, sentindo-me diminuída pela indiferença do sr. Poe. Agora podia entender por que ele protegia a esposa. Ela era ainda mais incapaz do que eu imaginara. Nunca me permitiria ser a causa de dor para quem lidasse com alguém assim. Ele não confiaria o suficiente em meu bom senso para saber que eu jamais tentaria ser nada além de sua amiga?

— Eddie vivia escrevendo — disse a sra. Clemm, espanando o colo. — Esse menino veio ao mundo com uma caneta presa na mão. Vendeu seu primeiro poema quando tinha vinte anos. Ele o escreveu quando tinha quatorze, acho eu. Já tinha vendido vários antes de ir morar conosco em Baltimore.

Minha energia estava se exaurindo.

— Quantos anos ele tinha na época?

— Não tenho certeza — disse a sra. Clemm. — Deixe-me pensar.

Talvez eu pudesse tão somente pedir ao sr. Poe que providenciasse uma lista de suas publicações e terminasse com aquilo. Estendi a mão para pegar a bolsa e comecei a guardar minhas coisas.

— Ele tinha vinte e dois anos — disse a sra. Poe.

Ergui o rosto. No rosto infantil, o olhar era aterrador.

— Ele tinha vinte e dois anos e era o homem mais bonito e mais inteligente que eu já tinha visto. E decidi que ele seria meu.

A sra. Clemm riu.

— Acredita que Virginia se apaixonou à primeira vista?

— E ele, evidentemente, pela senhora — disse eu à sra. Poe.

— Desde que ele foi morar conosco, Virginia seguia seus passos aonde quer que ele fosse — disse a sra. Clemm —, mesmo para as casas de suas amigas. Quando Eddie cortejava Mary Starr, que morava na Essex Street, ele fez de Virginia seu pombo-correio. Ela corria de uma casa a outra com os bilhetes de amor. Virginia até entregou a proposta de casamento de Eddie. — Ela coçou o nariz. — Não funcionou como ele tinha imaginado.

A sra. Poe riu.

— Ele não ajudou em nada indo até a casa de Mary bêbado.

— Virginia! — A sra. Clemm me fitou.

— É uma história engraçada, mamãe — disse a sra. Poe. — Quando entreguei a Eddie o bilhete de recusa da srta. Mary, ele ficou tão zangado que bebeu a garrafa de rum inteira que eu tinha encontrado e saiu feito uma bala. A mãe da srta. Mary deve ter nos visto porque mandou Mary para o andar de cima. Mas Eddie tinha perdido o juízo. Ele subiu a escada atrás dela quando eu o desafiei a fazê-lo. Se algum dia teve uma chance com Mary Start, deixou de ter depois disso.

A sra. Clemm balançou as abas de sua touca.

— Minha nossa, Virginia! Que impressão está dando à nossa visita?

— Não se preocupe — eu disse. — Estamos conversando extraoficialmente agora.

— Já tem o bastante para seu artigo? — perguntou a sra. Clemm desconfiada.

— Quero que saiba — disse a sra. Poe quando fiz menção de me levantar — que meu marido não chegou mais perto de uma garrafa desde que a conheceu.

Estanquei, pega de surpresa.

— Isso é... maravilhoso. Francamente, não me lembro de quando foi que nos conhecemos.

Ela sorriu, serena feito um gato.

— Na festa da srta. Lynch, em fevereiro. Quinze de fevereiro, para ser exata. A senhora usava um vestido verde.

Os cabelos de meu braço se arrepiaram.

— Virginia presta atenção a todos os detalhes — disse a sra. Clemm com orgulho.

— De fato — disse eu, demonstrando uma firmeza que não sentia. — Receio que não tenhamos sequer nos falado.

— Não nos falamos, mas eu descobri quem era. Quando a senhora estava conversando com Eddie, perguntei à simpática srta. Fuller.

— Lamento que eu e a senhora não tenhamos tido oportunidade de conversar na ocasião. Eu gostaria de ter sido apresentada.

— Não importa. Agora somos amigas. Nós duas deveremos ser sempre amigas.

— Sim. Com certeza.

— E Eddie também?

— Claro. Como achar melhor. — Eu podia sentir seu olhar me perfurar enquanto me movi na direção da porta. As boas maneiras me obrigaram a me voltar para despedir-me. — Obrigada pelo seu tempo, sra. Poe, sra. Clemm. Tenho certeza de que nos falaremos em breve. Trarei o artigo para a sua aprovação antes de ser publicado.

Voei da casa como um pássaro fugindo da armadilha.

Cega aos bêbados, mascates e porcos de engorda na rua, apressei o passo na direção norte, perturbada pela recente experiência. A sra. Poe me era hostil? Ou minha culpa distorcia meu julgamento e me fazia tirar conclusões erradas sobre o que não passava de sua inaptidão social? Eu não conseguia me sentir à vontade perto dela. Uma vez o artigo publicado, decidi, teria o mínimo contato possível com ela.

Treze

Na manhã seguinte, depois que as crianças tinham ido para a escola e Eliza saíra para as costumeiras visitas na vizinhança, sentei-me à escrivaninha na sala de visitas da frente da residência dos Bartlett, examinando minhas anotações. Como escrever um artigo interessante sobre os Poe com o material recolhido? Se não quisesse prejudicar o sr. Poe, pouquíssimo de minha entrevista poderia ser publicado. Não me admirava o fato de ele manter a mulher afastada dos olhares do público. Estranhamente ingênua e fisicamente frágil, seria difícil para ela adequar-se aos rigores da vida em sociedade de Nova York. Eu me senti honrada por ele confiar em mim para não a expor.

Entretanto, todo o orgulho experimentado por ter sido aceita em seu círculo íntimo foi diluído quando pensei em seu tratamento frio na presença dela. Doía pensar que ele não confiava em meu bom senso. Ele se tinha em tão alta conta que temia que eu fosse me atirar em seus braços na frente da esposa?

Uma ideia borbulhou num canto de minha consciência.

Comecei a escrever, riscar, corrigir, à medida que um poema tomava forma. As estrofes foram aos poucos surgindo, palavra por palavra, frase por frase, até por fim a composição, tão frágil quanto uma bolha de sabão, resplandecer em sua totalidade na minha mente. Anotei às pressas os versos restantes, recitando os dois últimos em voz alta como se receasse perdê-los:

The fair, fond girl, who at your side
Within your soul's dear light, doth live,
Could hardly have the heart to chide
The ray that Friendship well might give.

But if you deem it right and just,
Blessed as you are in your glad lot,
To greet me with that heartless tone,
*So let it be! I blame you not!**

Recostei-me, esgotada, como sempre acontece após ter produzido uma composição verdadeira e sincera, sem levar em consideração o assunto ou a extensão. É como se produzir um trabalho criativo dilacerasse um pedaço da alma. Uma vez exposta a dor por inteiro, a ferida precisa sangrar por um tempo. Quão similar é abrir mão de um sonho, da esperança ou do desejo de seu coração. Faz-se mister se abrir e os deixar exaurirem-se.

Tomei consciência dos sinos da Igreja Batista na outra esquina, badalando as 11 horas. Recompus-me, dobrei o papel, guardei-o em minha bolsinha, enrolei-me em meus agasalhos e saí. Na Broadway, a quatro curtos blocos de distância, aluguei uma carruagem. Cheguei ao estabelecimento do sr. Poe antes de ter tido tempo de reconsiderar minha atitude.

Um jovem magricelo com cabelos ruivos ergueu-se de um salto de uma escrivaninha lotada perto da porta.

— Vim ver o sr. Poe.

---

*A jovem amável, afeiçoada, que ao teu lado/Vive imersa na luz de sua alma adorada,/Jamais teria coragem de reprovar ao amado/O fulgor que pode proporcionar a Amizade.
Porém se consideras certo e justo,/Abençoado como és em tua sina benfazeja,/Cumprimentar-me em tom cruel, a custo/Eu não o culpo! Pois que assim seja!

No momento em que disse isso, o avistei-o diante de uma escrivaninha sobre a qual pilhas de papel amontoavam-se ordenadamente.

O sr. Poe se levantou. Embora mantivesse o rosto sereno, percebi a alegria em seus olhos.

— Sra. Osgood.

Ele veio e apertou meus dedos enluvados um segundo a mais do que deveria antes de soltá-los.

Forçando-me a conter a emoção, procurei o poema dentro da bolsinha.

— Ficaria grata se o senhor considerasse publicar esse trabalho.

— Além dos submetidos recentemente?

— Sim. É o melhor deles.

— Posso ler?

— Por favor, leia — disse, impassível.

Ele examinou o texto, depois ergueu o olhar para mim. Um olhar penetrante despachou o contínuo.

— O que devo fazer com isso? — perguntou calmamente.

Eu me recompus.

— Acredito que as leitoras que mantiveram uma amizade sincera com um cavalheiro casado poderão achar esse poema reconfortante.

— Acredita que existam tantas leitoras nessa situação?

— Mais do que é capaz de supor.

Ele assentiu como se considerasse meu ponto de vista.

— Esse poema dá a entender que a esposa aprova a amizade. Acho bastante improvável uma esposa ter tal atitude.

— O senhor dá pouco crédito às esposas, sr. Poe. Não pode ser ela sensata o bastante para ter consciência do poder que exerce sobre o marido? Por que deveria sentir-se ameaçada, quando sabe que a outra mulher não tem más intenções?

— Não sei, sra. Osgood. Por que deveria?

De repente, zanguei-me.

— Acho que ela não se sente ameaçada. Na verdade, imaginar isso seria um insulto à esposa. E, por parte do mundo, é pura futilidade.

— Futilidade? — Ele permitiu que um pequeno brilho de divertimento lhe iluminasse os olhos.

— Sim, futilidade. É fútil sentir a necessidade de desprezar a amiga para provar sua fidelidade à esposa.

— Minhas leitoras compreenderão isso?

— Sim, posso lhe garantir. Outrossim, compreenderão que assim agindo ele ofende não apenas a esposa, mas também a amiga. Ao tratar friamente a amiga, o cavalheiro não lhe dá chances de provar que pode se conduzir de modo sensato. É um grave insulto a todos, sr. Poe.

— Ainda não tenho certeza se minhas leitoras casadas concordarão com esse poema.

Estendi a mão para reavê-lo.

— No entanto — disse ele, dobrando o papel —, nunca tive medo do que dizem, sra. Osgood, como já deve estar ciente. — Ele o enfiou dentro do casaco. — Publicarei seu poema. Imediatamente. Pagarei dois dólares. Considera a quantia aceitável?

— Sim — disse eu, de modo formal. — Obrigada.

Ele foi à escrivaninha assinar o cheque. Sem erguer a cabeça, disse:

— Minha esposa quer que eu a convide para ir ao teatro conosco hoje à noite. *Fashion* é o nome da peça. Na verdade, quando chegou, eu redigia uma mensagem para despachar para a senhora. Entrou enquanto escrevia seu nome. — Ele ergueu o rosto para avaliar minha reação.

— Uma coincidência — disse eu.

Seu olhar nostálgico me revelou o que pensava sobre coincidências.

— A senhora aceita o convite?

— Parece que estou destinada a aceitar.

— Cuidado com o destino, sra. Osgood. Ele sempre dá a última palavra.

Dei-lhe as costas. Jogávamos um jogo perigoso, para o qual eu não tinha certeza de ter a ousadia.

Ele me entregou o cheque e me acompanhou até a porta. Outra revoada de pombos passageiros passava no céu quando pisei na calçada. Nas fileiras, em menor número do que as de dois dias antes, avistei alguns poucos pássaros seguindo à parte.

O vento agitou as abas do meu casaco curto quando protegi os olhos do sol para contemplá-los.

— Talvez esta seja a última revoada.

— Eu os admiro — disse o sr. Poe. — Admiro qualquer coisa selvagem que não seja controlada pelo homem.

— Acredito que esses pássaros têm controle sobre as próprias vidas.

— Têm? — Ele cravou os olhos de cílios escuros em mim. — Cinquenta anos atrás havia tantas árvores na América que um esquilo podia pular da copa de uma árvore em Nova York e continuar saltando até chegar a Indiana. Agora ele não conseguiria sair de Manhattan.

— Como o mundo muda rápido... Entretanto, de tão ocupados em viver, nem o notamos.

— E, no entanto, — disse ele calmo —, ele não muda rápido o suficiente.

Ele me saudou.

— Bom dia, madame.

E então entrou na sala do escritório, prisioneiro das demandas de seu trabalho.

A mão macia de Vinnie segurava o meu queixo.

— Vire a cabeça, mamãe.

Ela estava sentada na cadeira, em nosso quarto, no terceiro piso da casa dos Bartlett, com as mechas laterais do meu cabelo na mão. Senti um nó no estômago ao me inclinar em sua direção para que ela pudesse prender uma das mechas. Por que eu havia concordado em ir com os Poe ao teatro? Quão rapidamente eu descartara a resolução de não me aproximar da sra. Poe. À medida que o dia passava, o que a princípio parecera um simples convite tinha assumido um sinistro prospecto. Embora a sra. Poe nada tivesse a temer de mim, sua bizarra disposição de ânimo me irritava. Na melhor das hipóteses, seria uma noite embaraçosa, independentemente de minhas boas intenções. Fiquei feliz quando, por fim, Eliza veio até a minha porta e eu pude me preparar para terminar logo com tudo aquilo.

— O sr. Poe chegou — disse, os olhos repletos de curiosidade.

Eu havia respondido às suas prévias perguntas sobre a minha visita aos Poe de modo intencionalmente vago. Falar sobre eles me perturbava.

Eu acenei animada, fingindo segurança.

Lá embaixo, o sr. Poe aguardava na entrada, a chuva escorrendo do guarda-chuva fechado.

Sob o olhar interessado de Eliza, cumprimentamo-nos com reservada cortesia. Ficou decidido que eu precisaria de meu casaco comprido por causa do tempo. A empregada foi buscá-lo no andar de cima. O sr. Poe me escoltou para um fiacre parado no meio-fio.

A sra. Poe esperava dentro do veículo. Ela me permitiu beijar-lhe o rosto como se fôssemos velhas amigas e eu me instalei ao seu lado. O sr. Poe entrou na carruagem pelo outro lado e lá fomos nós com um solavanco.

— Que noite chuvosa! — disse a sra. Poe.

— É — respondi.

— Eddie diz que *Fashion* é uma peça ótima.

— Obrigada por me convidar a acompanhá-la — disse eu. — Já faz tempo desde a minha última ida ao teatro. — Desde o ano passado, na verdade, antes de Samuel partir.

Seguimos aos solavancos. A sra. Poe, animada, citou todas as peças que ela e Eddie tinham assistido ao longo dos últimos meses como convidados da administração de vários teatros. Prosseguiu dando suas impressões acerca de cada uma, seu curso de pensamento apenas interrompido pelos acessos de tosse. Suas observações nos levaram todo o percurso da Broadway ao City Hall Park, onde contornamos a esquina para chegar ao Park Theatre, tendo o museu Barnum, ao sul, ao alcance da vista. Embora o sr. Poe mantivesse o silêncio, eu sentia sua presença do outro lado da esposa, tão firmemente enroscada quanto uma bobina.

O fiacre estancou. Esperei o sr. Poe ajudar a esposa a saltar. Ao ficar de pé, percebi que ela usava debaixo do casaco o mesmo vestido infantil enfeitado com laços e fitas da primeira vez que eu a vira. Uma vez ela na calçada defronte ao teatro, e eu transferida pelo cocheiro para o abrigo do guarda-chuva do sr. Poe, entramos na fila. A chuva tamborilava na lona sobre nossas cabeças.

A sra. Poe entrelaçou as mãos sob o queixo.

— Aconchegante, não acha?

— Muito — respondi.

Ela elevou o polegar enluvado na direção do outro.

— Já esteve aqui?

Virei-me para olhar.

— No Barnum — disse ela.

Vi o prédio do museu no final da rua, suas sensacionais faixas iluminadas pela luz a gás. Podia ouvir a melodia de uma marcha abjetamente interpretada vindo de sua direção.

Hesitei.

— Já.

— Recentemente?

O sr. Poe manteve o olhar fixo na direção do teatro.

— Sim.

Ela sorriu.

— Sorte sua. Eu nunca fui. Eddie diz que não é educativo. — Fez um biquinho, o rosto encoberto pelo manto de capuz. — Tudo o que eu faço deve ter sempre um fundo pedagógico.

O sr. Poe segurou-lhe o cotovelo e a girou na direção da porta do teatro.

— O espetáculo vai começar daqui a pouco.

Ela suspirou para mim.

— Sou sua criatura, sabe? Tudo o que sou, foi ele quem me ensinou a ser.

— Não sabia que se ressentia disso, minha querida — disse ele em tom indulgente.

— Não me ressinto! Por que diz isso, Eddie? Quem não ficaria orgulhosa de ser ensinada pelo Shakespeare de nossa geração?

Podia sentir o afluxo de calor em meu rosto. Teria o sr. Poe contado a ela sobre nossa visita ao Barnum? Fitei-o. Ele fez um vago gesto de negação com a cabeça. Muito estranho ela ter repetido a minha conversa com ele! Estremeci. Seria coincidência?

A sra. Poe voltou-se para examinar a fila que se formara atrás de nós.

— Está vendo algum conhecido, Eddie?

— Não é educado olhar quem está atrás de você — disse ele.

Ela arfou e, em seguida, desviou o olhar para a frente. Olhou de esguelha para o lado, sugerindo que eu olhasse para trás.

— Está vendo aquelas ali? — perguntou em voz alta. — *Prostitutas.*

Na fila, avistei duas mulheres com trajes exagerados.

— O que estão fazendo aqui? — indagou. — Deveriam usar uma entrada diferente.

— Eu realmente preciso insistir que pare com isso, Virginia — disse o sr. Poe.

— Elas não deveriam ficar perto de nós.

— Elas ocuparão seus lugares nas fileiras superiores — disse ele —, e então não as veremos.

— Como as mulheres que visitam a sra. Restell? Quem age errado deve ser punido.

— Não cabe a nós decidir — afirmou ele.

— Então cabe a quem? — Ela sorriu para mim como se quisesse angariar o meu apoio. — Concorda comigo, sra. Osgood?

Fui poupada de responder graças à abertura das portas do teatro. Segui o sr. Poe e a esposa. Tão logo entramos no saguão, o sr. Poe foi saudado por um cavalheiro próspero que se apresentou como sr. Stewart, proprietário de um grande estabelecimento comercial na Broadway. Ele disse ao sr. Poe o quanto tinha gostado de "O Corvo" e apresentou a esposa que, por sua vez, pediu para ser apresentada à sra. Poe. Esse padrão se repetiu até uma grande multidão se formar em torno dos Poe, congratulando-o pelo sucesso e admirando a esposa por sua juventude e frescor. Fiquei parada às margens do círculo, notando a animação e a alegria crescente da sra. Poe a cada cumprimento, comportamento em tudo oposto ao do sr. Poe. Foram liberados pelos admiradores apenas ao soar da campainha anunciando faltarem cinco minutos para a subida da cortina. Ao sermos conduzidos ao camarote na primeira fila, bem perto do palco, o sr. Poe estava furioso.

Instalei-me ao lado da sra. Poe. Ela se inclinou para o marido.

— Eddie, Eddie, qual o problema? Por que foi tão rude com as pessoas?

— Você deve pedir desculpas à sra. Osgood.

Ela me olhou.

— Por quê?

— Você esqueceu a nossa convidada.

— Não precisa se desculpar — comentei.

Ela inclinou a cabeça em uma reverência exprimindo desagrado com o olhar.

— Desculpe, sra. Osgood. Não foi intencional.

A campainha tocou anunciando o início da peça.

Ela apertou minha mão.

— Se fiz alguma coisa errada, Frances — sussurrou —, estou verdadeiramente arrependida.

A peça começou. Era uma comédia satisfatória. A atriz que representava o papel da esposa tola e desesperada por status despertou as risadas previsíveis; o ator que fazia o papel do marido bajulador, quase à beira da ruína na tentativa de agradar a esposa, fez jus a gargalhadas de solidariedade. Sentada no escuro, eu intuía o entusiasmo altivo da sra. Poe pela admiração que havia angariado e, de modo perturbador, o que parecia sua sensação de triunfo sobre mim. Se sua intenção era decretar a posse do marido, obteve pleno êxito.

No intervalo, levantou-se de um salto, o que provocou um contido acesso de tosse.

— Eddie, acho que preciso de um ponche. Pode comprar para mim?

— Se assim o deseja... Mas talvez seja melhor ficar em sua poltrona e descansar. Trago para você.

— E ser impedida de encontrar sua gente? Não!

— Não tenho "gente", como vai acabar aprendendo. Sra. Osgood, a senhora vem? — convidou.

Agradeci e implorei para ficar em meu assento, alegando querer anotar minhas impressões sobre a peça.

— Eddie é o crítico — disse a sra. Poe. — Ele já escreveu o artigo.

— Gostaria de ser capaz de descrever a peça para a sra. Bartlett quando chegar em casa.

— Mas deve sair! — exclamou a sra. Poe.

— Por favor, e desculpe — disse eu —, mas devo insistir em permanecer aqui.

Eles se foram. Fitava a cortina, odiando Samuel por ter me abandonado, deixando-me nessa posição vulnerável, e ao mesmo tempo desprezando-me por permitir que a sra. Poe me irritasse, quando o sr. Poe retornou, trazendo uma taça de ponche.

— Não podemos permitir que se acabrunhe.

Nossas mãos se tocaram quando peguei a taça. Relutante, ele a soltou.

— Foi uma péssima ideia virmos — disse ele.

— Ah, não. — Olhei sobre o parapeito do camarote, lutando contra a pressão a me sufocar o peito. — Estou gostando muito da atuação da sra. Smith.

— A atuação dela não é nada se comparada à dos ratos.

— Ratos?

— Os ratos daqui são muito bem treinados. Compreendem as deixas à perfeição. Sabem a hora exata em que a cortina sobe e o exato momento em que o público se mostra enfeitiçado com o que se passa no palco. Sabem o momento exato para investir e esquadrinhar o poço da orquestra em busca de amendoins e casca de laranja, bem como quando a cortina está prestes a descer e chegou a hora de desaparecerem.

Ri. Nossos sorrisos se acomodaram em um sereno e profundo olhar. *Você não deve fazer isso.*

Ele foi o primeiro a romper o elo.

— Peço desculpas.

— Por quê? — perguntei, indiferente.

Ele desviou o olhar, mas logo depois retornou um olhar intenso e penetrante.

— Pela minha esposa.

— Ela deve estar procurando o senhor.

Eu o senti retrair-se.

— É verdade.

Formal, pediu-me licença e saiu. Uns dez minutos depois, retornou com a sra. Poe, cheia de histórias das esposas importantes que tinham falado com ela e a soma dos convites recebidos para visitas. Apenas o subir da cortina a silenciou e, mesmo assim, eu podia sentir seu olhar sorridente e vitorioso.

Diminuída, perdi muito dos atos finais da peça. Apenas os ratos avivavam meu ânimo. Eram tão talentosos quanto o sr. Poe afirmara. Eles dirigiam a própria peça dentro da peça — de modo mais dramático, ao que constatei, do que a comédia representada no palco. Conseguiria o rato obter um pedaço da casca antes de ser pisado pela sra. Smith? Conseguiria arrancar o amendoim por baixo da cortina antes de ser varrido pelo encerramento?

Mas não me foi dada a chance de relatar mesmo essas pequenas constatações ao sr. Poe depois da peça. Antes que pudéssemos deixar nosso camarote, ele e a esposa foram cercados por leitores ávidos, ansiosos pela visão, mesmo apenas de relance, dos célebres sr. e sra. Poe. Os admiradores pediam uma leitura improvisada de "O Corvo" enquanto descíamos as escadas. Seus gritos de "Nunca mais! Nunca mais!" seguiram nossas pegadas até o saguão, onde os porteiros foram obrigados a abrir caminho para nós até a porta. Quando embarcamos em nosso fiacre, a sra. Poe exultava com a adulação.

A carruagem começou a se afastar do meio-fio.

— Eu já contei que o sr. Brady nos convidou para fazer nossos daguerreótipos? — perguntou a sra. Poe ao marido. — Sempre quis um. Para ver como realmente sou.

— Achei que tivéssemos espelhos para isso — disse o sr. Poe.

— Eddie. — De brincadeira, deu uma cotovelada no marido. — Sabia que a nora do sr. Astor elogiou o meu vestido? Ela disse que ele é a minha imagem. Ela é realmente muito gentil.

Sua euforia desencadeou um acesso de tosse. A princípio, o sr. Poe deu-lhe um tapinha distraído; depois, quando a tosse agravou, com genuína preocupação. E ela continuou tossindo enquanto os cascos do cavalo ressoavam pelas ruas escuras. Ao chegarmos à casa de Eliza, o sr. Poe afagava a testa úmida da esposa enroscada contra o seu peito. A tosse produzia pequenos espasmos.

Insisti para que o sr. Poe permanecesse com a esposa. O cocheiro me acompanhou até a porta. Desvaneci no saguão ao som do tinido das rédeas anunciando que a carruagem entrava em movimento e partia.

Eliza não havia esperado por mim, mas deixara a luz baixa de uma lamparina a óleo acesa sobre a mesa do saguão, junto com um bilhete:

Você precisa me contar tudo amanhã de manhã!

Inquieta demais para dormir, levei a lamparina para a mesa da sala de visitas da frente. Com um suspiro, dispus uma folha de papel almaço e caneta diante de mim.

Fitei a página como se pretendesse conceber uma história. Mas a magia da criatividade me abandonara. Sem ela, não poderia mais determinar minha imaginação a produzir, assim como não poderia ter determinado o advento dos trabalhos de parto no nascimento de minhas filhas. Como o parto, a criatividade chegava quando bem entendia, fora de controle. Vazia de pensamentos produtivos, minha mente vagou rumo ao local proibido: o sr. Poe.

Apoiei a cabeça nas mãos.

Fui despertada pela batida na janela.

Congelei. Seria imaginação minha?

A batida se repetiu. Apressada, soprei a lamparina para evitar ser vista. Quem poderia ser àquela hora? Avancei devagar até a janela, meu coração batendo acelerado.

O sr. Poe, de pé na escada da entrada, esfregava as mãos como se tentasse afugentar o frio.

Recuei. Estaria sonhando? Eu o havia conjurado com meu desejo? Soltei uma risada de incredulidade.

Trêmula, fui até a porta, e, respirando fundo, a abri.

Ele ficou ali, inerte, em silêncio, enquanto um fiacre descia a rua com estrépito. Ergueu a mão mostrando a minha bolsa.

— Deixou isso.

— Eu esqueci.

— Esqueceu? Ou foi proposital para eu retornar?

Nós nos encaramos à luz da lua. Seu rosto estava angustiado, furioso e resoluto. Desviei o olhar. Quando o olhei de novo, ele me puxou. Encarou-me como se prestes a me devorar e então, com um gemido, puxou-me ao encontro de seus lábios.

Quatorze

O sr. Bartlett descansou a xícara de café.

— Aí está ela. A Bela Adormecida.

Entrei na sala da família e sentei-me à mesa para o café da manhã.

— Peço desculpas pelo atraso.

— Mary levou as crianças ao parque — disse Eliza, abaixando o garfo. — A manhã está tão linda. Espero que não se importe por eu ter deixado suas filhas irem junto.

— Não, fico feliz por elas terem saído, obrigada. Eu deveria ter acordado mais cedo.

O fato é que eu não conseguira pegar no sono, pois minha mente e meu corpo permaneciam eletrizados pelo contato com o sr. Poe. Até o alvorecer sonhei acordada, quando então caí refém de sonhos tão vívidos e violentos como se induzidos pelo ópio. Ao despertar, os sonhos se desvaneceram, substituídos em minha consciência pela devastadora sensação de maus presságios. Tinha consciência de que minha vida mudara maravilhosa, dolorosa, permanentemente.

— Como foi a peça? — perguntou o sr. Bartlett, indiferente.

De pele dourada e cabelos louros, ele seria lindo, caso a testa não fosse tão alta, os lábios tão finos e a inteligência sagaz não tão propensa a juízos de valor. De qualquer forma, sua larga fronte e a tez dourada me lembravam um patinho — imagem que, estou certa, ele não pretendia cultivar.

Eliza olhou o marido com ar de censura.

148

— O que ele realmente quer saber, Fanny, é como foi com o sr. Poe.

Os pelos de meus braços se arrepiaram. Eles teriam visto a mim e ao sr. Poe na noite anterior?

— Ambos bastante agradáveis.

Por mais de um motivo, fiquei grata por Marta oferecer café naquele momento.

— Poe, agradável? — O sr. Bartlett balançou a cabeça. — Devo ter perdido algum detalhe. Não posso entender o motivo do fascínio que exerce sobre as mulheres.

— Se fosse mulher entenderia — afirmou Eliza. — Ele é muito bonito e misterioso. Quanto mais distante se mostra, mais as mulheres se extasiam.

Ela tentou capturar minha atenção, mas eu não podia fitá-la. Minha mente abraçava as sensações experimentadas: o calor do seu corpo ao me apertar em seus braços; o som desolado de seu gemido; o cheiro de couro macio e de sabonete quando segurou meu rosto com as duas mãos para me dar outro beijo.

O sr. Bartlett pôs creme no seu café.

— Achei que as mulheres fossem mais sensatas. Qualquer estudante de frenologia é capaz de constatar que ele é um homem perigoso.

— Precisamos discutir esse assunto agora? — perguntou Eliza. — Fanny ainda nem tomou o café da manhã.

Mantive meu olhar fixo em Martha, que me trazia a xícara, embora pelo meu olho mental eu me visse afastando-me dos lábios do sr. Poe. Tínhamos nos fitado admirados, nossos corações transbordantes de alegria. Nenhuma palavra foi trocada antes de sua partida. Nenhuma palavra se fazia necessária.

— Tanto você quanto Eliza fariam bem em manter distância dele durante a conversazione na casa da srta. Lynch hoje à noite — disse o sr. Bartlett.

Fiz prevalecer minha vontade e retornei ao presente.

— Desculpe?

— Está tudo escrito em sua cabeça. Aquelas protuberâncias nas laterais do osso frontal, logo acima das têmporas. Com certeza, já notou; elas são bastante extraordinárias.

Eliza suspirou.

— Ah, Russell.

— O que acha que significam? — perguntei.

— Obrigado por me levar a sério. A minha esposa não me ouve.

— O sr. Bartlett esvaziou a xícara e, com um tinido, depositou-a no pires. — Aquelas saliências, localizadas naquele ponto específico, denotam uma natureza altamente conflituosa, da mais volátil espécie.

Eliza me ofereceu um esgar apologético.

— Temos de falar sobre isso — disse o sr. Bartlett. — Não estaríamos agindo como bons amigos se não o fizéssemos. Como sabe, a frenologia é uma ciência comprovada. O próprio Poe a aprova em vários de seus contos. E aquelas proeminências do osso frontal são suficientes para deixar qualquer estudante de frenologia arrepiado. Gostaria de saber se, alguma vez, o homem se olhou no espelho. Se ele conhece frenologia, não deve gostar do que vê.

— É possível que esteja exagerando? — perguntou Eliza.

O sr. Bartlett colocou o guardanapo sobre a mesa.

— Na verdade, não. Se associarmos a grave confusão mental indicada por aquelas protuberâncias à inteligência superior sugerida pela extrema largura e altura de sua testa, obteremos, com efeito, o perfil de um indivíduo deveras perigoso.

Meu olhar se moveu para a testa alta do sr. Bartlett, emoldurada por dois calombos amarelos nas têmporas. Ele respondeu ao meu olhar com rigor.

— Tudo depende da localização das protuberâncias.

Eliza conteve um sorriso.

Ele fechou ainda mais a cara.

— Daí resulta, sra. Osgood, que quando tal mente é submetida a excessiva pressão, não apenas quem a possui se encontra em perigo, mas também quem se encontra perto dele.

— Sinto muito, Fanny — disse Eliza. — Essa não é exatamente uma conversa agradável para o desjejum.

— Não considero prudente as duas continuarem a cortejá-lo nos saraus da srta. Lynch. — O sr. Bartlett ergueu a mão interrompendo o protesto de Eliza. — Eu deveria ter avisado antes. Achei que a situação não chegaria a tal ponto. Entretanto, agora que a sra. Osgood foi ao teatro com o casal, julgo meu dever adverti-la contra qualquer maior envolvimento pessoal. É essencial não o encorajar de forma alguma, caso ele compareça hoje à noite à casa da srta. Lynch.

— Você sabe — disse Eliza — que Fanny está escrevendo um artigo sobre ele para o *Tribune.*

— Sei. E lamento. Acho que deve considerar a possibilidade de abandonar o projeto.

— Russell — exclamou Eliza —, está nos assustando!

— Ótimo. — Ele se recostou. — Era essa a minha intenção.

Teria nos visto? Por que estaria tão alarmado quanto ao meu envolvimento com o sr. Poe, caso não nos tivesse visto?

Martha me trouxe um ovo poché. Comecei a quebrá-lo com a lâmina da faca.

— Agradeço sua preocupação — disse em tom imparcial —, mas não observei nada disso no sr. Poe. Durante todo o tempo em que estive com os Poe na entrevista para o artigo, ele se mostrou paciente e gentil, mesmo quando a esposa estava... se sentindo mal.

— Não sabe o que acontece entre quatro paredes — disse o sr. Bartlett, sério. — As coisas podem ser diferentes do que parecem. Eu não me surpreenderia se a esposa morresse de medo dele.

— Isso é assustador — murmurou Eliza. — Como as histórias dele.

— De onde acha que Poe tira ideias para suas histórias? — indagou o sr. Bartlett. — Nunca notou que, em seus contos, os homens estão sempre lamentando a morte de suas lindas e jovens esposas ou amantes quando, na verdade, são eles os assassinos?

Isso não a leva a supor que ele possa estar planejando ou, ao menos, desejando a morte da esposa?

Retirei o tampo rachado do ovo. O homem que eu conhecia era gentil com a esposa, mesmo quando desafiado. Em virtude da estranha propensão da sra. Poe a se vangloriar e a emitir comentários inoportunos, ele tivera inúmeras ocasiões de corrigi-la, porém havia sido escrupulosamente cortês. Poucos maridos aceitariam com condescendência tamanha insensatez. O mais próximo que o vi perto de perder a calma foi quando a sra. Poe e a mãe conversavam sobre seu padrasto. Mesmo então, sua explosão tinha sido breve e dirigida à sra. Clemm, e rapidamente acompanhada de um pedido de desculpas.

— O sr. Poe tem sempre se mostrado um cavalheiro. — Mergulhei a colher no líquido da gema do ovo. — Eu lhe confiaria a minha vida.

— Talvez não seja sensato de sua parte — disse o sr. Bartlett.

— Russell, agora foi longe demais — disse Eliza. — O homem é um escritor, não um assassino.

Encarei o sr. Bartlett, a gema amarela do ovo pingando de minha colher.

— Não posso simplesmente evitar os Poe. Não terminei meu artigo e, para ser sincera, preciso de dinheiro.

Ele susteve o meu olhar.

— Então vá com calma, minha querida. Vá com calma.

Na conversazione daquela noite, de tão agitada pelo desejo de ver o sr. Poe chegar, e pelo aviso do sr. Bartlett de que eu não deveria ter nenhum contato com ele, caso ele aparecesse, não fiz outra coisa senão observar e tomar chá. Entretanto, surpreendi-me, enquanto bebericava, com a constatação de que o utópico fórum de ideais da srta. Lynch não funcionava mais como ela almejara. Seus convidados haviam se distribuído por status. Os poetas e escritores consagrados, bem como as queridinhas do palco, ocupavam o salão da frente, onde eram cortejados por políticos, pelas esposas de homens da sociedade e por consumidores de arte endinheirados. Os menos afortunados, incluindo os novos poetas e atores em ascensão, bem como as pessoas com pontos de vista impopulares, tais como o sr. Stephen Pearl Andrews e seu Amor Livre, congregavam-se no salão dos fundos. Ali, eles proclamavam em voz alta e se exibiam, tentando atrair a atenção dos cidadãos da linha de frente, como por exemplo o jovem sr. Walter Whitman com sua barba espalhafatosa e o sr. Herman Melville com um charuto mais formidável do que ele próprio. Apenas uma arcada aberta separava os dois salões, mas as celebridades e os desconhecidos eram divididos de modo mais efetivo do que se murados por tijolos. Uma chave destravava o invisível portão entre eles: a fama.

Com que intensidade a ausência da fama era sentida pelos habitantes do salão dos fundos dos quais eu, mera autora de livros infantis, fazia parte. Mesmo em meu distraído estado, sabia demasiado bem como a inveja assentava-se na língua, pesava a cada palavra, como o seu gosto enjoava. Apesar de engasgada naquela noite por causa da agressiva fumaça do sr. Melville, não pude evitar considerar qual salão eu frequentaria, caso Samuel ainda estivesse na cidade. O da frente, se dependesse dele.

Redirecionei meu olhar ao sr. Melville, que regalava nosso grupo de pessoas de segunda categoria com suas histórias do Pacífico. Apiedei-me dele, pois embora sua história fosse bastante satisfatória para quem gosta de barcos, a maior parte do nosso grupo lançava olhares na direção da outra sala, onde o abastado poeta e editor de jornais William Cullen Bryant, discursava acerca da necessidade de um parque para todos os nova-iorquinos. A julgar pelas expressões dos membros de sua congregação, era evidente que ele abordara um assunto de interesse geral. Mas mesmo que o parque "central" do sr. Bryant não houvesse afundado os navios do sr. Melville, eu teria dificuldade em dedicar minha total atenção a este. Meu olhar continuava movendo-se do rosto jovem do sr. Melville para a entrada do saguão, em busca do sr. Poe.

O reverendo Griswold parou ao meu lado, embalando sua chávena de chá com os dedos enluvados lilases carregados de anéis. Abri um sorriso educado, retornando em seguida minha atenção para o sr. Melville.

O reverendo Griswold retiniu os anéis contra a xícara.

— Ouviu o sr. Bryant? — perguntou em voz alta.

Afastei-me do círculo do sr. Melville.

— Não — sussurrei.

Pobre sr. Melville. O reverendo Griswold precisava ser tão desrespeitoso?

— Ele propõe um parque para todos os nova-iorquinos, incluindo os descendentes dos holandeses e os irlandeses. Imagine só!

Fitei o sr. Melville dando a entender que o reverendo Griswold deveria prestar atenção ao que dizia, assim como todos nós.

O reverendo Griswold prosseguiu, desinibido.

— Sou admirador dos poemas do sr. Bryant. Afinal, publiquei muitos elogios acerca de sua poesia, não é mesmo? Ele me convidou para almoçar uma meia dúzia de vezes. Mas não posso dizer que aprovo sua ideia sobre a construção de parques públicos. Com toda essa mistura, em breve nossas queridas crianças vão falar com os incultos sotaques de County Cork.

Nesse momento, o sr. Poe apareceu no saguão de entrada. Pude sentir o calor tomar conta do meu rosto.

— Todos estaremos cortando os finais de nossas palavras em *s*. — O reverendo Griswold sorriu maliciosamente, esperando meu comentário.

— Não me importaria.

Vi o sr. Poe conversando com a srta. Lynch; ela o conduzia para o salão da frente. A esposa não o acompanhava.

— Não se importaria? — exclamou o reverendo Griswold. — Gostaria que suas lindas menininhas falassem lixo hibérnico?

Eliza, no círculo do sr. Bryant com o marido, ao ver o sr. Poe entrar com a Srta. Lynch, buscou meu olhar.

— Não vejo nada de errado nos irlandeses, reverendo Griswold — disse eu. — São pessoas boas, que, apesar da pobreza, se esforçam ao máximo. Na verdade, minhas filhas passam muito tempo com a empregada irlandesa dos Bartlett e não falam "lixo hibérnico."

Eu podia sentir o olhar do sr. Poe na minha direção. Virei-me como uma flor atraída pelo sol. Quando nossos olhos se encontraram, senti o ardor de sua intensidade. A euforia afluiu às minhas veias como néctar ardente.

O reverendo Griswold pestanejou alarmado diante do meu rosto afogueado.

— Não tive a intenção de aborrecê-la! Se diz que os irlandeses são bons, eu acredito. Eu deveria... eu também deveria gostar deles!

O sr. Poe pediu licença à srta. Lynch. Vinha na minha direção. Deveria me procurar tão abertamente? Relanceei os olhos para Eliza e o marido. Ambos observavam com atenção.

— Fico feliz que goste deles, reverendo Griswold.

Encantado por ter, aparentemente, marcado um ponto, o reverendo Griswold sorriu de alegria.

— Notei que algumas jovens irlandesas têm uma beleza singular, não chegam nem perto da sua, sra. Osgood, mas são bem bonitinhas.

Eu percebi a chegada do sr. Poe ao meu lado.

A expressão indiferente desmentia o tumulto que eu podia sentir dentro dele.

— Boa noite.

Forcei toda emoção a ocultar-se de meu rosto.

— Sr. Poe.

— Olá, Poe — disse o reverendo Griswold, de mau humor.

Do outro lado da sala, notei a preocupação de Eliza e a carranca do sr. Bartlett. Permaneci imóvel, apesar de minha alma ir contente ao encontro do sr. Poe.

— Estamos conversando sobre os irlandeses — disse o reverendo Griswold em tom beligerante. — A sra. Osgood e eu temos muito em comum no que diz respeito à admiração por eles.

O sr. Poe deu uma olhada na direção do reverendo Griswold, como se surpreso de ainda o encontrar ali e começou a me guiar para longe.

— O que acha dos irlandeses? — indagou o reverendo Griswold.

— Devemos ficar — murmurei.

O sr. Poe lançou-me um olhar ansioso, o rosto calmo.

— Sra. Osgood! — chamou o reverendo Griswold.

Continuamos nos afastando.

— Sra. Osgood!

E ainda continuamos caminhando.

— Sra. Osgood! E o sr. Osgood? — perguntou o reverendo Griswold com voz estridente.

Eu me detive. Os grupos nos dois salões mergulharam no silêncio.

Voltei-me para ele.

— Perdão?

O reverendo Griswold ficou apenas momentaneamente assombrado com o seu sucesso e lançou um olhar desafiante para o sr. Poe e para mim.

— O que o *sr. Osgood* tem a dizer sobre os irlandeses?

Forcei um sorriso.

— Na verdade, não sei.

— Pois bem — vociferou o reverendo —, a senhora deveria!

Cônscia de todos os olhares sobre mim, senti uma suave pressão no meu cotovelo. Deixei o sr. Poe me guiar para o salão da frente e ao lugar de honra perto do sr. Bryant.

Os membros do círculo superior nos encararam, nenhum mais do que o sr. Bryant, descontente por ter sido interrompido. Mesmo suas costeletas, emaranhadas e fibrosas como uma bola de algodão desenrolada, pareciam erguer-se indignadas. Embora eu mantivesse a cabeça erguida, por dentro me contorcia.

O sr. Greeley retomou a conversa.

— Estávamos discutindo a necessidade de um parque na cidade localizado no Centro e...

— ... e bom para passeios a cavalo, como nas grande cidades da Europa — disse o sr. Bryant, ainda não preparado para afrouxar as rédeas da conversa. — Algo extremamente civilizado.

— O que pensa a respeito, sr. Poe? — perguntou o sr. Greeley.

— Já que sempre tem uma opinião — acrescentou o sr. Bryant, de maneira nada gentil.

Quando o sr. Poe não respondeu de imediato, Eliza, parecendo ciente do olhar severo do marido sobre ele, e de meu constrangimento, disse em tom apaziguante:

— O sr. Bryant diz que, se não for criado um espaço para tal parque agora, em breve não sobrará uma folha de grama em Nova York, tamanha a rapidez com que a cidade cresce.

O sr. Poe observou os rostos ansiosos ao derredor. Por fim, comentou:

— Gosto da ideia de um parque. — Seu olhar acabou pousando em Eliza e abriu um sorrisinho. — Desde que não tenha corvos.

O grupo riu em apreciação, exceto o sr. Bartlett, por princípio, e o sr. Bryant, que devia ter sentido a perda de controle sobre seu público.

— Sr. Poe — disse a srta. Lynch —, seria possível convencê-lo a recitar "O Corvo" para nós agora? Algumas das pessoas aqui presentes ainda não ouviram a sua leitura, fonte de imenso prazer. Sr. Bryant, já ouviu a declamação do sr. Poe?

— Li o poema — respondeu o sr. Bryant de modo sucinto.

O sr. Poe meneou a cabeça para a srta. Lynch.

— Agradeço o seu interesse, mas, na semana que vem publicarei um poema bem melhor no *Journal*. Talvez prefiram conhecê-lo em primeira mão.

O rosto de fada da srta. Lynch iluminou-se de entusiasmo.

— Ah, sim, sr. Poe, por favor! Acho que todos adorariam.

Todos no escalão superior bateram palmas de encorajamento, exceto os srs. Bartlett e Bryant, e o reverendo Griswold, que tinha se aproximado, as narinas dilatadas demonstrando a justificada raiva. O grupo do salão de trás moveu-se devagar e cautelosamente na direção do arco de separação para ouvir.

O sr. Poe enfiou a mão no casaco. Retirou uma folha, depois estendeu-a para mim.

— Como é seu poema, sra. Osgood, acho que deveria ler.

Alguém arfou. Sorrisos surpresos se sucederam nos rostos de muitos. Ninguém, porém, estava mais surpreso do que eu.

Abri a folha. Era o meu poema "Pois que assim seja", no qual eu reprovava o sr. Poe por não acreditar que sua mulher confiaria em nós. Senti o sangue latejar em meu rosto quando comecei a ler.

Ao terminar, receei erguer a cabeça. O silêncio reverberou na sala. Então, ouviu-se o som de aplausos de um único par de mãos enluvadas. A esse par uniu-se outro e mais outro, até os aplausos repercutirem no salão. Devagar ergui o rosto. Todas as mulheres presentes batiam palmas.

O sr. Poe esperou até terminarem. Calmo, disse:

— A sra. Osgood me garantiu que minhas leitoras compreenderiam seu poema. Ela afirmou ser um gesto de vaidade do amigo sentir necessidade de desprezar a amiga apenas para provar à esposa sua fidelidade. Parece que ela tinha razão.

— Sim! — bradou a srta. Lynch. — Obrigada por falar em nosso nome, sra. Osgood. Nós, mulheres, costumamos ser mal interpretadas pelos homens. Nem todos os nossos movimentos têm como objetivo enlaçar um macho, sabem?

Depois que os outros convidados riram, ela retomou a palavra.

— Vamos discutir o assunto durante o nosso lanche. — Dando-me o braço, levou-me até a mesa e permitiu-me, com um sorvete italiano na mão, receber os elogios e a aclamação reservados aos mais famosos de seus convidados.

Quinze

Babados de saias, bordas de toucas, abas de casacos e toldos de lojas ondulavam sob o vento cortante de abril. A risada das crianças pontuou o estrépito de cascos contra as pedras do pavimento enquanto faetontes com enormes rodas passavam emitindo sons semelhantes a tambores, conduzidos por rapazes solteiros decididos a exibir-se para as jovens senhoras, comprimidas em seus corseletes a ponto de sufocar. A temporada de passeios aos domingos à tarde havia recomeçado.

Os pobres andavam aos tropeções, suas reluzentes roupas compradas prontas anunciando a pobreza que desejavam esquecer. Os de classe média cruzavam a rua em roupas simples e escuras denotando bom gosto e refinamento. Se *eles* ganhassem um salário de dois mil dólares por ano, *eles* saberiam o que fazer com o dinheiro. Os ricos pareciam pairar nas asas pomposas de cisnes; suas vestimentas exibiam a fortuna e a importância de quem as envergava. Suas posses podiam ser calculadas pelo número de metros de seda lustrosa em uma saia ou pela altura da gola do cavalheiro. Mesmo os pobres, em seus xadrezes berrantes, podiam ler os sinais de uma contabilidade profícua, ou no mínimo, assim acreditavam. Mas quem, de fato, poderia saber se um homem se arruinava para cobrir a mulher de diamantes? Quem saberia se ele não podia pagar o lustroso chapéu de pele de esquilo pousado sobre sua cabeça? Ao me unir ao Nilo de seres humanos afluindo pela Broadway durante a hora convencional, entre as três e as quatro, pensei comigo mesma: *Existe algum ser vivo que não esteja tentando obter algo?*

Com Eliza e o marido, segui o fluxo da corrente humana. Nossos filhos — o trio louro de Eliza e o meu par moreno — balouçavam logo à nossa frente com a bonita e jovem Mary. Em meio à multidão, cumprimentamos o sr. Clement Clarke Moore, conhecido, para seu profundo pesar, pelo famoso poema de seus filho "Uma visita de São Nicolau" que começava assim "Era véspera de Natal..." — e não por seu magistério de línguas orientais no seminário por ele fundado. Acenamos para o sr. Philip Hone, que, enquanto exercera o cargo de prefeito, tivera a ideia de cobrir o cemitério dos indigentes em Greenwich Village para transformá-la em um parque moderno. A terra na Washington Square até hoje é instável; dizem que, na parada militar, canhões afundaram nas sepulturas assentadas.

— Vejam quem está vindo.

Atrás de uma grande família germânica que caminhava pesadamente trajando jaquetas apertadas com péssimo caimento, e de um aprumado casal, típicos descendentes dos primeiros colonizadores de Nova York, vislumbrei, tentando em vão ultrapassá-los, um rosto rosado e malicioso sob uma cartola.

— Ah, não! Acha que ele nos viu?

Eliza segurou meu braço.

— Ele é seu editor, Fanny. Precisa ser gentil. Talvez ele vá embora se não o encorajarmos.

O reverendo Griswold acelerou o passo ao me ver. Tirou o chapéu, liberando os cachos sobre as orelhas e então inclinou a cabeça para os Bartlett e para mim.

— Podem me conceder a honra de os acompanhar?

— Sim. — Não sabia como recusar o convite. — Por favor.

A multidão da calçada obrigou o grupo a separar-se e formar casais. O reverendo Griswold caminhou ao meu lado, enquanto prosseguimos, dando um solene aceno com o chapéu para o sr. e sra. James Fenimore Cooper quando eles passaram, incentivando o escritor a fitar a esposa antes de responder com uma mesura. O reverendo bradou um entusiástico alô para o atônito prefeito,

William Havemeyer. Quando um jovem e sério cavalheiro se aproximou, meu acompanhante o dispensou aos berros:

— Agora não, Hawthorne! Vou ler seu rascunho de "A qualquer coisa escarlate" assim que puder. — Senti uma forte emoção emanando da presença ao meu lado. Um orgulho de propriedade sobre mim? Estremeci.

Um jovem bigodudo passou saracoteando, girando a bengala e com expressão superior de escárnio estampada no rosto — tarefa difícil por conta dos olhos semicerrados necessário para manter fixo o monóculo. Mesmo a sufocante companhia do reverendo Griswold não pôde arrefecer meu divertimento.

O reverendo Griswold alegrou-se ao ver minha expressão.

— O dia está agradável, não está?

— Ai, meu Deus! — exclamei. — O jovem sr. Roosevelt se dá conta do ridículo de sua aparência?

Seu sorriso desvaneceu.

— Não tinha me dado conta de que os homens fossem motivo de riso para a senhora.

— Não, em geral não são. — Contive um sorriso, recordando o tolo piscar de olhos do dândi de monóculo.

— Bem! Não vamos mencionar a insensatez das mulheres! Esse novo dispositivo que as mulheres usam para alargar as saias...

— Crinolinas — disse, pega de surpresa por sua veemência. — Imagino que sejam bem mais confortáveis do que um monte de anáguas.

O sulco entre suas sobrancelhas se aprofundou.

— Não pretendia instigar a senhora dizer o nome de artigos impronunciáveis em voz alta. Acabo de ver a jovem Caroline Schermerhorn em *uma*, e o vento a atingiu e quase a enviou pelos ares como um balão de ar quente. Alegro-me em dizer que não ri.

— Que lástima! — murmurei.

Ele me fitou.

— Que lástima ela parecer tão tola — disse eu.

— Exatamente! — bradou. — Acredito, sra. Osgood, que compartilhamos das mesmas opiniões. Diversas vezes senti essa afinidade em sua presença.

— O senhor é muito gentil.

— Não sou gentil — disse ele. — Estou dizendo a verdade, embora isso me envergonhe. O que vai pensar de mim, sendo a senhora casada?

— Não penso muito no senhor — disse eu.

Ele vacilou.

— Exceto que tem a melhor das intenções — disse eu.

— Ah, sim! A senhora me entende! Era exatamente a isso que eu me referia.

Sorri. Se, ao menos, Eliza voltasse e me salvasse.

Ele esperou até um faetonte com enormes rodas amarelas e um condutor baixinho e carrancudo passarem.

— Outros homens podiam tentar tirar vantagem de uma mulher casada durante a ausência do marido; mas eu, jamais. Estou aqui para guardar e proteger a senhora.

— Obrigada, reverendo Griswold. Tenho certeza de que meu marido terá prazer em agradecer ao senhor em pessoa quando voltar, muito em breve.

— Muito em breve?

— A qualquer momento, talvez ainda hoje.

— Tive a impressão... — Calou-se, cerrando as mãos enluvadas ao longo do corpo.

— Como vai a nova edição de sua coletânea de poesias? — perguntei.

Um sorriso insolente surgiu em seu rosto fechado.

— Vai indo bem, vai indo bem. Devo ter lido uns mil novos livros para selecionar os poemas. Acredito que possuo a maior biblioteca de livros americanos do país. Mas esta edição não ficaria completa sem alguns novos trabalhos seus. Posso contar com a senhora?

— O senhor é realmente muito gentil.

— Gentil não — disse ele —, sincero, esqueceu?

Contive um suspiro enquanto assentia.

— A verdade nos liberta, certo? — Seu sorriso azedou ao olhar para a frente. — Ah, não!

Acompanhei o seu olhar. Meu coração pulou ao vislumbrar o sr. Poe sem chapéu entre o rio de cartolas negras. E, então, vi sua esposa. Passeavam acompanhados da sra. Clemm e vinham na nossa direção.

— Por que ele não fica em casa? — resmungou o reverendo Griswold. — Não se preocupa com a saúde da esposa? Obviamente ela está tísica. Acho que ele deseja antecipar sua ida para a sepultura!

Senti uma pontada de culpa. Seu estado parecia tão grave? Lembrei-me da acusação do sr. Bartlett de que os personagens do sr. Poe com frequência assassinavam as esposas. *Não seja absurda.*

Segurei meu chapéu levantado pelo vento.

— Com certeza, estão apenas desfrutando o tempo agradável assim como nós.

— Estão? Ele está? Julgo que nada há em Edgar Poe remotamente parecido conosco. Ele é um predador, pura e simplesmente. Um lobo em pele de lobo.

Tendo localizado o sr. Poe, Eliza, um passo à frente, voltou-se buscando obter minha atenção. Quando ele e a família emparelharam com nossas crianças, ela lhe estendeu a mão enluvada.

— Prezado sr. Poe, que prazer encontrá-lo hoje!

Enquanto a esposa e sua mãe nos cumprimentaram com um aceno de cabeça, o sr. Poe olhou cada um de nós até seu olhar se fixar em mim. Uma impetuosidade saltou de seus olhos, depois retrocedeu, como se forçada à submissão.

Um arrepio me percorreu enquanto executava minhas obrigações sociais, apresentando a sra. Poe e a mãe aos Bartlett, e depois a nossos filhos, que, ao lado de Mary, mantinham-se quietos e parados.

Ignorando os Bartlett e sua prole, a sra. Poe olhou minhas filhas, afilando de um jeito curioso o rosto com a touca.

— Que menininhas deliciosas.

Fiz sinal para que respondessem.

— Obrigada — disseram em uníssono.

— Mãe — perguntou a sra. Poe —, não quer duas menininhas iguais a essas?

— É claro — bradou a sra. Clemm.

A sra. Poe curvou-se e tocou de leve a ponta do nariz de Vinnie.

— Eu poderia comer você!

Vinnie recuou assustada. Então, encabulada, disse:

— Temos uma gata chamada Poe.

— Verdade? — O rosto da sra. Poe endureceu ao erguer-se.

— O sr. Poe a salvou — disse Vinnie — e deu ela para mamãe.

— É mesmo? — perguntou a sra. Poe ao marido. — Quando?

— Recentemente — respondeu o sr. Poe de maneira sucinta.

O esvoaçar de saias e fitas de touca preencheram a estranha pausa. Eliza franziu o cenho para o marido, que encarava o sr. Poe de modo grosseiro. Dirigindo-se ao grupo, exclamou:

— Bonito dia!

— Muito — disse o reverendo Griswold, em tom irônico. — Acho que devemos ir, concorda sra. Osgood? — Ele me ofereceu o braço.

Ignorei sua oferta. Sentia o intenso olhar do sr. Poe sobre mim. Aquele olhar exercia o singular efeito de a um só tempo me deixar em pânico e me acalmar.

— Por enquanto é o dia mais quente do ano — disse a sra. Clemm.

O sr. Bartlett encarou com frieza o sr. Poe.

— De fato, está ficando muito quente.

Apesar dos beliscões aplicados com severidade pela irmã, os filhos de Eliza, após terem ficado parados além de seu limite de paciência, começaram a inquietar-se.

— Gostaria de nos acompanhar? — perguntou Eliza à sra. Poe. — Vamos andar mais um quarteirão na direção sul e depois voltaremos para casa.

A sra. Poe espiou a calçada como se avaliasse outros convites. Nesse instante, uma mulher rechonchuda, comprimida dentro de uma pródiga explosão de seda azul-pavão, aproximou-se, seguida pelo marido magricelo e corado.

— Sr. Poe? — perguntou com voz entrecortada.

Ele aguardou.

— Sr. Poe, somos seus mais ardorosos fãs. Eu, nós, amamos "O Corvo". Poderia pedir, por gentileza, que dissesse "Nunca mais" com sua própria voz?

— Não tenho outra voz — disse o sr. Poe.

— Perdoe o senso de humor do meu marido — disse a sra. Poe. — Ele está sempre brincando.

A boca da mulher arredondou-se num *O*.

— A senhora é a esposa do sr. Poe?

A sra. Poe estendeu educadamente a mão.

— Sou Virginia Poe.

A mulher pareceu prestes a estourar diante de tamanha sorte.

— *Sra.* Poe! É uma honra conhecê-la! Deve sentir tanto orgulho.

A atenção revigorou a sra. Poe feito uma poção mágica. — De fato, sinto!

O sr. Poe deu um sorriso.

— Talvez, madame, esteja interessada em conhecer uma das ilustres estrelas de Nova York.

— Outra estrela? — A mulher ofegou. — Não há estrela maior do que o senhor.

O reverendo Griswold, até então fumegando em silêncio, abrandou. Orgulhoso, voltou-se para a mulher.

O sr. Poe tocou meu cotovelo.

— Apresento-lhes a sra. Frances Osgood.

Vacilei sob o efeito da audácia do toque enquanto meneava a cabeça em um gesto cortês.

A mulher recuou para me olhar.

— Oh, eu a conheço?

— Todas as pessoas de bom gosto a conhecem — afirmou o sr. Poe.

— Acho que já ouvi algum comentário sobre a senhora — disse a mulher, hesitante.

O marido deu-lhe um tapinha no ombro.

— Vamos, querida, deixe essa boa gente continuar o passeio.

— Eddie — disse a sra. Poe quando eles se afastaram —, quero ir para casa.

Ele se voltou para a esposa com um leve franzir de cenho.

— Se assim o deseja.

— A senhora também deveria ir para casa — disse o reverendo Griswold para mim —, uma vez que seu marido está chegando.

O sr. Poe me fitou. Encantadas, as meninas ergueram o rosto para mim.

Dei-lhes a mão, odiando o reverendo Griswold.

— Hora de ir embora. Até logo, sr. e sra. Poe — disse. — Sra. Clemm. — Distraída, despedi-me deles e, largando o reverendo Griswold, voltei para casa.

Passei grande parte do caminho de volta controlando a raiva, enquanto explicava às meninas que o reverendo Griswold se confundira. Na verdade, não recebera notícias do pai delas, contei, mas elas não deveriam em hipótese alguma se preocupar, pois isso só podia significar que ele devia ter muito trabalho onde quer que estivesse. Suas expressões tristes me devastaram. De tão envolvida em aplacar a decepção delas, não dei atenção aos olhares de Eliza em minha direção. Apenas quando chegamos à casa em Amity Place e despachamos as crianças para a cozinha a fim de jantarem mais cedo, ela me disse:

— Ah, Fanny, você está em apuros.

*

Instalei-me ao lado de Eliza no sofá preto de crina de cavalo enquanto a criada de quarto, Catherine, acendia uma lamparina de óleo de baleia sobre a cornija da lareira; o sr. Bartlett não quis usar o gás naquela noite. A mecha pegou fogo, uma chama ardeu. Catherine repôs o vidro da lareira e os prismas suspensos retiniram, lançando arco-íris esparsos sobre a parede escura. Depois, ela se aproximou do abajur na cornija da lareira e, em seguida, da lamparina na mesa de centro, e, uma vez o aposento resplandecente da luz refletida nos vários espelhos, nos deixou.

O sr. Bartlett, no lugar de honra, a poltrona perto da lareira, socou o fumo no cachimbo. O fato de terem marcado uma reunião no andar de cima no salão de visitas dos fundos, e não na sala da família perto da cozinha, indicou a seriedade do assunto a ser tratado. O tique-taque do relógio de pé no canto preenchia o desconfortável silêncio, acompanhando os sons surdos e abafados acima de nossas cabeças, onde as crianças eram preparadas para ir para a cama. Ouviu-se o arranhar de um fósforo contra a caixa, seguido pelo som do sr. Bartlett puxando o ar do cachimbo enquanto o fumo ia ficando laranja em seu fornilho de cerejeira.

— Bem, sra. Osgood — o sr. Bartlett removeu a piteira da boca —, vou direto ao assunto. — Ele soprou a fumaça. — É evidente que o sr. Poe está se afeiçoando à senhora.

Tentei rir do comentário.

— O sr. Poe?

O sr. Bartlett apertou os lábios formando uma linha fina, aumentando ainda mais sua aparência de pato.

— Estou falando sério.

O que ele sabia?

— Nós respeitamos o trabalho um do outro — disse eu, com mais cautela.

— Somos seus amigos, Fanny — disse Eliza.

— Eu sei que são. Muito amigos. Jamais poderei agradecer por terem proporcionado um lar para...

— O que queremos dizer — disse o sr. Bartlett interrompendo — é que parece que Poe interpretou mal o seu poema. Ele parece julgar que pode flertar com a senhora na frente da esposa, uma vez que ele e a senhora alegam serem apenas amigos.

— Não foi isso o que escrevi.

O rosto franco e amável de Eliza franziu-se preocupado.

— Não estamos aqui para acusá-la de nada, Fanny. Mas se podemos perceber a atração que ele sente por você, o que dizer dos outros?

— As pessoas comentam — disse o sr. Bartlett.

Afastei a emoção, o orgulho de saber que podia ser óbvia para os outros a atração do sr. Poe por mim. A realidade era que, sendo os dois casados, mesmo a impressão de nossa atração um pelo outro podia arruinar nossa reputação. Quem quer que violasse as regras seria severamente punido, pois aqueles que carregam o fardo mais pesado enfrentam o julgamento mais severo. Ninguém escapava da instituição do casamento, exceto pela morte do cônjuge.

— Eu a avisei sobre a instabilidade de Poe — disse o sr. Bartlett. — A senhora não pode, de fato, acreditar que ele se comportará como um cavalheiro.

Armei-me de coragem.

— Que evidência o senhor tem quanto à conduta inapropriada do sr. Poe?

— Ele não consegue desgrudar os olhos de você — afirmou Eliza.

— Olhar não é crime — disse o sr. Bartlett. Ele baixou o cachimbo à altura do braço da poltrona de couro. — No entanto, estou preocupado com o envolvimento dele em sua carreira.

— O reverendo Griswold também está envolvido em minha carreira. Nada posso fazer se as publicações estão nas mãos de homens.

O sr. Bartlett desconsiderou minha desculpa com um franzir de cenho.

— Poe não é confiável.

O sr. Bartlett não devia ter visto o beijo. Era chegada a hora de desistir do sr. Poe, antes que qualquer dano real manchasse minha reputação ou prejudicasse minhas boas relações com os Bartlett. Mas como seria possível? Só pensar na possibilidade me enchia de desespero.

— Estamos com medo por você, Fanny — disse Eliza. — Não podemos prever quais limites ele ultrapassará. Ele não parece dar muita importância às convenções.

— Como pode saber? — indaguei. — Mesmo que ele não se comporte da maneira com que estamos acostumados, que mal há nisso?

A campainha tocou na entrada.

Recostamo-nos em nossos respectivos assentos ouvindo os passos nas escadas da cozinha e depois no saguão de entrada. Ouvi o murmúrio de vozes.

A criada Catherine entrou no aposento.

— Tem um senhor chamado Poe aqui, senhora. Ele pediu para ver a sra. Osgood.

— O que eu lhe disse? — perguntou o sr. Bartlett. — O homem é mais atrevido do que eu imaginava.

— Diga que saímos — disse Eliza à criada.

— Não — disse eu.

Eles me fitaram.

— E se for sobre o meu artigo para o *Tribune*? Não posso me dar ao luxo de arruinar a chance de ganhar algum dinheiro. — Quase ri da resposta infame. Como se eu desejasse dar continuidade àquele artigo. O simples fato de o escrever me deixara indignada.

Eliza trocou olhares com o marido, depois franziu os lábios.

— Por favor, Catherine, acompanhe-o até aqui.

O sr. Poe entrou. Meu corpo despertou só de o ver, elegantemente sombrio em seu estilo misterioso, uma fera indomada sob controle por um triz. O sr. Bartlett se levantou para apertar-lhe a mão, e Eliza o recebeu sentada. Ele se aproximou de mim. Meu coração disparou. Estendi a mão. Ele a apertou de leve. — Sra. Osgood. — Seu comportamento era a perfeita combinação de cordialidade profissional e reserva refinada, o animal dentro dele agrilhoado e oculto. — Obrigado por me receber a esta hora.

— O que o traz aqui? — perguntou o sr. Bartlett com certa rudeza.

— Venho transmitir um convite de minha esposa para a sra. Osgood.

Eu me encolhi de medo. Por que ela não me deixava em paz?

Ele voltou os olhos de cílios escuros para mim.

— Ela gostaria que fosse conosco ao estúdio de Mathew Brady na quarta-feira. Parece que ele insiste em tirar o nosso retrato.

— É muita gentileza — agradeci —, mas receio atrapalhar.

— Pelo contrário, a senhora lhe faria um favor. Ela está ansiosa para ter um retrato, e o fato de ter uma testemunha apenas redobraria seu prazer. Lamento que a minha falta de entusiasmo pelo projeto não lhe tenha feito muito bem.

O sr. Bartlett deu uma baforada no cachimbo.

— O que o sr. Osgood diria sobre sua entrada em território inimigo?

Senti uma onda de raiva.

— Desculpe...

O sr. Bartlett retirou o cachimbo de entre os dentes.

— O que o seu marido acharia de a senhora frequentar o estúdio de seu concorrente?

— O sr. Osgood nada tem a temer — disse o sr. Poe. — Uma bandeja de produtos químicos jamais poderia substituir o olho artístico, como a sra. Osgood me esclareceu com tanta exatidão. — Voltou-se para mim. — Também gostaria de convidar o seu marido. Poderia ser bastante interessante para ele.

— Obrigada, mas ele ainda não retornou de viagem.

O sr. Poe meneou a cabeça.

— Nesse caso, talvez ele possa se juntar a nós em outra ocasião.

— Tenho certeza de que ele gostaria de conversar com o senhor — disse o sr. Bartlett enfaticamente.

O sr. Poe não mordeu a isca.

— Soube que o senhor deu início ao ambicioso empreendimento de reunir palavras e frases características da América. — Ofereceu um raro sorriso ao sr. Bartlett. — Tiro o meu chapéu para o senhor.

O sr. Bartlett ergueu as sobrancelhas louras.

— O senhor soube?

— O sr. Willis me contou. Um projeto considerável.

— Qual projeto, Russell? — perguntou Eliza.

O sr. Bartlett reprimiu um sorriso.

— Esse Willis... O homem não consegue guardar um segredo. Não queria lhe contar até estar em fase um pouco mais adiantada, Eliza, mas é verdade, ando trabalhando em um projeto, um projeto espetacular: um dicionário de americanismos. — Ele abriu um sorriso exultante.

— Russell! — exclamou Eliza. — Que maravilha! Como conseguiu manter esse segredo escondido de mim?

Alegre, o sr. Bartlett soltou uma baforada.

— Não foi fácil.

Liberado de seu segredo, o sr. Bartlett passou um bom tempo discutindo seu método de compilação e os critérios classificatórios de palavras com o sr. Poe, durante o qual Eliza lançou-me vários olhares penetrantes. Por fim, o relógio de pé bateu as nove badaladas e o sr. Poe pediu licença, informando que a esposa ficaria preocupada caso ele não fosse para casa.

— Ele não é um mau sujeito — disse o sr. Bartlett depois de fechada a porta da frente.

— Russell, não acha melhor consultar de novo seu mapa de frenologia? — perguntou Eliza. Ela me dirigiu um sorrisinho irônico.

Ainda confiante por ter discutido um assunto que obviamente o encantava, o sr. Bartlett calmamente bateu o cachimbo vazio no cinzeiro.

— Talvez.

Percebi as luvas do sr. Poe no braço da poltrona na qual se sentara. Ergui-me tão rápido quanto a dignidade permitia e as apanhei.

— Talvez ainda o alcance.

— Não vale a pena — gritou o sr. Bartlett atrás de mim —, ele já deve estar longe. Seu escritório fica perto da livraria. Amanhã de manhã vou até lá devolver as luvas.

— Por via das dúvidas. — Corri apressada para a porta. Desci as escadas de pedra a toda até a calçada. A três quarteirões de distância, detive-me abruptamente. Na esquina, sob uma árvore do lado de fora do cemitério da Igreja Batista, encontrava--se o sr. Poe.

Com o coração quase saindo pela boca, me aproximei.

Estendi as luvas.

Ele agarrou meu punho.

— Preciso de você.

— Não podemos.

— Então, por que veio?

— Seremos párias.

— Pouco me importa. — Ele me apertou nos braços. Sob a luz de gás embaçada da rua, podia enxergar a veemência em seus olhos. Seu desejo em estado bruto me excitou e aterrorizou.

Sua voz estava rouca, tomada de uma insistência descontrolada.

— Você é tudo que eu sempre quis. Esperei por você a minha vida inteira.

Recuei.

— Sua esposa. Temo que ela não suporte o golpe.

— Você não a conhece.

— Nem quero. Não suporto sequer imaginar o que isso poderia lhe causar.

Ele soltou minha cintura.

— Sim, tem razão. É melhor não a conhecer. Para o seu próprio bem.

Encarei-o, meus lábios ansiando pelos seus. Pouco me importava a esposa dele. Eu queria o corpo dele colado ao meu.

Ele pegou meu braço. Surpresa, soltei um grito quando me conduziu às pressas até a minha porta. Com um cortês até logo, ele se foi a passos largos, deixando-me com suas luvas nas mãos trêmulas.

Ele havia me tratado como uma criança. Eu o odiei, e o pior, tive medo dele.

Levei as luvas aos lábios. Elas cheiravam a couro, ar frio e à pele dele.

Eu o possuiria, mesmo que isso me matasse.

Dezesseis

Era um dia ensolarado, rico de promessas primaveris, mas pouca da beleza do dia penetrava no soturno fiacre no qual eu descia a Broadway. Com minhas mãos enluvadas dobradas sobre a minha bolsa como um pássaro engaiolado, inalei o odor de suor e de fumaça — uma recordação dos passageiros anteriores — e ouvi a sra. Poe contar mais uma vez os detalhes do baile ao qual ela e o sr. Poe tinham comparecido na noite anterior. Ao que tudo indicava, nem a comida nem a aclamação recebida por eles tinham paralelo na história moderna, ou assim parecia ao ouvir seu entusiasmado relato enquanto seguíamos aos solavancos.

— Todo mundo importante estava lá — dizia em sua voz ressonante. — Os William Backhouse Astor, os Cooper, os Vanderbilt. Conhece todos eles?

— Conheço. — Era o grupo dos novos-ricos a quem Samuel cortejara profusamente. A brasa da fúria que ardia em lenta combustão no meu coração avermelhou-se só de pensar nele.

— Ah, as damas eram tão adoráveis! Sabia que o vestido da sra. Vanderbilt, incluindo as joias, custaram trinta mil dólares? Eu sei. Perguntei a ela. — Sorriu. — Ela pareceu feliz de ter uma chance de contar.

Talvez a sra. Vanderbilt realmente tivesse ficado satisfeita por ter a oportunidade de divulgar o valor. Era costume entre os endinheirados deixar o valor das coisas *subentendido,* sem jamais o divulgar. Talvez fosse revigorante receber o crédito justo.

À nossa frente, o sr. Poe parecia contemplar as partículas de poeira tremulando sob os raios de sol que penetravam através da janela aberta da carruagem. Ele não me olhara desde o dia que me devolvera à casa de Eliza. Seu corpo também ainda pulsaria onde tinha sido tocado havia três longas noites?

— A conversa girou em torno de um novo passo de dança — contou ela. — A polca. Já ouviu falar?

— Não — respondi —, receio que não.

— Não ouviu? — Encantada, a sra. Poe ofegou. — É divina! Nunca ouvi música tão alegre.

— Uma giga tártara insana — resmungou o sr. Poe.

Ela fez um biquinho.

Ri para demonstrar meu apoio à sra. Poe à medida que a culpa infiltrava-se em meus poros. Entretanto, fazia-se mister encará-la. A dor experimentada quando a fitava em companhia do marido, parecia a justa e merecida punição por alimentar os sentimentos que eu alimentava por ele. Talvez fosse a minha cura. Se ao menos sofrer em sua desconfortante companhia pudesse interromper minha perigosa atração por ele.

A sra. Poe olhou pela janela, ajeitando o profundo decote. Com seu revelador decote e cintura justa, o vestido era o mais elegante que eu já a tinha visto usar. Na verdade, percebi chocada, era parecido com o que eu usava por ocasião de meu primeiro encontro com o sr. Poe.

— Gosto do seu vestido — elogiei.

— Gosta? — Ela alisou a frente da roupa. — Mandei fazer com o adiantamento que Eddie recebeu pelo novo livro.

— Um vestido faz maravilhas para o espírito — disse eu.

Ela me fitou por um instante.

— Você deve conhecer todos os detalhes sobre o livro dele.

— Não — disse em tom trivial. — Qual livro?

— Verdade? Achei que ele tivesse contado durante uma daquelas conversações. — Ela pronunciou a palavra em tom debochado.

— Receio que não — disse com falso bom humor. — Sou apenas uma de suas leitoras, aguardando qual presente especial o sr. Poe tem reservado para nós.

— Ele não foi à sua casa?

Uma onda de calor varreu meu rosto.

— Acredito que se refira à casa dos Bartlett, onde estou hospedada. Sim, ele foi, mas receio que o sr. Bartlett o tenha mantido particularmente ocupado. Que novo livro é esse, sr. Poe? — perguntei com vivacidade.

Ele afastou o olhar da janela tempo suficiente para lançar à esposa um olhar pernicioso.

— Um livro de contos.

— Todos querem sempre mais de suas histórias assustadoras. — A sra. Poe me estudou enquanto nossa carruagem seguia sacolejando. — Quais já leu?

Senti meu rubor intensificar-se.

A sra. Poe retorceu a bonita boca num sorriso.

— Deveria realmente dar-se ao trabalho de ler os contos, sabia?

— E por que deveria? — redarguiu o sr. Poe. — Eu já estou farto deles.

A sra. Poe repuxou o tecido do vestido.

— Nunca vai se cansar de suas histórias de terror, Eddie. Nunca. Não sabe?

Ocupei-me da minha bolsa, sentindo a tensão entre os dois. Mas o sr. Poe e eu *tínhamos* de representar o papel de bons amigos, se eu pretendesse continuar a vê-lo. "Pois que assim seja", escrito de modo tão inocente, agora servia de manual de comportamento.

— Quando podemos esperar a publicação de seu artigo sobre Eddie? — indagou a sra. Poe.

Resoluta, aproveitei a oportunidade.

— Está quase pronto. Só faltam os retoques finais.

— Precisa de mais informações? Eddie, por que não tem falado com ela?

Eu me recompus.

— Na verdade, o público tem curiosidade sobre os dois. Querem ter uma ideia de seu casamento feliz.

A sra. Poe deu uma risadinha.

— Querem mesmo?

— Aborte o artigo — disse de chofre o sr. Poe.

A sra. Poe vacilou como se tivesse sido esbofeteada.

— Minha privacidade já foi arruinada — disse o sr. Poe. — Se outra pessoa mais me pedir para dizer "nunca mais", eu a estrangularei.

— Eddie — protestou a sra. Poe —, que crueldade!

— Dessa vez, Virginia, não vai conseguir o que deseja.

Logo depois da Saint Paul's Chapel, a carruagem estancou. Pela janela, vi um ônibus passar com estardalhaço. Na calçada diante do estúdio do sr. Brady, um menino, na esperança de obter meio centavo, tentava vender uma maçã roubada a um cavalheiro.

— Chegamos. — A sra. Poe espichou o lábio superior. — Mas você estragou a ocasião.

— Logo vai descobrir um jeito de desfrutá-la. Ele saltou e abriu a porta para a esposa. Ocorreu-me que à luz do sol o preto azulado do cabelo dela era da mesma cor de um corvo. Estaria olhando a esposa enquanto escrevia o poema que o tornaria famoso? Uma pontada de ciúme atingiu meu coração.

Fui ajudada a sair da carruagem pelo sr. Poe. Ele deixou o olhar agitado pousar sobre mim, excitando-me e assustando-me com seu atrevimento.

Dentro do estúdio, nós três passeamos por uma galeria de retratos dos ricos e famosos. Muitos eu reconheci das conversazioni de Anne: o sr. Audubon, o sr. Greeley, o senador Webster, o idoso sr. Astor. Nós os examinávamos, a sra. Poe tossindo a valer de tempos em tempos em seu lenço, quando o sr. Brady desceu pesadamente as escadas, enxugando as mãos em uma toalha.

— Sr. Poe! — Cumprimentaram-se com um aperto de mãos, os olhos azuis dilatados a proporções cômicas atrás dos óculos. — E a linda sra. Poe. — Ele lhe beijou a mão, dirigindo-se depois a mim. — Sra. Osgood, que surpresa!

— Vejo que o senhor tem um retrato de Dickens — comentou o sr. Poe.

O sr. Brady se voltou. — Ah, sim. — Encantado, olhou o trabalho pendurado na parede. — Tive a honra de executar seu retrato quando ele visitou Nova York faz muitos anos. Eu tinha acabado de comprar meu equipamento e ainda não possuía um estúdio. Ele foi muito gentil em posar para um desconhecido como eu. Claro, há dois anos *todos* os daguerreotipistas ainda eram desconhecidos; é uma arte tão recente.

— Ele foi esperto em ter feito o retrato — disse a sra. Poe.

Os enormes olhos do sr. Brady quase bailaram de felicidade.

— De fato! Se alguma pessoa conhecia o valor da publicidade, esse alguém era Dickens. Ele orquestrou cada um de seus movimentos com a imprensa, desde o jantar no Delmonico até o passeio de carruagem pelos cortiços de Five Points e a visita ao asilo de loucos na ilha de Blackwell.

— Está vendo, Eddie? — disse a sra. Poe. — *Ele* gosta de atrair a atenção do público.

A expressão do sr. Poe se turvou.

— Não vou imitar sua prática de visitar pobres e doentes para vender livros. Se é assim que um escritor atrai a atenção de seus leitores, prefiro ser desconhecido.

A sra. Poe balançou a bonita cabeça.

— Está vendo que marido difícil eu tenho?

O sr. Poe franziu o cenho para o sr. Brady.

— O que tinha em mente para nós hoje?

— Pensei em fazer um retrato de cada um em separado, caso não se importem.

— E o da sra. Osgood também? — perguntou a sra. Poe.

O sr. Brady fitou o sr. Poe na tentativa de verificar se tão notável homem disporia de tempo para aguardar pelo retrato da amiga da esposa.

O sr. Poe fez um breve aceno.

— Sim, sim — disse o sr. Brady. — Claro. Por favor, por aqui. — Com um gesto, indicou as escadas.

Subimos três lances de escadas, tarefa retardada pela tosse da sra. Poe. O estúdio ficava no piso de cima, numa sala iluminada pela luz do sol que atravessava o teto de vidro. Uma tapeçaria de veludo vermelho cobria uma das paredes. Na parede oposta, o assistente do sr. Brady, em cima de uma escada, trancava o compartimento de um estojo de metal instalado no alto de uma prateleira.

— Primeiro as damas. — O sr. Brady conduziu a sra. Poe a um pequeno palco na frente do pano.

— Se me permite. — Ele ajeitou o corpo da sra. Poe para que a cabeça se voltasse para nós. Em seguida, arrumou uma pequena mesa coberta com um tapete persa onde repousou o braço da modelo.

Puxou, então, um suporte de ferro localizado atrás dela. — Se me der licença, preciso fixar este suporte à sua nuca.

— Um suporte! — exclamou a sra. Poe.

— Peço desculpas, mas é necessário permanecer parada. Quando a placa for exposta, a senhora precisará manter-se imóvel por um minuto, até sua imagem ser revelada. Pode não parecer muito tempo, mas é difícil não se mexer sem ajuda.

— O que acontece caso eu me mova? — indagou.

— O quê? A senhora vai desaparecer! Qualquer movimento apaga a imagem. Tenho muitos retratos de cidades que parecem vazias não obstante estarem apinhadas de cavalos e pessoas. Foi o movimento que as apagou.

Ele colocou um suporte em seu pescoço e apertou os parafusos; depois, com extremo cuidado, arrumou o coque de cabelos negros por cima.

— Está suficientemente confortável?

Ela piscou confirmando.

Ele recuou.

— Por favor, tente não respirar. Pronta? — Ele fez um sinal para o assistente na escadinha, que, por sua vez, abriu uma câmara no pequeno estojo. Eu me descobri também prendendo a respiração enquanto o sr. Brady observava o relógio.

Tive a impressão de ter decorrido bem mais de um minuto até o sr. Brady anunciar:

— Tempo.

Ele soltou a sra. Poe dos aparatos e a ajudou a descer, enquanto o assistente saiu às pressas com a bandeja contendo a imagem exposta para um aposento adjacente.

Tomei o lugar no palco. O sr. Brady me posicionou na direção da câmera, reajustou a mesa por eu ser mais baixa que a sra. Poe e ajeitou meu braço sobre a mesa. Uma vez afixado o suporte em meu pescoço, ocupou seu lugar com o relógio.

— Pronta?

Imóvel como um manequim de modista, pisquei os olhos. Ele fez sinal ao colega já de volta à escada.

Ouvi o som do metal roçando contra metal quando o assistente expôs a placa. Os parafusos cravaram em minha carne enquanto eu prendia a respiração e fitava a câmera. O que a imagem revelaria de mim? Por acaso ficaria visível a culpa em meus olhos, bem como o atormentado anseio pelo sr. Poe?

— Ai! — gritou a sra. Poe.

Movi a cabeça em sua direção, os parafusos arranhando-me o pescoço.

Ela levou os dedos enluvados à boca, piscando como uma criança inocente.

— Sinto muito!

Inquieto, o sr. Brady olhou o relógio.

— Talvez a exposição não tenha demorado o *bastante*.

— Ah, não! Eu a estraguei? — perguntou a sra. Poe. — Sinto muito!

— Talvez não — respondeu o sr. Brady. — Sr. Poe? Sua vez.

O sr. Poe submeteu-se às instruções do sr. Brady. Em seguida, descemos e fomos entretidos por um violinista enquanto o assistente do sr. Brady trabalhava sua química mágica no pequeno laboratório. Pouco falamos, à exceção da sra. Poe, que comentou com o sr. Brady sobre as pessoas que conhecia pessoalmente entre os fotografados famosos e as que gostaria de conhecer. Animou-se então diante da ideia de que o sr. Poe poderia ter o daguerreótipo gravado para ser usado no *Journal* quando passasse a ser seu proprietário.

— Mal posso esperar até constar apenas o seu nome no cabeçalho — disse ao sr. Poe.

Os olhos do sr. Brady esbugalharam por trás dos óculos grossos.

— Isso é uma novidade para os outros proprietários?

Neste instante, o assistente desceu com uma placa de vidro.

— Lamento incomodá-lo — disse ao sr. Brady.

— O que foi, Eakins?

O assistente mostrou a placa ao sr. Brady, que ergueu o rosto, a preocupação nos seus olhos ampliada pelas lentes.

O sr. Brady virou a placa para o nosso grupo. Nele, uma perfeita reprodução de meu corpo posicionado diante da cortina do palco, com meu vestido impecável e minha mão cerrada pousada sobre a mesa. Mas no lugar da minha cabeça havia um espaço vazio. Era o retrato de uma mulher sem cabeça.

A risada da sra. Poe era tão leve quanto o tinido de um sino. "Ah, Frances, acho que perdeu a cabeça."

Naquela noite após o jantar, Vinnie, curvada sobre a larga beirada da banheira de estanho, tentava aproveitar o calor da água que rapidamente esfriava a seus pés. A água estava quente quando Martha começou a subir os três lances de escadas para o nosso aposento. Como auxiliar da criada de quarto e da cozinheira, encarregava-se dos trabalhos mais árduos em termos físicos. Embora fosse a mais frágil das criadas dos Bartlett, Martha havia transportado muitos baldes naquela noite. Um banho no meio da semana tinha sido preparado para todas as crianças. Elas tinham saído a passeio com Mary para ver os homens escavarem uma nova rua e tinham regressado cobertas de sujeira. Não precisaram ir muito longe para encontrar as escavações. Vinte e poucos anos antes, com o objetivo de criar quarteirões uniformes para investidores como o sr. Astor, os membros do conselho da cidade haviam decretado o aplainamento de toda a ilha de Manhattan, dera-se início à destruição. As colinas rochosas que cobriam a ilha vinham sendo lentamente pulverizadas e transformadas em planícies. Pântanos eram preenchidos com entulhos. As amplas casas de fazenda eram transportadas para longe em toras, barracos de invasores eram derrubados e a terra lavrada. A zona rural, que pouco antes começava na parte mais baixa da Union Square, a cada dia recuava mais para o norte. O sr. Bryant, malgrado toda a presunção, tinha razão em reclamar um novo parque antes que nada verde e natural sobrasse na ilha.

Mergulhei um cântaro dentro da tina e, vertendo um jato de água sobre Vinnie, varri a sujeira de seu pescoço.

— Como ficou tão suja?

— Ellen e eu brincamos de garotas perdidas. Fizemos um ensopado. A gente apanhou uma vareta grande. — Ela juntou as mãos e demonstrou como mexia seu imaginário caldeirão.

Ensopei uma toalhinha de rosto de flanela e levantei os fios molhados de seu cabelo.

— Onde estava Mary enquanto vocês preparavam o ensopado? — perguntei, esfregando seu pescoço.

— Conversando com um homem.

— Com um homem?

Ela assentiu.

Examinei seu couro cabeludo. Grãos cintilaram na pele onde o cabelo estava dividido. Era preciso lavar de novo seu cabelo, embora já tivesse sido lavado no sábado.

Apliquei o sabonete Castile em seu cabelo.

— Quem era esse homem?

— O amigo dela.

— Como você sabe que era amigo dela?

— Porque ela estava sorrindo quando voltou. — Ela chapinhou os dedos na água turva.

Ensaboei seu cabelo.

— Voltou de onde?

— Não sei, eu estava brincando.

Não gostei da novidade.

— E você viu o amigo dela?

— Ele estava muito longe. Usava chapéu. Parecia o pai de Henry e de Johnny.

Então, Mary tinha um admirador. Fiquei curiosa sobre quem poderia ser. Tentei me lembrar dos entregadores que vinham à casa.

— O que Mary fez quando voltou?

— Trouxe a gente para casa.

— Incline-se para a frente.

Vinnie cuspiu e piscou enquanto eu enxaguava sua cabeça.

Muito bem, Mary podia correr atrás de um homem se quisesse, mas colocar as crianças em risco com tal atitude me enfureceu. Tinha visto a equipe de trabalhadores em ação. Dúzias de homens escavavam as colinas com picaretas enquanto outros dinamitavam as rochas maiores com pólvora. Outro exército removia os escombros e os colocava em carroças puxadas por juntas de bois que espalhavam os escombros enquanto se moviam com estardalhaço. Mary não devia tirar os olhos das crianças nem um minuto nas proximidades de um lugar daqueles.

— Da próxima vez que Mary quiser ver os trabalhadores, quero que primeiro você me peça se pode ir junto, está bem?

— Está bem.

Escutei a campainha no andar de baixo. Alguém para o sr. Bartlett, sem dúvida. Já tinha passado do horário de visita de nossas amigas.

Satisfeita por deixar a cabeça de Vinnie limpa, estendi primeiro um e depois outro de seus braços macios para os esfregar.

Tendo me ocupado de suas costas, ela ficou de pé para eu lavar-lhe as pernas. Eliza apareceu na porta do quarto.

Uma expressão inquiridora turvou seu rosto franco e honesto.

— Fanny, o sr. Poe está aqui.

Parei. Vinnie sentou-se na banheira.

Eu a levantei.

— Não, a água está suja.

— Ele veio ver Russell. Estão conversando na sala de visitas. Achei que gostaria de saber.

— Obrigada — disse em tom firme. — Sabia que Mary tem um admirador e esse é o motivo de ela ter levado as crianças para o local de escavação? Não pretendia reclamar, mas o lugar é muito perigoso e ela não estava cuidando das crianças.

— Estava, sim — protestou Vinnie, molhada e tremendo de frio.

— Ela tem andado meio distante ultimamente — comentou Eliza. — Eu vinha me perguntando o que estava errado. Vou conversar com ela. Mas não gostaria que ela tomasse conta das crianças antes que o sr. Poe saia?

— Mamãe, você prometeu ler "O Gato de Botas" quando eu fosse para a cama.

Eu não deveria correr para o sr. Poe. Deveria romper a ligação entre nós.

— Prometi — disse a Vinnie — e vou cumprir.

Eliza pareceu surpresa.

— Muito bem. Estamos na sala de visitas dos fundos.

Tentei não apressar o resto do banho de Vinnie. Coloquei as duas na cama e li a história, enquanto me esforçava em ouvir o murmúrio de vozes no andar de baixo. Saber que o sr. Poe se encontrava por perto e não poder estar com ele era um tormento. Mas eu merecia o tormento por amar o marido de outra mulher.

Por fim, botei Vinnie e Ellen para dormir. No vestíbulo, ajeitei a saia, belisquei as bochechas, e mordi os lábios para lhes dar cor. Desci as escadas. Respirei fundo. Entrei na sala de visitas.

O candelabro de gás tinha sido aceso em homenagem à visita. O sr. Poe se ergueu de uma poltrona ao lado da lareira. O regozijo percorreu meu corpo quando nossos olhos se encontraram. Lutando para apagar toda emoção de meu rosto, estendi-lhe a mão. O sr. Bartlett também se levantou.

— Santo Deus, sra. Osgood. Está passando bem?

— Claro. — Meus dedos ardiam onde tinham sido tocados pelo sr. Poe. Tomei assento perto de Eliza no sofá preto de crina de cavalo. Podia sentir o sr. Poe observar-me sob o intenso brilho fulvo das luzes de gás.

— Chegou na hora certa. Estávamos na parte mais interessante da conversa — disse o sr. Bartlett. — Acabo de descobrir que afinal encontrei uma fonte para definir as expressões sulistas do meu dicionário. — Ele deu um aceno entusiástico para o sr. Poe. — Ninguém menos do que o nosso estimado convidado. Expressões sulistas vinham sendo a categoria mais fraca, eu contava apenas com alguns romances mal escritos para pesquisar. Agora, graças ao sr. Poe, tenho um especialista no assunto.

— Fico feliz por minha infância em Richmond servir para alguma coisa — disse o sr. Poe.

O sr. Bartlett riu por ignorar, assim supus, a infância miserável do sr. Poe.

— Estou ansioso para sugar seu cérebro.

— Espero que não use uma ponta muito fina — disse o sr. Poe.

O sr. Bartlett se calou, mas depois riu. Ao ver a expressão séria do sr. Poe, disse:

— É uma expressão pavorosa, não é, como muitos dos americanismos.

— Parecemos propensos a elas. — Eliza puxou a linha de sua sempre presente costura. — Quando estamos frustrados com alguém, queremos "torcer seu pescoço". Falamos de "queda de braço" quando queremos obter algo de alguém. Quando estamos zangados, poderíamos "matar" as pessoas.

— Eliza, meu Deus! — exclamou o sr. Bartlett —, não estou compilando "O Dicionário da Violência". — Ao lembrar-se do tipo de material que sua visita redigia, sorriu constrangido.

— O animal humano nutre o gosto pela violência — disse o sr. Poe com toda a tranquilidade. — Por isso, meus leitores insistem para que eu continue seguindo esse veio.

— Estamos longe de ser animais — disse o sr. Bartlett.

— Mas somos, sim — afirmou o sr. Poe.

— Não me diga, Poe, ser um dos que acreditam que os animais têm alma.

— Não vejo motivo para isso ser considerado irracional.

— Por que não adere à doutrina de Swedenborg e alega que há alma também nas rochas? — O sr. Bartlett sorriu para Eliza e para mim em busca de aprovação.

— Deixarei essas reflexões para o sr. Emerson e o sr. Longfellow — disse o sr. Poe. — Apenas digo que, como animais, temos instintos conflitantes, e, quer se dê conta disso ou não, eles estão em ação neste exato momento.

Eliza estremeceu.

— Que ideia arrepiante!

— Na verdade, não — disse o sr. Poe. — Eles estão conosco todo o tempo. — Fitou-me. — Como alguém por quem nutro grande respeito disse certa vez, "Apenas não estamos acostumados a prestar atenção a eles."

— Eu acredito — disse o sr. Bartlett com as sobrancelhas louras erguidas — que lhes dar atenção possa ser uma definição de loucura.

Eliza enfiou a agulha no tecido.

— Sr. Poe, poderia me esclarecer? Receio não ter refletido o bastante sobre o assunto; meu dia é ocupado com trivialidades: topadas, dores de dentes, picadas de abelhas.

Num impulso egoísta, desejei que ele não respondesse. Queria guardar a compreensão de seus mais preciosos pensamentos como privilégio especial.

O sr. Poe pareceu ler minha mente.

— As trivialidades — disse a Eliza — merecem tanta atenção quanto o sublime. — Então, enfiou a mão no casaco e retirou um pacote de cartas. Estendeu-as em minha direção. — Para a senhora.

— Para mim?

— De suas admiradoras. A senhora tinha razão, minhas leitoras apreciaram a censura aos cavalheiros arrogantes em "Pois que assim seja." Meus parabéns.

Eu folheei as cartas para contá-las.

— Nove, e o poema acabou de ser publicado. — Ele se inclinou para oferecer a mão à gatinha, sua xará, que tinha saído de debaixo de sua poltrona. — Essa é a mais entusiástica reação despertada por um poema desde que estou no *Journal*.

Fiquei tentando imaginar por que ele não me entregara as cartas antes, quando fomos ao estúdio do sr. Brady naquela manhã. Não podiam ter chegado todas à tarde. Por acaso não queria que a esposa as visse?

— Obrigada.

— Obrigado por ter pensado no *Journal*. Espero que envie mais poemas. Sobretudo agora que solicitei o cancelamento do artigo para o *Tribune*.

Percebi a surpresa de Eliza.

— Não vou escrever o artigo sobre o sr. e a sra. Poe — expliquei.

— Ah, que pena — disse Eliza —, estava realmente ansiosa para ler o artigo.

— Os talentos da sra. Osgood devem ser mais bem aproveitados na poesia — disse o sr. Poe. Ele pegou a gatinha no colo. — Acho que conheço esse gato.

— O senhor ouviu o nome que as crianças deram à gatinha — disse o sr. Bartlett. — Poe.

Ele sorriu.

— Ela é um aperfeiçoamento do original.

Eliza mantinha a expressão fechada.

— Fanny, já avisou a srta. Fuller? Receio que ela não acate sua decisão sem se opor.

— Vou escrever para ela esta semana — disse eu.

O tom do sr. Poe se tornou mais formal.

— Sra. Osgood, gostaria de lhe oferecer um adiantamento pelos futuros poemas, como forma de compensação pelo cancelamento do artigo.

— Talvez, sr. Poe — disse o sr. Bartlett —, deva consultar o marido dela.

Minha pele arrepiou-se com o insulto.

— Ele não precisa consultar Samuel. Samuel não se importaria.

O sr. Poe colocou a gatinha no chão.

— Tive a impressão de que a sra. Osgood tomava suas próprias decisões.

A testa dourada do sr. Bartlett franziu numa demonstração de desaprovação.

— Gostaria que ela consultasse o marido tanto em assuntos profissionais quanto pessoais. Afinal, como o senhor sabe, ela é uma mulher casada.

— E como tal — disse eu, minha voz se tornando hostil —, meus desejos deixam de importar?

— É a lei, sra. Osgood — disse o sr. Bartlett.

— Samuel não é meu dono.

— Legalmente — afirmou o sr. Bartlett —, ele é.

— Ah, Russell — interveio Eliza —, você precisa ser tão implacável?

Ele deu de ombros.

— Fatos são fatos.

— Então não devo tomar nenhuma decisão quando meu "dono" não está presente? — Levantei-me antes que ele conseguisse me deixar ainda mais enfurecida. — Se me dão licença, acho que preciso de um pouco de ar agora mesmo. — Saí sem me importar com o chapéu. Já chegava à Igreja Batista quando o sr. Poe me alcançou.

— Não deveria ter saído correndo daquele jeito — disse com frieza. — Vai dar a impressão de que está aborrecida.

— Estou aborrecida. — Virei na Mercer Street e, a passos largos, ladeei a cerca de ferro do cemitério. O odor de pinho das sempre-vivas no cemitério toldou o ar pestilento. Uma carruagem passou, e, sob o tênue brilho diáfano da meia-lua, era mais fácil a ouvir do que ver; o próximo poste de luz ficava na esquina seguinte, na Fourth Street.

— Se permitir que os seus amigos mais próximos achem que está cometendo algo ilícito — disse o sr. Poe atrás de mim —, o que os seus inimigos farão com a mesma informação?

Um cão latindo pulou de uma estrebaria do outro lado da rua, porém retrocedeu diante de uma palavra pronunciada em voz baixa pelo sr. Poe. Virei na Fourth Street e continuei andando até alcançar a esquina da Washington Square. Com um zangado farfalhar de saias, voltei-me para confrontar o sr. Poe.

— Não tenho inimigos.

— Eu tenho. E se está comigo, eles se tornarão seus também.

— Estou com o senhor? Ou sou uma patética mulher casada carente de amor reagindo de modo exagerado a alguns beijos e olhares ardentes?

Em tom calmo, ele disse:

— Sabe o que representa para mim.

Um homem vinha pela calçada. Virei de costas até ele ter passado.

— Não sei o que somos. Talvez a expressão "algo ilícito" seja perfeita.

— Não deveria ter me expressado dessa maneira. — À luz do poste, podia perceber a agitação em seus olhos de contornos escuros. Ele estava perto o bastante para eu sentir seu cheiro masculino de almíscar. — Não sabia que dava tanta importância às convenções.

— Não devo me preocupar apenas comigo. E as minhas filhas? E a sua esposa?

Outros dois cavalheiros vindos dos prédios da universidade na mesma rua. Permanecemos em silêncio até não podermos ser ouvidos.

— Se eu não tivesse me casado com Virginia — disse o sr. Poe.

— Mas casou.

— Quando nos casamos, Virginia tinha treze anos.

— Sim, eu sei, mas o senhor não tinha treze anos.

— Não. Eu tinha vinte e seis anos. Tem razão, idade suficiente para ter mais juízo. Mas, na época, de nós dois, Virginia era a mais adulta. — Ele se calou. O vento sussurrou através das árvores às margens do parque. Com voz baixa e aflita, continuou: — Estava num momento desesperado da minha vida. Era pobre demais para permanecer no exército e fora expulso de casa pelo homem que eu considerava meu pai. Queria ser escritor, mas não tinha nada para mostrar a não ser aquele poema épico infantil publicado quando eu contava quatorze anos, "Al Aaraaf". Até o nome era tolo. Virginia e tia Muddy me proporcionaram estabilidade. Elas cuidaram de mim quando ninguém mais o fez. Estava sozinho e vulnerável.

— Mas se casou com ela.

— Meu casamento não foi exatamente a união entre dois adultos de comum acordo, mas antes uma decisão precipitada de duas crianças assustadas em busca de segurança. Virginia era tão pobre quanto eu; não, ainda mais pobre. Muddy se mantinha a duras penas costurando e alugando quartos para complementar a pensão de viúva de guerra da mãe paralítica, mas não era o suficiente. Viviam na penúria. Foi um alívio bancar o herói para alguém ainda mais pobre e fraco do que eu. O problema é que eu amadureci, mas o mesmo não se deu com Virginia.

— Ela é jovem.

— Ela tem quase vinte e três anos.

— Ela está doente.

Ele me encarou.

— A tosse — disse eu. — Ela está melhor?

Podia ouvir sua respiração. Por fim, ele disse:

— Juro que ela não quer ficar boa. Cada acesso de tosse é uma acusação. Não a levei para Barbados em busca de ar puro. Não encontrei um bom médico para ela. Eu não comprei uma casa para ela na qual não congelaríamos durante o inverno.

— Acho que ela sente muito orgulho do senhor.

Ele deu uma risada melancólica.

— Ela é como um terno que não cabe mais. Pinica, aperta e me faz parecer ridículo.

— A mãe dela alega que são iguais, sem tirar nem pôr.

Ele prendeu a respiração. Por fim exalou.

— Isso é o que ela pensa.

— Precisamos nos separar.

— Virginia não é minha dona — disse furioso. — Seu marido é seu dono?

— Se é, não dá muito valor à sua propriedade.

— Ele é um tolo.

Começamos a caminhar ao longo da cerca ao redor do parque. Os novos brotos nas árvores acrescentaram seu aroma terrestre ao ar frio da noite. O que eu esperava que dissesse? Que deixaria a esposa? Isso era acreditar no mundo da ficção. A vida real não era tão fácil.

Chegamos à entrada do parque. Apesar de escuro — escuro demais para um homem acompanhar uma mulher que não fosse a esposa —, passamos em silêncio pelo arco de ferro. Consciente da implícita decisão tomada, continuei ao seu lado, nossa presença oculta pelo bosque de antigos elmos, já ali existentes quando o terreno ainda fazia parte do cemitério de indigentes. Apenas o som dos cascos a bater nas pedras do calçamento nas redondezas, as notas da música de um violino a distância e um ocasional grito de despedida longínquo perturbavam nosso escuro e privado Éden.

Detivemo-nos diante de um gigante adormecido. Gentilmente, o sr. Poe ergueu meu queixo. Mesmo sob a luz mortiça, podia ver seus olhos sorrirem. Ele me beijou com carinho. Sentia minha alma entregando-se a ele.

Vozes se elevaram a pouca distância. Ficamos assombrados, atentos. Quando o grupo de rapazes passou — irlandeses valentões, pelo tom das vozes —, ele me virou e enlaçou-me em seus braços. Desmanchei-me ao toque de seu corpo.

— Está vendo aquela janela acesa no terceiro andar? — perguntou. Sua respiração em minha orelha era quente.

Através das árvores, enxerguei o contorno das torres góticas da Universidade de Nova York iluminadas pela luz da lua. Mal conseguia pensar com o corpo dele contra o meu. Sentia a força contida dentro de seus braços.

— Estou.

— Aqueles são os aposentos de Samuel Morse.

Suspirei fundo, sem querer falar, consciente de que cada momento a sós era precioso, perigoso e possivelmente o último.

— Talvez o conheça por seu trabalho no telégrafo, mas antes ele era um artista.

Saboreei a vibração de sua voz às minhas costas enquanto ele falava.

— Há poucos anos, em Nova York, trabalhava na encomenda de sua vida: o retrato do herói da Guerra da Independência, o marquês de Lafayette. Um dia, absorto na pintura, recebeu a visita de um cavalariço trazendo uma mensagem do pai, que vivia em New Haven, na qual constava apenas uma linha: "Sua esposa está doente."

Eu o fitei por cima do ombro.

— Morse largou tudo e foi correndo ao encontro da esposa, mas ao chegar já a encontrou morta. Ela havia sido enterrada no dia anterior.

Suspirei.

— Não.

Ele beijou minha têmpora.

— A ideia da morte solitária da esposa o devastou. Ele jurou criar um meio de comunicação a longa distância para que isso nunca mais ocorresse com ninguém. Na universidade — ele acenou na direção das árvores —, conheceu homens que haviam desenvolvido um método para o envio de impulsos elétricos através de fios. Coube a ele criar uma linguagem para esse novo veículo, e assim nasceu o código Morse.

Fechei os olhos, inalando seu doce perfume almiscarado. O que estávamos fazendo?

— Há pouco começaram a instalar linhas entre Nova York e a cidade de Washington. Mensagens serão enviadas instantaneamente entre as duas cidades. Em breve serão instalados fios por toda a nação, e a comunicação a longa distância deixará de ser um sonho — tudo porque um homem não logrou encontrar a esposa a tempo.

Ele baixou o olhar para mim.

— Eu e você não precisamos de dispositivos ou códigos para nos comunicarmos a distância. Sente isso, não sente?

Repousei a face em seu braço, guardando em mim seu perfume e o toque de seus ombros enquanto reunia forças para afastar-me dele.

— Sim.

Seu peito estufou contra minhas costas.

— Posso estar trabalhando numa história ou indo a pé para o escritório, ou apenas escovando meu casaco, e posso sentir seu desejo. Se algum dia precisar de mim, apenas dirija seus pensamentos na minha direção e irei ao seu encontro, Frances.

— Ah, se isso fosse verdade.

— É verdade, basta acreditar. — Ele acariciou meu pescoço. — Os animais conseguem. Nunca ouviu histórias de animais que correm ao encontro do dono, mesmo quando separados por grandes distâncias? Por que não pode funcionar entre nós — ele beijou o ponto onde havia acariciado —, se moldarmos nossos desejos com essa finalidade? Tudo de que precisamos é acreditar no poder de nosso vínculo.

Absorvi com um último e demorado gole o seu toque, depois me desvencilhei dele, embora a dor me deixasse quase sem fôlego.

— Não podemos fazer isso.

Ele recuou como se esbofeteado. Senti sua mágoa e a rápida transmutação em raiva.

— É muito perigoso — argumentei.

— Como queira.

— Não é o que quero.

— Evidentemente, é. — Ele me conduziu do ponto sob as árvores para a luz do lampião.

Fitei seu rosto orgulhoso, ofendido.

— Precisamos romper com nossos cônjuges se pretendemos de fato ficar juntos e tornar essa relação honesta, mesmo que sejamos vilipendiados por todos.

Sua voz era hostil.

— Não podemos.

— Por quê?

Ele me encarou como se desejoso de falar, e então, exalando um suspiro resoluto, segurou meu cotovelo e me guiou para casa. Caminhamos em silêncio. Não pediria desculpas por desejar o que era certo.

Paramos no portão de ferro diante da casa.

— É porque sua esposa está muito doente? — perguntei. — Eu respeito isso. Não tiraria um homem de uma esposa necessitada. — Suspirei. — Talvez não seja nosso destino ficarmos juntos.

— É, sim — disse ele de forma impetuosa. — Eu o sinto no âmago do meu ser.

— Eu também o sinto.

Ele abriu o portão.

— Sinto muito — disse eu.

— Boa noite, Frances — disse determinado.

Eu não entrava.

— O que podemos fazer?

— Não há mais nada a ser dito hoje.

Vi que ele se fechara para mim. Eu não imploraria.

Avancei penosamente e subi os degraus, embora com o coração apertado. Por que ele me punia por desejar o que era certo?

Dezessete

O beija-flor inseria seu bico pontudo em cada dedaleira salpicada de tons de ameixa, bebia e dardejava para a próxima. Movimentando a língua como um açoite diáfano, coletava os pingos de néctar, indiferente a mim, que me balançava em uma cadeira de vime no pequeno jardim no pátio dos fundos da casa de Eliza. Talvez o beija-flor estivesse faminto demais para me notar, ou talvez pressentisse minha benevolência. Era incrivelmente lindo, uma joia viva. Em repouso, suas asas, escudos cor de esmeralda, perfeitos para um guerreiro mágico, encobriam o rechonchudo losango branco de seu corpo; ao voar, as asas formavam uma mancha argêntea entre as quais ele pairava, ávido e ocupado em meio às flores de Eliza. Senti vontade de tentá-lo a demorar-se um pouco mais, oferecendo-lhe um prato de água açucarada.

A porta de trás abriu. O beija-flor subiu rápida e repentinamente e desapareceu por cima do muro do jardim quando a criada de quarto, Catherine, aproximou-se com a bandeja de prata reservada aos cartões das visitas. Peguei o do topo, um exagerado exemplar guarnecido com uma borda de penas negras:

SRA. EDGAR ALLAN POE

Senti um arrepio.

Embaixo, descobri um cartão similar, também adornado com penas:

SRA. WILLIAM CLEMM JR.

— Obrigada, Catherine. Elas estão aqui?

— A senhora disse que esperaria pela resposta.

— Por favor, acompanhe-as até aqui.

Num gesto rápido, virei o diário ao avesso em meu regaço. Então, pensando melhor, escondi-o embaixo de umas folhas em branco. Eu escrevia um poema. Um poema de amor. Para o sr. Poe. Ah, eu o tinha endereçado a outra pessoa, "A S...", com o propósito de afastar a suspeita dos outros, mas ele saberia que era para ele. Havia me certificado disso. Eu o levaria comigo naquela noite, na esperança de entregá-lo após sua conferência na Society Library — nossa primeira comunicação depois de mais de uma semana. Embora errado, não podia afastá-lo de mim, não por completo, não importava o que eu lhe tivesse dito. Estava viciada no suspense que sua atenção me causava. E agora palavras eram tudo o que eu tinha para, mantê-lo junto a mim.

A sra. Poe, pálida em uma touca primaveril enfeitada com rosas na parte interna, entrou no jardim, sua mãe arrastando-se como uma sombra desajeitada.

— Ah, está em casa. Eddie disse que não teria tempo para mim.

Levantei-me.

— Claro que tenho — disse com canhestra vivacidade. Ela tinha conseguido descontrolar-me antes de eu ter tido a chance de dizer alô. Beijamos o ar próximo às nossas toucas.

— Ele me disse para nunca incomodá-la, pois é muito ocupada.

— Sempre tenho tempo para recebê-la — protestei. — Estou contente que tenha vindo. Olá, sra. Clemm. — Senti o odor de cabelo sujo quando me inclinei para beijar a mãe da sra. Poe. — A que devo o prazer de sua visita?

— Viemos por sua causa! — exclamou a sra. Poe.

— Quanta gentileza!

A perpétua expressão de preocupação da sra. Clemm permanecia visível apesar das abas chamuscadas de sua touca de viúva.

— Lamentamos interromper sua escrita.

— Sabemos como os escritores precisam ser deixados a sós.

— A sra. Poe tossiu por um instante e depois acrescentou: — Eddie nos expulsa o tempo todo.

— Não estão interrompendo nada. Por favor, sentem-se. — Indiquei as cadeiras de ferro forjado à minha frente sobre as lajotas.

— O que estava escrevendo? — perguntou a sra. Poe.

— Nada muito importante. Aceitam um café? Permitam que eu chame Catherine. — Toquei o sino sobre a mesa perto de mim. Apesar do vento agitando as flores, eu transpirava.

Catherine apareceu tão rápido que só podia estar escutando atrás da porta dos fundos. Pedi que servisse café.

Quando ela se foi, a sra. Poe perguntou:

— Está escrevendo uma história?

— Um poema.

Ela percebeu minha hesitação.

— Para crianças...?

Se me fosse permitido evitar, eu não mentiria.

— Prefiro não comentar sobre o que estou escrevendo, antes de terminar. Receio arruinar o trabalho.

Ouviu-se um farfalhar no canteiro de dedaleiras margeando as lajotas. A gatinha, Poe, apareceu, espreitando um besouro que se arrastava com dificuldade pelas pedras.

— É esse o gato a quem deu o nome do meu marido? — indagou a sra. Poe.

Fui invadida pelo estranho medo de confirmar, como se ela pudesse ferir a gatinha.

— Sim, minhas filhas escolheram o nome. Foi agradável sua caminhada até aqui?

A sra. Poe olhou o animal com uma intensidade que deixou os pelos da minha nuca eriçados.

— Não viemos a pé.

— Alugamos uma carruagem — disse a sra. Clemm. — Muito boa. Muito nova. Muito bonita. Está esperando na frente da casa.

O vento, estranhamente pesado de umidade, puxou meu xale.

— Têm tempo para o café?

— O cocheiro pode esperar — respondeu a sra. Poe. — Eu lhe paguei o suficiente. — Ela ergueu os olhos rutilantes de contornos negros para mim. — Viu Eddie hoje?

— O sr. Poe? — Esbocei um sorriso. — Não, não vi.

— Ele não foi ao escritório — disse a sra. Poe. — Acabei de verificar.

— Não faço ideia de onde possa estar — comentei.

— Ele costuma vir aqui — disse a sra. Poe. — Eu sei.

Fui varrida por uma onda de medo. Encurralada.

— De vez em quando, visita o sr. Bartlett. Já verificou na loja do Astor House? Talvez esteja lá.

Catherine trouxe o café. Xícaras, pires e guardanapos foram distribuídos, proporcionando um bem-vindo intervalo na conversa. Tomei um gole, torcendo para a sra. Poe e a mãe irem embora.

A sra. Poe manteve o olhar fixo em mim.

— Vai à conferência de Eddie hoje à noite na Society Library?

De repente, me dei conta de que não poderia ir — não se ela fosse.

— Não.

Ela esperou uma explicação.

— Tenho um compromisso.

— Deve ir — disse a sra. Poe. — Está em todos os jornais. Vai ter muita gente.

— Deve estar muito orgulhosa — disse eu.

— Estou. Sempre soube que Eddie seria alguém.

— É verdade — disse a sra. Clemm. — Mesmo nos tempos em que Eddie não era ninguém, ela acreditava que ele era alguém.

A sra. Poe descansou a xícara no pires, o dedo mínimo erguido.

— Ah, eu tinha certeza. Mesmo quando o primo Neilson disse que Eddie não servia para mim e queria que eu me mudasse para viver com sua família, eu tinha certeza.

O vento crescente agitou as compridas abas da touca da sra. Clemm.

— Meu sobrinho, Neilson Poe, desenvolveu um vivo, vivo interesse por Virginia. Acho que teria se casado com ela na primeira oportunidade. Ele é um advogado muito rico em Baltimore, sabe? Estava disposto a nos receber em sua linda casa nova quando Eddie descobriu. E aí pôs um ponto final na história.

A sra. Poe sufocou o riso.

— Devia ter visto Eddie. Teve uma atitude ridícula: ameaçou se matar, caso eu me mudasse para a casa de Neilson.

Meu sangue congelou. O sr. Poe tinha me confessado sua vulnerabilidade na época de seu casamento. Não mencionara a ideia de suicídio.

— Na verdade, ele não precisava me ameaçar — disse a sra. Poe. — Ele chegou a me mostrar o vidro de láudano que tomaria. — Ela buscou e encontrou minha expressão alarmada. — Foi tolice. Eu já tinha me decidido por ele. Sabia quem ele era, o que seria. Posso enxergar dentro dele. — Ela me lançou um sorriso desafiador. — Por mais estranho que possa soar, sei exatamente o que ele está pensando.

A pancada do portão da frente e os gritos de crianças anunciaram a chegada de Eliza em casa. Poucos minutos depois, ela adentrou o jardim, o rosto franco iluminado pela curiosidade. Depois de um turbilhão de cumprimentos, Eliza pegou a gatinha e a manteve aninhada em seu peito.

— Meu Deus — disse, acariciando-lhe a cabeça —, a temperatura está caindo. Acho que vai desabar uma tempestade.

A sra. Clemm saltou.

— Sissy, melhor levar você para casa. Seus pulmões vão sofrer se o tempo mudar.

A sra. Poe manteve a xícara de chá firme entre os dedos.

— Sente-se, mamãe.

Relutante, a sra. Clemm obedeceu.

— É uma lástima não poder ir à conferência de Eddie hoje à noite, sra. Osgood — disse a sra. Poe.

— Você não vai? — Eliza pareceu confusa. — Pensei...

— Talvez — comentei — ninguém consiga ir se o tempo piorar.

— Não deixaremos que o tempo nos impeça de comparecer — disse Eliza com firmeza à sra. Poe. — Nós nos tornamos bons amigos de seu marido.

— Verdade?

— Ele tem prestado grande ajuda ao meu marido, mas faz, pelo menos, uma semana que não aparece. Sentimos sua falta. Avise que esperamos por ele.

A sra. Poe olhou para Eliza e para mim, depois descansou a xícara e o pires na mesa. Ela ergueu a delgada figura da cadeira.

— Muito obrigada pelo café.

— Já vamos? — perguntou, perplexa, a sra. Clemm.

A sra. Poe estendeu a mão para mim com toda a encenação da sra. Butler no palco.

— Espero encontrá-la hoje à noite, independentemente do tempo.

— Ela irá, sim — disse Eliza. — Prometi ao seu marido.

A sra. Poe analisou-a por um instante.

— Ótimo. — Voltou-se para mim, depois acenou a cabeça na direção do canteiro de dedaleiras balançando ao vento. — Essas plantas são venenosas, sabia? Se eu fosse a senhora, tomaria cuidado com o seu gatinho.

O tempo foi piorando à medida que o dia passava. Os ventos ganharam força, arrancando galhos das árvores e derrubando com estrondo as vasilhas de leite na rua. Martha acendeu o fogo na sala da família, no andar de baixo, em torno do qual nos aconchegamos, enquanto a casa era varrida pelo frio. Do lado de fora de nossa janela no subsolo, a rua escureceu de modo ameaçador até pouco depois das cinco horas, quando a chuva desabou como se despejada de uma bacia celestial.

— Suponho que devamos cancelar nossos planos para hoje à noite — disse eu, olhando pela janela.

Vinha observando o tempo com atenção, à espera de que fornecesse uma justificativa para o cancelamento de nossos planos de comparecer à conferência do sr. Poe. Eu só podia estar louca quando pensei em entregar-lhe um poema de amor. Era evidente que a sra. Poe suspeitava de alguma coisa. Como me passara pela cabeça imaginar que poderíamos manter um relacionamento? Precisava deixá-lo afastar-se, antes que fôssemos longe demais.

Em sua cadeira perto da lareira, Eliza enrolava uma bola de fios de lã com a ajuda da filha, Anna.

— Talvez o tempo melhore.

Mantive a calma, torcendo pelo contrário, enquanto tomava a precaução de mentalmente inventar desculpas, a maioria envolvendo minha saúde. Quando o sr. Bartlett chegou de sua loja pouco depois, com as perna da calça ensopadas até os joelhos, achei que estaria a salvo.

— Uma pena esse tempo. — Ele deu um beijo em Eliza, depois acariciou Anna e jogou os filhos para o alto. — A conferência de Poe vai ser afetada. — Ele desceu o pequeno Johnny, que estranhamente não pediu que continuasse a brincadeira rude.

— Precisamos prestar-lhe apoio, Russell — disse Eliza. — Ele tem se mostrado tão interessado em seu projeto. Não podemos desapontá-lo por causa de uma chuvinha.

— Você tem razão. Devo-lhe isso. — Ele sacudiu as pernas da calça molhada. — Melhor subir e mudar de roupa.

Como a chuva não cessou depois da rápida ceia, achei que mudariam de ideia, mas a mesma natureza leal que transformou os Bartlett em tão bons amigos para mim prevaleceu, a despeito da tempestade. Eu não conseguia pensar em uma desculpa para desistir, dado que eles o apoiavam com tanta resolução.

Uma hora depois, encontrei-me num fiacre — o tempo estava feio demais para o sr. Bartlett conduzir sua caleça sem capota e descer a Broadway até a Leonard Street. Começou a chover granizo no teto.

Eliza olhou para cima.

— Nossa!

— O cocheiro não deveria ter saído com os cavalos nessa tempestade — disse o sr. Bartlett.

— Coitado.

Mergulhamos no silêncio, imaginando o cocheiro barbudo no assento acima de nós, encurvado sob a capa, desprotegido contra as intempéries. Mas as pancadas cessaram tão rápido quanto tinham começado, e prosseguimos, as rodas triturando os granizos.

Encontramos apenas poucas almas entusiásticas na entrada do saguão da biblioteca quando chegamos. Reconheci o jovem de cabelos cor de laranja, o sr. Crane, assistente do sr. Poe no *The Broadway Journal*, e o sr. Willis, do jornal *Mirror*, parecendo mais do que nunca um grilo num terno preto ensopado. Depois de deixar nossos agasalhos com uma magra menina alemã de uns doze anos, subimos a grande escadaria rumo à sala de conferências. Dentro dela, em meio ao mar de cadeiras vazias, o reverendo sr. Griswold parecia extremamente satisfeito com suas luvas cor-de-rosa e um exuberante cachecol vinho.

Ele se levantou de um salto e galopou ao nosso encontro.

— Pobre Poe — disse animado, ao se aproximar. — Péssima noite para uma palestra. — Agarrou minha mão, o rosto rosado triunfante. — Sra. Osgood, estou tão satisfeito de a encontrar.

— A jovem esposa do sr. Poe chegou? — perguntou Eliza.

— Veja com seus próprios olhos. — O reverendo Griswold abriu os braços como se fosse o senhor do salão vazio, composto por um reduzido punhado de damas e cavalheiros dispersos pelas cadeiras.

O sr. Griswold apertou com mais força a minha mão.

— Também deveriam ter ficado num lugarzinho quente e seguro.

Eu me libertava do aperto de sua mão quando uma decidida voz feminina reverberou no saguão.

— Onde estão todos?

Momentos depois, a srta. Fuller apareceu portando um colar de penas marrons e uns vinte e cinco centímetros da barra do vestido escurecidos pela água da chuva.

— Boa noite, meus amigos.

Eliza foi a primeira a se aproximar para lhe dar um beijo.

— Uma companheira sobrevivente.

— Vi uma mulher da tribo indígena dos iroqueses dar à luz no inverno e ao ar livre. Não vou permitir que uma chuvinha à toa me impeça de ouvir o sr. Poe destroçar um punhado de poetas.

Ela conversou com os Bartlett e comigo, enquanto o reverendo Griswold pairava sobre o meu ombro como uma nuvem agourenta. Quando Eliza e o marido se afastaram para procurar assentos em meio ao mar de cadeiras vagas, a srta. Fuller me puxou de lado.

— Como vai o artigo?

Respirei fundo. Eu havia redigido uma carta, mas ainda não criara coragem para a postar.

— Não estou escrevendo o artigo.

Ela piscou num lampejo com as pálpebras brancas de falcão.

— O quê?

— O sr. Poe me pediu que abandonasse o projeto.

O reverendo Griswold espichou o pescoço para ouvir a conversa.

— O que foi?

A srta. Fuller o ignorou.

— Eu paguei adiantado.

— Devolverei o dinheiro. Ou, se preferir, escrevo um artigo sobre outra pessoa.

O reverendo Griswold dilatou as narinas em sinal de desaprovação.

— Estava escrevendo sobre Poe?

— Por que concordou? — perguntou a srta. Fuller. — Um artigo sobre Poe lhe traria notoriedade. — Ela levou o punho fechado à boca afastando-o em seguida num gesto brusco. — Trate de escrever o artigo.

— Não.

Nesse momento, o sr. Poe entrou no salão de conferências, carregando um maço de notas na mão enluvada de negro. Perplexo, deteve-se diante da sala vazia para logo em seguida retomar o passo. Parou de novo ao me ver.

A srta. Fuller acenou para ele.

— Uma lástima, Poe — disse o reverendo Griswold à sua aproximação. — Ninguém apareceu.

— É o tempo — disse a srta. Fuller. — Sinto muito, Edgar. Uma vergonha.

O sr. William se aproximou a passos rápidos com o homem encarregado do programa.

— Poe, sinto muito. Podemos marcar uma nova data, se assim o desejar.

— *Provavelmente* conseguirá mais ouvintes da próxima vez— disse o reverendo Griswold, num júbilo questionável.

O sr. Poe me olhou de esguelha, seus olhos de contornos escuros calmos, mas indagativos.

— Vai falar hoje à noite ou não? — indagou o reverendo Griswold.

O sr. Poe o encarou.

— Não.

A srta. Fuller cruzou os braços, prendendo a base de seu colar de penas.

— Que história é essa de não querer que a sra. Osgood escreva sobre a sua família?

— Mudei de ideia.

— Diga que vai reconsiderar — disse ela.

— Há assuntos mais interessantes para publicar.

A srta. Fuller deu uma risada sarcástica.

— No momento, não há.

O sr. Willis anunciou ao reduzido público o adiamento da conferência. Os Bartlett se levantaram e avançaram pelo corredor.

— Posso acompanhá-la até em casa? — perguntou-me o sr. Poe, o rosto impetuoso.

Estava aflita demais para dar importância ao reverendo Griswold, que insistia em nos olhar de soslaio. O sr. Poe tinha uma esposa desconfiada em casa — desconfiada e enferma. Por mais que cada fibra de meu corpo ansiasse por ele, não era nosso destino ficarmos juntos. O romance havia terminado.

— Não, agradeço, mas vim com os Bartlett.

O sr. Bartlett apertou a mão do sr. Poe.

— Sinto muito quanto ao mau tempo, meu velho.

Seu rosto estava sério.

— Não posso me zangar com o que foge ao meu controle.

— Talvez seja melhor assim — disse eu. — Com certeza, o senhor preferia estar em casa hoje à noite com a sra. Poe.

— Sim — disse o reverendo Griswold, observando-o. — Com certeza.

O olhar angustiado do sr. Poe demonstrava o contrário.

— Sua esposa estava tão excitada sobre sua palestra quando passou em nossa casa hoje à tarde — disse Eliza. — Ela ficou muito aborrecida? Talvez tenha sido melhor ela não se aventurar a sair hoje à noite.

O sr. Poe demonstrou surpresa.

— Passou em sua casa?

— Ela não lhe contou? — perguntou Eliza.

Ele pareceu lutar para manter o controle.

— Não fiquei muito em casa.

— Foi uma pena, eu a encontrei quando ela já saía. Fanny pode lhe contar mais detalhes.

— Ela procurava o senhor — disse eu de propósito —, e estava preocupada por não conseguir encontrá-lo.

— Achei que teria uma chance de conversar com ela hoje à noite — disse Eliza. — Uma decepção em todos os sentidos. Estava ansiosa para ouvir o que o senhor tinha a dizer.

Ele me encarou, a mandíbula contraída. Voltou-se para Eliza.

— Obrigado, sra. Bartlett. É sempre tão gentil comigo.

A cordialidade emanou de seu rosto delicado.

— O senhor é sempre bem-vindo à nossa casa, a qualquer hora.

Ele fez uma ligeira reverência.

— Nunca esquecerei sua bondade, madame.

— Nem eu a sua — disse ela com um confuso franzir de cenho.

— Lamento interromper sua troca de gentilezas — disse a srta. Fuller —, mas preciso trabalhar de manhã. Até mais, amigos.

O sr. Poe se retirou, despedindo-se de modo mais brusco de mim do que dos outros.

Abatida, saí com os Bartlett. Seguimos em silêncio, enquanto nosso fiacre rodava pela Broadway em meio à noite fria de tempestade. O sr. Bartlett espiava pela janela, Eliza lançava olhares em sua direção e eu permanecia absorta em minha opressiva tristeza. O sr. Poe só podia ter decretado o final de nosso caso a considerar o modo como se despedira de Eliza, como se fosse um adeus definitivo. Que lamentável ponto final em nossa amizade — a esplêndida atração tinha azedado. Achei que ele me amasse. Tinha certeza de que me amava.

O fiacre entrou em um buraco nas pedras redondas e lisas do calçamento. O veículo deu uma guinada para a frente, derrubando-nos de nossos assentos.

O sr. Bartlett foi sacudido e bateu com a cabeça na janela.

— Preste atenção! — gritou para o cocheiro.

Enquanto ele me ajudava a retomar ao meu assento, pensei, "Se o sr. Poe não tinha passado muito tempo em casa na semana passada, onde estivera?"

Dezoito

Na manhã seguinte, Mary cruzava o portão da frente com as crianças rumo à calçada.

— Você levou o buquê para a professora? — perguntei da soleira da porta. Eu tinha colhido algumas flores derrubadas pela tempestade na tarde anterior e, à exceção das dedaleiras — sua associação com a sra. Poe me perturbara —, embrulhei-as em um pano levemente umedecido. Ellen levantou o buquê enquanto se juntava à irmã e a Anna Bartlett num desfile de aventais calçada abaixo. Sorridente, retirei-me para o interior da casa, apesar do nó dolorido e persistente em meu coração.

Um grito no andar de baixo, seguido de uma pancada e do som de passos apressados. Ouvi a porta de trás ser escancarada e bater.

Martha, a ajudante, subiu as escadas com esforço carregando um balde.

— Está tudo bem? — indaguei.

Ela colocou o balde no chão e algumas gotas respingaram.

— Um rato, senhora. Pegamos ele.

— Isso deve ser um alívio.

— As baratinhas são um inferno, senhora. As estantes de louças estão cheinhas delas. A gente colocou pires de água debaixo das pernas do armário de guardar comida pra não deixar elas subirem, mas não adiantou muita coisa.

— Que aborrecimento — murmurei.

— Nunca a gente via elas antes desses canos, madame. Não fomos feitas para ter água corrente em casa. Não é natural.

Enquanto a maioria dos nova-iorquinos maravilhava-se com a conveniência de possuir água corrente em casa, proveniente do recém-construído aqueduto do rio Croton, outros se mostravam apreensivos diante da ideia de a água vir de um lugar distante. Acreditavam que os insetos marrons de mais de um centímetro que de repente infestavam cozinhas por toda a cidade chegavam através dos canos. Se as "baratas", conhecidas pelas autoridades como insetos de Croton, podiam invadir casas através do encanamento, quais outros agentes indesejáveis também poderiam fazê-lo?

O sr. Bartlett apareceu no alto das escadas, guardando alguns papéis dentro do casaco. Martha pegou o balde.

— Deveria ficar contente com a água de Croton — comentou, prova de que escutara a conversa enquanto descia ao nosso encontro. — Caso contrário, teria de encher esse balde que tem aí em vez de apenas abrir uma torneira na cozinha.

De cabeça baixa, Martha passou apressada por ele, parecendo temerosa.

— Arisca — disse ele para mim.

Uma batida soou na porta principal. Entramos no salão da frente para não ficarmos visíveis enquanto Catherine subia para atender a porta.

— A sra. Bartlett não recebe visitas — avisou o sr. Bartlett. — O pequenino Johnny está doente e ela se recusa a sair de perto dele.

Catherine voltou num segundo e me estendeu a bandeja de cartões.

— A visita é para a senhora, madame.

Surpreendi-me temendo a visão de plumas pretas esvoaçantes sobre a borda prateada.

Mas era um cartão simples em preto e branco:

MARGARET FULLER

— Dessa vez a fiz esperar na porta, madame.
— Divirta-se — disse o sr. Bartlett.

Respirei fundo.

— Por favor, convide-a a entrar.

Ouvi o cumprimento do sr. Bartlett ao sair. A srta. Fuller adentrou a sala de visitas usando uma grande e surrada touca *calash* de chuva preta, apesar do dia ensolarado.

— Vim tentar enfiar algum juízo em sua cabeça — anunciou.

— Ai, meu Deus.

— Quero que reconsidere o assunto Poe.

Senti o sorriso desaparecer de meu rosto. Só ouvir seu nome me era doloroso.

— Não sou a pessoa indicada para escrever o artigo.

— Pois eu acho que é.

— O sr. Poe não vai falar comigo.

Ela carregou o sobrolho.

— Tivemos uma desavença.

— A respeito de quê?

Ao constatar que não obteria resposta, comentou:

— Não importa.   Estamos falando de Poe. Cedo ou tarde, todo mundo acaba brigando com ele.

Levantei-me.

— Preciso devolver seu dinheiro.

Ela sorriu.

— Seu marido já voltou da viagem a trabalho?

Ela sabia a resposta. Não continuaria na residência dos Bartlett caso ele tivesse voltado.

— Vou lá em cima apanhar a bolsa. — Era cruel, até mesmo para Samuel, não ter ao menos escrito. Teria alguma calamidade se abatido sobre ele? Era mais provável ter cruzado o oceano atrás de uma herdeira viçosa.

— Espere!

Meu vestido raspou o chão quando me voltei.

— Tenho outra tarefa que pode ser do seu interesse.

Detive-me, consciente de que não poderia ser nada bom.

Ela retirou a touca.

— Arre, esse negócio fede! Estou escrevendo uma série de artigos sobre o asilo para loucos localizado na ilha de Blackwell. As condições do lugar são deploráveis. Minha intenção é envergonhar as autoridades e forçá-las a providenciar instalações mais salubres. Infelizmente, tive uma discussão com o médico encarregado durante a minha última visita. Receio que ele me expulse do local se eu voltar. Daí esse chapéu. Eu o comprei por um centavo de um trapeiro. — Ela o sacudiu franzindo o cenho. — Não é dos melhores disfarces.

Ela voltou o olhar de falcão na minha direção.

— Passou pela minha cabeça um outro meio de atingir o meu objetivo. Que tal ir até lá e ser meus olhos e ouvidos?

— Eu? No asilo para loucos?

Ela assentiu animada.

— Não seria de grande ajuda.

— Não se preocupe. Basta entrar, olhar, voltar e registrar suas impressões.

— Não tenho nenhuma experiência nesse tipo de reportagem.

— Não mencionei nada na noite passada, mas vi o sr. Poe lá.

Vacilei.

Ela ergueu a sobrancelha ao perceber ter obtido minha atenção.

— Ele alegou estar pesquisando para escrever um conto. Algo sobre os internos tomando posse do asilo. Não consegui obter muitas informações dele acerca do conto. Ele se mostrou ainda menos comunicativo que de hábito, se isso é possível.

— Tenho dificuldade em imaginar o sr. Poe num lugar desses.

— É mesmo? — Os cantos de seu comprido lábio superior se curvaram para cima em sinal de astúcia.

Quando não respondi, ela disse:

— Vá até lá para mim, Frances. Vai ser fácil. Pode dizer que anda preocupada com sua querida mãezinha desequilibrada e gostaria de conhecer as instalações. Entretanto, precisa vestir-se de modo muito mais modesto. Ninguém com dinheiro sonharia em colocar um parente ali.

— Um lugar tão deplorável... Realmente não posso.

— Pense no serviço que prestará às suas desprotegidas irmãs. As pacientes são as mais vulneráveis. Qualquer membro masculino da família pode simplesmente livrar-se delas deixando-as ali por um motivo qualquer, independentemente de seu estado mental. Em resumo, elas são enterradas vivas.

Satisfeita, ela notou meu olhar de horror.

— Deixa para lá. Eu mesma me encarrego disso. É o tipo de situação abominável que me instiga, adoro expor os podres da sociedade. Darei um jeito de enganar aquele diretor e entrar. Ah, vou adorar fazê-lo pagar por todo o mal causado àquelas mulheres indefesas. — Ela enfiou o chapéu surrado enquanto eu me dirigia às escadas para pegar seu dinheiro. — Depois não diga que eu não lhe dei uma chance de sobressair, Frances. É uma pena. Por trás dessa aparência de bonita moça da sociedade, acho que há alguém esforçada.

Dezenove

Eliza não acompanhou a mim e ao marido na conversazione da srta. Lynch na noite seguinte, um sábado. Insistiu em ficar em casa com Johnny, cuja tosse ainda persistia, apesar de seu estado de saúde ter melhorado. Tendo perdido duas crianças para a doença, não se dispunha a abandonar a cabeceira do filho até ele ficar completamente curado. Mas eu não podia inventar uma desculpa para faltar. Enfeitiçadas, minhas filhas, de camisola, ouviam Mary narrar um conto irlandês.

De rosto rosado e imaculado, o reverendo Griswold andava para lá e para cá no saguão quando entrei na casa da srta. Lynch.

— Ah, ei-la enfim! — exclamou para mim. — Eu esperava que viesse.

— O senhor é muito gentil. — Entreguei meu casaco e chapéu à criada da srta. Lynch enquanto procurava um jeito de escapar.

— Sabe se Poe virá? — Ele fingiu não prestar atenção à minha resposta.

— Receio não saber informar — disse eu. — Não estou a par de seus planos.

Ele abriu um leve sorriso.

Ouvi alguém tocando escalas no piano da srta. Lynch.

— Quem se apresentará hoje à noite?

— Podemos entrar para ver? — Ele pousou minha mão sobre o seu braço e a alisou com uma das suas, encobertas pela cor malva. O homem possuía mais pares de luvas do que Hidra tinha de cabeças.

— Um importante poeta de Boston deverá comparecer hoje à noite — disse, enquanto me conduzia para o salão. — Um querido amigo, Ralph Waldo Emerson. Talvez o conheça, sendo a senhora de Boston. — Ele sorriu de modo afetado ao ver meu franzir de cenho. — Sim, tenho investigado a seu respeito. Soube que é de Boston e residiu um tempo em Londres.

— É verdade — confirmei. — Com meu marido.

Ele apertou minha mão inerte em seu braço.

— Lamento ter tomado conhecimento de que seu marido encontra-se ausente há vários meses.

— Obrigada por sua preocupação. Ficará contente em saber que ele deve retornar em breve.

Ele me lançou um olhar furtivo.

— Espero que sim, apesar de estar... me parece... bastante... ocupado... em Cincinnati.

Senti um frio no estômago. Então, Samuel tinha ido parar lá. Nem eu sabia. Onde o reverendo Griswold obtivera tal informação?

No salão da frente, convidados formavam grupinhos, o mais próximo era o amigável trio formado pelos srs. Brady e Greeley e pela srta. Fuller. Para meu desalento, vi que o pianista, ainda dedicado às escalas, não era outro senão o sr. Morris, aquele dos penteados volumosos, conhecedor de histórias de horror, e editor do *Mirror*.

Relutante, o reverendo Griswold me permitiu arrastá-lo na direção do trio, onde casualmente dei as costas ao sr. Morris. Sentia-me constrangida por não ter tido ultimamente a veia criativa capaz de me permitir entregar-lhe uma história macabra. O sr. Poe consumia minha mente.

O sr. Brady interrompeu a conversa ao me ver.

— Ah, sra. Osgood, vejo que tem sua cabeça. — Ele abriu um sorriso largo, como se esperasse que eu achasse graça.

— Não entendi — disse a srta. Fuller. — Qual é a piada?

Os olhos esbugalhados do sr. Brady transbordaram de boa vontade.

— A sra. Osgood teve o infortúnio de se mover quando a chapa fotográfica estava sendo exposta. Quando vai voltar para eu refazer seu retrato? — perguntou.

— Quando vai fazer o meu retrato, Mathew? — perguntou a srta. Fuller.

Tinha consciência do olhar do sr. Morris em nossa direção.

— Vou considerar o malogro de minha pose como um sinal de que não nasci para ser fotografada — disse eu, alegre.

— Bobagem — disse o sr. Brady —, embora tenha sido bastante desconcertante. Ali estava essa linda mulher — disse aos outros —, com seu porte perfeito, num vestido requintado e sem cabeça! Seria o suficiente para assustar Ichabod Crane. Ela estava tão descabeçada quanto o cavaleiro do sr. Irving.

— É uma lástima o sr. Irving estar na Espanha e não poder dar uma olhada na foto — disse o reverendo Griswold. — Quem sabe qual nova história lhe inspiraria? O talento do homem é impressionante. Dão-se conta de que ele escreveu "Rip Van Winkle" em uma noite apenas? Ele me contou isso faz uns dois anos, durante um almoço.

— Toda geração tem o seu gênio — disse o sr. Greeley. — O sr. Irving foi o gênio da geração de nossos pais. Diria que o da nossa é o sr. Poe.

— Com efeito — disse o sr. Brady. — Obras-primas parecem cair das pontas de seus dedos.

O reverendo Griswold fungou.

— A única coisa que cai dos dedos de Poe é o copo.

— Espero que não — disse o sr. Greeley. — Espero que ele tenha tomado jeito desde aquele tempo na Filadélfia. Odeio ver gênios desperdiçados.

O reverendo Griswold acariciou minha mão como se fosse um coelhinho.

— Quer dizer, desperdiçado nele.

Além do arco para o salão dos fundos, o sr. Morris curvou-se enlevado pela sua música, o cacho grudento batendo de leve na testa.

— É uma peça de Liszt, não é? — perguntou o sr. Brady.

O sr. Greeley abriu um largo sorriso.

— Cuidado com a Lisztomania. Margaret, sra. Osgood, tapem os ouvidos.

Todos tínhamos ouvido falar do fenômeno que varria a Europa a cada vez que o pianista, Franz Listz, tocava. Diziam que as mulheres entravam em êxtases histéricos ao vê-lo, suas performances as transformava em bestas selvagens. Mulheres se atracavam para chegar perto dele e ter a chance de pegar qualquer objeto por ele tocado — lenço, luvas, cordas quebradas de piano —, com as quais criavam joias que usavam coladas ao corpo como se possuíssem um pedaço do homem. A borra de seu café era confiscada e guardada em pequenos frascos. Diziam que uma mulher encerrara a ponta de um charuto descartado num medalhão adornado com as iniciais *F.L.* em diamantes. O mais preocupante, ao menos para os homens que relatavam o fato, era que as vítimas que sucumbiam à febre Liszt não eram meras criadas e caixeiras de lojas, mas esposas e filhas de famílias respeitáveis, mulheres bem-educadas de quem se esperava mais juízo.

— Ela não precisa tomar cuidado com a música — disse o sr. Brady ao ouvir o som metálico do sr. Morris. — Liszt é o catalisador da mania, não suas músicas. Quem dera possuir *seu* carisma!

O reverendo Griswold retrocedeu afrontado, a mão enluvada de cor malva ainda presa à minha.

— Gostaria que as mulheres se comportassem mal na sua presença?

O sr. Brady riu.

— Bem, se propõe dessa maneira, sim, gostaria.

Vozes femininas elevadas atraíram nossa atenção para a entrada do salão. O sr. Poe entrou, elegante e sereno, de braços dados com a srta. Lynch. A srta. Fiske e sua amiga de Massachusetts, a srta. Alcott, precipitaram-se em sua direção em meio a um farfalhar de saias. Uma onda quente de anseio transformou meus joelhos em gelatina.

— Acho que temos o nosso sr. Liszt — disse a srta. Fuller.

— O homem é um bêbado — resmungou o reverendo Griswold.

— Não se engane, meu velho — avisou o sr. Greeley —, Liszt podia ser toxicômano e as mulheres não ligariam.

— As mulheres ligam, sim — disse eu.

O grupo me fitou.

— Se não se importa com a minha pergunta, o que o sr. Poe tem que o torna tão atraente para as mulheres? — perguntou o sr. Brady.

A srta. Fuller brincou com seu colar de ossos.

— Ele é frio, firme e inteligente, e, sob essa superfície, corre um rio de paixão. As mulheres ficam querendo mergulhar nesse rio selvagem. Não concorda, Frances?

O reverendo Griswold friccionou a minha mão.

— Essa pergunta é um insulto à sra. Osgood. Melhor dirigir--se a alguma depravada.

A srta. Fuller deixou um olhar de avaliação repousar sobre ele.

— Rufus, por que considera a atração de uma mulher por um homem tão suja?

Gotas de suor se formaram na máscara cinza barbeada de seu lábio superior.

— Bem, não preciso dizer! Em um casamento, a adoração da mulher pelo seu marido é uma coisa linda. Mas se descontrolada, e fora do casamento, chega-se à Lisztomania. Pode discordar à vontade, srta. Fuller, mas se não for cerceado, o desejo feminino pode exacerbar uma condição médica perigosa que afeta tanto a vítima quanto a sociedade como um todo.

— E quanto aos homens? — perguntou a srta. Fuller. — Eles também não deveriam se controlar?

Um cavalheiro alto aninhando um copo de água em seus dedos delgados aproximou-se a passos largos de nosso grupo. Sua cabeça comprida e mirrada, com seu fibroso topete no topo, fez-me pensar em um inhame.

— Peço desculpas — disse ele —, mas não pude evitar ouvir a conversa. Acredito sinceramente que o *efeito* do desejo incontrolado, tanto nos homens quanto nas mulheres será a ruína de nossa sociedade, mas não é a sua *causa*.

— Diga-me, por favor — disse o reverendo Griswold irritado —, e qual é então?

— Sylvester Graham — disse o homem, apertando as mãos de todos. — De Connecticut. E minha resposta para a sua pergunta é: a ganância.

O sr. Greeley deu uma gargalhada.

— E essa não é a raiz de tudo?

A srta. Fuller abriu um sorriso sagaz.

— Nem tudo.

— Falo com bastante seriedade — complementou o sr. Graham. — A ganância e o nosso suprimento de víveres. É a ganância que compele os donos de leiteria a desnatar o leite para preparar outros produtos e depois encher o refugo deixado com giz e vendê-lo com o objetivo do lucro. A ganância tenta açougueiros a triturar a carne de vacas doentes junto com a de outras saudáveis e misturar tudo para fabricar linguiça junto com sobras e esterco com a finalidade de aumentar a quantidade de "carne" vendável. A ganância motiva padeiros a usar farinha desprovida de germe de trigo e da nutritiva casca e acrescentar sulfato de alumínio e cloro para deixar o pão mais branco e agilizar seu cozimento. Os americanos estão sendo envenenados, tudo em nome do lucro, produzindo uma raça de gente dotada de pouca inteligência e propensa à luxúria e ao desejo.

— E então o que propõe, sr. Graham? — perguntou o sr. Greeley.

— Ah, já ouvi falar do senhor — disse a srta. Fuller. — Quer que as pessoas comam seus biscoitos cracker. Os cream-crackers Graham.

— Tem quem os chame assim — disse o sr. Graham, ruborizado. — Podem chamá-lo do que bem entender, desde que os comam com frutas e vegetais saudáveis.

O sr. Poe apareceu ao meu lado, tão quieto quanto um lince. Olhei à frente, meu pulso acelerando.

— E se todos comermos seus cream-crackers — disse o sr. Poe calmamente —, o que vai acontecer?

O sr. Graham acenou para ele.

— Haverá uma redução do desejo.

— E isso é desejável? — indagou o sr. Poe.

Não ousei fitá-lo. Desvencilhei minha mão do aperto do reverendo Griswold.

— Acredito que sim! — bradou o sr. Graham. — Quantas pessoas arruinaram suas vidas entregando-se aos desejos?

— Isso, isso! — exclamou o reverendo Griswold.

A voz do sr. Poe expressava calma inteligência.

— Peço que me perdoe, mas não posso concordar. Muitas pessoas melhoraram as vidas por seguirem seus desejos.

— Diga isso a Cleópatra e a Marco Antonio — comentou o sr. Greeley em tom irônico.

— Eles se mataram — disse o sr. Brady —, não foi?

O sr. Poe parecia não ouvi-los.

— O desejo nos inspira a darmos o nosso melhor. Não concorda, sra. Osgood?

Podia sentir seu olhar ansioso sobre mim.

O sr. Morris parou de tocar e uniu-se ao nosso grupo.

— Não sei sobre o que estão conversando, mas exibem expressões muito interessantes nos rostos.

— Poe diz que o desejo inspira as pessoas a se tornarem melhores — disse a srta. Fuller ironicamente.

— Verdade? — disse o sr. Morris. — Achei que o desejo só levasse as pessoas a se meterem em maus lençóis.

O sr. Brady subiu os óculos para a ponte do nariz.

— Eu também; no entanto, se o desejo pode ser controlado, talvez faça bem aos homens. Conhece aquele velho ditado, "Atrás de um grande homem..."?

— Digam-me — provocou a srta. Fuller —, quem está atrás de uma grande mulher. — Ela relanceou os olhos por nosso círculo e se deteve em mim. — Tem razão. Ninguém. Ela tem de chegar lá sozinha.

Os homens de nosso grupo franziram o sobrolho olhando para a srta. Fuller e para mim, como se tentassem encontrar uma falha em sua declaração.

— Por falar em grandes mulheres... bem, ao menos as muito ricas — disse o sr. Greeley —, souberam que a casa de madame Restell pegou fogo?

O sr. Brady soltou uma gargalhada.

— Está brincando! Foi lambida pelas chamas do inferno?

— Evidentemente. O fogo começou num galpão atrás da casa — disse o sr. Greeley. — A brigada de incêndio conteve o fogo antes que se espalhasse além da cozinha. Dizem que foi obra de um incendiário.

A mandíbula do sr. Poe se contraiu.

— Como podem saber? — indagou.

O sr. Greeley hesitou, o rosto elástico registrando surpresa diante da veemência do sr. Poe.

— Pelas evidências costumeiras, suponho.

— Não precisa pular no pescoço dele, Poe — disse o reverendo Griswold.

Estaria o sr. Poe consternado pelo fato de o incêndio ter ocorrido tão perto de sua casa?

— Gostaria de ter visto quem saiu correndo daquela casa — disse o sr. Greeley. — Deve ter sido uma revoada de amantes.

— Essa observação não é muito benevolente, Horace — disse a srta. Fuller.

— Antes que me esqueça — o sr. Poe virou-se para mim abruptamente —, minha esposa pediu que a convidasse a participar de um piquenique conosco amanhã.

Disfarcei meu olhar de descrença. Que benefício poderia advir de tal convite? Por que ele não a havia desencorajado?

— Como sabe, ela aprecia muito a senhora — completou o sr. Poe. Virou-se para se dirigir ao grupo. — Gostaria de convidar todos aqui presentes também. Vamos nadar em Turtle Bay.

— Nadar? Há seis semanas ainda tinha gelo naquele rio — disse o sr. Brady. — Não, obrigado.

— Turtle Bay é muito perto de minha casa — disse o sr. Greeley.

— Sempre que posso, evito minha esposa tanto quanto Castle Doleful. Caso queira fazer um piquenique no pátio do Astor House, eu aceito.

— Tampouco conte comigo, Edgar — avisou a srta. Fuller.

— Depois de escrever sobre a minha visita à ilha Blackwell, estou entrevistando algumas mulheres formadoras de uma liga cuja missão é reformar as criadas. Aparentemente, elas julgam as meninas propensas à fuga. A mim parece que elas teriam mais êxito em reformar mais rapidamente as meninas, caso os patrões não insistissem em importuná-las.

— Margaret — disse o sr. Brady —, você é terrível.

Os homens riram, exceto o sr. Poe, e em seguida outros declinaram o convite, embora o sr. Greeley oferecesse o uso de seu cavalo e trole usados no campo. O tema do incêndio na casa de madame Restell tinha sido definitivamente posto de lado.

— Reverendo Griswold — disse o sr. Poe —, não ouvi sua resposta. Gostaria de ir?

Os lábios do reverendo Griswold crisparam-se num esgar.

— Só para ver a água fria congelar esse sorriso no seu rosto.

O sr. Poe assentiu como se recebesse um elogio.

— Excelente. O senhor deve participar e incumbir-se de me fornecer um parecer. Então, a senhora vai, sra. Osgood?

Todos os olhos se concentraram em mim. A recusa levantaria suspeitas. E por mais louca e penosa a ideia de passar um dia junto com o sr. e a sra. Poe, na verdade, ansiava por ficar próxima a ele. Aceitaria qualquer migalha, independentemente do preço.

— Parece uma ideia adorável. Aceito, obrigada.

— Ótimo. Por favor, leve suas filhas. Deveremos formar uma família numerosa e feliz.

 Vinte

Vinnie espiou pela janela aberta do quarto.

— Eles chegaram!

Afastei-me do espelho, diante do qual eu prendia o coque com grampos. Beliscando as bochechas para ganhar um colorido, olhei para a rua onde a sra. Poe, usando um chapéu preto de palha, e a mãe, com sua costumeira touca branca de viúva, encontravam-se sentadas no trole emprestado pelo sr. Greeley. Do outro lado, encolhido, o reverendo Griswold, com expressão de fastio por baixo do garboso chapéu palheta encarapitado na cabeça. Eu podia entreouvir a sra. Clemm canhestramente tentar puxar conversa com ele.

A sra. Poe inclinou-se para trás com o intuito de olhar para cima. Afastei-me da janela.

— Meninas, estão prontas?

No andar de baixo, o sr. Poe, perigosamente bonito com seu cabelo despenteado e colarinho aberto, nos cumprimentou no saguão. Minha ânsia de desfalecer como uma colegial foi reprimida por saber que sua esposa aguardava do lado de fora.

— Mamãe não nos deixou levar Poe — anunciou Vinnie.

Ajoelhei-me para amarrar seu chapéu.

— O gato — expliquei a ele.

— É uma menina. — Timidamente, ela sorriu para ele. Eu não era a única ansiosa por atenção masculina na ausência de seu pai.

O sr. Poe sorriu para ela com sincera afeição.

— Sua mãe tem razão. Não deve levar a srta. Poe. Gatos não gostam de água.

— Nós gostamos — disse Vinnie.

— Que bom! — exclamou o sr. Poe. — Vai nadar hoje?

— De maneira nenhuma — respondi por elas. — Está frio e é perigoso demais. — Afrouxei o chapéu de Ellen — ela o havia amarrado sozinha e o apertara demais — e em seguida calcei minhas luvas. — Poderemos observar o sr. Poe tentar nadar e ficar à disposição para atirar uma corda de resgate quando ele sucumbir ao frio.

— Vou mostrar à sua mãe que fui campeão de natação quando criança. Nadei dez quilômetros contra a corrente no rio James lutando contra fortes marés. Um recorde até hoje não superado. — Ele tirou de minhas mãos a cesta de piquenique preparada por Bridget.

— Quero ver o senhor nadar — exclamou Vinnie.

— Receio que hoje o recorde do sr. Poe não será de grande valia para ele. Hoje vamos competir para ver quem bate o recorde de comer sanduíches. Mas é bom saber que temos um campeão entre nós, não acha, Ellen?

Ellen cruzou os braços e desviou o olhar, como se concordar demonstrasse deslealdade ao pai.

O sr. Bartlett desceu da sala de estar da família com a mão estendida.

— Sr. Poe, obrigado pelo convite para participar do piquenique. Lamento ter sido obrigado a declinar.

— Quem sabe da próxima vez? — disse o sr. Poe.

Lá fora, o rosto rosado e bem barbeado do reverendo Griswold iluminou-se por baixo de seu chapéu palheta quando me aproximei do trole.

— Sente-se perto de mim. — Ele bateu no assento de couro.

Assim fiz, enquanto a sra. Poe e a mãe elogiavam primeiro o meu vestido e o meu chapéu, e depois os vestidos e chapéus de minhas filhas. A sra. Clemm implorou às meninas que se sentassem em seu colo. Apenas Vinnie obedeceu, embora hesitante. Com Ellen a salvo debaixo do meu braço, e as cestas a nossos pés, o sr. Poe, num impulso, subiu para o assento do condutor, tomou as rédeas e atiçou o robusto cavalo ruão. O trole sacolejou rumo à Broadway.

Por sobre o estrépito de cascos contra as pedras do calçamento, perguntei à sra. Poe:

— Como se sente hoje?

Ela me encarou de dentro de sua touca de palha.

— Por que insiste em me perguntar isso?

Ellen ergueu o olhar para mim. Humilhada, recostei-me.

Depois de alguns blocos, tínhamos deixado a área povoada da cidade e logo chegamos à nova extensão da Third Avenue, toda revestida de macadame. As amplas e sujas barreiras alinhadas dos dois lados da estrada coberta de cascalho atraíam jovens de todas as partes da cidade ansiosos por testar a velocidade de seus cavalos, a superioridade de suas equipagens e o vigor de seus nervos. Arrastando-se entre os faetontes e os tílburis pintados em cores vistosas e puxados por juntas reluzentes, o prosaico trole do sr. Greeley puxado pela égua distinguia-se feito um ganso entre cisnes.

O sr. Poe diminuiu o ritmo de nosso pequeno veículo no alto de um morrinho fora da estrada com vista para as pistas e juntou-se a um agrupamento de carruagens e cavalos.

— O que foi, Eddie? — perguntou a sra. Poe.

Ele acenou para os dois jovens puxando nos ombros seus luxuosos troles de duas rodas estrada abaixo, preparando-se para uma corrida. O corte das roupas — um terno esportivo e elegante de tweed e a camisa vermelha predileta dos irlandeses e a calça preta vistosa — evidenciava o fato de os condutores pertencerem a classes sociais distintas.

— Esse desordeiro hibérnico não tem chance — disse o reverendo Griswold —, mesmo que tenha depositado cada um de seus centavos nesse cavalo. Uma vergonha! Na certa, deve haver alguma criança passando fome porque seu pai ou irmão quer se exibir.

O sr. Poe virou em seu assento.

— Gostaria de fazer uma aposta?

Incrédulo, o reverendo Griswold tossiu.

— Nesses dois? Só se eu puder escolher o cavalheiro.

— Combinado — disse o sr. Poe, com calma. — O que apostaríamos?

O reverendo Griswold tateou em busca de minha mão.

— O vencedor ganha o privilégio de levar a sra. Osgood a dar uma volta de bote pela enseada.

Repousei as mãos nos ombros de Ellen.

— Isso não pode ser considerado um prêmio.

— Apostem dinheiro — disse a sra. Poe, tossindo.

O sr. Poe não olhou a esposa.

— Aceito os termos do reverendo Griswold.

E tão logo apertaram-se as mãos, os corredores deram início à corrida.

Cascos martelaram a pista suja. Chicotes estalaram. A sra. Clemm tapou os ouvidos de Vinnie quando os ocupantes das carruagens próximas gritaram ainda mais alto.

Empatados, os cavalos precipitaram-se na pista. Apertei Ellen contra mim, temendo um acidente.

O reverendo Griswold levantou-se de um salto.

— Ele está ganhando! Ele está ganhando!

Súbito, o cavalo do dândi deu um solavanco, como se aferroado nas ancas. Quando o trole atingiu o pavimento num borrifo de cascalho, o irlandês disparou. Seu cavalo aumentou a distância antes que o dândi tivesse chance de se recuperar. Seus colegas pularam de alegria quando ele cruzou a linha de chegada.

O reverendo Griswold estatelou-se no assento.

— Trapaça! Obviamente houve algum tipo de trapaça! Sra. Osgood, levando em conta o ocorrido, espero que não concorde com o passeio de barco.

Com toda a calma, o sr. Poe recolheu as rédeas.

— Não me lembro de nossa aposta levar em conta a lealdade na corrida, mas apenas quem sairia vencedor.

— Você deveria ter apostado dinheiro — disse a sra. Poe.

— Como minha esposa sabe, sempre aposto no azarão.

— Mesmo se o azarão for implacável e inescrupuloso? — indagou o reverendo Griswold.

— O homem escrupuloso é simplesmente aquele cujos ancestrais foram implacáveis e *in*escrupulosos, proporcionando-lhe a opção de agir de acordo com os bons sentimentos.

— Fala como um desordeiro, senhor.

O sr. Poe sorriu.

— Não, falo apenas como alguém a quem falta a suficiente quantidade de ancestrais implacáveis. — Dando as costas, sacudiu as rédeas.

Tinha consciência do olhar da sra. Poe enquanto nosso veículo triturava o cascalho da pista. Fingi concentrar-me na contemplação da paisagem. Aqui e acolá, no alto, a distância, casas de fazendas assentadas em afloramentos rochosos, deixadas ao abandono quando a via fora aberta em suas terras. Ligadas à estrada por compridos lances de degraus ziguezagueantes, assemelhavam-se a faróis isolados em penhascos.

— Nossa, o campo parece estranho lá adiante — disse a sra. Clemm.

— Um dia, tudo ficará no mesmo plano dessa estrada — disse o reverendo Griswold. — Todas essas casas de fazenda desaparecerão e surgirão novas casas, maiores e melhores.

Notando a expressão preocupada de Vinnie, eu disse:

— Contudo, ainda falta muito para tal.

— Ah, não conte com isso — interveio o reverendo Griswold. — O mundo ao nosso redor está mudando e não há nada a fazer. Se não acredita em mim, volte aqui dentro de um ano. E não é apenas a terra que está mudando, mas a senhora e eu. Daqui a dois anos não será capaz de reconhecer a si mesma, anote minhas palavras.

A testa macia de Vinnie franziu.

— Ah, olhem as vacas! — exclamei. — Tínhamos chegado a um campo em uma interseção da Third Avenue com a Old Eastern

Post Road. O sr. Poe saiu da estrada pavimentada e pegou a estradinha de terra.

As meninas se ajoelharam para olhar enquanto passávamos perto do pasto.

— Não são bonitas? — perguntei. — Parecem cervos com esses olhos grandes e pelo castanho tão claro.

— Guernsey — disse o reverendo Griswold. — São chamadas vacas Guernsey. Pelo que sei, fornecem leite de excelente qualidade.

— Então essas são as vacas sortudas — comentou a sra. Poe. Confiante, Vinnie a fitou.

— Como os trevos de quatro folhas?

A sra. Poe engasgou com a tosse.

— Não, elas não nos trazem sorte, elas é que têm sorte. Esse tipo de vaca não será comida, pelo menos não enquanto fornecer leite.

Uma vaca perto da estrada cessou de pastar e ergueu os olhos para nós.

— Olá — entoou a sra. Poe. — Não vamos comer você... ainda.

— Nós comemos vacas? — perguntou-lhe Vinnie.

Com um gesto, ordenei a Vinnie que se sentasse em meu colo.

— Somos pessoas da cidade — expliquei aos demais enquanto a aconchegava em meus braços. — Não pensamos muito a respeito de como as coisas chegam aos nossos pratos.

— Pois deveria. Deveria ter consciência de que uma criatura deu a vida para você — disse a sra. Poe, puxando a luva.

— Virginia! — exclamou a sra. Clemm.

A sra. Poe abriu um sorriso terno.

— Sinto muito, mas elas morrem por você, por mais que tentem ignorar. Somos todos assassinos.

— Pare com esse assunto agora mesmo — disse o reverendo Griswold. — Pense nas crianças.

A sra. Poe retirou a luva, revelando uma grande bolha furada circundada pela carne ulcerada, no monte do polegar — uma queimadura grave. Ela percebeu meu olhar.

— Acidente de cozinha — disse ela.

A mãe engoliu um suspiro.

Súbito, o reverendo Griswold berrou:

— Diminua o passo!

Apoiando-se contra a grade do trole, ele postou as mãos acima dos olhos como se buscasse algo.

— Sei onde estamos. Veja ali! Ali está o riacho. E ali... ali está a ponte!

Observamos o riacho serpenteando entre os campos e as rochas antes de desaparecer debaixo da ponte logo à frente.

— É aqui! Ali está a marcação por onde a Fiftieth Street vai passar. Estamos na Kissing Bridge número dois! Pare! Pare!

O sr. Poe deteve o cavalo em cima da baixa ponte de pedra. Assustada, a sra. Poe enrolou a luva na ferida.

— Eu estava lendo sobre as famosas *kissing bridges* da velha Nova York — disse o reverendo Griswold. — Há três delas no total, todas muito famosas, muito antigas. Outrora, era costume o cavalheiro beijar a mulher sob seus cuidados quando passavam pela ponte.

A sra. Poe ergueu o rosto infantil na direção do marido.

— Então é melhor me beijar, Eddie.

O sr. Poe revirou no assento.

— E se o cavalheiro tiver mais de uma mulher aos seus cuidados?

O fogo crepitou em meu rosto.

— Você não pode beijar todo mundo! — esbravejou o reverendo Griswold.

O sr. Poe franziu o rosto ligeiramente.

— Quer que eu ignore minha tia?

— Ah! — bufou o reverendo Griswold. — Ah!

Piscando rapidamente quando as mulheres da vida de Poe levantaram-se para receber seus beijos, o reverendo voltou-se para mim.

— Madame.

Ofereci os nós dos dedos.

Seus lábios foram afastados de minha luva pelo sacolejo da carroça dando a partida. Voltei a colocar o braço em torno de

Vinnie, perguntando-me o quê me levara a fazer parte de tão estranho grupo.

Rodamos pela estrada até por fim nos depararmos com a larga extensão do East River reluzente ao sol. Sólidos *ferryboats* percorriam as águas escuras, cuspindo fumaça no céu azul-claro. À esquerda ficava a extremidade sudeste da ilha de Blackwell, cujos bosques fechados escondiam a penitenciária e o asilo de loucos. Estranho a srta. Fuller ter visto o sr. Poe ali. Será que ele havia concluído seu conto passado no local?

— Que bonito! — disse Vinnie.

— É uma paisagem bonita — concordou a sra. Poe. — Eddie, eu gostaria de ter uma casa aqui.

— Primeiro preciso ganhar dinheiro.

— A casa de Greeley fica logo adiante — disse o reverendo Griswold. — Uma casa grande, muito grande. Ele já me convidou para almoçar lá.

— Você ainda tem chance — disse o sr. Poe.

O reverendo Griswold pestanejou confuso enquanto o sr. Poe amarrava o cavalo a uma árvore e começava a ajudar as damas a descerem.

— Ah, entendi — disse o reverendo Griswold. — Não achei graça.

A sra. Poe escolheu um lugar sob o plátano e começou a esvaziar a cesta que eu havia levado.

— Estou faminta!

O reverendo Griswold mexeu em sua cesta e dela retirou uma garrafa de vinho.

— Quem está com sede? Poe, aposto que você está.

— Obrigado — agradeceu o sr. Poe, imperturbável —, mas trouxe um cantil de água.

O vento beliscava as saias e as tiras dos chapéus enquanto comíamos o pão, o queijo e os picles, cujos sabores acentuavam-se graças à brisa fresca do rio. Sem ter com quem compartilhar a garrafa de vinho, o reverendo Griswold a consumiu sozinho.

Então, brincou de Red Rover* com as meninas, comigo e com o sr. Poe com tal ferocidade que acabou esgotado e caiu adormecido debaixo de um arbusto no meio da brincadeira de esconde-esconde.

Minhas filhas, percebendo que ele apagara, deixaram-no em paz. Centraram sua energia no sr. Poe como teriam feito com o pai, se ele estivesse ali. Tempos depois de a sra. Clemm retirar-se para seu tricô, e a sra. Poe fazer um colar com as violetas que tremulavam na grama soprada pelo vento, as meninas ainda insistiam que ele continuasse brincando. Até mesmo Ellen riu às gargalhadas enquanto ele titubeava, fingindo não conseguir encontrá-la.

Por fim, ele achou Vinnie agachada atrás de uma rocha no penhasco de onde se descortinava o rio.

— Achei!

Ela se ergueu de um salto às gargalhadas.

— É melhor se esconder direito ou encontro você.

Ela foi até a rocha que tínhamos designado como "casa", fechou os olhos e iniciou a contagem em voz alta. Segui pé ante pé na direção oposta à que ela havia me escondido da última vez. Sentindo o frisson que vem com a excitação da potencial descoberta, mesmo num jogo tolo, subi um morrinho e ajoelhei-me atrás de um grupo de álamos. Fiquei de olho em Vinnie — ela estava perto demais do rio para o meu gosto.

Um toque no ombro me assustou.

— Desculpa. — O sr. Poe agachou-se perto de mim.

A alegria correu pelas minhas veias. Rapidamente a controlei.

— O senhor tem um jeito especial de aparecer misteriosamente.

---

*"Red Rover" é o nome de um jogo infantil originário do século XIX, na Inglaterra. O jogo consiste em duas fileiras de crianças de mãos dadas. Uma das fileiras desafia a outra a enviar um participante, que deve tentar quebrar a corrente em um ponto. Caso consiga, escolhe um dos dois lados divididos para se juntar ao seu time. Caso não consiga, deve juntar-se ao time adversário. Ganha o time que conseguir juntar todas as crianças, sobrando apenas uma do outro lado. (N. T.)

— Noventa e nove — Vinnie contou a distância — cem! Prontos ou não, estou indo.

Observei Vinnie encaminhar-se para as rochas atrás das quais eu havia me escondido antes.

— Ela está indo na direção errada. Preciso detê-la antes que vá longe demais.

— A irmã está lá e cuida disso.

— Parece, sr. Poe, que outro de seus talentos é saber a localização de cada um de nós.

Ele sorriu, desarmando-me com enlouquecedora eficiência.

— Foi gentileza convidar o reverendo Griswold hoje — disse eu. — Ele parece ser uma pessoa solitária, apesar dos inúmeros amigos que diz ter.

— Está colhendo o que plantou.

— Bem, com certeza, isso agora não o atormenta. — Relanceei os olhos para o local onde o reverendo jazia debaixo de uma moita.

O sr. Poe descansou um dedo nas costas de minha mão enluvada. Meu olhar acompanhou o movimento.

Sua voz mostrava-se rica de emoção.

— Quero que saiba que mudei por sua causa.

A força de seu olhar fez com que eu o sustentasse.

— Não bebo desde o dia em que a conheci.

Ele não interrompeu o toque. Todos os meus sentidos convergiram para aquele único ponto.

— Sua esposa me contou.

— Ela conta coisas demais para você.

— Sim, conta.

— Entretanto, desconhece tanta coisa. — Ele entrelaçou os dedos aos meus com uma leve pressão. A sensação revirou minhas entranhas.

Observei Vinnie procurar entre a folhagem cascateante de um salgueiro chorão.

Ele apertou minha mão.

— O que a perturba? Não é apenas o nosso desentendimento na outra noite.

Suspirei enquanto olhava dentro de seus olhos tomados por uma emoção incontrolável.

— Não foi um desentendimento — disse em voz baixa —, mas um rompimento. Um rompimento final e definitivo. Acho que sua esposa suspeita de nós.

Ele manteve o aperto de mão, fitando intensamente dentro de minha alma.

— Isso é errado — murmurei.

— No entanto, Frances, sabe que é certo. *Precisamos* ficar juntos. Temos de ficar. Sei que também sente o mesmo.

— Como? — suspirei profundamente. — Não vejo como conseguiremos.

— Estou buscando uma solução. — Seu olhar foi até a ilha de Blackwell. Ele respirou fundo, prestes a falar, quando uma voz argêntea ressoou.

— Eddie?

Ele soltou meus dedos.

Segurando as saias, a sra. Poe subia a custo o morro.

— Eddie? O que está fazendo?

— Me escondendo, é óbvio — respondeu o sr. Poe. Nós nos levantamos.

Ela nos olhou, tossindo na mão crispada e enluvada.

— Achei que fosse levar a sra. Osgood para um passeio de barco.

— Não precisa — disse eu. — Foi uma aposta tola.

— Precisa, sim. Ele deve cumprir o prometido. Eddie, leve-a para passear de barco.

— Não — disse o sr. Poe, em tom categórico.

Vinnie subiu correndo.

— Achei vocês. — Ela bateu no braço do sr. Poe. — Peguei.

— Pegou mesmo.

— Vá se esconder — disse a sra. Poe.

Ofegante, Vinnie curvou-se.

— Sr. Poe, podemos andar de barco agora?

Ele não olhou a esposa, que o fitava de cara feia com aqueles olhos de contornos escuros tão iguais aos seus.

— Tem de pedir à sua mãe.

— Por favor, mamãe — implorou Vinnie. — Podemos ir todos? Por favor, por favor.

A essa altura, Ellen se juntara a nós. Foi seu olhar suplicante — justo ela, que me pedia tão pouco — que pesou na balança.

— Suponho que não corremos perigo se ficarmos na angra. A senhora vem também?

— Ah, eu não perderia isso por nada — retrucou a sra. Poe.

Descemos a colina com calma a fim de acompanhar o passo da sra. Poe, enquanto as meninas corriam na frente. A sra. Clemm juntou-se a nós ao longo do percurso. As duas aguardaram descansando, sentadas em uma pedra, até as meninas e o sr. Poe terem ajeitado o barco e o arrastado para a água. Entramos e tomamos nossos assentos: o sr. Poe na popa; eu e as sras. Clemm e Poe espremidas no banco do meio, as meninas na proa.

O rítmico bater dos remos e o sol nas minhas costas contribuíram em muito para me acalmar, não obstante a estranha companhia. As meninas arrastavam as mãos na água, conversando entre si, enquanto, divagando, eu admirava as árvores majestosas e as casas antigas montando guarda nos magníficos penhascos da baía. Com uma pontada no coração, pensei que, mesmo naquela época, os homens abriam espaço com suas picaretas rumo ao litoral. Não cessariam até as árvores, mansões e rochedos desaparecerem.

— Oh! — exclamou a sra. Poe. — Meu chapéu voou.

— Ai, meu Deus! — bradou a sra. Clemm.

Vi Ellen apontar para a corrente rápida do rio. O chapéu de palha da sra. Poe boiou na superfície perto de mim, sua trajetória diminuindo de ritmo à medida que se encharcava de água.

— Pegue o chapéu, mamãe — berrou Vinnie.

O sr. Poe tomou um dos remos, pescou o chapéu com cuidado e o trouxe, gotejante, na minha direção.

Inclinei-me para o apanhar. Nesse momento, o barco começou a balançar violentamente em consequência da passagem de um barco a vapor. Vacilante, oscilei. Praticamente recuperara o equilíbrio quando recebi um empurrão nos quadris. Caí no rio.

A água suja e gelada penetrou em meus ouvidos e nariz. Lutei contra o frio sombrio, o vestido enroscando-se em minhas pernas como tentáculos arrastando-me para baixo. Senti a pressão de alguém mergulhando perto de mim enquanto eu me debatia na direção da nebulosa luz marrom. Minha cabeça subiu à superfície.

Apesar da água escorrendo pelo meu rosto, consegui ver a sra. Poe empunhando um remo. Lutei com todas as forças para o alcançar.

Um forte golpe atingiu meu crânio. Uma luz azul irrompeu na minha cabeça. Meus ouvidos zuniam enquanto eu afundava mais, mais...

Mãos me puxaram para cima. As borbulhas estouraram quando minha cabeça rompeu a membrana entre a água e o ar.

Um braço rodeou minhas costelas. Pisquei para afastar a água e vi o sr. Poe arrastando-me para o barco. Ele agarrou a borda e ergueu meu queixo acima da água com a ponta dos dedos.

— Respire! Respire!

Agarrei-me à lateral do barco e, desesperada, com esforço olhei para cima.

Com a maior serenidade, a sra. Poe olhou para baixo.

— Precisa tomar cuidado, Frances. Poderia ter encontrado a morte nessas águas.

— Como está se sentindo agora? — perguntou Eliza.

Puxei a colcha, cobri os ombros e mexi os dedos dos pés na bolsa de água quente que ela ordenara que trouxessem da cozinha no momento em que viu o sr. Poe carregando-me para dentro de casa. Enfermeira experiente que era, trocou minha roupa, me pôs na cama e providenciou uma tigela de caldo de carne fumegante à minha espera na mesinha de cabeceira num piscar de olhos. Contudo, eu ainda tremia cerca de uma hora depois. Meu cabelo continuava úmido.

Eliza me cobriu com outra colcha.

— Que horror ter caído no rio. Está fedendo a peixe.

— Ainda sinto o cheiro.

— Bem — ajeitou a colcha por cima de mim —, vamos rezar para o fedor ser a parte pior. Se deu o azar de cair no rio, pelo menos deu sorte de o sr. Poe ser um exímio nadador.

No andar de baixo, eu podia ouvir as meninas brincando com as crianças Bartlett. Graças a Deus, eu tinha caído e não elas. Com um arrepio, ainda podia ver o sr. Poe remando às pressas para a margem e o nosso grupo aglomerado em desordem no trole. O sr. Poe nada disse, mas lançou angustiados olhares sobre o ombro enquanto incitava o animal a galopar ainda mais rápido. Quando o reverendo Griswold cingiu-me ao peito, seu hálito inoculado de vinho derramando-se por cima de mim enquanto o veículo arremetia pelas estradas sulcadas, foi a emoção inquieta nos olhos do sr. Poe que manteve a minha calma. Agarrei-me a isso enquanto a sra. Poe nos observava, tossindo incessantemente, com a curiosidade de uma criança.

Verbalizei o pensamento que me perturbava desde o acidente.

— Não tenho certeza se caí.

Eliza riu.

— Você chegou aqui muito molhada para não ter caído.

— Eliza, estou falando sério.

Enrolando a colcha em meus pés, ela ergueu o rosto.

— Tenho a terrível sensação de ter sido empurrada.

— Empurrada? — Ela se acomodou na cadeira de madeira ao lado de minha cama. — Por quem?

— Pela sra. Poe.

— Pela sra. Poe? A indefesa sra. Poe? Ela não faria mal a uma mosca.

Balancei a cabeça.

— Tive a nítida sensação de ter sido empurrada. Eu havia me inclinado para apanhar seu chapéu.

— Não poderia ter sido uma das meninas, tentando olhar por cima de você? Por vezes, as crianças não têm juízo.

— Elas estavam sentadas na proa do barco. — Calei-me, rememorando o acidente. — Pelo menos, acho que ainda estavam sentadas ali.

— Talvez a sra. Poe estivesse tentando impedir *sua queda*, e foi isso o que sentiu.

Suspirei.

— É possível. Estávamos sacudindo no sulco de um barco a vapor. Talvez eu tenha imaginado o empurrão. Talvez tenha caído do barco sozinha. Tudo aconteceu tão rápido!

Ela aquiesceu.

— Talvez lhe deva uma palavra de agradecimento por ter tentado salvar você.

Engoli em seco, sem querer lembrar.

— Não é só isso.

Ela apanhou a tigela vazia de caldo de carne.

— O que foi?

— Quando estava dentro da água, eu acho... — Calei-me, sabendo o quão escandaloso soaria. — Acho que ela me atingiu com o remo.

Os traços bondosos de Eliza se transformaram no quadro da descrença.

— Na certa, foi um acidente. Quem sabe estava tentando oferecer o remo como tábua de salvação? Ela não parece muito forte; talvez tenha deixado o remo cair e ele a atingiu sem querer.

A imagem da sra. Poe inclinada sobre a água, o rosto bonito retorcido de tanto ódio, surgiu em minha mente.

— É que a expressão dela... — interrompi-me. Quem acreditaria em mim? Eu mesma mal podia acreditar.

— Sério, Fanny, em meio a toda aquela confusão, como pode saber o que viu? Por que ela tentaria machucar você?

Enrosquei-me ainda mais na colcha.

— Tem razão.

— Não pode querer acreditar em algo assim caso não seja verdade — disse Eliza. — Não pode perguntar às crianças o que viram?

— Odeio assustá-las.

Ela ficou de pé com um farfalhar de saias.

— Bem, o importante é estar bem.

— Sim — disse eu, longe de estar convencida. — Isso é verdade.

Na manhã seguinte, acomodei-me em minha escrivaninha no salão da frente, disposta a trabalhar. Quanta diferença uma noite faz! A não ser pela ligeira dor de garganta com que acordara, eu estava totalmente recuperada do mergulho. Com efeito, sentia-me bem-disposta, como se tivesse saído vitoriosa de uma disputa com um formidável adversário. Não perdera o sr. Poe — longe disso. Não sabia como iríamos ficar juntos, mas ele me queria e eu a ele. Nossa história não chegara ao fim. De maneira nenhuma. Ele dissera estar tentando encontrar uma solução. O fato de parecer não haver nenhuma não impediu o júbilo em minha alma. Ai, meu querido Edgar... Ainda sinto a intensidade de seu olhar quando prendeu a minha mão enquanto nos escondíamos, ainda posso ouvir a premência em sua voz ao confessar ter mudado por minha causa. Ainda vejo a veemência de sua preocupação quando me retirou do rio, como se fosse impossível viver caso algo me acontecesse. Nunca Samuel havia demonstrado tanta estima e de modo tão intenso, nem mesmo no início. Agora, exultante de felicidade, senti que podia fazer qualquer coisa, até mesmo escrever um conto assustador para o sr. Morris. Eu havia sido reanimada pelo poder do amor.

A campainha da porta interrompeu meu regozijo. Espiei pela janela. A sra. Poe e a mãe se encontravam plantadas nos degraus da entrada da casa.

Instintivamente, desviei a cabeça, mas envergonhei-me do comportamento infantil. Recostei-me. Elas acenaram para mim quando Catherine atendeu a porta.

Encurralada.

Esperei Catherine trazer a bandeja de prata e peguei os cartões de visita profusamente emplumados. O vendedor devia ter dado boas risadas quando os confeccionou.

Respirei fundo.

— Por favor, faça-as entrar.

A sra. Poe entrou apressada na sala.

— Bonjour! Bonjour! — disse ofegante em meio a um acesso de tosse.

A sra. Clemm entrou cambaleante atrás dela.

— Espero não estarmos atrapalhando. Como está se sentindo, querida?

Então, elas tinham vindo para uma visita de doente. Talvez nesta morte fossem embora mais rápido se eu bancasse a enferma.

— Não me sinto eu mesma. Obrigada por perguntar. Acho que preciso voltar para a cama.

— Mas estava escrevendo — disse a sra. Poe. — Eu vi. — Com os olhos tão perturbadoramente parecidos com os do marido, ela observou meu embaraço. — Eddie diz que a etiqueta exige que retribuísse a minha visita antes de eu voltar aqui, mas eu não podia esperar. Vim em uma missão muito especial.

Minhas entranhas contraíram-se de terror.

— Oh.

— Estamos procurando uma casa nova!

Meu coração apertou. O sr. Poe não podia estar partindo.

— Na cidade?

— Onde mais? Precisamos sair daquela área. — Ela franziu o sobrolho. — As casas são tão velhas.

— É — concordei. — Imagino que sejam perigosas. Ouvi dizer que uma delas pegou fogo.

Ela me encarou, estranhamente desconfiada.

— Onde?

A mãe puxou as abas da touca de viúva, permanecendo pela primeira vez em silêncio.

Parecia impossível não terem ouvido a comoção a duas portas de distância quando a casa de Madame Restell pegou fogo. Os berros do chefe dos bombeiros comandando sua equipe, o estampido do motor enquanto os homens bombeavam, o estilhaçar de vidro quebrado e dos machados deviam ter sido inconfundíveis.

— Pelo menos não foi no inverno — disse eu para interromper a pausa glacial. — Uma vez, vi um incêndio em janeiro em que a água cobriu a casa com pingentes de gelo e depois congelou nas mangueiras dos bombeiros. A casa foi destruída pelo fogo e com ela as casas vizinhas.

Ela parecia não me ouvir.

— Adivinhe.

Agora brincávamos como crianças? Súbito, fiquei mortalmente atenta.

— Estamos pensando em nos mudar para uma casa nesta rua.

Absorvi o choque.

— Vamos ser vizinhas! — bradou a sra. Clemm quando a filha tossiu. — Já imaginou?

— Não.

A sra. Poe ergueu seu queixo redondo infantil num gesto presunçoso.

— Recomendaria a vizinhança para nós? Queremos o melhor.

Quase todos os milionários da cidade moravam a poucos blocos de distância.

— Washington Square me parece bastante agradável.

— Sabe, dispomos de recursos que nos propiciem o melhor. Eddie está ficando cada vez mais famoso. Ele tem trabalhado numa história assustadora, a melhor até hoje.

— Sobre o asilo de loucos?

A sra. Poe retesou-se.

— O que quer dizer?

— Talvez eu tenha me confundido. Achei ter ouvido... Por favor, me desculpem. Devo estar confusa.

O tique-taque do relógio de pé no canto prosseguiu indiferente. A súbita quietude da sra. Poe pareceu sugar o ar da sala.

— Devo ter me confundido — repeti.

— Ela conhece muitos escritores, Virginia — disse a sra. Clemm. — Afinal, é uma deles.

— Quieta, mamãe!

Podia sentir o olhar fixo da sra. Poe me perfurando.

— Qual o assunto da nova história? — perguntei, cautelosa.

Ela não desviava o olhar.

— Mesmerismo. Sobre um homem morto mantido vivo por mesmerismo.

— Não parece bom? — bradou a sra. Clemm.

A sra. Poe a ignorou.

— Não há nada na história sobre um asilo de loucos. Leio todas as palavras que ele escreve, eu saberia.

— Eu me enganei — repeti. — Peço desculpas.

— Sissy é a primeira leitora dele — disse a sra. Clemm. — Sempre foi. Eddie confia nela.

— Então, deve ficar muito satisfeita ao ver como o trabalho dele tem sido bem recebido — comentei. Deus do céu, por que ela continuava me encarando?

— Sabe aonde Eddie vai hoje à tarde? — perguntou ela.

Preparei-me para outro golpe.

— Não.

Ela sorriu.

— Ao restaurante Delmonico. Com a srta. Fuller. Ela vai escrever um artigo sobre nós dois.

Senti o alívio de quem evitou por um triz um acidente de carruagem. Feliz por se tratar de um assunto seguro, e de não fazer mais parte do artigo, eu me peguei tagarelando acerca da comida do Delmonico, de sua decoração e até mesmo de sua gigantesca entrada com os pilares vindos de Pompeia.

— O que é Pompeia?

— Uma cidade da antiga Roma. Foi destruída pela erupção de um vulcão.

— Destruída em pedaços?

— Não exatamente. Os gases vulcânicos a extinguiram. As cinzas desceram e preservaram tudo exatamente do jeito como estava — a comida na mesa, os cachorros nas correntes, as pessoas na rua, tudo — até ter sido descoberta no século passado.

Engenheiros desenterraram muitas coisas, inclusive pessoas pegas bem no meio do que faziam quando a tragédia se abateu.

— Misericórdia! — bradou a sra. Clemm.

A sra. Poe se levantou.

— Gostaria de saber o que as pessoas seriam pegas fazendo se um vulcão irrompesse em Nova York.

A sra. Clemm expressou desaprovação ao se levantar.

— Virginia, que pensamento terrível! Você e Eddie são farinha do mesmo saco.

Acompanhei a sra. Poe à porta do salão. Ela se deteve a pouca distância da porta.

— Sra. Osgood, acha que as pessoas se comportariam de modo diferente se soubessem que seriam pegas cometendo algum ato ilícito?

Ela me contemplou enquanto me forcei a sorrir.

— Felizmente não há nenhum vulcão aqui por perto.

— Graças a Deus! — choramingou a sra. Clemm.

— Sim — disse a sra. Poe —, graças a Deus.

Ela partiu num sibilar de fitas, a mãe rodopiando atrás dela. Apoiei-me na porta.

Martha, a ajudante da criada, subiu as escadas com uma escova e o cinzeiro de fogão a lenha para limpar as lareiras. Deteve-se ao me ver.

— Está passando bem, madame?

Afastei-me da porta.

— Claro. Obrigada.

Voltei para a minha escrivaninha, apanhei a caneta, olhei o papel em branco e tornei a repousá-la. Cada gota de minha criatividade tinha se evaporado.

Vinte e um

Meados de março em Nova York: a estação da insensatez. Todos nós exultávamos, pois o inverno soltara suas presas de nossas peles. Aos sábados, multidões se reuniam para ver as tropas treinarem na Washington Square. Em pouquíssimo tempo, os homens, trajando sisudos ternos negros durante a semana, tomaram coragem para desfilar com cinturões vermelhos, calças brancas e chapéus emplumados de couro envernizado. Aos domingos, as famílias iam para o campo, uma caminhada acessível do meu bairro. Meu grupo gostava de subir a Broadway para observar as elegantes casas novas que surgiam em torno da Union Square. Então nos dirigíamos para o leste, descendo pela recém-aberta Seventeenth Street, afugentando porcos descontentes e gansos indignados pela estrada suja à nossa frente. Passando sob os barracos oscilantes, em afloramentos ainda não aplainados pelas picaretas dos trabalhadores de rua, chegávamos então às campinas, antes parte de uma fazenda holandesa, onde podíamos estender nossas mantas em meio aos demais participantes de piqueniques. Quem imaginaria, enquanto as cigarras ciciavam e os coelhos disparavam de suas tocas ocultas, e o cheiroso relvado de trevos triturados permeava o ar, que nenhum afloramento nem campina existiria na primavera seguinte?

Numa dessas tardes de domingo, um cavalheiro com óculos de voo preparava um balão de ar quente para voar, seus murchos aparatos espalhados pelo campo. Eu relaxava em uma manta de viagem com os Bartlett e nossos filhos, observando o gás ondular através do balão como um pulso, quando a srta. Fuller chegou em seu pequeno trole com um colar apertado de contas brancas que lhe chegava ao queixo. Fiquei tentando adivinhar qual tribo seria adepta de moda tão desconfortável.

Ela fez sinal para o balonista.

— Onde ele vai?

— Não sabemos — respondeu Eliza alegremente. Ela abriu um sorriso largo para os meninos que galopavam em volta de nossa manta em cavalos de pau, enquanto Mary tentava em vão os silenciar. — Não faz a menor diferença.

A srta. Fuller me olhou de cara feia.

— Seu Poe diria que se prepara para cruzar o Atlântico. Não posso acreditar que teve gente que engoliu esse embuste sobre a viagem de balão publicado no *The Sun* o ano passado. Como se uma "máquina voadora" pudesse um dia cruzar o oceano, quanto mais em três dias.

Meu Poe? Os pelos de meu braço arrepiaram tomada que fui pela culpa e pelo medo. Levando em conta as circunstâncias, nas últimas semanas havia reduzido meu contato com o sr. Poe, por mais excruciante a dor. Eu não o havia recebido nos Bartlett nem comparecido a nenhuma de suas palestras ou às conferências nas quais ele porventura pudesse estar presente. Evitara as conversaziones da srta. Lynch, reduzira meus passeios pela Broadway. Apenas me permitira um tipo de comunicação entre nós: poemas. Poemas enviados a fim de serem publicados sob falsos nomes no seu *Broadway Journal.*

Sabia que não deveria agir assim. Sim, eram apenas palavras, mas sou uma poeta. Palavras são minha moeda corrente. Conheço seu valor. A paixão e a ousadia expressas nos poemas jamais se equipaririam ao meu comportamento durante uma conversa. Bastava ao sr. Poe ler nas entrelinhas. Ah, eu tinha plena consciência dos sentimentos que minha poesia desencadeariam. Ele também era poeta. Eu soube exatamente o que fazia quando lhe implorei em "Resposta de Amor": *Escreva de coração para mim.*

Ele o fez. Em profusão. Respondeu chamando-me de "amada", "minha", "olhar radiante e brilhante", de sua "ilha encantada" numa água tribulada. Embora os poemas fossem endereçados a "Kate Carol" ou a "F...", ou a outras mais, eu sabia a quem eram dedicados. Toda semana, quando uma nova edição do *Journal* saía, minhas mãos tremiam enquanto eu folheava as páginas em busca de suas respostas. Com avidez, lia seus poemas para mim, depois levava o periódico ao peito como se ele fosse o próprio homem. Porque, da maneira mais verdadeira, o era.

— Poe publicou essa diabrura o ano passado, não foi?

— O sr. Bartlett se serviu de um prato de morangos da primeira estação. — Aborreceu muita gente.

— Edgar é mestre em cruzar a fronteira entre realidade e fantasia — disse a srta. Fuller. — As pessoas ficaram irritadas por terem acreditado nele, e se sentiram idiotas por terem sido enganadas. Ninguém gosta de ser ludibriado.

Nesse momento, uma banda passou marchando pela Seventeenth Street, precedida por um ganso frenético batendo as asas para afastar as pessoas do caminho. O estridente e desafinado flauteio dos trompetes e tubas chamou de imediato nossa atenção para um cavalo tordilho, emplumado como um membro da Guarda Nacional, puxando uma carroça gradeada pintada de vermelho. Na carroça, sob um estandarte no qual se lia "VISITE O MUSEU BARNUM", andava a passo uma criatura escura e esfarrapada.

— Um leão! — berrou Vinnie.

— Barnum — exclamou o sr. Bartlett. — Existe algum lugar onde não esteja? Se um dia exploradores penetrarem no coração da África, na certa o encontrarão por lá.

— Tarde demais. Ele já esteve lá — disse a srta. Fuller — e tirou a liberdade de mais do que algumas nobres feras. É inconcebível como explora seus irmãos. O pobre menino de Stratton é exibido por toda a Europa como o General Pequeno Polegar. A despeito de suas roupas elegantes, a criança não é tratada melhor do que esse pobre animal.

— Podemos ver o leão? — implorou o filho mais velho de Eliza. As outras crianças acrescentaram um coro de "por favor".

— Vá com elas — pediu Eliza ao marido. — Mary ajuda você a tomar conta delas.

— Não, a não ser que você vá junto. — Ele puxou Eliza pela mão. — A música me assusta mais do que o leão.

— Vocês querem vir? — perguntou Eliza a Vinnie e a Ellen.

Não foi preciso perguntar uma segunda vez.

Quando me levantei para juntar-me a eles, a srta. Fuller deu um tapinha no assento perto do dela.

— Frances, se importa de ficar comigo por um instante?

Recusar seria grosseria. Relutante, subi.

— Gostei muito de seus poemas no *The Broadway Journal* — disse quando me instalei.

Olhei-a.

— Obrigada — disse, constrangida.

— Edgar e você vêm mantendo uma correspondência e tanto. Suponho que seja "Kate Carol". Você é a dona do "olhar radioso e brilhante", não é?

Negar despertaria suspeitas sobre nosso relacionamento.

— Tolices, não é mesmo?

— É?

— É — afirmei. — Muita. Acho que é a estação. Ficamos todos tolos.

Ela resmungou.

Fingi admirar a multidão que se agrupava em volta do leão. O balonista, com seu invento tomando forma atrás dele, bufou, parecendo atordoado por alguém ter roubado seu espetáculo.

— Falei com a sra. Poe hoje.

Senti uma pontada de culpa.

— Ah, e como ela está passando? Ouvi dizer que estão se mudando.

— Eu também. Então, fui atrás deles. Estão morando em uma pensão no East Broadway. Com outros sete pensionistas.

Ela me deixou digerir a informação. Tentei manter a voz despreocupada.

— Estranho! Estavam procurando uma casa na Amity Street. O que pode ter acontecido?

— Ah, ela mencionou essa casa. Comentou alguma coisa sobre a casa não ter ficado pronta a tempo. Mas, acredite em mim, ninguém que disponha de dinheiro para alugar uma casa na Amity Street moraria nem cinco minutos naquele pardieiro, mesmo se planejasse mudar-se.

Mantive a expressão afável.

— Então o que está afirmando?

— Que Poe é pobre.

— Não entendo sua necessidade de me contar isso. Justamente você, que defende os menos favorecidos em seus artigos sobre as condições de moradia em casas de cômodos e os abusos cometidos nos asilos de loucos e prisões.

— Não é a pobreza de Edgar que me preocupa, e sim como a pobreza o afetou. — Ela brincou com o chicote. — Ele não é o que parece, Frances.

O condutor da carroça do Barnum havia descido e cutucava o leão com um atiçador.

Voltei-me para a srta. Fuller.

— Ou seja...

— Civilizado. Controlado.

Eu sorri friamente.

— Então o que ele é?

O leão rugiu. A srta. Fuller franziu o cenho em sua direção antes de responder:

— Um pobre menino deveras afetado por seus traumas de infância.

Ri.

— Mas isso não depõe contra sua reputação. O presidente Jackson nasceu em uma família pobre, nos desertos da Carolina do Norte, três semanas depois da morte do pai, e ele deu certo.

— Andrew Jackson matou pelo menos treze homens em duelos, provavelmente mais. Matou centenas e centenas em batalhas. Matava qualquer índio desafortunado o bastante para atravessar seu caminho, e bateu num homem até a morte com um bastão. Sim, os americanos, com seu questionável bom-senso, elegeram-no presidente, mas não acho que ele tenha dado certo.

— Ainda não compreendo o motivo de me contar isso.

— Porque não gosto de ver ninguém ser magoado.

— A sra. Poe disse alguma coisa sobre nossos poemas? — perguntei.

— Não. Deveria?

O leão voltou a rugir mais alto e assustou o cavalo da srta. Fuller. Ela acalmou o animal com as rédeas.

— Sou sua amiga, Frances.

— Se fosse minha amiga — disse eu —, não espalharia mais boatos sobre mim.

— Quem mencionou boatos?

— Você disse que a sra. Poe reclamou.

— Ela não reclamou. Na verdade, só disse que gostaria de passar mais tempo ao seu lado, ter notícias suas, mas que a doença a mantém em casa.

Respirei fundo.

— Vou pensar no assunto.

— Não o faça.

Arrepiei-me diante do tom autoritário.

— Acho que deve se manter afastada dos Poe — declarou.

— Uma estranha recomendação vinda de alguém que insistiu tanto para eu escrever um artigo sobre o casal. Soube que você estava escrevendo o artigo. O que houve? Não o vi no *Tribune*.

— Eu nunca deveria ter insistido em prosseguir com aquele artigo. Depois do primeiro contato com os Poe, logo deixei de lado o projeto.

Fitei-a. O que teria visto a ponto de a desencorajar?

A srta. Fuller deitou as rédeas no colo.

— Venho encorajando você desde o início, Frances. Primeiro, aquele salafrário do seu marido. Eu a admiro por criar as suas duas filhas sozinha e pelo seu trabalho. Não arruíne sua reputação de escritora séria por causa de um homem. A história sempre dá um jeito de esquecer as amantes dos grandes homens. Mesmo quando elas possuem talento.

As crianças voltaram para a manta com Mary, seguidas pelos Bartlett, que passeavam de mãos dadas.

— Não gostaram do leão? — perguntei, abalada.

O pequeno Johnny balançou a cabeça.

— Ele não tem dente.

— Foram arrancados! — exclamou Eliza. — É repugnante!

A srta. Fuller afagou as contas em seu pescoço.

— É uma forma de controlar um leão.

Vinte e dois

A tarde do sábado seguinte na Washington Square trouxe revoadas de pombos às calçadas quentes, crianças correndo umas atrás das outras e soltando gritinhos de alegria, bem como uma orquestra de instrumentos de sopro pam-pam-pa-rreando no coreto. Na rua, em desfile, a Guarda Nacional apresentava uma manobra trajando lindos uniformes e exibindo fisionomias austeras. Se os mexicanos que acossavam a República do Texas chegassem mais perto de Nova York, o Sétimo Regimento estaria a postos. De tão encantador o dia, não conseguíamos convencer minhas meninas e os dois filhos mais velhos de Eliza a voltar para casa, apesar de estar na hora do cochilo de Johnny. Nós os deixamos com Mary, sob a promessa de que ela não os levaria além do parque. Não haveria mais caminhadas para ver seu admirador — pelo menos não com as crianças.

De volta à casa dos Bartlett, desci para beber água. Com alívio, usufruí de um instante de solidão. Apesar de ostentar constantemente um sorriso animado, minhas precauções como esposa abandonada e mulher envolvida num relacionamento desgastante tinham me exaurido. Eu levava meu copo para a sala da família, coçando a pele machucada pelo espartilho, quando deparei com o sr. Bartlett lendo uma revista perto da janela aberta do porão. Seu cabelo louro oleoso brilhou, banhado por um feixe de luz do sol.

— Ah, não sabia que estava aqui.

Ele me lançou um olhar demorado, inclinou-se e depois atirou a revista na mesa.

— Temos uma celebridade na casa.

Olhei a publicação. *The Broadway Journal*. O periódico do sr. Poe.

— Seu romance está causando comoção.

Meus cabelos ficaram em pé.

— O que quer dizer?

Eliza entrou na cozinha, soltando as tiras da touca. Havia um pequeno *V* de suor no corpete abotoado de seu vestido.

— Que romance?

O sr. Bartlett cruzou os braços.

— O romance entre a sra. Osgood e o sr. Poe.

Eliza deteve-se por um instante e, em seguida, começou a tirar o chapéu.

— Russell, esse comentário não é nada gentil.

— O que não é gentil? Eles vêm trocando poemas de amor em público. Não esperava que as pessoas comentassem?

Senti uma onda de náusea.

— São apenas poemas. Poetas *escrevem* poemas.

— Então os enviou.

A expressão de Eliza implorava que eu negasse.

— Usei pseudônimos.

Por isso ninguém nos visitava ultimamente? Eu havia atribuído o fato à doença das crianças Bartlett, e ao meu recolhimento. Estariam as pessoas evitando-me?

— Seus disfarces não se sustentaram — disse o sr. Bartlett. — Todo mundo sabe que a senhora é "Violet Vane" e Poe é "M".

Como?

— Eu não sabia! — exclamou Eliza.

— Você anda ocupada com as crianças — afirmou o sr. Bartlett. Ele empurrou a revista na nossa direção. — Três leitoras visitaram hoje de manhã a livraria à procura disso. Não é comum receber três senhoras por semana solicitando *The Broadway Journal*. Elas querem o *Godelième* ou algo semelhante. Perguntei à última o que a levara a comprar esse número. — Ele se calou. — Ela disse ter ouvido que o sr. Poe estava rompendo o flerte com a sra. Osgood.

Rompendo o flerte? Contive-me para não pegar o jornal e, alucinada, folhear até encontrar a página.

— Espero que tenha esclarecido o caso! — exclamou Eliza. Quando ela o viu desviar o olhar, insistiu: — Você disse que não há flerte algum, não disse?

Ele ergueu a mão para a silenciar.

— Sra. Osgood, como seu amigo e protetor na ausência do sr. Osgood, insisto que cesse de escrever esses poemas. Isso já foi longe demais.

Eliza pegou a revista. Como ansiei para alcançá-la antes.

— Página dezessete — disse o sr. Bartlett.

Ela abriu a página. "Para *reticências*", "por M." — Ela desceu a página com o dedo, depois leu em voz alta.

We both have found a life-long love
Wherein our weary souls may rest
Yet may we not, my gentle friend
*Be to each other the second best?**

Ela me fitou.

Assim ele terminaria nosso relacionamento? Tão pública e condescendentemente?

Forcei um sorriso.

— Estão vendo? Sou apenas a segunda opção.

— Isso não tem graça — disse o sr. Bartlett. — Não deveria ser a segunda opção de um homem casado. Nem a terceira ou quarta, nem mesmo quinta. Não deveria ser nada para ele.

Não restava dúvidas, era precisamente isso o que passara a ser para o sr. Poe.

---

*Ambos encontramos o amor ambicionado/ Onde nossas almas exaustas podem descansar./ Todavia, gentil amiga, não podemos/ Ser para o outro apenas a segunda opção?

— Como homem da casa, eu insisto — disse o sr. Bartlett.

Eliza perscrutou meu rosto.

— Não se preocupe, Fanny, vai passar.

Assenti, com o estômago embrulhado. Aparentemente, algo já tinha passado.

A noite trouxe uma caminhada com os Bartlett pelo Niblo's Garden, na Broadway, em frente à imponente casa do sr. Astor. Com noite tão agradável, todos estariam presentes. Embora não desejasse nada além de me recolher à cama, não pude recusar-me a comparecer. Deveria comportar-me como se os poemas no jornal do sr. Poe não tivessem qualquer significado para mim. Mas como as pessoas tinham adivinhado que eu e o sr. Poe éramos os autores dos poemas? Teria a srta. Fuller arrancado a confissão do sr. Poe e espalhado a notícia? Que sensação repugnante a de ser "conhecida" por pessoas que nunca havia encontrado.

O Niblo's Garden resplandecia lotado por influentes fregueses. Como receava, muitos dos frequentadores do salão da srta. Lynch ali se encontravam. Unidos por nossas noites de conversas, naturalmente formamos um grupo. Logo passeava com o sr. Greeley e a srta. Fuller e os demais pelo salão ao ar livre sob centenas de lamparinas coloridas cintilando nas árvores como luzes mágicas. Preparei-me para as perguntas e comentários.

Para minha surpresa, nenhuma veio. A boa educação de meu círculo de conhecidos prevaleceu. Contudo, muitas das mulheres me trataram com a afável frieza e reserva civilizada dedicada a ex-amigas ou a primas a quem desaprovavam. Os homens tentaram não lançar sorrisos maliciosos. Nenhuma palavra foi sussurrada sobre minha troca de correspondência com o sr. Poe. Nenhuma foi necessária. Os sorrisos disfarçados, o sutil afastar-se à minha aproximação diziam tudo.

Eu tinha me integrado a um grupo que incluía uma recém-chegada à cidade. A sra. Ellet vangloriava-se dos quatro diferentes títulos acadêmicos do marido em ciências, quando o sr. Poe entrou no jardim de braços dados com Virginia.

O reverendo Griswold, que havia reivindicado um lugar ao lado do meu cotovelo, fungou.

— Falando do diabo.

O sr. Poe trazia uma expressão agradavelmente zombeteira quando o grupo educadamente o cumprimentou e à esposa. Seu olhar deteve-se em mim. Sob a luz escarláte da lamparina pendurada acima de nós, percebi os olhares curiosos do grupo.

Sorri para a sra. Poe.

— Que vestido lindo!

Todos os olhares passeavam entre nós duas, reparando no que eu tinha notado tão logo ela chegara: seu vestido era praticamente igual ao meu, tanto na cor quanto no corte.

O sr. Griswold abriu um sorriso largo, depois cavou outra colherada de sorvete.

O sr. Brady não foi tão contido.

— Eu desisto! — disse ele, rindo. — Poe, isso só pode ser mais uma de suas diabruras.

A sra. Poe pestanejou para o marido.

— Que diabrura?

— Minha esposa não sabe do que está falando — disse o sr. Poe indiferente. — Talvez seja melhor lhe explicar.

Meu rosto ardia em chamas. Antes que o sr. Bartlett pudesse deixá-la desnorteada, eu intervim:

— Peço que me perdoe, sra. Poe. Eu tinha concebido uma brincadeirinha para provocar a curiosidade dos leitores do jornal de seu marido, pela qual eu recebi pagamento. Escrevi alguns poemas coquetes e tolos, e o sr. Poe respondeu na mesma moeda, até o número desta semana, no qual ele implorou para reconciliar-se com a esposa. — Meneei a cabeça para o sr. Poe. — Parece que o plano funcionou. Meu amigo, o sr. Bartlett, reportou que as vendas dos exemplares aumentaram em sua loja.

A sra. Poe franziu o nariz.

— Faria isso com sua reputação?

— Obrigado! — bradou o reverendo Griswold. — É exatamente o que eu penso. Passei a noite inteira explodindo com vontade de dizer alguma coisa. O senhor deveria envergonhar-se — disse ao sr. Poe — por prejudicar nossa cara sra. Osgood dessa maneira. — Ele encheu o peito com justificada indignação, encolhendo-se apenas um pouco sob o olhar devastador do sr. Poe, antes de dirigir-se à sra. Poe. — Sinto muito, madame, mas o comportamento de seu marido foi imperdoável.

— Culpe a mim — interrompi com presteza. — Foi uma manobra tola e inconveniente de minha parte em busca de reconhecimento. Seu marido foi correto em pôr um ponto final nessa história esta semana com seu poema — disse eu à sra. Poe.

— O que disse, Eddie?

A lamparina acima de nós balançou ao vento, lançando luzes escarlates sobre o rosto severo do sr. Poe.

— Ele disse — anunciou o reverendo Griswold, exibindo valentia, uma vez livre do olhar do sr. Poe —, que a senhora era a primeira e ela a segunda opção.

Pude sentir os olhares fascinados do sr. Greeley e do sr. Brady sobre mim, a expressão irada de eu-te-avisei da srta. Fuller e o biquinho da sra. Poe. Mas foi a expressão atormentada do sr. Poe que me deixou sem ar. Raiva, tristeza e desalento contorceram seu rosto até ele os esconder numa couraça de fúria assassina. Temi pela segurança do reverendo Griswold.

Nesse momento, como se enviado do céu, o repique de cordas de uma harpa despontou no ar. Todos se voltaram para ver o cavalheiro afinando o instrumento, instalado sob uma treliça coberta de rosas. Uma mulher robusta de negro parou ao seu lado, torcendo um lenço.

O proprietário do Niblo's Garden, um cavalheiro corpulento com correntes de relógio de lado a lado, acenou pedindo que nos aproximássemos.

— Caros amigos, tenho o prazer de apresentar o sr. e a sra. Nicolas-Charles Bochsa, em tour pela América.

A expressão do sr. Poe congelou-se em frio desprezo, enquanto todos nos aproximamos educadamente para cercar o harpista e sua esposa, que deram início à apresentação de uma ópera composta pelo cavalheiro. No final da apresentação, meu coração recobrara o batimento normal. Aplaudi com excessivo entusiasmo, agradecida pelo alívio proporcionado pela ópera.

Notando meu ardor, o reverendo Griswold exclamou:

— A voz dessa cantora parece uma flauta!

— Você se dá conta — disse-me a srta. Fuller enquanto aplaudíamos — que devemos o privilégio de escutar os "Bochsa" em Nova York ao fato de eles terem sido expulsos de Londres? Na verdade, a "sra. Bochsa" não é a sra. Bochsa, mas sim a sra. Bishop, esposa do compositor Henry Bishop. Eles deixaram Londres sob ameaça de morte. O adultério naquela cidade, assim como nesta, é inadmissível.

Continuei aplaudindo.

Um cavalheiro juntou-se com seu violino ao casal. Os dois homens apresentaram um concerto, cuja intensidade intensificou-se transformando-se em uma contenda. Cada um buscava superar o outro em musicalidade e habilidade até, por fim, o violinista decidir tocar uma alegre polca. Enquanto a multidão aplaudia encantada, distanciei-me do grupo e saí pelo portão.

Seguia apressada ao longo da cerca de estacas brancas em volta do jardim quando ouvi passos atrás de mim. A Minetta Street e seus elementos criminosos encontravam-se a apenas poucos blocos de distância. Acelerei o passo, assim como o transeunte atrás de mim. Pelo som dos passos, sabia ser um homem, mas a aba de minha touca impedia-me de enxergar seu vulto.

Praticamente corria quando o sr. Poe agarrou-me pelo braço.

— Frances, o que está fazendo? Não é seguro andar por aí sozinha.

— Estou bem!

Inesperadamente, ele me cingiu ao peito. Meu chapéu caiu na calçada quando ele me beijou.

Desvencilhei-me, meus lábios molhados dos seus.

— Não pode fazer isso! — Num gesto desenfreado, relancei os olhos pelos arredores.

— Achei que pudesse ficar longe de você, que os poemas bastariam, mas não bastam.

— Por que não? Deveria ser mais fácil se manter afastado. Eu sou a segunda opção.

— Tive de escrever aquilo. — Sua voz estava tensa. — Virginia viu seus poemas escritos para mim.

Prendi a respiração quando uma carruagem passou chacoalhando, sua lanterna iluminando a escuridão. Virei de costas até ela sumir.

— Meus poemas eram anônimos.

— Ela viu a carta que acompanhava um deles. Cometi o erro de deixá-la no bolso do casaco.

Tentei me lembrar do que poderia ter escrito.

— Ela sabe que você gosta de mim. — Ele respirou fundo. — Receei por você.

— Agora todos acham que somos amantes.

— Acha que me importo com o que os outros pensam? — Ele segurou meu rosto nas mãos e me beijou.

Ouvimos o ruído de passos atrás de nós e nos afastamos.

A sra. Poe surgiu com seu andar afetado no momento em que o sr. Poe apanhava meu chapéu. Ela nos olhou, os cantos da boca curvados como uma criança infeliz.

— Sinto muito ter sido obrigada a sair — disse estupidamente. — Lamento mal termos nos falado hoje à noite.

Ela me dirigiu um olhar de desdém e, em seguida, voltou-se para o marido.

— Estou cansada, Eddie. O que está fazendo aqui? Quero ir para casa.

Em silêncio, o sr. Poe conduziu a esposa acometida por um acesso de tosse, mas não sem que antes ela lançasse um olhar de puro ódio sobre o ombro do vestido — um vestido igualzinho ao meu, nos mínimos detalhes.

Verão de 1845

Vinte e três

O calor na sala de visitas dos fundos da casa dos Bartlett era sufocante; contudo, tive vontade de rir. A simples visão do reverendo Griswold, sentado ao meu lado no sofá preto de crina de cavalo, tendo um copo d'água preso em sua mão enluvada de branco, bastou para me descontrolar. Talvez fosse sua excessiva jactância sobre seus almoços com esse ou aquele importante poeta, sobre os convites para frequentar casas adoráveis, sobre as entusiasmadas resenhas acerca de sua coletânea de poemas. Talvez fosse o irreverente quadro dele fazendo amor com a esposa morta, que continuava a reverberar em minha mente. Mais provavelmente, talvez fosse simplesmente eu. Existe criatura mais instável do que uma mulher enlouquecida pelo desejo?

Menos de uma semana após o nosso encontro no Niblo's Garden, o sr. Poe passou na casa dos Bartlett num domingo para nos anunciar sua mudança com a família para a vizinhança, uma casa na Amity Street, localizada a curta distância. Não pude acreditar em sua ousadia de mudar-se para tão perto. Maior ousadia ainda demonstrou ao passar em nossa casa quase todas as noites depois do trabalho, levando um novo livro que sugeria ao sr. Bartlett expor em sua loja, ou uma semente para plantar no jardim de Eliza, ou novas expressões sulistas a serem incluídas no dicionário. Nunca coube a mim ou mesmo atribuiu a mim o motivo de sua visita. Todavia, mesmo com as costas voltadas para mim quer apresentando uma nova espécie de rosa para Eliza, quer parado próximo à mesa na qual o sr. Bartlett escrevia, ou quando se movimentava a passos largos pelo saguão, curvado como um monstro, depois de alegremente assustar as crianças, eu podia sentir sua alma em busca da minha. O efeito era devastador. Existe afrodisíaco mais possante do que o fruto proibido suspenso e fora de alcance?

Procurei agarrar-me a qualquer distração sensorial que me ancorasse à excruciante conversa do reverendo Griswold; o murmúrio dos criados no andar de baixo, a mosca rastejando pela lapela do reverendo; o leve som do linho esticado no bastidor de bordado quando Eliza o perfurava com a agulha. Nada adiantava. Eu me perdia ao imaginar o calmo e inquisidor sorriso do sr. Poe, as colunas com veias de seus pulsos quando ele segurava a cadeira atrás de mim, os dedos finos e claros de suas mãos.

— Não concorda, sra. Osgood?

Encontrei o ansioso rosto rosado do reverendo Griswold voltado para mim.

— Sinto muito, não ouvi.

O sulco entre seus olhos se aprofundou.

— Eu dizia que, em seu último artigo no *Tribune,* a srta. Fuller foi longe demais. — Ele viu que eu continuava sem compreender. — O artigo sobre aquele louco, John Humphrey Noyes, pregando o Amor Livre em Vermont.

— Não li o artigo.

— Precisa manter-se informada a respeito de tais assuntos, minha cara. Como poeta proeminente é seu dever manifestar-se contra falsos profetas.

— Obrigada pelo elogio, mas não me dei conta de ter essa função.

— A senhora e todas as demais pessoas responsáveis — retrucou o reverendo Griswold, indignado. — O homem é uma fraude. Ele alega que Cristo já tinha tido seu Segundo Advento, no ano 70, para ser exato.

— Gostaria de saber como chegou a essa data — disse o sr. Bartlett, ausente, folheando um livro.

— É esse exatamente o meu ponto — disse o reverendo Griswold. — É tolice. Ele diz que a humanidade vive agora uma nova era na qual basta entregar tudo nas mãos de Deus e deixar que Ele opere através de nós. Uma vez Deus no controle, tudo o que se fizer será "perfeito, pois representa a vontade de Deus".

— Parece um acordo interessante. — Eliza puxou a linha de seda através do bastidor. — Faça o que bem entender e depois reivindique ter agido segundo os desígnios de Deus.

O sr. Bartlett fechou a cara como se irritado por ter sido forçado a participar da conversa.

— Margaret concordou com esse homem?

— Bem, ela pareceu interessada em sua teoria de que o casamento convencional é uma instituição pecaminosa. Noyes defende a estranha ideia de que o casamento é profano quando não há amor verdadeiro entre o casal, e que um homem não tem direito ao corpo de uma mulher pelo simples fato de ser legalmente casado com ela.

— Há homens grosseiros com as esposas. — Eliza fitou o sr. Bartlett, novamente ocupado com o seu livro. — A lei e a sociedade pouco fazem para proteger essas mulheres. Talvez seja esse o motivo das objeções da srta. Fuller.

— Isso pode ser verdade em se tratando dos homens brutos de Five Points — disse o reverendo Griswold —, mas não em uma sociedade refinada. Nós tratamos nossas mulheres com carinho. Eu trataria com carinho a mulher que aceitasse ser minha esposa. — Ele repousou o copo. — Sra. Osgood, preciso ser franco, nunca trataria uma mulher da maneira como seu marido a tratou.

Fez-se um silêncio desconfortável. Simultaneamente, Eliza e eu começamos a objetar.

Ele ergueu a mão.

— Por favor, vamos parar de fingimento. Todos sabemos o que o sr. Osgood é: um galanteador, inconsequente, um salafrário repulsivo. Um amigo meu, editor em Cincinnati, tem me mantido informado a seu respeito; um caso dos mais terríveis. A senhora sabia que seu marido vive abertamente com uma divorciada rica?

Eliza cobriu a boca.

O reverendo Griswold abriu um sorriso amedrontador.

— Sra. Osgood, é hora de a senhora arrancar a atadura e deixar sua ferida sarar. Estou aqui para ajudá-la. A senhora me permitiria, por favor?

Fiquei atenta às vozes de minhas crianças. Por favor, não permita que elas escutem isso.

Ele pousou o joelho no chão, assustando-me ainda mais ao tomar a minha mão.

— Estou considerando me casar com uma mulher mais velha, refinada e de prestígio, que conheci em Charleston. Caso decida a casar-me com ela, eu a farei a criatura mais feliz de seu sexo. Mas uma palavra da senhora, sra. Osgood, apenas uma, e eu retirarei a proposta de casamento feita agora mesmo.

— Parabéns.

Ele reclinou-se, esperando evidentemente uma resposta diferente. O relógio de pé bateu seu tique-taque ameaçador em seu canto.

— Qual o nome dela? — perguntou Eliza.

Petulante, ele respondeu:

— Charlotte Myers.

A campainha da porta nos silenciou.

Catherine anunciou a chegada do sr. Poe. O reverendo Griswold ficou de pé.

— Pode mandá-lo entrar. — O sr. Bartlett fechou o livro, indiferente à careta do reverendo Griswold e ao meu reprimido suspiro de alívio.

O sr. Poe entrou e saudou a todos com palavras gentis. Por fim, aproximou-se de mim e fez uma reverência abrindo um sorrisinho.

— Trago boas notícias.

Meu coração deu um salto.

— Fui convidado a falar diante dos membros do Boston Lyceum em outubro.

Que outras novidades esperava? Recriminei-me enquanto o sr. Bartlett lhe estendia a mão.

— Excelente — disse enquanto apertavam-se as mãos. — Dê-lhes um gostinho de sua magia, Poe.

— É um círculo muito sofisticado — disse Eliza. — Parabéns.

Um deleite infantil vazava por trás da aparência reservada do sr. Poe. A parte inferior de seu rosto, escura com a barba de um dia por fazer, foi enfeitada com um raro sorriso radiante. — Sempre quis me dirigir a esse círculo. Se alguém consegue agradar os bostonianos, é capaz de agradar qualquer um.

— Verdade — concordou o sr. Bartlett.

— Talvez eu tente algo novo, ver se tiro um pouco da poeira. Não quero ser apenas outra voz no coro de rãs pousadas em torno do lago no Boston Commons.

— Bravo, bravo! — bradou o sr. Bartlett.

— Suponho que considere o sr. Noyes um profeta — disse o reverendo Griswold em tom estridente.

O sr. Poe voltou-se para ele.

— Perdão?

— O sr. Noyes e seu Amor Livre... Suponho que o apoie.

Eliza furou o tecido com a agulha.

— Discutíamos se o casamento é profano quando os parceiros não se amam. — Ela pigarreou. — Entre outras coisas.

Ainda bem-humorado, o sr. Poe acomodou-se na cadeira perto da grade da lareira.

— Eu apoio isso.

— Deveria — resmungou o reverendo Griswold.

— Considera o amor tão repreensível? — perguntou o sr. Poe.

— Claro que não, mas devemos levar em conta outras importantes considerações no que diz respeito ao casamento. — O reverendo Griswold arremessou um sorriso superior ao sr. Poe. — Por exemplo, se um homem pode sustentar a esposa. Pode um homem comprar em vez de alugar uma casa, pode comprar uma carruagem, *pode pagar os melhores médicos caso a esposa fique doente?* Todo esses fatores são extremamente importantes para as mulheres.

A alegria se esvaiu do rosto do sr. Poe.

Maldito sapo!

— Então apoia a ideia dos casamentos sem amor, reverendo Griswold? — indaguei.

A veemência de meu tom de voz fez Eliza pestanejar.

O reverendo Griswold dilatou as delicadas narinas.

— Do jeito que fala, me faz parecer um ogro! Sim, o amor no casamento é importante, é a cereja do bolo, mas respeito e obrigações são essenciais. Sinto muito, mas não entende que a sociedade desmoronaria se os casais se separassem quando o amor terminasse?

— Receio que estou de acordo com o reverendo Griswold — disse o sr. Bartlett. — Metade dos casais se divorciariam se lhes fosse dada a oportunidade.

Eliza parou de costurar.

— Você se divorciaria de mim, Russell?

Ele franziu a testa, ainda concentrado no livro.

— Não seja tola.

Sua expressão conturbada me confundiu. Sempre os imaginei um casal bastante feliz.

— É minha crença — disse o sr. Poe — que o casamento passa a ser sagrado quando duas almas vivem em comunhão e não por imposição da lei.

— Então aprovaria que todos tivessem casos? — bradou o reverendo Griswold.

— É tão inconcebível — disse o sr. Poe com calma — que indivíduos devam se comprometer apenas por amor e mútuo acordo e não por obrigação? — Quando buscou o meu olhar, tive a ousadia de retribuir.

O reverendo Griswold nos fitou, depois apanhou o copo e bebeu ruidosamente. Quando repousou o copo, seu sorriso, embora educado, era cruel.

— Talvez haja algum benefício no amor ilícito. Ouvi dizer que os espanhóis costumam acreditar que os filhos naturais, os filhos concebidos por amor, são mais bonitos do que os gerados no casamento. Mas acredito que a explicação para isso seja o fato de que a nobreza espanhola sempre se casou entre membros da mesma família. A procriação consanguínea, entre primos de primeiro grau, produz crianças de aparência estranha. — Ele espichou a mandíbula inferior para a frente e pronunciou os "s" com a língua enfiada entre os dentes: — Aquele odioso queixo dos Habsburgo.

Satisfeito por acreditar ter ofendido o sr. Poe, dirigiu-se a mim.

— Não pense que não sou um grande admirador das mulheres, sra. Osgood.

— Garanto que nunca pensei tal coisa.

— Ah, mas eu sou! — bradou o reverendo Griswold. — Acho as mulheres superiores aos homens. Precisamos delas para ajudar a controlar nossos desejos básicos.

— E se as mulheres não quiserem controlar os desejos dos homens? — perguntei.

Por um instante, ele me fitou, incrédulo, mas em seguida deu uma gargalhada.

— E se as mulheres tiverem os seus próprios desejos?

Ele hesitou.

— Por que as mulheres devem sempre reprimir seus desejos? Por que os homens sempre reprimem os seus? É absolutamente contrário à natureza agir assim.

Minhas palavras pairaram no silêncio.

Por fim, Eliza disse com extrema educação:

— Porque agir de modo diferente representaria a destruição de nossa civilização. Para prosperar, precisamos de regras.

O sr. Bartlett pigarreou.

— Por falar nisso, Poe, precisamos conversar sobre as regras do dialeto do Sul. Estou escrevendo um parágrafo sobre o tema para o meu glossário.

A conversa, então, dividiu-se entre dois grupos: o sr. Poe e o sr. Bartlett, e eu, Eliza e o amuado reverendo Griswold. Sentia o olhar do sr. Poe sobre mim enquanto o reverendo Griswold explicava para Eliza, em detalhes e voz alta, o novo relógio instalado na reconstruída Trinity Church.

— É o maior do mundo. — Como se me punisse, manteve-se de costas para mim, propositadamente, apesar de ainda acomodados no sofá. — Uma cereja e tanto no bolo da Trinity Church, cujo prédio já é o mais alto de Nova York. Semana passada almocei no Delmonico com o pároco da igreja. Segundo ele, tiveram um trabalho dos diabos para pendurar o ponteiro dos minutos. Parece que são imensos, do tamanho de um homem.

— Hmmm — murmurou Eliza costurando.

— Interessante, não acha? Adoraria que fosse comigo ver os ponteiros, minha cara. O pároco é um ótimo amigo, tenho certeza de que poderia convencê-lo a nos oferecer um tour.

Eliza lhe ofereceu um sorriso retraído.

— Obrigada pelo convite.

— Nada me faria mais feliz, minha distinta senhora. — Virou-me as costas de modo ainda mais ostensivo. — Talvez pudéssemos almoçar no Delmonico. Lorenzo Delmonico é um grande amigo meu. Acho que talvez eu o convença a nos regalar com uma deliciosa *Charlotte russe*.

Não suportava a incapacidade de falar com o sr. Poe, do outro lado da sala, quando o desejava tanto. Dei um pulo.

— Por favor, peço licença.

Satisfeito, o reverendo Griswold cruzou os braços.

— Ah, gostaria de ir ao Delmonico também?

Acenei para ele e para os Bartlett.

— Até logo.

Quando Eliza me viu rumando para o saguão, avisou:

— Lá fora está um calor insuportável, Fanny.

— Vou só dar uma volta. — Com um relancear de olhos para o sr. Poe, escapei. Caminhei até a igreja Batista, o mais rápido que a sufocante tarde de verão permitia, desejando que o sr. Poe fosse ao meu encontro. *Por favor, apresse-se, Edgar. Preciso de você. Preciso de seus lábios nos meus.*

Atravessei o portão de ferro do adro da igreja. Ao esconder-se, o sol coloria o céu, bem tudo o que tocava, de bronze, despejando um brilho de ouro fundido sobre as lápides, as árvores e a grama sem viço estalando debaixo dos meus pés em consequência do calor. Lia os nomes gravados nas pedras fulgurantes quando ouvi um estalo atrás de uma fileira de cedros.

Atenta, detive-me. Atrás das pontas das grades da cerca do adro, ouvi o som de cascos de cavalos descendo a Mercer Street. Melros invisíveis chilreavam. As folhas das árvores do cemitério farfalhavam à brisa da tarde abrasada.

Pronto. Outro estalo.

Eu devia ir embora. Pressentia algo de errado, estranhamente ameaçador. O animal em mim farejava o perigo.

Perversamente, eu precisava ver de que se tratava.

Movi-me vagarosa e cuidadosamente contornando os cedros.

Uma menina de branco sentada em uma lápide.

Ela se voltou.

— Sra. Poe? — perguntei, ofegante.

Ela tossiu e acenou com um graveto quebrado que segurava como se num cumprimento. Quando recuperou o fôlego, disse:

— Sabia que viria.

— Nossa, que surpresa! — Passei a mão no pescoço. — Não costumo encontrar com frequência os meus amigos em cemitérios.

Ela ergueu um canto da bonita boca.

— Fico feliz por me considerar sua amiga.

Ela devia ter passado pela casa dos Bartlett para chegar ali. Saberia que o marido encontrava-se na casa deles? Era estranho não tê-la visto, uma vez que ela tinha chegado tão perto. O sr. Poe não falava dela, nem eu o pressionaria. Apenas fazia as costumeiras perguntas gentis acerca de sua saúde. Receava conhecer a gravidade de sua doença.

Minha mente acelerou em busca de uma conversa agradável.

— Que tarde quente!

Ela jogou fora o graveto.

— Estou morrendo, sra. Osgood.

Senti o golpe que ela pretendia desferir.

— Por isso ele está se afastando de mim. — Como uma criança em uma cadeira de balanço, ela balançava os pés contra a lápide na qual se instalara. — Eddie tem medo de ficar sozinho.

— A senhora é jovem e forte. Ainda tem décadas pela frente.

Minhas palavras foram ignoradas.

— Sou sua metade. Sou o William Wilson do qual não pode desembaraçar-se. O que ele fará sem o meu lado ruim para poder ser tão bom?

Ela perdera o juízo. Eu precisava manter a calma.

— William Wilson não passa de uma história.

— Foi o que ele lhe disse?

Engoli em seco.

— Não se preocupe. Não vou embora ainda. Não sem brigar.

— Não quero que vá a lugar algum.

Ela tossiu nas costas da mão.

— Estou tuberculosa. Meus pulmões estão se fechando.

— É só bronquite, seu marido disse.

Ela riu.

— Se prefere acreditar nisso, fique à vontade.

Retrocedi devagar, como quem se depara com um cachorro prestes a morder.

— Sinceramente, desejo apenas o melhor para a senhora.

— Mentirosa.

Ela pulou da lápide, o que desencadeou um acesso de tosse.

Ouvi o crepitar da grama ressecada atrás de mim. Alguém se aproximava. Paralisadas, nos entreolhamos.

O sr. Poe surgiu por trás da cerca viva. Ao ver a esposa, estremeceu indignado.

— Virginia! Como chegou aqui?

— Andando. Mamãe me ajudou. Íamos à Washington Square, mas só consegui chegar até aqui. Ela voltou para pegar o tricô.

Se ela realmente tivesse a intenção de ir ao parque, poderia ter chegado mais rápido tomando a direção oposta da rua.

— Deveria estar na cama.

— Gosto daqui. — Abriu os braços como se fosse abraçar as lápides. — Sinto-me bem mais próxima dessas pessoas do que das vivas.

— Não seja tola. — Olhou-a carrancudo. — Está tremendo.

Ele viu minha expressão de raiva que exigia que cuidasse dela, e passou o braço em seus ombros.

— Vou deixar os dois sozinhos. — Virei de costas, a barra da minha saia roçando a grama ressecada e tostada.

— Sra. Osgood — chamou a sra. Poe, tossindo.

Parei.

— Ainda não terminou.

Respirei fundo. Em seguida, avancei em direção à casa dos Bartlett enquanto a luz remanescente do sol dissolvia-se em cinzas.

Vinte e quatro

Eu sonhava com Samuel. Estávamos no Athenaeum em Boston. Ele pintava meu retrato. Meu sonho se tornou excitante quando atirou os pincéis no chão, subiu no sofá e levantou minhas saias para me possuir. Quando duas bem-vestidas matronas entraram na galeria, ele me soltou e as cumprimentou amigavelmente quando passaram. Elas sorriram até verem meu retrato. Emitindo um grito, saíram às pressas, as sapatilhas batendo contra o piso de mármore. Saí do sofá e examinei o quadro.

Era eu, nua, e as pernas abertas revelavam meu eu secreto e misterioso.

Tremia de vergonha e horror quando acordei em sobressalto. Antes que pudesse entender o que havia me despertado, um estrondo distante fez as janelas e a cama trepidarem.

Sentei-me. Ainda não havia amanhecido. Ao meu lado, Ellen esfregou os olhos.

— O que foi, mamãe?

— Shhh. Volte a dormir. — Teria eu sonhado com as explosões? Ainda perturbada com o pesadelo, acariciei seus sedosos cabelos de criança. Ao lado dela, Vinnie respirou suavemente em repouso. Como Samuel podia ficar longe dessas crianças lindas? Era dia dezenove de julho e até então eu não recebera sequer uma palavra sua. Estivesse ele ou não com uma divorciada em Cincinnati, senti ódio daquele homem.

Outra explosão distante sacudiu o quarto. Meu corpo reverberou de medo. Estaríamos em guerra? Mas não tínhamos inimigos — ou tínhamos?

— Fique aqui — sussurrei para Ellen.

Vesti um roupão e desci a escada. Encontrei a porta da frente aberta e Bridget imóvel na calçada em meio à cada vez mais fraca escuridão, empunhando uma caçarola como uma arma. Vizinhos, ainda em roupas de dormir, e seus criados, encontravam-se na rua, olhando na direção sul, onde no cinza aperolado característico do período que antecede a aurora, uma negra nuvem de fumaça elevava-se para a massa de fogo subindo ao céu. Sirenes de alarme de incêndio começaram a ressoar da torre de observação no Jefferson Market.

Apertando o cinto do roupão, juntei-me aos criados.

— O que foi?

— Não sei, madame — disse Bridget.

— Onde está o sr. Bartlett?

Ela me fitou, logo desviando o olhar.

— No trabalho, eu acho, madame.

Era cedo demais para a loja estar aberta, mas ele vinha observando estranhas horas de trabalho desde a partida de Eliza, que na segunda-feira levara as crianças para Providence a fim de fugir do calor, deixando os empregados da casa e o sr. Bartlett para trás. Mary deveria ter viajado com eles, mas contraíra uma dor de garganta e fora forçada a permanecer na casa. Em seu lugar, Martha, a ajudante, os acompanhara. Quando Mary se recuperou, logo após a partida de Eliza, minhas meninas exultaram por tê-la só para si

— Onde está Mary? — perguntei.

Outro estrondo sacudiu o pavimento sob nossos pés.

— Os ingleses! — gemeu a idosa sra. White, agarrando-se ao portão na casa ao lado. — Os ingleses estão chegando!

— Mãe, eles agora são nossos amigos — disse Archibald, seu filho. Num passo rápido, voltou do meio da rua. — É mais provável que sejam os mexicanos.

Espiei a Amity Street na direção da residência dos Poe, mas não vi nenhum deles em meio à crescente multidão. Entrei. Encontrei minhas filhas abraçadas no saguão.

— O que é isso, mamãe?

— Não sei. Tenho certeza de que tudo vai ficar bem. — Voltei à porta e chamei Bridget e Catherine.

— Onde *está* Mary? — perguntei enquanto vinham, relutantes, ao meu chamado. — Encontrem-na, preciso que cuide das meninas. Estou saindo.

O som das sirenes de bombeiros a distância infiltrou-se na casa.

— Mas — o rosto sardento e inchado de Bridget tremeu — o sr. Bartlett!

— Ele sabe se cuidar. Fique com as minhas meninas.

Vesti-me às pressas e voltei correndo para a rua, onde abri caminho a cotoveladas no meio da multidão rumo à casa do sr. Poe.

Ele escancarou a porta antes de eu terminar de bater. Trajava casaco e chapéu, como se preparado para sair. Podia ouvir soluços num quarto dos fundos.

— Precisava vir aqui — confessei. — Graças a Deus está a salvo.

Ele me puxou para si.

— Minha querida.

Soltou-me quando a sra. Poe entrou correndo na sala. Culpada, retesei-me, mas ela não pareceu notar a minha presença.

Atirou-se nos braços do sr. Poe.

— Estou com medo! Parece Pompeia!

O sr. Poe abaixou seus braços.

— Não seja tola, Virginia — disse com severidade. — É um simples incêndio.

— Eddie, não saia!

— Fique com ela — pediu. — O incêndio é no Centro. Preciso tentar salvar os manuscritos.

— O incêndio se propagou para o seu prédio? — perguntei, alarmada.

— Fui à torre de vigia no Jefferson Market. O sentinela diz que um armazém pegou fogo na Broad Street. Algo explosivo desencadeou o incêndio. Os arredores estão em chamas.

— Perto de seu escritório.

— Não vá! — implorou a sra. Poe.

A mãe cambaleou atrás dela, apertando as mãos.

— Eddie, Eddie, está nos assustando.

— Cuide delas — pediu-me o sr. Poe.

— Você não me quer mais — choramingou a sra. Poe. — Você nem me toca.

Austero, ele a colocou em meus braços.

— Não a deixe ir para a rua! — Saiu porta afora, deixando-a aos prantos em meus braços.

A fragilidade de sua compleição física me chocou, seus ossos pareciam ocos. Ela tinha tanta consistência quanto um pardal.

Levei a desajeitada mão à sua testa. Estava quente, parecia febril. Seu estado se agravara desde nosso último encontro, duas semanas antes.

— Não se preocupe. Ele vai ficar bem.

— Ele não me ama — choramingou em meu ombro. — Ele ama a senhora, não a mim.

— Não é verdade.

— É, sim, sei que é. Ele só fala da senhora. A sra. Osgood isso, a sra. Osgood aquilo, por que não se comporta como a sra. Osgood?

— Shhh. Essa conversa não faz sentido. — Eu vencera. Contudo, estava devastada.

Ela recostou a cabeça em meu ombro e foi acometida por um acesso de tosse. Apesar do meu coração batendo acelerado, eu sentia o chiado em seu peito todas as vezes que tossia. Não sabia qual doença a consumiria primeiro, a de seu corpo ou a de sua mente.

— Fique quietinha agora — disse eu. — É a senhora que ele ama. Ele não disse que não poderia continuar vivendo se a senhora não se casasse com ele?

— Palavras, palavras, palavras, palavras. Eddie não é um homem de verdade. Ele é apenas uma concha feita de palavras. Não se apaixone por um poeta, sra. Osgood. Eles só amam as suas palavras. — Ela se apoiou em mim tomada por um acesso de tosse.

— Sra. Clemm — chamei abalada —, pode trazer um pouco de chá?

Observando calada, a sra. Clemm se levantou. Desapareceu no quarto dos fundos, voltando em seguida com um frasco marrom do qual a sra. Poe bebeu direto e, exausta pela tosse convulsa, desabou no sofá. Estiquei-a, tirei-lhe os sapatos, e dobrei suas mãos leves no peito. Logo as desci de novo e as deixei ao lado do corpo, pois antes ela parecia morta. Ela dormiu, e assustei-me com o sono profundo. De quando em vez, encostei os dedos em sua garganta para me certificar de que respirava. Apenas a preocupação com minhas filhas me forçou a deixá-la.

Do lado de fora, o ar se turvara de fumaça. No crepúsculo artificial, cavalos relinchavam nos estábulos, bebês choramingavam inconsoláveis. A multidão na rua diminuíra, fosse por ter ido espiar a área pegando fogo ou fugido da cidade, mas eu não sabia o motivo. Corri pela calçada, desviando de mulheres aos prantos e de criados carregando baús. Precisava voltar para perto de minhas filhas. Ansiava do fundo do meu ser por abraçá-las.

Encontrei-as na sala de família no andar de baixo, jogando "Old Maid"* com Bridget e Catherine, os rostos atormentados de medo.

Elas pularam e se atiraram em meus braços.

— Não se preocupem — disse, com uma confiança que não sentia. — Estamos a salvo. Os bombeiros avisaram que não será preciso evacuar a nossa área. — Ainda. — Há apenas dez anos, quase metade da cidade tinha queimado num incêndio semelhante.

Relancei os olhos pela sala.

— Onde está Mary?

Bridget e Catherine se entreolharam.

— Gostaria de alguma coisa de café da manhã, madame? — perguntou Bridget com voz trêmula.

Se não tinham nos ordenado a deixar a casa, deveríamos evitar o pânico e prosseguir nossas vidas como de hábito.

---

*"Old Maid" — jogo de cartas da época vitoriana, em que perde o jogador que ficar com a carta sem par na mão. (*N. T.*)

— Sim, por favor. Um ovo poché para mim e para as meninas também, por favor.

Eu tinha ocupado meu lugar à mesa com as meninas, e encarava meu ovo, perguntando-me como conseguiria engoli-lo, quando a porta da frente foi escancarada. Catherine correu para ver quem era. Troquei olhares com Bridget quando passos arrastados aproximaram-se da escada.

O sr. Bartlett desceu, a madeixa de cabelo louro úmido desabada em sua testa suada. Em seus braços, Mary, os membros pendendo inanimados.

— Traga água para ela — disse ele a Bridget enquanto deitava Mary no sofá. — Ela inalou muita fumaça. — Ele marchou escada acima, sem esperar elogios por sua conduta.

— O que estava fazendo lá fora? — perguntei a Mary.

Ela ergueu o rosto sujo de fuligem e irrompeu em lágrimas.

Recusando-se a falar, dormiu em meio a angustiadas explosões de lágrimas.

Por incrível que pareça, a srta. Lynch insistiu em manter a conversazione naquela noite, enviando recado pela criada Sarah instando-nos a comparecer. E o mais incrível, comparecemos. Embora os homens do corpo de bombeiros derrubassem as madeiras em chamas e apontassem as mangueiras para os conjuntos de armazéns queimados, lutando para conter as chamas das ruas ao sul da Broadway, comíamos biscoitos e esvaziávamos nossas chávenas de chá, como se nossos gestos mundanos mantivessem o mundo em paz. O Astor House e a loja do sr. Bartlett localizada em seu interior, o estúdio do sr. Brady, as editoras na Nassau Street, incluindo o *Tribune* e o *Journal* do sr. Poe escaparam por pouco. Agora nos reuníamos para comparar as perdas, trocar histórias e nos maravilharmos sobre o como e o porquê de termos sido poupados. Naquela noite, desfez-se o fosso entre o salão da frente e o de trás. Todos se mostravam gentis, quase afeiçoados uns aos outros. O medo nos havia igualado.

Em um horário bem adiantado da noite, o sr. Poe, o rosto sério, apareceu na porta do salão. Fechei os olhos numa oração de agradecimento. Ele estava a salvo.

— Entre, entre — cantarolou a srta. Lynch. Apressou-se e abandonou-se contra ele, pressionando a face em seu peito alguns segundos além mais do que convinha. Seus grandes olhos amendoados reluziram com lágrimas de alívio ao conduzi-lo ao grupo. Até então, não tinha me dado conta de que ela estava apaixonada por ele.

— O fogo agora está apenas no oeste — anunciou. — Todos os manuscritos em meu escritório foram salvos. — Ele observou o grupo. — Aqueles dentre os senhores que me enviaram poemas ainda podem esperar uma recusa.

A srta. Lynch apoiou a cabeça em seu braço quando o grupo riu com a exuberância de quem acaba de escapar do perigo.

A sra. Ellet, recém-chegada ao nosso círculo, franziu o nariz sedutoramente.

— Não brinque, sr. Poe.

De cabelos escuros e feições grossas, nas quais sobressaía o lábio inferior pendente, dava a impressão de ser uma daquelas mulheres cujos pais corujas tinham lhe passado a ideia, quando criança, de que era bonita, e ela acreditara piamente.

Ele a ignorou, procurando por mim. Nossos olhos se encontraram. Desviei o olhar, meu coração em suspenso, e encontrei o olhar do reverendo Griswold sobre mim.

Lançou-me um olhar de repreensão e dirigiu-se ao sr. Poe.

— Como *vai* sua encantadora esposa? Um dia como hoje não pode ser sido bom para alguém em seu estado.

— Obrigado por perguntar — disse o sr. Poe.

O reverendo Griswold esperou, pestanejando, pela resposta. Calou-se ao constatar que não receberia resposta.

— Ora, nossas reuniões sempre ganham brilho quando a sra. Poe comparece. Deve trazê-la da próxima vez, ou então esqueceremos que é um homem casado.

— Não há a menor chance — disse a srta. Lynch. Ela sorriu corajosamente. — Caro sr. Poe, posso lhe pedir um favor especial? Podemos contar com sua compreensão hoje e pedir que leia *O Corvo*? Precisamos de um passatempo, e seu interessante poema, e sobretudo a sua leitura, seriam a prescrição perfeita.

— Claro que ele lê bem. — O reverendo Griswold tomou um gole de chá. — Sua mãe era atriz, em *suas* mãos, com sorte, uma "nobre" profissão. Se não tivesse falecido tão jovem, com certeza, *com certeza* um dia seria famosa, ao menos na encantadora cidadezinha de Richmond.

A máscara de civilidade caiu do rosto do sr. Poe, revelando uma expressão de puro ódio assassino. Sob o peso da preocupação com a esposa, temi que agisse com a violência profetizada uma vez pelo sr. Bartlett. Após nosso encontro pela manhã, eu sabia, no fundo do meu coração, sem sombra de dúvida, que a sra. Poe estava morrendo.

Indiferente, a sra. Ellet instalou-se perto do sr. Poe.

— Nunca ouvi o senhor ler. Soube que é uma experiência e tanto. Nosso amigo em comum, Thomas Holley Chivers, já me repetiu isso inúmeras vezes. Meu único desejo é ler bem. É tão *injusto* esperar que escritores leiam bem, quando por natureza somos criaturas solitárias, tecendo nossas deliciosas tramas em aposentos sossegados.

— Onde está o sr. Ellet? — indagou o reverendo Griswold com voz estridente. Ele parecia surpreso com a força do efeito que suas palavras exerceram sobre o sr. Poe.

— Colúmbia, Carolina do Sul. — Fitou-o com expressão raivosa como se ele fosse um dos inconvenientes mosquitinhos-do-mangue daquela região. — Ele é professor de química da universidade. — Voltou o olhar radiante para o sr. Poe. — O senhor e eu somos companheiros sulistas, sabe?

— Estou pensando em me casar com uma mulher de Charleston — bradou o reverendo Griswold com pompa.

O sr. Poe olhou a sra. Ellen e depois me fitou. A srta. Lynch exclamou:

— Por favor, ajudem a mudar a mobília de lugar para tornar a sala mais aconchegante para o nosso show.

Logo as cadeiras foram arrumadas. Peguei uma na última fila. O sr. Poe capturou meu olhar e fez sinal para eu me sentar na frente.

— Não tem lugar — balbuciei.

Ele estendeu a palma da mão para o chão indicando que eu deveria sentar-me ali.

— Por favor, sra. Osgood — disse em voz alta.

Cabeças voltaram-se para mim. Percebi o olhar curioso da srta. Ellet.

— Venha, Frances — disse a srta. Lynch. — Todo poeta precisa de uma musa. Não gostaríamos todas de ser a musa do sr. Poe?

Consciente dos olhares sobre mim, avancei enquanto a criada diminuía as luzes. Recusar o convite chamaria mais atenção sobre mim. Acomodei-me aos seus pés e, ergui o rosto atenta, embora intimamente encabulada. O que esse grupo pensaria se Edgar e eu nos uníssemos após o falecimento de sua esposa? Seríamos aceitos? Alguém, em algum lugar, nos aceitaria? Estremeci. Não me reconhecia ao planejar nossas vidas após o falecimento da sra. Poe.

Ele começou a recitar o poema, a voz baixa e calma, quase palpitante, a emoção mal contida. No aposento escuro, rostos relaxaram à medida que o ritmo das convincentes palavras apaziguaram suas mentes. Entorpecidos, levados à submissão, os ouvintes deixaram a persistência do corvo consumi-los de apreensão. No poema, não havia escapatória ou libertação para o amante. Estava condenado a seguir amando a mulher morta para ele, a ser prisioneiro de sua lembrança, sem nunca encontrar alívio para o perene sofrimento.

O sr. Poe olhou a plateia, cuja respiração arfava em uníssono. Suas palavras finais, baixas e insistentes, ressoaram de um insondável poço interno.

— Nunca mais.

O ritmo de nossa respiração encheu o silêncio. E então, como se saísse de uma sonho, primeiro uma, depois outra pessoa aplaudiu, até os prismas de cristais do candelabro sobre nossas cabeças retinirem com nossos aplausos.

Quando as luzes voltaram a ser acesas, a sra. Ellet acorreu para junto dele. Deixei a sala e saí para o jardim dos fundos da casa da srta. Lynch para, a sós, recuperar o fôlego.

Caminhava próxima a um canteiro coberto de margaridas, vagamente luminescente sob a luz branca da lua, quando a srta. Fuller saiu.

— Está tudo bem?

— Hoje foi um dia difícil.

— E não apenas por causa do incêndio, não é?

Percebi que ela sabia tudo. Assenti.

— O que vai fazer? — perguntou ela.

— Não há nada a fazer.

Ela me observou em silêncio, depois meneou a cabeça.

— Avise quando precisar de mim. — Deu um tapinha em minha mão. — Dentre nós não há muitos que se voltariam contra ele.

Ergui o rosto. Ela achava que eu deveria deixá-lo?

Naquele instante, a porta dos fundos se abriu. O sr. Poe desceu os degraus.

A srta. Fuller encheu o peito como se me protegesse.

— Bela leitura, Edgar.

— Obrigado. — Ele voltou-se para mim, seu olhar sombrio desconcertantemente ardente à luz da lua.

— Frances, gostaria de entrar comigo? — perguntou a srta. Fuller.

— Não — disse o sr. Poe, com o olhar ainda fixo em mim. — Ela quer ficar comigo.

Eu *queria* ficar com ele. Mas era errado, muito errado. Como encontrei forças para romper com ele antes que ambos fôssemos destruídos?

— Pode ir, Margaret. Obrigada.

Encarei-o quando ela entrou.

— Como está passando sua esposa? Ela está seriamente doente, bem mais do que imaginei.

A voz soou entrecortada de angústia.

— Por que precisa me atormentar falando dela?

— Porque minha culpa me atormenta.

Ele respirou fundo como se tentasse controlar-se. Tocou meu braço.

— Sinto muito que seja tudo tão difícil.

Desci o olhar para sua mão, para seus lindos dedos finos, tão delicados e fortes. Suspirando, eu disse:

— Estamos ignorando os sinais de que não fomos feitos para ficarmos juntos mesmo que isso represente nossa danação? O senhor mesmo disse que não existem coincidências. — Engoli em seco, meu peito sufocado pela dor. — Se tivéssemos sidos feitos um para o outro, por que deveríamos enfrentar tantos empecilhos?

Ele esperou até eu o fitar.

— Se acha que deve, pode me deixar.

— Deixar? Edgar, nunca o tive.

Sua voz vibrou repleta de emoção.

— Ah, Frances, meu amor, nisso está enganada.

Sua mão apertou meu braço enquanto eu buscava seus olhos de cílios escuros. A dor testemunhada destroçou meu coração. Afastei-me segurando as saias. Deixei-o ali, inerte, ciente de que isso era tanto para o seu bem quanto para o meu.

Encontrei o salão vazio ao entrar, xícaras e guardanapos abandonados em desordem sobre mesas e cadeiras, como se seus donos tivessem partido às pressas. Os candelabros a gás tinham sido deixados acesos e as chamas cor de laranja tremeluziam dos espelhos nas paredes. Minha mente atormentada palpitou invadida pelo pensamento irracional de que eu era o último ser vivo na Terra.

Admirada com a calma com que aceitei minha sentença de isolamento, ouvi risadas pela porta da frente entreaberta. Caminhei a passos largos. Ao escancarar a porta, senti o persistente cheiro de fumaça e encontrei os outros convidados, ao pé das escadas da entrada da casa da srta. Lynch, rodeando um jovem, que mandava um porco fazer uma conta de somar.

A fiandeira de deliciosas teias, a srta. Ellet, abriu passagem e aproximou-se de mim quando o porco bateu as patas nas pedras da calçada, abanando o rabo.

— O sr. Brady os viu passando e insistiu para que todos saíssemos — sussurrou. — Eu resisti. Depois da leitura do nosso brilhante sr. Poe, não tolero entretenimento tão vulgar quanto Dan Rice e sua porca.

Considerei a possibilidade de seguir em frente e ir para casa. Deitar na cama com minhas filhas, de repente, me pareceu extremamente atraente. Eu poderia buscar meu chapéu outro dia.

— Foi um dia de extremos — disse eu, preparando-me para ir embora.

— Sou Elizabeth Ellet — disse estendendo a mão branca e grande

Os outros riram com outra façanha do suíno.

— Onde está o sr. Poe? — perguntou quando nos apertamos as mãos.

Ah, como a minha cama me chamava...

— Não sei.

— Achei que saberia.

Enregelei-me como o alce farejando o caçador.

— Gostei de sua troca de poemas. — Seu lábio inferior pendente aplainou-se num sorriso astuto. — Por favor, não me venha com aquela velha história de que a troca de poemas no *Journal* foi uma farsa romântica.

— Sinto muitíssimo, mas estava de saída. — Dei-lhe as costas.

— Sabe, estou determinada a jogar meu anzol para pescá-lo. Detive-me.

— Ele é casado.

Ela riu.

— Pelo que ouvi, isso não tem muita importância.

— Pois ouviu errado — afirmei em tom áspero.

— Fui ao escritório dele na semana passada para oferecer meus poemas. Nenhum homem feliz no casamento olharia para mim daquele jeito. — Ela suspirou feliz.

O monstro de olhos verdes ergueu sua sórdida cabeça.

— Pensei ter ouvido a senhora dizer que era casada.

Ela suspirou e abriu um sorriso sarcástico.

— Eu sei que isso não tem muita importância. — Ajeitando uma mecha escura atrás da orelha, lançou um olhar na direção da casa. — Onde disse que Poe estava?

— Não disse nada.

A srta. Lynch aproximou-se a passos rápidos e nos deu o braço.

— Senhoras, agora vamos cantar. O sr. Brady convenceu o sr. Rice a entrar e tocar piano. Ele tem um espetáculo de menestréis, supostamente ótimo. — A srta. Lynch nos conduziu para dentro de casa enquanto o sr. Rice amarrava o porco em um poste.

Mas as divertidas melodias do sr. Rice logo deram lugar a solenes hinos religiosos à medida que o trauma do dia provocava uma reação emocional. Durante uma particularmente austera interpretação de *"Amazing Grace"*, enquanto a srta. Ellet enxugava os olhos, decidi sair.

O sr. Poe estava sentado num banco de pedra no jardim, rodeado por uma constelação de margaridas e buquês de hortênsias. As flores vicejantes pareciam quase palpitar como se despertassem para a vida, mas só se sentia o cheiro de madeira chamuscada provenientes dos distritos da cidade em chamas.

Ele se levantou ao me ver e guardou no bolso o pedaço de papel e a caneta com que escrevia. Abriu um sorriso aliviado.

— Eu não tinha certeza se voltaria.

Afastei o meu próprio contentamento.

— É o conto sobre o asilo? — indaguei.

Seu sorriso desapareceu.

— O senhor esteve lá na primavera buscando inspiração para uma história. Depois não tive mais notícias.

Ele desviou o olhar e, em seguida, parecendo fazer um enorme esforço para animar-se, estendeu-me a mão.

— Estou preparando um texto para a plateia de Boston.

Esquivei-me de sua mão.

— Alguém pode ver.

A exasperação endureceu-lhe o rosto.

— Droga, pouco me importo. Agi como cavalheiro por tempo demais, e o que ganhamos com isso? Estou cansado. Cansado desses disparates. Preciso de você, Frances. Eu amo você. É desonesto de nossa parte ficarmos separados.

Ri com amargura, apesar de guardar suas palavras em meu coração.

— Duvido que as pessoas nos deem crédito por nossa honestidade.

— Não brinque, Frances.

Ele me amava. Ele disse que me amava.

— Quero o que for correto para as minhas filhas. Quero o que for correto para a sua esposa.

— E quanto a nós, Frances? Não merecemos a felicidade?

— Não à custa dos outros.

Foi-me necessário cada resquício de força de vontade para manter as mãos afastadas de seu lindo e angustiado rosto.

Ele passou a mão no cabelo e o despenteou.

— Vou agir da forma correta. Estou tentando resolver tudo da melhor maneira possível para todos. Preciso que acredite em mim. — Agarrou meu punho. A insistência fundiu-se em súplica. — Por favor.

Vozes vindas da frente da casa nos alcançaram. A conversazione estava terminando.

Ele me soltou.

— Deixe-me acompanhá-la até sua casa — pediu baixinho.

Deixamos a reunião separados e nos encontramos no final da rua, na esquina da Washington Square. Andamos lado a lado, sem nos tocar ou falar, como se tentássemos negar a quem nos visse os sentimentos que alimentávamos um pelo outro.

Paramos no portão dos Bartlett. Tateei o ferrolho.

Ele repousou o dedo nos nós de meus dedos enluvados. Respirei fundo e mexi no ferrolho.

Ele o levantou, empurrou o portão e deteve-me quando fiz menção de entrar.

— Abri meu coração para você como nunca fiz com nenhum ser vivo. Por que me rejeita?

Estremeci ao me virar para fitá-lo.

— Eu não o rejeito, Edgar. Amo você. Amo além da sanidade e da segurança. — Minha voz se esvaiu. — Meu amor é tão grande que me aterroriza.

A dor espraiou-se em seu rosto.

— Embora diga as palavras que eu queria ouvir, você me magoa.

Trêmula do crescente desejo, contemplei as estrelas. Não o impedi ao ouvi-lo me seguir. Não o impediria se me seguisse até o jardim dos Bartlett, a um ponto isolado que eu conhecia, atrás da estufa, onde havia um caramanchão coberto de lilases.

Então, ao cruzar a porta da frente, senti aquele perfume penetrante e suave. Um sinal de alarme acendeu em minha mente.

— O que foi? — perguntou Poe.

Uma risada no salão dos fundos: Vinnie.

A ansiedade provocou-me uma pontada na boca do estômago. A cada passo nas tábuas rangentes do saguão, a sensação aumentava, subia como o mercúrio num termômetro, meus punhos se cerravam, o coração acelerava. No instante em que adentrei o salão, minhas têmporas latejavam.

Ali, sentado diante do cavalete, retratando nossas filhas a posar de rostinhos colados e cercadas por um monte de lamparinas, vi Samuel.

Vinte e cinco

Samuel se voltou com um sorriso de menino culpado. Abaixou o rosto de ossos proeminentes num encantador sorriso acanhado.

— Surpresa.

Senti a mão do sr. Poe mover-se para as minhas costas.

— Mamãe! Mamãe! Olha quem chegou! — berrou Vinnie.

— Estou vendo.

Samuel limpou a mão em um pano ao levantar-se e a estendeu.

— Deve ser Poe. As meninas andaram me falando a seu respeito.

Relutante, o sr. Poe apertou a mão de Samuel e depois me fitou, como que verificando se eu estava bem.

Tirei o chapéu e reuni forças.

— O que está fazendo aqui? — perguntei calmamente. As meninas prestavam atenção.

— É assim que uma mulher recebe o marido depois de... Quanto tempo faz?

— Oito meses.

Vinnie saltou da cadeira na qual estava sentada com Ellen. Correu, envolveu o braço de Samuel em seu corpo e espiou a tela, todas as transgressões evidentemente esquecidas.

— Essa aí não parece comigo.

Samuel se inclinou e beijou-lhe o topo da cabeça.

— Não, não parece, não é, Vinneth? Ainda não. Eu trabalho em camadas, do escuro para o claro. A Vinnie real só ganha vida depois que eu trabalhar as luzes. Precisa esperar mais alguns dias.

Observei a pintura. Para ter completado aquele tanto, devia ter chegado logo depois de minha saída para a conversazione.

— O que deseja, Samuel?

— Ver minha família. Soube do incêndio.

— Para ter chegado aqui tão rápido, devia estar por perto. Mesmo assim não veio antes.

— Gostaria que eu o acompanhasse até a saída? — perguntou o sr. Poe.

O sorriso amistoso de Samuel desapareceu.

— Pode me esclarecer o seu papel nessa família?

Tomando partido, a próxima geração dos Osgood desafiava o sr. Poe com olhares de soslaio. Quão rapidamente Vinnie tinha trocado de lado, desesperada para agradar o pai. De sua cadeira, Ellen, mais lenta para aceitar mudanças, assistia a tudo com desconfiança.

— Talvez precise de alguns minutos com meu marido — disse ao sr. Poe —, uma vez que ele não vai ficar aqui por muito tempo.

O sr. Poe apertou minha mão estendida e saiu.

Samuel balançou a cabeça quando a porta fechou no saguão.

— Por Deus, é pior do que tinham me dito.

— Meninas — disse eu, o tom de minha voz elevando-se enraivecida —, por favor, já é tarde. Hora de subir e se arrumar para dormir.

Os rostos abatidos partiram meu coração.

— Podem descer depois para dar boa-noite.

— Obedeçam sua mãe — disse Samuel quando Ellen não se moveu. — Andem rápido e voltem depressa.

Ela pegou a mão de Vinnie e conduziu a saltitante irmã.

Cruzei os braços.

— Quanto tempo demora para terminar?

Ele pegou um pincel e começou a limpá-lo com o pano.

— Está se referindo a esse quadro?

— Porque não vai terminá-lo aqui.

— Não achei que o terminaria aqui. Encontrei Bartlett hoje de manhã e ele me comunicou o retorno da esposa na próxima semana. Tenho a impressão de que ela não vai me estender o tapete vermelho. Ele tampouco foi um exemplo de cordialidade.

— E achou que eu ficaria feliz?

— Eu sei, eu sei. Tive até vergonha de escrever para você. Eu me dei conta de que, mesmo que implorasse para me perdoar, eu precisava voltar e submeter-me ao castigo.

Dei uma risada mordaz.

— Adoro saber que me transformei em castigo.

— Não foi isso o que quis dizer.

— O que devo fazer, Samuel?

— *Somos* casados. — Ele mergulhou o pincel em um pote de óleo de linhaça e deu de ombros. — Que tal aceitar-me de volta?

Como ele lograva tornar seu rosto ossudo e envelhecido tão encantadoramente infantil?

— O que houve? Sua amante de Cincinatti o dispensou?

— Então ficou sabendo? — Ele começou a limpar outro pincel. — Na verdade, Fanny, senti saudades suas. Senti falta de nossas meninas.

— Você me humilhou, Samuel, me cobriu de vergonha.

— Nunca foi essa a minha intenção.

— Pior ainda, nos deixou desamparadas. Nem por um momento se preocupou conosco?

Ele teve o bom-senso de parecer envergonhado.

— Sinto muito, Fanny. Não tive intenção de magoá-la. Preocupei-me com vocês, e muito. Mas precisava sumir, os cobradores viviam nos meus calcanhares.

— Eles tentaram receber de mim.

— Lamento tudo isso, mas sabia que não poderiam cobrar as dívidas de você. Quanto a mim, poderiam atirar-me na prisão de Blackwell. Eu não queria ir para lá. Não poderia fazer isso com as meninas, envergonhá-las dessa maneira.

— Acha que foi mais fácil para elas serem abandonadas?

Ele pareceu sinceramente arrependido.

— Preciso compensá-las. Acha que me perdoarão?

Pensei na feliz possessividade de Vinnie em relação a ele havia pouco. Ellen, embora mais profundamente magoada, acabaria superando a raiva.

— Você não merece perdão.

Ele colocou o pincel na solução e relanceou os olhos pelo confortável salão dos Bartlett.

— Você fez um bom trabalho protegendo as meninas de minhas falhas, e lhe sou grato por isso. Mas, afinal, sempre foi talentosa e agora está ligada ao homem mais popular de Nova York. Bravo!

Encarei-o, furiosa, incrédula.

— Como ousa! Justo você me fazer tal acusação.

— Não se trata de uma acusação — disse, escovando a palheta. — Estou apenas declarando o óbvio.

— Nunca agi mal. Somos apenas amigos.

— É assim que o intitula? Amigo? — Ele ergueu a mão quando fiz menção de protestar. — Não se preocupe. Perdi o direito ao ciúmes, embora adorasse socar o nariz daquele impostor arrogante.

— Que atitude adulta!

Ele fechou a cara.

— E então, o que vamos fazer?

— Fazer? Nada! Não pode aparecer depois de oito meses de silêncio e esperar que o aceite de volta como se tivesse voltado depois de sair para comprar jornal.

— Suponho que não. Ouça, sinto muito, Fanny. Sinceramente. Agora que ganhei algum dinheiro, quero me redimir.

— Isso não me parece possível.

— Ao menos considere, pelo bem das meninas. Sou o pai delas. Não pode mudar isso. Por mais que queira.

Poucos minutos depois, Vinnie desceu correndo a escada, de camisola, seguida por Ellen.

— Voltei, papi — cantarolou Vinnie.

Ele apontou para a bochecha.

— Quero o meu beijo de boa-noite.

Depois de receber o afeto das meninas, ele as conduziu para a escada.

— Agora, já para a cama. Preciso ir embora.

A expressão atormentada de Vinnie partiu meu coração.

— Mas e o nosso quadro? Quando vai terminar?

— Depende da sua mãe.

Fitei-o incrédula. Tivera êxito em jogar sobre mim a culpa da destruição de nossa família. Tão típico de Samuel Osgood.

— Veremos — disse eu. — Agora já para a cama. Daqui a pouquinho eu subo.

Ele teve o bom-senso de não pronunciar mais nenhuma palavra.

— Não pode deixar seu material de pintura aqui.

Ele pôs o chapéu.

— Tem razão, vou levá-lo.

O homem tinha resposta para tudo? Conhecendo Samuel, eu sabia a resposta para isso. Depois dos acontecimentos do dia, estava exausta demais para discutir com ele.

— Boa noite — disse eu, dando-lhe as costas.

Quando olhei para trás, ele me cumprimentou tocando no chapéu e abriu o sorriso envergonhado que havia partido corações de meio mundo.

Tão típico de Samuel Osgood.

Diante da insistência de Eliza, ao regressar de Providence, permaneci morando com os Bartlett, e Samuel surpreendeu-se com a permissão para nos visitar. Ah, Eliza sabia que ele agira como um salafrário, um canalha, um infame, mas também sabia o quanto minhas filhas precisavam do pai. Ela providenciou um ambiente civilizado no qual Samuel e eu pudéssemos nos encontrar, dando-me a chance de decidir se poderia voltar a confiar nele. Por outro lado, o sr. Bartlett quis que eu banisse Samuel de vez e jamais o perdoasse por seu comportamento inescrupuloso. Um marido jamais deveria abandonar a família. O que aconteceria se todos os homens abandonassem suas responsabilidades quando bem entendessem? Sempre que Samuel entrava na sala, ele se retirava, como se pretendesse puni-lo — um esforço inútil, pois apenas Samuel Osgood decidia quem podia entristecer Samuel Osgood.

Nessas circunstâncias, Samuel entregou-se satisfeito à punição, sempre que tal atitude partia de mim ou do sr. Bartlett. Aceitou minha indiferença com humildade. Assentia, concordando pesarosamente sempre que o sr. Bartlett enumerava seus crimes contra mim. Quando as meninas perguntaram quando poderíamos viver novamente juntos como uma família, ele me transferiu a decisão, tornando a possibilidade de reconciliação parecer mais desejável para mim do que se ele insistisse. Brigar com ele foi impossível. Ele era tão incontrolável quanto a mão cheia de água: se a fechávamos, a água escorria pelos dedos.

Contudo, não era tão simples aceitá-lo de volta. Mesmo se eu pudesse voltar a confiar nele, havia a considerar meu relacionamento com o sr. Poe. Quanto a isso, também, Samuel era irritantemente compreensivo. Em vez de bancar o marido ciumento, aceitou a presença do sr. Poe em minha vida, aparentemente tão decente e sigilosa quanto atormentada. Samuel nunca protestava quando o sr. Poe ia à casa dos Bartlett e o encontrava lá. Em vez de se retirar durante as visitas do sr. Poe, participava de nossas discussões, agindo como um animado intruso. Da segunda vez que se encontraram, foi o sr. Poe quem assumiu o papel de esposo enganado deixando visível que sua tolerância em relação a Samuel estava por um triz. Após mais de um mês da presença do alegre e arrependido Samuel, os nervos de todos estavam à beira de um colapso — exceto os de Samuel. Mas até ele demonstrou surpresa, naquela absurda tarde de calor infernal, no início de setembro, diante da visitante.

Eu estava no salão da frente, abanando-me e ostensivamente lendo, enquanto Samuel fazia o esboço de outro quadro. As meninas tinham lhe implorado que as pintasse mais uma vez, como se posar para ele fosse a única maneira de mantê-lo ancorado em casa.

Ele também parecia ansioso em satisfazê-las e aliviado por ter encontrado um jeito de permanecer por perto. Telas das meninas retratadas sozinhas ou juntas exibindo sorrisos travessos ou olhares pensativos alinhavam-se contra as paredes do salão, acrescentando ao ar quente e sufocante o fedor de tinta a óleo. Sussurrei um silencioso agradecimento a Eliza, ocupada com seu bordado ao lado da lareira apagada. Eu não podia sobrecarregá-la por muito mais tempo com a minha família, os nossos problemas ou os nossos quadros. Estaria errada em não aceitar Samuel de volta, por mais desastroso que isso me parecesse? Mas só a ideia de abrir mão por completo do sr. Poe deixava meu peito doído como se tivesse sido lacerado.

A campainha distraiu meus pensamentos. Momentos depois, Catherine apresentou a bandeja de prata de cartões para Eliza, que deitou o bordado de lado.

Eliza estendeu o cartão para mim. Plumas negras esvoaçaram das bordas.

Senti um calafrio ao pousar o livro.

— Sra. Poe?

Samuel ergueu o rosto.

— Com o sr. Poe e a sra. Clemm, senhora — disse Catherine.

— O que me diz? — indagou Eliza.

Ciente do olhar de Samuel, sorri.

— Que bom que a saúde da sra. Poe melhorou e ela voltou a sair. Por favor, convide-a a entrar.

Samuel virou de lado no tamborete como quem se prepara para um espetáculo. As meninas tinham pulado para examinarem o esboço no papel quando a sra. Clemm entrou cambaleante, seguida do sr. Poe com a esposa apoiada em seu braço.

Lutei para afastar o desalento de meu rosto. O vestido branco de algodão fino da sra. Poe pendia de seus ombros encolhidos; o cinto amarelo apertava uma cintura da largura da mão de um homem. Sob o chapéu de palha negro, as faces escarlates ardiam de febre, de excitação ou de ambas. O que podia levar alguém tão doente a levantar-se da cama?

Eliza adiantou-se.

— Sra. Poe, está com ótima aparência.

Os olhos da sra. Poe brilhavam em virtude da doença ao receber o beijo de Eliza e, em seguida, o meu. Numa voz pausada, ela disse:

— Ouvi dizer que o famoso pintor está aqui.

Fitei o sr. Poe. A rigidez de seu rosto revelava agitação, mais do que se oferecesse a mais assustadora expressão.

Samuel aproximou-se.

— O famoso pintor, gostei... — Gentilmente, tomou a mão da sra. Poe. — E a senhora deve ser a famosa sra. Poe.

Ofegante, deu uma risada.

— Meu marido é o famoso aqui.

— Ah, nada disso. Garanto que a senhora é uma lenda nesta casa. — Ele não deu sinal de ironia ao beijar-lhe a mão. — O prazer é todo meu em conhecê-la.

Ela tossiu no lenço, depois estremeceu como se tomada de dor.

— Pintaria o meu retrato? — perguntou ao recuperar a voz. — Meu marido não queria que eu o incomodasse, mas quando eu lhe disse que seria o meu último... — A tosse a interrompeu.

— Só será o último se encomendar seus futuros retratos a um daguerreotipista — disse Samuel, galante. — O que não recomendo.

— O senhor a pintaria? — perguntou o sr. Poe friamente.

Samuel franziu as sobrancelhas sem sequer olhar para o sr. Poe.

— Senhora, eu me sentiria muito honrado em pintar o seu retrato. — Olhei Eliza pedindo desculpas por ter transformado sua casa em estúdio.

Ela respondeu com um ligeiro aceno de cabeça.

— Ellen e Vinnie, gostariam de ir ao parque comigo? Vou encontrar Mary e as crianças. Fanny, você também será bem-vinda.

As meninas, forçadas a sentar-se pela sra. Clemm, alegremente se puseram de pé. Levantei-me para acompanhá-las até ver o desespero no olhar do sr. Poe. Voltei a recostar-me na poltrona.

A contragosto, reconheci as habilidades que haviam tornado Samuel popular com o sexo oposto em dois continentes. Sua loquacidade esvaiu-se e com expressão séria ouviu as várias sugestões da sra. Poe. Então, gentilmente, acomodou-a em uma poltrona e solicitou que se acalmasse, assegurando-lhe que ainda não deveria preocupar-se com a pose.

— Primeiro — disse ele, recuando com um sorriso reconfortante —, preciso encontrar a luz certa.

— O que quer dizer? — perguntou o sr. Poe em tom grosseiro.

Samuel me olhou de cara feia, como se eu devesse retirar Edgar da sala.

— Minha principal preocupação como artista — disse ele — é perceber e recriar o modo como a luz recai sobre a pessoa. O que costumam chamar de cor e forma são simplesmente padrões de luz. — Ele fez uma pausa. — Por mais estranho que pareça, enquanto procuro a luz do lado de fora, amiúde encontro a luz de dentro da pessoa. Não posso explicar como funciona. Instinto, suponho.

A sra. Poe tossiu em seu lenço.

— Você deveria posar para um retrato, Eddie. Ou tem medo do que o sr. Osgood possa captar?

O sr. Poe a encarou.

— Claro, Poe — disse Samuel. — Da próxima vez que precisar de um retrato para uma revista, apareça. — Ele me lançou um olhar furtivo. — Se alguém é capaz de capturar o verdadeiro Edgar Poe, acredito que seja eu.

O sr. Poe levantou-se abruptamente e deixou a sala. Passos no saguão precederam o abrir e fechar da porta da frente.

— Por favor, peço que o desculpe — disse a sra. Poe a Samuel. — Ele não suporta me ver feliz.

— Virginia! — A sra. Clemm agitou as abas da touca de modo frenético com o leque. — Não deveria falar dessa maneira.

— Vá atrás dele — disse-me a sra. Poe. — Traga-o de volta. Ele voltará com a senhora. — E afundou na cadeira.

Samuel bufou irritado. Já mergulhado no projeto, não queria ser incomodado com outras distrações. O suor emoldurava-lhe a linha do cabelo e, entregue ao esboço, logo esqueceu-se do drama ao derredor. A sra. Poe apoiou-se lânguida contra as almofadas, como se o restante de suas forças se exaurisse no instante da saída de Edgar.

Na beirada da áspera poltrona estofada de vermelho, o arranhar do lápis de Samuel, o clique das agulhas da sra. Clemm e a respiração estrangulada da sra. Poe aumentavam meu nervosismo a cada minuto. Um misto de arrependimento, remorso, raiva e terror atravessaram-me até meus nervos não mais aguentarem, obrigando-me a escapar.

O sr. Poe aguardava na escada, do lado de fora da casa.

— Eu não deveria tê-la trazido — disse ele.

Nuvens de tempestade escureciam o céu. Pensei se Eliza voltaria logo com as crianças.

— Agiu bem. Ela parece estar gostando.

— Ela gosta de me torturar.

— Nós lhe demos motivos.

Ele segurou meus ombros.

— Não deve se culpar, Frances.

Balancei a cabeça discordando.

Ele esperou até eu fitá-lo.

— Isso é entre mim e ela. Não vê que ela quer que se culpe? Quando consegue, sai vencedora.

— Eu *mereço* a culpa. Ela tem o direito de me odiar. Está morrendo e eu esperando como um abutre sua partida.

A voz soou áspera, veemente.

— Gostaria que eu também morresse?

Sua extrema agitação me atordoou.

— Não vai morrer. Por que diz isso?

Ele me soltou.

— Ouça o que digo; ela vai me levar junto. Não vai descansar até conseguir.

O que seus infortúnios tinham feito com sua mente? Acariciei o rosto orgulhoso e magoado.

— Edgar, o que está acontecendo conosco?

Ele me encarou como se contasse com a minha compreensão.

— A loucura — disse tranquilamente — é como uma gota de tinta na água. A pessoa afetada pela loucura espalha suas garras maliciosas até todos ao redor ficarem matizados de negro. Logo já não é possível saber quem é louco e quem não é.

A porta se escancarou.

— Ah, encontrei vocês — bradou a sra. Clemm. — Não vão entrar para ver o retrato de Sissy?

— Claro — disse ele. — Vá.

Seus olhos azuis preocupados se arregalaram. Ela entrou na casa com estardalhaço. Quando se foi, ele pareceu a um só tempo perturbado e parcimonioso. Abriu a porta para mim.

— Se seu marido for razoavelmente bom, não vai gostar do que verá.

Samuel sombreava o croqui quando voltamos. — Shhh. — Ele meneou a cabeça para a sra. Poe. Seu rosto, lustroso pelo suor da febre, repousava na almofada marrom como se sob o domínio da morte. Seu peito arfava no sono. Aproximei-me da tela para ver o desenho, prendendo a respiração para não acordá-la ao passar.

Seus olhos se arregalaram. Ofeguei.

Lentamente seus olhos vagaram na direção do sr. Poe.

A criada de quarto, Catherine, entrou portando uma lamparina.

— Com licença, mas quando começa a escurecer e temos visita, o sr. Bartle gosta que eu acenda o gás.

— A luz vai arruinar o quadro. — Samuel descansou o lápis. — Ah, não faz mal. Não tem mais luz suficiente. Vá em frente. Terminei por hoje.

Catherine segurou a argola na parte de baixo do candelabro, abaixou o dispositivo e liberou a válvula de gás nas extremidades do suporte. Um assobio contínuo, similar ao sussurrar de demônios.

— Posso ver? — pedi a Samuel.

Ele espalmou a mão na direção do cavalete.

Recuei repugnada. Em geral, pintava seus modelos num lisonjeiro ângulo de vinte e cinco graus. De quando em vez, alguém pedia para ser retratado de perfil. Mas o rosto da sra. Poe, virado num ângulo de setenta e cinco graus nas almofadas, dava a impressão de o pescoço ter sido quebrado, expondo de modo estranho tanto o pescoço quanto a mandíbula. Basicamente apenas parte do olho podia ser visto. Contudo, mesmo desse estranho ângulo, a pupila escura parecia controlar os movimentos do observador.

Olhei a sra. Poe. Empertigada, sutilmente observava Catherine tirar um graveto do bolso, mergulhá-lo na lamparina e encostá-lo no bocal de gás que se encheu de luz.

Quando Catherine girou os pavios da lamparina, acendendo-os, Samuel disse:

— Posso ler seu pensamento, Fanny. Sim, tem razão, essa é uma nova pose. Nem mesmo sei o porquê, no entanto, eu me senti convidado a pintar dessa maneira. Era como se não me restasse escolha.

Para a sra. Poe, ele disse:

— Talvez, senhora, queira regressar outro dia, quando eu estiver num estado de espírito mais benfazejo. Sinto muito, não sei o que aconteceu comigo.

A sra. Poe pareceu não ouvi-lo.

— O que aconteceria se não os acendesse depressa?

Catherine ergueu o rosto, percebendo que a pergunta lhe era dirigida.

— Então a sala explodiria, não é, madame?

Outono de 1845

Vinte e seis

Três semanas depois, Samuel, eu, os Bartlett, as crianças e o sr. Poe passeávamos na direção da Broadway. Para os estranhos que fluíam em nossa direção, devíamos parecer um grupo bem--vestido, respeitável e amigável: dois casais, um reconciliado e o outro unido há tempos, os filhos e um amigo da família, cuja saúde da esposa a impedia de usufruir do passeio. Suponho que a maioria das pessoas prestasse atenção apenas ao amigo. A popularidade do sr. Poe atingira o auge meses após a publicação de seu livro de contos. Mal podíamos dar quatro passos sem algum admirador o abordar, ansioso por discutir suas histórias.

Na esquina da Amity com a Broadway, o sr. Clement Moore, de braços dados com a filha adulta, cumprimentou nosso grupo.

— Parabéns, senhor. — Ele ergueu a voz para se fazer ouvir apesar do arrastar de passos à nossa volta. — Parece que seu Corvo definitivamente desbancou o meu São Nicolau. Devo-lhe meus sinceros agradecimentos. Talvez agora minha história boba possa descansar em paz.

Dois curtos blocos adiante, o sr. Samuel Morse deteve o sr. Poe diante do New York Hotel gerando uma obstrução no rio de seres humanos. Tendo lido vários artigos sobre sua invenção, reconheci-o de imediato. Sorri secretamente. A linha telegráfica entre Nova York e Washington tinha sido praticamente concluída desde que Edgar me falara sobre ele. Outra estava a caminho para Boston. Comentavam que, em breve, todo o país estaria conectado por uma rede de cabos, dando à espécie humana o domínio sobre tempo e espaço — uma ideia inimaginável naquele ensolarado dia de outono enquanto ouvíamos os cascos dos cavalos e o trepidar das carruagens em meio ao fluxo de conversa dos pedestres.

— Sr. Poe — disse o sr. Morse —, perdoe-me, mas preciso lhe perguntar algo sobre mesmerismo. É verdade que a alma de uma pessoa pode ser capturada no momento da morte como aconteceu com o sr. Vankirk em "Revelação Magnética"?

— É uma obra de ficção — respondeu o sr. Poe.

Louro, espirituoso e dono de um rosto bonito e expressivo, a expressão de atenta observação do sr. Morse só era sobrepujada pela de Edgar.

— Todavia, o senhor plantou suficiente evidência de que isso é possível.

— Então obtive êxito na minha história. — O sr. Poe fez uma reverência. — Obrigado.

— Suas ideias me intrigam, senhor. O potencial do mesmerismo ainda continua inexplorado.

O sr. Poe assentiu educadamente.

— Então ficará satisfeito em saber que estou escrevendo outro conto sobre o tema.

O sr. Morse abriu um sorriso.

— Um novo olhar na direção do além?

— Eu diria que dessa vez trata-se basicamente de usar o mesmerismo como meio de ludibriar a morte. No conto, exploro o que pode acontecer se uma pessoa for mesmerizada no momento de seu falecimento.

— Verdade? Excelente! — O sr. Morse pareceu esperançoso, talvez pensando na esposa falecida. — Ah, se isso pudesse ser verdade...

Continuaram a discussão, da qual os Bartlett participavam atentos, enquanto as crianças saltitavam à frente com Mary.

Samuel me puxou para o lado.

— Então me conte, Fanny, o que tem escrito ultimamente?

Ele começou a seguir as crianças, minhas saias farfalhando em compasso com nossos passos. Sorridente, esperou pela resposta.

— Ida Grey — disse eu, por fim.

— Escreveu isso o ano passado quando estávamos juntos. Gostei de saber que ela finalmente encontrou um lar na *Graham's*.

Agradeci, apesar da certeza de não estar sendo elogiada.

— Achei divertido os leitores tentarem descobrir algum significado e conectar a história com você e o velho e bom Poe. Seu romance literário é um sucesso e tanto ultimamente.

— Como disse — comentei friamente —, escrevi o poema faz mais de um ano.

— Sim, lembro-me de quando foi rejeitado. Interessante que a *Graham's* o tenha comprado.

— O que está insinuando, Samuel?

Ele olhou por cima de seu nariz grosso para mim.

— Também tenho lido seus poeminhas no jornaleco de Poe.

Desferi-lhe um olhar irritado.

Ele não sorria.

— O que quero saber, Fanny, é o que escreveu ultimamente de realmente importante.

Quando não respondi de imediato, ele prosseguiu:

— Com certeza, escreveu mais do que essa composição. — Ele retirou uma folha do bolso do casaco. Quando a desdobrou, vi que se tratava do *Journal* de Edgar. Ele fez uma pausa de um instante e leu:

I know a noble heart that beats
For one it loves how "wildly well"
I only know for whom it beats:
But I must never tell!
Hush! Hark! How Echo soft repeats,—
Ah! never tell!*

---

*Conheço um coração nobre que em chamas se derrete/ Por alguém que ama "desenfreadamente"./ Só eu sei por quem o coração bate,/ Mas nunca, devo confessar. Absolutamente!/ Silêncio! Atenção! Como um suave eco repete,/ Ah! nunca diga!

Ele desdobrou o papel e o guardou.

— Houve um tempo em que você debocharia de um poema desses.

Fiz uma careta. Era verdade.

— Só me pergunto o motivo de suas composições se resumirem a rimas bonitinhas enquanto o público do seu Poe cresce como milho no esterco.

— Que repulsiva analogia!

— Alta produção — disse ele. — Você entendeu.

Entendi. E doeu.

— Sofri muitos transtornos na vida ultimamente — disse em tom incisivo.

Ele assentiu com bom-senso, como quem aceita parte da culpa.

— Não deve ser fácil assistir à sra. Poe morrer lentamente de tuberculose.

— Ela não está morrendo! — exclamei. — Ela sofreu uma ruptura em uma das artérias quando cantava dois anos atrás e, aparentemente, não consegue curar-se.

— Porque está morrendo, Fanny.

— Que crueldade dizer isso!

— Por quê? Por que é verdade? — Ele estendeu os braços, segurou-me pelas têmporas e balançou gentilmente minha cabeça. — Quem está aí dentro? O que esse homem anda fazendo com a sua mente? Não consigo suportar vê-la assim tão mudada. A Fanny que eu conheço dá nome aos bois e é cética em relação a quem não age assim. Ei, Fanny Cética, onde você foi parar? Acho que a Impetuosa Fanny a engoliu.

— Vindo de um homem que sai correndo atrás da primeira mulher bonita que atrai sua atenção... — Empurrei-lhe as mãos. — Até um cachorro no cio tem mais comedimento. Se soubesse a tudo que renunciei, como tentei agir corretamente com todos os envolvidos, diria que sou o extremo oposto da impetuosidade. Sou responsável, e pago um preço alto por isso.

O sr. Poe avançou a passos largos, seu olhar satisfeito esmorecendo ao nos ver.

— Está tudo bem? — perguntou a mim, mas encarando Samuel.

— Claro.

Retomamos nossa caminhada, os três, infelizes, lado a lado. Eliza e o sr. Bartlett, com Johnny no colo, andavam atrás, mais devagar.

Arranquei minhas luvas, como se arrancasse as palavras que Samuel alojara em minha mente.

— O que o sr. Morse conta de novo? — perguntei ao sr. Poe.

Ele coçou o queixo distraído, como se seus pensamentos já habitassem outro lugar e ele desejasse estar com eles.

— Morse aguçou meu entusiasmo em relação à minha nova história sobre mesmerismo. Ah, se eu me sentisse tão seguro sobre minha palestra no Lyceum em Boston.

Samuel inclinou-se e perguntou ao sr. Poe:

— Fanny foi convidada?

Ele franziu o cenho.

— Se ela quiser...

Olhei Samuel. Ele sabia que nem minha consciência nem minha reputação permitiriam tal viagem.

Samuel ergueu as sobrancelhas.

— Quanta gentileza sua acompanhar a turnê de vitória de Poe. Seus escritos podem esperar. O que são mais algumas semanas se deixá-los de lado por seu "amigo"?

O sr. Poe percebeu a expressão de meu rosto.

— Por que não volta para sua prostituta, Osgood? Não vê que não é benquisto aqui?

— Por quem? — indagou Samuel. — Por você ou por Fanny?

— Conhece a resposta.

— Fanny, quer que eu vá embora? Basta dizer e eu irei.

Suspirei frustrada.

— Vá de uma vez.

Curiosos passavam quando Samuel me encarou. Então, seus olhos castanhos silenciaram-se com genuína tristeza, e, tocando no chapéu, partiu a passos largos para juntar-se às crianças.

O sr. Poe esfregou a testa.

— Não consigo raciocinar com esse homem por perto. Passei a vida condenado a comer a poeira dos *Frogpondians** e agora tenho a chance de fazê-los lamber a sola dos meus sapatos. Mas como, Frances, com o quê? Essa é a mais importante palestra da minha carreira e não consigo pensar em uma única linha digna.

— Não se preocupe, vai conseguir. — Observei Samuel beijar nossas filhas e afastar-se a passos largos.

O sr. Poe seguiu o meu olhar.

— Livre-se dele, por favor.

Um espinho alojou-se em meu coração.

— Acho que foi o que acabei de fazer.

Frogpondians (rãs do lago) ou Bostonianos, como Poe apelidava os seguidores do Transcendentalismo. No Boston Common, maior parque de Boston, há um lago chamado Frog Pond. (*N. T.*)

Vinte e sete

Na tarde seguinte, eu andava sobre as lajotas do jardim dos fundos dos Bartlett, tentando compor um poema. As palavras de Samuel sobre meus escritos me calaram fundo. Ele tinha razão. Não produzira sequer uma obra expressiva ou da qual me orgulhasse desde meu envolvimento com o sr. Poe. Inebriada pelo desejo e acomodada graças à benevolência dos Bartlett, minha criatividade tornara-se inconsistente, facilmente enredada numa teia de preocupações. Quanto mais tentava me libertar, mais seus frágeis empecilhos me aprisionavam. Eu não conseguia escrever uma única frase decente.

Vinnie chegou saltitante.

— Aquela senhora está aqui, mamãe. A sra. Clam.

— A sra. Clemm? O que ela deseja? — perguntei em voz alta.

Vinnie deu de ombros, as tranças subindo em seus ombros estreitos.

— A senhora.

Ao entrar no salão dos fundos, encontrei a sra. Clemm sentada na beirada do sofá em conversa com Eliza.

— Ah, você chegou! — exclamou Eliza, excessivamente entusiasmada. — Conseguiu trabalhar um pouquinho?

A sra. Clemm girou a cabeça para que eu pudesse enxergar seu rosto dentro da touca branca. Os olhos, redondos e azuis como bolinhas de gude, exibiam a costumeira expressão angustiada.

Do andar de cima veio um golpe surdo, seguido pelos gritos estridentes do filho caçula dos Bartlett. Eliza se levantou.

— Podem me dar licença por um instante? Acho que preciso resolver uma pequena guerra.

A sra. Clemm cruzou e descruzou as mãos enluvadas quando Eliza se afastou.

— Peço desculpas pela interrupção. A sra. Bartlett disse que estava trabalhando.

Resolvi enfrentar o medo.

— Como está a sra. Poe?

— Vim a pedido dela.

— Como posso ajudar?

Ela encontrou meus olhos, suas insensatas bolas de gude azul cheias de desespero.

— Ela está tão infeliz! Eddie quase não para em casa.

— Ele trabalha muito — murmurei em tom culpado.

— Achei que ele estivesse aqui. — Ela espiou na direção do corredor como se eu pudesse estar escondendo-o.

— Ele costuma visitar os Bartlett, como sabe. Todos gostamos de sua companhia. Também apreciaríamos se a senhora e a sra. Poe o acompanhassem com mais frequência.

— Não sabemos onde ele está — deixou escapar.

Não tinha voltado para casa depois de sair dos Bartlett na noite anterior?

— Ele deve estar no escritório trabalhando em seu poema para o Boston Lyceum. Parece muito preocupado com a apresentação.

— Já estive lá. — A sra. Clemm suspirou. — Não posso me preocupar com minhas duas crianças ao mesmo tempo. Só posso me preocupar com uma de cada vez, e agora é Virginia quem mais me aflige.

O medo se intensificou em minha mente.

— Ela precisa de um médico?

— Ela precisa do marido.

O último lugar do mundo em que eu gostaria de estar era com a sra. Poe, mas a culpa falou mais alto.

— Posso visitá-la?

Ela pareceu surpresa.

— Ora, nunca imaginei. É muita gentileza sua, mas realmente não precisa.

— Eu insisto.

— A senhora realmente não precisa. — Seus olhos culpados encontraram os meus.

— Gostaria de ajudar, sra. Clemm. É importante para mim. Por favor, deixe-me ir.

Ela soltou um suspiro entrecortado.

— Se precisa...

— Vou buscar o chapéu e o casaco. — Subi, aliviada por distanciar-me dela, mesmo que por um instante.

Que conveniente, pensei amarrando a minha touca, eu precisar quase lhe implorar para fazer algo que temia do fundo do meu ser.

Encontramos a sra. Poe dormindo no sofá. A palidez de seu rosto me chocou. Ela emagrecera tanto que a rede de veias azuis salientava-se em sua pele. Era quase possível ver seu esqueleto.

— Olá, sra. Poe — cumprimentei da porta.

— Aproxime-se — pediu a sra. Clemm. — Ela não pode ouvir a senhora.

Estaria morta? Lancei um olhar apavorado à sra. Clemm.

— Chegue mais perto.

Avancei dois passos. À sombra de seus cabelos negros, vi as veias da têmpora latejarem suavemente.

— Sra. Poe? — sussurrei.

Um estalo de dedos às minhas costas.

Os olhos se arregalaram. Recuei e quase esbarrei na sra. Clemm, que ao retroceder pisou a gata malhada, que por sua vez resmungou e fugiu.

— Acordou! — exclamou a sra. Clemm, como se o despertar da sra. Poe fosse algo extraordinário.

A sra. Poe bocejou como quem acorda de um cochilo revigorante e sorriu para mim.

— Estava sonhando com a senhora.

— Comigo?

Ela tossiu no lenço.

— Foi um sonho bom. Eu era a senhora e a senhora era eu.

Relanceei os olhos pela sala em busca de algo normal, algo concreto sobre o qual conversar. Desde a minha última visita, quando ainda moravam na Greenwich Street, tinham comprado uma mobília elegante. Poltronas de cetim vermelho tinham sido dispostas em torno de uma mesa de pau-rosa. Uma lamparina de óleo gotejava com bonitos prismas. Uma estante gemia sob o peso de inúmeros volumes. Acima das escadas, na parede do corrimão, um daguerreótipo emoldurado. Observei com mais atenção: era o meu retrato sem cabeça.

A sra. Clemm pareceu envergonhada ao notar minha expressão chocada.

— Eddie o pendurou ali.

— Não minta, mamãe — disse a sra. Poe. — Fui eu.

Sorri tensa. Independentemente de quem o tivesse pendurado, por que o sr. Poe permitira a permanência daquele retrato macabro?

A sra. Poe estendeu o braço para pegar o frasco na banqueta ao lado do sofá e, com mãos trêmulas, verteu-o numa colher e engoliu o remédio com esforço.

— Eddie não gosta desse retrato. Mas ele não fica aqui tempo suficiente para poder decidir, não é?

Engoli o desalento a sufocar-me. Não deveria ter ido lá.

A sra. Clemm me convidou a sentar ao lado da filha.

— Fiquem as duas conversando. Vou lá fora varrer. — E saiu alvoroçada, liberada da responsabilidade de cuidar da enferma.

A sra. Poe recostou-se até deitar de lado e me observou com olhos exageradamente perspicazes.

O que dizer a essa criatura?

— A senhora tem conseguido escrever?

Seu suspiro agitou ruidosamente o fluido em seus pulmões.

— Ah, obrigada por perguntar, sra. Osgood. Ninguém leva meus escritos a sério. Posso ler um poema para a senhora?

— Claro.

Ela apontou uma caixa de madeira na estante de livros.

— Ali dentro.

Fui até lá. A caixa outrora servira para guardar luvas, de acordo com a etiqueta de "luvas de qualidade" da loja Brooks Brothers colada à tampa. Abri a tampa e retirei a primeira página.

— Quer que eu leia em voz alta?

Ela suspirou, o que provocou um ataque de tosse.

— Por favor.

Sorri, nauseada com a minha falsidade, e comecei:

Ever with thee I wish to roam—
Dearest my life is thine.
Give me a cottage for my home
And a rich old cypress vine,
Removed from the world with its sin and care
And the tattling of many tongues.
Love alone shall guide us when we are there—
Love shall heal my weakened lungs;
And Oh, the tranquil hours we'll spend,
Never wishing that others may see!
Perfect ease we'll enjoy, without thinking to lend
Ourselves to the world and its glee—
Ever peaceful and blissful we'll be.*

---

*Eternamente contigo quero passear/ Dedico a ti a minha vida./ Garanta-me um chalé para morar/ Abrigando uma videira florida/ Retirada do mundo, de suas preocupações e pecados,/ Assim como das línguas espalhando seu clamor./ Lá, apenas o amor nos guiará lado a lado/ Lá, a cura dos meus pulmões virá pelo amor./ Ah! E as horas serenas que passaremos/ Negando aos outros a possibilidade de as ver!/ Perfeito conforto desfrutaremos, não dividiremos/ O nosso regozijo cuidando de ao mundo o esconder/ E abençoado e tranquilo será para sempre nosso viver.

Ao terminar, ergui o olhar.

Ela tossiu, os olhos excessivamente grandes e resolutos em contraste com o corpo debilitado.

— Se pegar a primeira letra de cada linha, lerá "Edgar Allan Poe."

— Ah, agora eu vi. Muito bonito.

— É tão bom quanto os poemas que ele publica da senhora.

Nós nos encaramos. Fui assaltada por uma violenta investida de atemorizante culpa, cada poro de meu corpo arrepiado de medo. Ela sabia sobre nós dois. Ela me culpava pela negligência do marido, por afastá-lo quando ela mais necessitava dele. Ela sabia e pretendia me atormentar. Enquanto se agarrasse à vida, me faria pagar.

Apertei as mãos para interromper o tremor.

— Receio que meus poemas sejam apenas versos tolos sem valor se comparados a esse. — Minha voz soou baixa aos meus ouvidos.

— Bem — disse ela com um sorriso —, tenho uma ideia.

Por mais que eu quisesse, não conseguia desviar os olhos dela.

— Escreva sobre o que se passa em sua mente. Meu marido conseguiu a fama assim. Apesar de seu trabalho parecer tratar de gatos pretos, pássaros ou mansões desmoronando, no final, tudo se resume a ele. Apenas precisa saber o que procurar. — Ela tossiu no lenço. Ao terminar, acentuou o sorriso. — Sabe o que buscar, sra. Osgood? Conhece meu marido tão bem quanto imagina?

Levantei-me.

— Obrigada por mostrar seu poema. — Caminhei na direção da porta.

— Por que não escreve sobre uma mulher cujo marido está tão ocupado escrevendo poemas de amor para a amante — disse às minhas costas —, que nem percebe que a esposa está morrendo?

Detive-me, a mão na maçaneta.

Ela concluiu meu pensamento tão primorosamente como se ele viesse da minha própria mente.

— Tem razão. Não é verdade. Ele *sabe* que a esposa está morrendo. Assim como sua amante. — Ergueu os ombros ossudos em sinal de indiferença. — Mas, de algum modo, isso tornaria a história menos bonita, não acha?

Eu não podia mais fingir.

— Até logo, sra. Poe. — Fugi, quase colidindo com a sra. Clemm, ocupada em varrer a escada do pórtico.

Ela se afastou, suas tolas bolas de gude azuis demonstrando surpresa.

— Volte logo!

Parei na calçada diante da casa para atravessar a rua, atrás de uma carroça de gelo. Vi algo brilhando na sarjeta. Inclinei-me. Um medalhão de prata polida. Peguei-o, virei e li as iniciais: *VP.*

Nesse momento, o cavalo que puxava a carroça de gelo deu um solavanco. A porta de trás se escancarou. Um bloco de gelo, do tamanho de um fogareiro, escorregou e esbarrou no meu ombro, desabando na sarjeta com estrondo.

A sra. Clemm largou o rodo e correu para mim. Esfreguei o ombro dolorido — teria deslocado? — e fitei o bloco gigantesco, retirado do North River no inverno passado. De dentro, um peixe congelado me encarou boquiaberto, os olhos turvos.

O condutor bigodudo veio correndo da casa do vizinho.

— Olhe o que o senhor fez! — bradou a sra. Clemm. — Poderia ter matado a senhora.

— Mas eu trancar a porta! — bradou com forte sotaque. — Antes de entrar eu passar o ferrolho. — Ele arrancou o gorro achatado, os esparsos fios de cabelo em desalinho e ajoelhou-se ao meu lado. — Madame, machuquei?

— Não. — Toquei o ombro sensível. Podia mexê-lo. — Estou bem.

Olhei para o pórtico. Apoiada contra o alizar da porta, a sra. Poe observava. Há quanto tempo estaria ali?

— Tome. — Entreguei o medalhão à sra. Clemm. — É seu?

As maçãs de seu rosto ruborizaram-se.

— Ai, meu Deus. Obrigada. Como o medalhão de Virginia foi parar aí?

Uma palavra inquietante me surgiu num piscar de olhos: *coincidência.*

Vinte e oito

Três dias se passaram. Para desalento de minhas filhas, Samuel continuou sumido, como eu já previa. Tampouco o sr. Poe foi à casa dos Bartlett — tempo suficiente para que as inquietantes palavras da sra. Poe se consolidassem. Tempo suficiente para debruçar-me sobre sua obra e examiná-la com atenção, em busca de indícios da chave do mistério que me permitisse entender o homem a quem eu estava inextricavelmente ligada. Um tema arrepiante emergiu. Conto após conto, "O Gato Preto", "A Queda da Casa de Usher", "O Coração Delator", "O Demônio da Perversidade", uma pessoa inocente era assassinada, o corpo escondido, o culpado escapava. O assassino, então, vivia a vida de seus sonhos até pouco a pouco enlouquecer, consumido pela culpa, e desmoronar. Por fim, revelava o crime, acarretando para si a ruína mais completa e absoluta.

Recordei-me da leitura frenológica do sr. Bartlett, em que profetizara a instabilidade do sr. Poe e sua propensão à violência. Ele afirmara que o formato da cabeça do sr. Poe indicava um homem à beira da explosão. Por mais que quisesse negar, já havia evidências. A brutal e sarcástica avaliação do sr. Poe quanto aos outros escritores constituía-se fato inédito em nosso círculo. Inúmeras vezes os narradores de suas histórias cometiam crimes abomináveis. E, apesar de não querer admitir, agora percebia a terrível luta travada para manter seu autocontrole quando espicaçado pela esposa. Estaria parte do verdadeiro sr. Poe contida em suas histórias lancinantes?

Entretanto, para mim, o sr. Poe era tão somente adorável. Eu nunca tinha sido tão apreciada, tão valorizada, tão adorada por um homem. Embora obviamente frustrado pelas convenções, ele tentava conter-se e obedecer às regras de civilidade. Não sabia o que ele era: o homem-besta dominado pela raiva e capaz de matar? Ou minha respeitosa e amorosa alma gêmea?

Naquela tarde, não suportava mais um minuto sentada em casa lendo suas histórias. Era um dia claro de outubro. Tomei uma diligência para o Battery Park com o objetivo de desanuviar a mente. Queria caminhar entre pessoas chiques e maçantes, pessoas sem outra preocupação a não ser usar roupas suficientemente agasalhadas para o frio ou evitar sujar os sapatos de lama.

Encontrava-me na orla perto do Castle Garden, parada entre a multidão reunida apreciando um exótico junco chinês recém-chegado ao porto, quando senti um toque em meu cotovelo.

— Uma entrega para o sr. Astor?

Voltei-me e deparei-me com o sr. Poe parado atrás de mim, os cabelos negros açoitados pelo vento. A alegria em seus olhos quase me derreteu.

— Estremeço só de pensar — disse ele — quantos ursos e castores pagaram com a vida.

Eu não devia retribuir seu sorriso. Por onde andara nos últimos dias? Não obstante, eu nada podia reivindicar. Sequer tinha o direito de perguntar.

Mantive o equilíbrio na voz.

— Sua esposa tem procurado pelo senhor.

A alegria esvaiu-se de seu rosto.

— Sinto muito. Eu deveria ter avisado. Também deveria ter informado a senhora. Fiquei emocionado por encontrar a senhora aqui.

— Coincidência — disse friamente, mesmo admirada diante das chances de ocorrer um encontro daqueles numa cidade com milhares de habitantes.

— A verdade é que faz dias vagueio pelas ruas, pensando em extrair uma ideia desse meu cérebro para a conferência em Boston. — Respirou fundo. — Até o momento, nada.

A preocupação sobrepujou meus outros sentimentos. A palestra no Boston Lyceum estava marcada para dali a três dias, e o sucesso naquela cidade representava muito para ele. Por alguma razão, impressionar os bostonianos constituía-se no sonho de sua existência. Ele não tinha nada para apresentar?

— É necessário escrever algo novo? — indaguei. — Com certeza, deve ter um poema guardado num baú em casa do qual possa tirar a poeira e abrilhantar.

— Os bostonianos reconhecerão se for apenas um poema aprimorado. Os malditos são diabolicamente espertos.

— Os bostonianos são iguais a quaisquer outras pessoas. Eles montam apenas um cavalo de cada vez, como todos nós.

— Eles não são como os outros — suspirou — e sabem disso.

— O senhor é de Boston — disse com ternura, apiedando-me dele. — Pode vencê-los no jogo deles.

O vento balançou a gola de seu casaco, aumentando sua expressão de desvario.

— Ter nascido lá não basta. Sou um impostor e eles percebem.

— Tendo sido criada entre os bostonianos — disse eu —, posso afirmar, com toda a certeza, que o senhor é, de longe, superior a qualquer um que conheci.

Seus olhos de contornos escuros enterneceram-se e expressaram gratidão.

— Obrigado. Eu precisava ouvir isso, quer seja verdade ou não.

Sua humildade me desarmou. Como resistir àquele homem? Voltei-me para observar os esquifes aproximando-se do junco para descarregá-lo.

— Gostaria que fosse comigo a Boston, Frances.

Virei-me para o fitar.

— Sabe que não posso.

— Por favor, Frances. Preciso de você. Não precisa de mim também?

Fitei um casal na amurada próxima. A mão do cavalheiro repousava nas costas da esposa — ou amante — enquanto eles contemplavam tranquilos os barcos.

— Sim.

— Então venha comigo para Boston. Podemos nos comportar como sempre deveríamos, como marido e mulher, mesmo que por uma noite.

Permiti-me a tortura de cultivar memórias felizes: a consistência cálida de seu corpo, a força de seus braços ao meu redor: seu cheiro puro, curtido, suave. Eu não o beijava havia tanto tempo. Tê-lo por completo... Fechei meus olhos com um estremecimento.

— Fomos feitos um para o outro — disse, observando-me. — Sei que também sente o mesmo.

— Não posso, Edgar. É impossível.

— Sei que posso ter êxito em Boston se você estiver comigo. Sei que posso. Sou um homem diferente com você ao meu lado, um homem melhor. Um homem do qual poderia me orgulhar, pela primeira vez na vida. Por favor, Frances, não me obrigue a implorar.

Sua esperança me desarmou.

— O que diria a Eliza? O que diria às crianças?

— É fácil. Sua mãe ainda mora em Boston. Diga que decidiu visitá-la.

— Eliza sabe que minha mãe não me receberia.

— Ela não sabe se sua mãe mudou de ideia. Pode até tentar falar com ela enquanto estiver lá, se isso ajudar a aplacar sua consciência. Por favor, vá comigo. Prometo — ajeitou o xale em meu ombro — fazê-la feliz.

Meu corpo travava uma batalha interior causada pela proximidade. Ergui os olhos para ele.

— Estarei no Tremont House.

— Edgar, se pudesse eu iria.

— Então irá. — Cumprimentando-me com um aceno, afastou-se triturando as conchas de ostras pelo caminho.

*

Passei uma noite terrível. Tentei permanecer imóvel na cama para não despertar as meninas. Não parei de ficar imaginando o sr. Poe em um barco a vapor rumo a Boston. Vi o conjunto de remos imergindo e gotejando enquanto ele caminhava pelo deque e retirava lápis e papel, revisava uma frase para depois guardar tudo de volta no casaco, as palavras fugindo de sua memória enquanto se preparava para a mais importante palestra de sua vida. Ele precisava de mim. E o mais importante, eu precisava dele. Minha vida era sem graça e monótona sem ele. Vivermos separados daquele jeito era injusto e cruel.

No dia seguinte, cansada e mal-humorada, briguei com Vinnie por não estar de casaco e me odiei por isso. Não consegui prestar atenção às reclamações de Eliza sobre a crescente imprevisibilidade de Mary. Aparentemente, a saudade de casa a abalava — isso ou seu admirador. No momento, era-me difícil levar em consideração se Mary permaneceria em Nova York ou voltaria para a Irlanda. Quanto a escrever, eu não conseguia pegar minha caneta. A culpa experimentada por não ir ao encontro do sr. Poe e a culpa experimentada por chegar a pensar em ir me imobilizaram. No final da tarde, decidi devolver um livro à srta. Lynch, apenas para fugir de casa e de meus atormentados pensamentos.

Uma leve garoa salpicava as frondes amarelas dos ailantos enfileirados na Washington Square. Encolhida no meu chapéu, virei a esquina para a Waverly Place onde, caminhando protegida por um grande guarda-chuva preto, vi a sra. Ellet.

Procurei um meio de escapar.

— Sra. Poe — bradou ela.

Ofegante, olhei por cima do ombro. Ela se levantara de seu leito de enferma?

A bolsinha da sra. Ellet balançou quando ela colocou a mão enluvada em sua cara de cavalo.

— Ai, meu Deus. Eu quis dizer *sra. Osgood.* Por que a chamei pelo outro nome?

Tão somente anos de treinamento pelo manual das boas maneiras permitiram-me sorrir.

— Cara sra. Ellet, é um prazer revê-la.

— Suponho que a associe ao sr. Poe.

— Um elogio. Obrigada. — Esbocei um sorriso. Eu me serviria de uma página do livro de Samuel Osgood sobre astúcia.

Ela franziu o cenho, insatisfeita por não ter alcançado seu objetivo.

— Sentimos sua falta no sábado, na conversazione de Anne.

— Era um grupo interessante?

— O de sempre. A sra. Butler estava lá, apesar de o marido ter lhe apresentado a petição de divórcio. Poucos falaram com ela — apenas a srta. Fuller, que não tem padrões rígidos de conduta, e o sr. Greeley, idem, e a srta. Lynch, que, vamos ser sinceras, não tem juízo, embora seja uma querida. Ter provocado o marido a ponto de ele pedir o divórcio — bem, é inimaginável. Com certeza, eles poderiam simplesmente viver separados como outros casais. Fiquei indignada de ser obrigada a privar de sua companhia. O reverendo Griswold alegou que precisava ir embora, mas acabou ficando. Na certa estava à sua espera, pois não parava de perguntar pela senhora.

— Pensei que ele tivesse se casado.

— É evidente que não deu certo. Ficaram casados tão pouco tempo que eu me surpreenderia se ele tivesse tido tempo de tirar as luvas. É impressão minha ou o homem tem uma estranha predileção por artigos para as mãos? — Seus olhos faiscaram julgando-se encantadora.

Não comentaria sobre a vida alheia com aquela mulher, nem mesmo sobre o reverendo Griswold.

— Foi muita gentileza dele perguntar por mim.

Ela franziu o nariz.

— Ele não me parece particularmente gentil. Ouvi dizer que cresceu na pobreza — o pai era sapateiro e trabalhava numa fazenda. É o tipo de antecedente de segunda categoria do qual é impossível desvencilhar-se, não importa quantas luvas possua ou quantos poetas critique. Mas a senhora sabe. — Seu lábio inferior pendurado estirou-se num sorriso ávido. — E como vai o sr. Poe?

Quando não respondi com a esperada rapidez, ela acrescentou:

— O reverendo Griswold diz que Poe frequenta a casa na qual está hospedada.

Mulherzinha maldita, irritante.

— É verdade. Há alguns meses ele vem ajudando o sr. Bartlett num dicionário.

Uma sobrancelha se levantou em duvidosa aquiescência.

Acenamos para um bem-vestido par de mulheres passando. O vento frio e úmido, tão característico de Nova York, penetrou em meus ossos.

A sra. Ellet deixou as senhoras passarem antes de me perguntar:

— E como vai a *sra.* Poe?

— Realmente não sei.

Ela me deu um sorriso afetado.

— Pois deveria.

Olhei meu livro, depois ergui os olhos acima de sua cabeça, enviando um sinal nada sutil de que desejava ir embora.

Ela me fitou, serena como uma das vacas nas condenadas campinas do outro lado da Union Square.

— Para ser sincera, sra. Osgood, seu nome foi muito mencionado na festa. Estava sendo comparada à sra. Butler, por mais injusto que possa parecer. Nada fez para merecer isso. — Seu sorriso malicioso e pernicioso dizia outra coisa.

Controlei minha fúria.

— Independentemente do que tem sido dito, estou certa de que afligiria a sra. Poe, cuja saúde é precária. Quem gosta do que, a princípio, possa parecer boatos fúteis está causando um verdadeiro mal a uma pessoa inocente.

— Qual é aquela expressão? — A sra. Ellet deu leves pancadinhas na bochecha como se pensasse. — "O roto falando do esfarrapado"?

Pisquei, perplexa com seu abusivo fel.

— De onde a senhora vem?

Ela sorriu.

— Da Colúmbia, Carolina do Sul. Ou do inferno. Dá mais ou menos na mesma.

A chuva começou a se intensificar, tamborilando em minha touca.

— Preciso ir.

— Claro. — Ela se afastou para me ceder passagem. — Ah, eu já lhe contei, Frances? Conheci seu marido. No saguão do Astor House. — Ela riu. — A princípio, não me dei conta de que fosse marido de alguém, pelo jeito como entretinha a jovem Brevoort. Mas não devia ser nada. Os artistas têm de tomar certas liberdades físicas ou não conseguiriam quem posasse para eles.

— Tenha um bom dia, sra. Ellet. — Parti a passos largos para a casa da srta. Lynch. E eu temia ofender esse tipo de gente por estar com o sr. Poe? Era ela a ofensiva. Deixaria o sr. Poe ser atirado aos lobos em Boston para manter minha boa reputação entre pessoas como aquela mulher? Errei ao não ter ido com ele. Decepcionara o único homem que havia realmente me apreciado. Embora ele nutrisse meu coração e minha alma, não o apoiei num momento de necessidade. Caso ele fracassasse em Boston, eu me odiaria.

Deixei o livro com a criada da srta. Lynch e, sob o pesado fardo da contrição, voltei para casa.

Com a cabeça curvada sob o forte aguaceiro, não vi a figura abrigada no pórtico dos Bartlett até alcançar o portão. A chuva escorria da aba de seu chapéu quando ergueu o rosto. As bochechas vermelhas enfatizavam os olhos escuros. Ele permanecera no frio por muito tempo.

Subi correndo as escadas.

Grossos pingos de chuva respingavam da beirada do pórtico quando inclinei-me para me proteger atrás do pilar, perto do sr. Poe.

— Achei que já tivesse partido.

— Dei-me conta de que Boston não seria um triunfo se não estivesse lá para compartilhar o sucesso comigo. Então, por tudo o que eu mais prezo, os bostonianos podem ir para o inferno. Não irei.

Tive vontade de arrancar-lhe o chapéu e apertar seu rosto molhado entre as minhas mãos. Eu amava aquele homem. Arriscaria qualquer coisa, tudo, *minha vida*, para ficar com ele. De que valia a vida sem ele?

Limpei uma gota de chuva de seu rosto.

— Quando partimos?

Vinte e nove

Menti para Eliza dizendo ter sido avisada de que minha mãe estava doente. Portanto, precisava ir de imediato visitá-la. Quando ela perguntou, "Boston? O sr. Poe não está lá?", eu tive o cinismo de dizer que não teria tempo para assistir à palestra. Menti para minhas filhas, alegando que sua avó estava muito doente para elas irem comigo. Menti para o homem no escritório do barco a vapor quando, envolta num pesado véu, dei meu nome para a lista de passageiros. "Sra. Ulalume." De onde tirei tal nome? O sr. Poe, atrás de mim na fila, tossiu ao ouvir o nome. Mais tarde, no barco a vapor, esbanjei hipocrisia sabendo que quando o imergir e ranger da roda de pá cessasse em Boston, encontraria o sr. Poe no cais e ele me seguiria até Tremont House. Ali, ainda espessamente encoberta, eu me dirigi à recepção do hotel, acompanhada do sr. Poe, e deixei o funcionário escrever "Sra. Poe". Ao chegarmos ao nosso quarto, minhas mentiras pesavam mais densamente do que o toucado. Não podia erguer a cabeça sob o peso quando me detive perto da janela, esperando o funcionário trazer nossas valises.

O menino deixou nossas malas sobre a nossa cama. O sr. Poe enfiou a mão no bolso para buscar a gorjeta.

— Ah, não, sr. Poe. — O menino trajava seu libré azul com orgulho, como se usasse a sua roupa mais elegante. E com certeza era. — Não posso aceitar.

— Sabe quem eu sou?

— Quem não sabe? — Ele bateu os braços. — Nunca mais! Nunca mais!

O sr. Poe estendeu uma moeda.

— Tome.

Relutante, o menino a pegou, depois recuou sorrindo em direção à porta.

— Obrigado, sr. Poe, muito obrigado. Nada de assassinatos hoje, ouviu? — Lá se foi ele batendo os braços até alcançar a porta.

De cara fechada, o sr. Poe esperou até ele ter saído.

— Sinto muito.

— Está vendo? — perguntei carinhosamente. — Já é famoso em Boston.

Uma lamparina tinha sido acesa e lançou sombras na parede quando nos encaramos — um em cada extremidade do aposento. Uma buzina de neblina gemeu a distância, passos soaram no corredor. Trêmula, fitei-o através do véu transparente.

Súbito, ele se aproximou a passos largos e deteve-se diante de mim. Nós nos fitamos, meu coração batendo tão alto que eu tinha certeza de que ele podia escutar. Quando falou, sua voz transbordava de desejo.

— Minha mulher.

Lentamente, ele levantou meu véu e, tomando meu rosto carinhosamente nas mãos, colou os lábios aos meus. Eu me desmanchei e me entreguei ao beijo.

Gemi de dor quando ele interrompeu o beijo. Ele me pegou no colo, me levou para a cama e, com extremo cuidado, como se eu fosse algo precioso, deitou-me na colcha de veludo, abriu meu corpete, a princípio devagar, acariciando minha carne intumescida até, louco de desejo, com rudeza, trêmulo, descer minhas saias. Uma incontrolável plenitude infiltrou-se em mim enquanto ele me olhava e se livrava da roupa. Eu o guiei para mim e gritando, tomada de excruciante prazer, o recebi, enfim, por inteiro.

Quando acordei de manhã, Edgar estava de pé perto da janela com lápis e papel. Abrira a veneziana e a luz fraca da manhã lançava um indistinto contraste em seu nobre perfil. Meu ser inteiro, pleno de felicidade, ao lembrar-me do que fizéramos na noite anterior. Ele se virou.

— Dormiu bem, sra. Ulalume?

Respirei fundo, o movimento conscientizando-me da tênue dor nas áreas sensíveis.

— Sim, muito. Quando o senhor me permitiu dormir.

Ele riu.

— De onde *tirou* esse nome? Ulalume. Parece absurdamente polinésio.

Abri um sorriso largo.

— Não sei.

Ele se aproximou e sentou-se na cama.

— Tenho algo para você. — Ele me entregou a página na qual estivera trabalhando.

Era um poema, escrito num papel de carta do hotel.

— É para hoje à noite?

— Não. Para você.

— Edgar, devia estar trabalhando.

— Leia. Em voz alta, por favor — acrescentou alegremente.

Dei um suspiro e comecei, sorrindo:

"To Her Whose Name is
Written Within"

For her these lines are penned, whose luminous eyes,
Bright and expressive as the stars of Leda,
Shall find her own sweet name that, nestling, lies
Upon this page, enwrapped from every reader.
Search narrowly these words, which hold a treasure
Divine—a talisman, an amulet
That must be worn at heart. Search well the measure—
The words—the letters themselves. Do not forget
The smallest point, or you may lose your labor.
And yet there is in this no Gordian knot
Which one might not undo without a sabre.
If one could merely understand the plot
Upon the open page on which are peering
Such sweet eyes now, there lies, I say, perdu,
A musical name oft uttered in the hearing
Of poets, by poets—for the name is a poet's too.
In common sequence set, the letters lying,
Compose a sound delighting all to hear—
Ah, this you'd have no trouble in descrying
Were you not something, of a dunce, my dear—
And now I leave these riddles to their Seer.*

---

*Para aquela por quem estas linhas foram escritas, cujo olhar radioso, / Brilhante e tão expressivo como as estrelas de Leda, / Irá encontrar seu amável nome que, aninhado, repousa / nesta página, ocultado do leitor comum. / Perscrutai essas palavras, que guardam um tesouro / divino — um talismã, um amuleto / que se usa junto ao peito. / Perscrutai bem as medidas... / As palavras... as próprias letras. Sem esquecer / o detalhe mais banal, ou o trabalho será em vão. / E ainda assim não há nela nenhum nó górdio / que alguém não conseguirá desfazer com uma espada. / Se alguém simplesmente entender a intriga / nesta página escrita sobre a qual agora espreitam / olhos tão doces, repousam, eu diria, perdu, / um nome musical frequentemente proferido nos ouvidos / de poetas, por poetas — o nome poeta também. / Suas letras, que ao engano induzem, / compõe um som adorável de todo se ouvir... / Ah, isso não terias o menor problema em discernir / se não fosses algo de tola, meu amor... / E agora deixo essas charada para seus Profetas.

Calei-me. Tentei afastar as lágrimas de alegria que brotavam em meus olhos.

— Você me chamou de tola?

Ele me deu um beijo sôfrego.

— Chamei. — Aproximou o rosto do meu para contemplar o papel. Está vendo a artimanha no poema?

— Edgar, não deveria estar ocupado com artimanhas. E hoje à noite?

Ele apontou a primeira letra da primeira linha.

— Que letra é essa?

— Um F — disse com um franzir de cenho.

— Agora olhe a segunda linha, qual a segunda letra?

— R.

— E na terceira, a terceira letra?

— A.

— Siga este raciocínio em cada uma das linhas. O que está escrito?

Analisei as linhas.

— Meu nome. — Ri. — Ah, Edgar, mas e o seu trabalho?

— Prefiro brincar — disse, tomando minhas mãos.

— Eu também, mas...

— Shhh! — Ele beijou as palmas das minhas mãos. — Estamos vivendo um sonho, e esse é um sonho dentro de um sonho.
— Ele se curvou e delicadamente mordeu-me o lóbulo da orelha.
— Dessa vez, ninguém me acordou. Estou prestes a fazer amor com um anjo.

Rindo, desabei de costas na cama.

— Sinto-me culpada por distraí-lo de suas ocupações.

— Esperei minha vida inteira por esse tipo de felicidade. Acha que me preocupo com os Frogpondians?

— Nós teremos outras oportunidades, mas poderá não ter outra no Lyceum.

Ele puxou o grosso lençol branco, descobrindo minha nudez.

— Eu quero isso? Ou prefiro agradar as rãs? Quantas chances acha que terei?

Alegremente nos buscamos, nossa ternura logo transformando-se em doce desespero. Naquele dia, permanecemos muitas horas no quarto.

Desconhecia, então, o preço a ser pago pelo vislumbre do paraíso.

No restaurante da Tremont House, o garçom, um suíço melancólico de lábios grossos, deixou o prato com um golpe silencioso sobre a toalha de mesa de linho.

Edgar olhou a minha entrada de cara feia.

— Pombo?

— Codorna — respondi.

— Parece um pombo-passageiro. Apenas escravos e os pobres do Sul comem isso. Para mim basta.

— É codorna. — Ele não prestara atenção quando fiz o pedido. Pedira apenas "o prato mais caro" e devolvera o cardápio sem sequer consultá-lo, perdido nos próprios pensamentos desde que eu o encontrara, após sua apresentação no Boston Lyceum. Era para ser um jantar para comemorar sua vitória.

Ignorou a fatia de carne marmorizada colocada pelo suíço diante dele com a reverência de quem apresenta uma oferenda a um deus.

— Dava para ver o desprezo no rosto deles — disse Edgar, baixinho. — Todos os rostos demonstravam clara oposição a mim. Foram preparados para me odiar, o menino pobre do Sul.

Compreendi que não deveria falar. Afundei o garfo no pássaro exposto em meu prato e dele gotejou um molho dourado no desenho floral da louça.

Ele balançou a cabeça.

— Devia ter lido o poema que escrevi. Era brilhante. Um dos meus melhores. Mas quando os vi me fitando, torcendo pelo meu fracasso, cuspi as palavras. — Ele olhou o bife, e depois, como se espionasse um inimigo, atacou-o com garfo e faca.

Mantive a voz calma.

— Qual poema recitou?

— Eu lhes dei o que queriam. — Fez uma pausa mastigando um naco de carne. — Recitei "Al Aaraaf".

Descansei os talheres.

— Isso mesmo, o poema escrito quando ainda era um menino. Apenas lhe dei o nome de "A Estrela Mensageira" para deixá-los pensar que se tratava de algo místico. Eles gostam tanto dessas bobagens transcendentais.

— Por quê? — Não pude esconder a sensação de perplexidade e desalento no meu tom de voz.

— Para ver se eles seriam capazes de notar a diferença entre um verso infantil e uma obra-prima. Eles mereceram. Convidar-me para ler um poema e me deixarem esperando por quase três horas enquanto Cushing apresentava sua palestra. Como se alguém desse a mínima à sua viagem à China. Achei que eu fosse a atração principal. Nunca teria ido se soubesse que seria tratado daquele jeito.

— Como eles reagiram?

— Ficaram lá sentados, inexpressivos como pedras. Suponho que parte da culpa se deve a Cushing. Eu mesmo quase dormi nos bastidores esperando o final.

Nos meus tempos de estudante, ouvira muitos discursos demorados no Lyceum. Sempre aplaudíamos no final, tanto de alívio quanto por respeito. Mesmo os oradores mais enfadonhos eram aplaudidos, mesmo se com palmas tímidas. Não podia imaginar o quão atônitos — ou ofendidos — deviam estar para não aplaudir.

— Talvez estivessem maravilhados.

Ele não me deu ouvidos.

— Então, me fizeram ler "O Corvo". Algum dia ficarei livre desse maldito pássaro?

— Devem ter ficado encantados.

— Não sei. Não esperei para ver. Fui embora.

Olhei minha codorna. Eles o relegariam ao ostracismo como castigo pela grosseria.

— Não importa — disse ele. — Não preciso deles. Só preciso de você.

Tentei sorrir.

— Por que me punir? Agradar os Frogpondians era o sonho da minha mãe, não o meu. Publiquei "Al Aaraaf" há vários anos sob o codinome "Um Bostoniano" em sua homenagem. Não sei quem pretendo enganar, nunca farei parte do mundo deles.

— Não precisa agradar ninguém.

Ele deu uma risada cruel.

— E não agradei, agradei?

Por que ele se sabotara dessa maneira? Com o coração partido de tristeza por ele, deslizei a mão sobre a engomada toalha de mesa branca e apertei-lhe os dedos.

— Agradou a mim.

Um cavalheiro se aproximou de nossa mesa — um novo-rico, calculei pelo peso da corrente de ouro do relógio pendurada de modo ostensivo no bolso. Não lhe demos atenção.

— Boa noite, sr. Poe. — Ele estendeu a mão. — Charles Wildwood. — Um grande anel com sinete de ouro encobria o nó de seu dedo mínimo.

Edgar limpou as mãos e o cumprimentou.

— Adoro seus contos, meu velho. Anda escrevendo mais alguma coisa?

— Sempre.

Ele meneou a cabeça para mim.

— Olá, sra. Poe.

Senti o rubor do rosto.

— Nunca fica com medo? — perguntou-me.

Constrangida, sorri.

— Porque se eu fosse sua jovem e bonita esposa, ficaria aterrorizado. Já notou como ele mata todas as jovens beldades em suas histórias? Quando a gente vê uma aparecer, já sabe que ela está em apuros.

— É ficção — disse Edgar.

O sr. Wildwood deu uma gargalhada.

— Nada mais triste do que uma jovem bonita encontrar seu Criador antes da hora.

Edgar o encarou.

— Não deveria interromper seu jantar. Deve ficar cansado das pessoas puxarem conversa com o senhor noite e dia.

— Obrigado pelo elogio.

— O prazer foi meu, a seu serviço. — O sr. Wildwood fez menção de se afastar, mas antes apontou o dedo para mim. — A senhora, trate de conservar sua cabeça, ouviu?

Edgar não se deu ao trabalho de sorrir. Depois que o homem se foi, ele disse:

— Bartlett teria gostado dele. Era uma mina de ouro de americanismos.

Ele comeu, mas eu havia perdido o meu parco apetite. Importava-me com o que as pessoas pensavam. Eu me importava com o fato de não ser a sra. Poe, mas sim a amante do sr. Poe. Eu me importava que minha poesia fosse apreciada tão somente por causa da minha relação com o sr. Poe. Se fosse honesto consigo mesmo, ele também confessaria se importar com o que os outros pensavam a seu respeito. Apenas alguém sem a mínima compreensão de seu mundo ou de seu lugar na sociedade não se importaria em comportar-se sem respeito aos limites impostos pela decência.

Um arrepio percorreu-me a espinha. Havia acabado de descrever sua esposa.

Trinta

Saíram críticas do Boston Lyceum. Mordazes.

O sr. Bartlett as leu durante o jantar na noite em que voltei para casa, depois que as crianças tinham jantado e sido despachadas para a cama.

— Pobre sr. Poe — disse Eliza, depois que o sr. Bartlett acabou de ler uma especialmente brutal. — O que acha que ele vai fazer?

— Continuar escrevendo — respondeu o sr. Bartlett. — Ele é adulto.

— Ah, mas ser chamado de fraude... Deve ser horrível.

O sr. Bartlett colocou sal no seu rosbife.

— Ele castigou Griswold e Longfellow. Agora chegou sua vez de provar o gosto amargo do remédio. — Ele me olhou. — O que lhe passou pela cabeça ao ler um poema escrito quando era um menino?

— Realmente não saberia dizer. — Sorri como se meu coração não estivesse partido.

Eliza deixou seu olhar encontrar o meu enquanto cortava a carne.

— Ouviu algum comentário sobre sua palestra quando estava em Boston? — perguntou calmamente.

— Ouvi.

Ambos olharam para mim, à espera de explicações. Retribuí o olhar ansiosa. *Por favor, não me perguntem nada. Não suporto mentir para vocês.*

Eliza foi a primeira a desviar o olhar. Ela trespassou um pedaço de carne e depois perguntou:

— Russell, organizou os documentos de Mary para a passagem?

Ele franziu o cenho e assentiu com a boca cheia.

— Decidimos deixar que volte para casa — disse Eliza com vivacidade. — Ela anda desanimada desde o verão, não concorda, Fanny? Certamente deve ter notado.

Assenti, grata pela mudança de assunto.

Ela olhou de esguelha para o sr. Bartlett antes de sorrir para mim.

— Espero que não seja por um homem tolo. Já tentei, mas ela se recusa a contar. Entretanto, agarrou-se à minha sugestão de voltar para casa.

— Ela ficará melhor lá. — Ele cortou outro pedaço.

— Que momento mais inadequado! — disse Eliza. — Mary deve ser a única irlandesa interessada em ir *para* a Irlanda. Multidões de pobres estão vindo para cá desde a perda da colheita de batatas deste verão. Muitos irlandeses estão morrendo de fome.

— A colheita vai voltar ao seu ritmo normal — disse o sr. Bartlett. — Sempre volta.

Quando Eliza nada disse, perguntei:

— Mary não vai voltar?

O sr. Bartlett apanhou o pão.

— Não.

Eliza o fitou.

— Sim, vai voltar, sim. Eu já lhe disse que tem emprego aqui tão logo retorne. As crianças a adoram.

— Ela não vai voltar — disse o sr. Bartlett e recomeçou a comer sua refeição.

Surpresa, Eliza olhou para ele e depois para o prato antes de mastigar devagar.

Misturei meu pedaço de rosbife ao molho da carne. O abafado som de cascos penetrou através da janela do porão. Da cozinha veio o ruído de panelas sendo lavadas e guardadas. Imagens queridas de nós dois juntos embaralhavam-se em minha mente, já costumeiras desde Boston.

O sr. Bartlett perguntou:

— Poe contou que seus sócios lhe fizeram uma oferta para comprar o *Journal*?

— Não! — Ele queria tanto ter seu próprio jornal. Devia estar satisfeito. Numa fase dessas, precisava de boas notícias.

— O boato é que querem desligar-se.

Contive um soluço.

— Isso tem alguma coisa a ver com o desastre de Boston? — perguntou Eliza.

— Sim e não — respondeu o sr. Bartlett. — Parece que eles vêm pensando nisso já faz um tempo.

— Por que iriam querer vender? — indagou Eliza. — O sr. Poe aumentou a circulação do *Journal*. Você mesmo, Russell, ouviu quando ele disse que finalmente o jornal estava dando lucro. Era de se supor que quisessem fazer parte de um empreendimento tão bem-sucedido.

O sr. Bartlett fez uma careta.

— Nós dois podemos ter alcançado uma espécie de paz com ele, mas nem todos são tão sanguíneos. Encaremos a verdade: é difícil compreender o nosso Poe.

— Gostaria que as pessoas pudessem ver o sr. Poe que vemos aqui — exclamou Eliza.

— Talvez o fato de vê-lo tanto aqui seja parte do problema. — O sr. Bartlett me fitou, depois deu outra dentada.

Senti meu rosto enrubescer.

— Não podemos deixar que boatos arruínem *nossa* amizade com ele! — bradou Eliza. — Nem permitir que arruíne a amizade dele com Fanny.

Seu conhecimento de meu envolvimento com o sr. Poe reverberou na embaraçosa pausa.

O sr. Bartlett não conseguiu olhar nos meus olhos ao falar.

— Concordo. Mas as pessoas vão falar; aliás, já *estão* falando. Os sócios de Poe estão começando a vê-lo como um estorvo.

Mas tínhamos sido tão discretos... Fechei meus olhos de vergonha. Tínhamos mesmo? Só a poesia nos condenara. Nossa proximidade nas conversazione, suas frequentes visitas aos Bartlett... Mas, afinal, o que me passara pela cabeça? Claro que todos sabiam. Deixara o desejo turvar o meu bom-senso. Retorci o guardanapo no colo, o estômago embrulhado. Quanto tempo demoraria até nosso encontro em Boston ser exposto e eu ser afastada da companhia de todos?

— Tem tido notícias de Samuel? — perguntou Eliza com suavidade. — Se você e ele chegassem a alguma espécie de acordo, talvez isso calasse as línguas ferinas.

Até aquele momento, eu não havia considerado o quanto a minha desonra poderia afetar a posição de Eliza e do sr. Bartlett na sociedade. Como eu pudera ter sido tão cega?

— Preciso encontrar outro lugar para morar.

— Não foi isso o que eu quis dizer — falou Eliza.

— Não vamos jogar nenhuma mulher porta afora no frio — disse o sr. Bartlett bruscamente.

Depois disso, comer tornou-se impossível. Percebi que Eliza também tinha largado o garfo. No entanto, de acordo com a etiqueta, as mulheres não podiam deixar a mesa até o homem da casa terminar a refeição. Logo, continuamos sentadas com as mãos cruzadas no colo, olhando uma para a outra enquanto o sr. Bartlett passou a discutir a probabilidade de a república do Texas se tornar um estado.

Catherine, a criada de quarto, entrou quando Martha recolhia os pratos de sobremesa.

— Com licença, senhor.

Franzindo o rosto diante de sua intrusão na sala de jantar, o sr. Bartlett descansou o guardanapo.

— O que foi?

Notei seu rubor.

— Gostaria que eu acendesse o gás no salão hoje à noite?

Eliza respondeu rapidamente.

— Apenas os lampiões, por favor.

Catherine assentiu e, envergonhada, inclinou a cabeça antes de se retirar.

Eliza hesitou. Lançando um olhar para o marido, disse:

— Tivemos um problema com Catherine quando você estava fora.

— Devia tê-la demitido — disse o sr. Bartlett. — Talvez ainda o faça.

— Russell — protestou Eliza.

— Ela colocou as crianças em risco. Ela colocou você em risco, sem mencionar a nossa casa.

— O que ela fez? — perguntei.

Eles se entreolharam. Eliza respirou fundo.

— Eu não sabia como contar, mas a sra. Poe e a mãe vieram aqui na quinta-feira à tarde.

— Na quinta-feira?

— No dia da apresentação do marido dela em Boston. Você tinha viajado. — Nervosa, franziu o cenho. — Procuravam por você.

O pânico comprimiu meu peito.

— O que lhe disse?

— Ela chegou às cinco da tarde, um horário bastante estranho, pensei na ocasião. Mas você conhece a sra. Poe.

— O que lhe disse? — repeti.

— Admito, pedi às crianças que descessem e nos encontrassem no salão para servirem de distração. Agora lamento minha atitude.

— Eliza, onde disse que eu estava?

— Não disse nada a ela. Mas, então, Vinnie contou que você tinha ido visitar sua mãe. — Ela suspirou. — Em Boston.

Meus cabelos ficaram eriçados de medo.

Antes de continuar, Eliza olhou Russell, que mastigava de cara fechada.

— Estávamos em meio a uma daquelas conversas estranhas, tão típicas da sra. Poe e daquela mãe desvairada, quando

Catherine entrou para acender as lamparinas, pois estava escurecendo. Catherine tinha apanhado a lamparina e aberto a torneira de gás quando a sra. Poe começou a tossir.

Ela balançou a cabeça com um ondular de cachos.

— "Tossir" não descreve exatamente o que houve. Duvido que tenham ouvido som tão alarmante. Era como se estivesse sendo estrangulada. Ela agarrou o pescoço como se lhe faltasse ar. Corri para perto e gritei pedindo um conhaque a Catherine. Apavorada, em choque, Catherine saiu da sala em disparada. Assim que saiu, a sra. Poe parou de tossir. A mãe, quase histérica, insistia que voltar para casa naquele instante, *naquele instante!* seria a única cura para a sra. Poe.

"Sob meus protestos, pois achava que não deveria sair até a chegada de um médico, elas foram embora. A sra. Clemm estava a ponto de chorar e mal conseguiu sair pela porta. Quando Catherine voltou com a garrafa e um copo, eu avisei que não era mais preciso, pois a sra. Poe tinha ido embora. Olhávamos para a porta, aturdidas, quando Russell chegou. Ele disse, 'Vocês parecem ter visto um fantasma...' "

— Foi exatamente o que eu disse — interveio o sr. Bartlett.

Eliza o fitou, envolvida demais em sua história para lhe dar atenção.

— Então, ele foi para sua poltrona, deixou o jornal no colo e pegou o cachimbo. Ia riscar um fósforo para acender o cachimbo, quando Ellen gritou: — O gás.

Cobri a boca.

— Corremos todos para fora...

— Eu escancarei as janelas — disse o sr. Bartlett.

— ...e demoramos horas até entrar.

— Vocês ficaram bem? — perguntei.

Eliza assentiu.

— Mas foi terrivelmente angustiante. Escapamos por um triz de uma explosão. Gostaria que parasse de fumar, Russell.

— Não é esse o problema — disse ele.

Eliza respirou fundo.

— Sei que parece absurdo, mas é como se a sra. Poe tivesse a intenção de nos ferir. Devia ter visto seu rosto quando Vinnie contou que você estava em Boston. Nunca vi tanto veneno. Foi assustador.

— Não podemos permitir que ela entre aqui! — bradei.

— Ora, ora — disse o sr. Bartlett —, vocês duas estão ficando histéricas. Ela não me assusta. É um tanto estranha, é verdade, mas culpá-la pela distração de Catherine é teimosia.

Pensei a respeito das palavras de Edgar sobre a loucura contaminar todos à sua volta. Teria a sra. Poe me deixado desequilibrada? Com certeza, não seria capaz de causar mal à minha família e aos meus amigos apenas para me atingir. Com certeza.

Trinta e um

A princípio, parecia que o desastre no Boston Lyceum em nada afetara a popularidade do sr. Poe. Parecia, de fato, ter surtido o efeito contrário. Num passeio à tarde pelos cortiços de Five Points, organizado pela srta. Lynch no lugar da conversazione da semana seguinte, todos o cercaram quando ele chegou, sozinho e com expressão austera, no local de encontro, o City Hall Park. Queriam saber o que o levara a cometer tal diabrura.

— O desejo de esnobar o grupo do Lago Walden. — O sr. Griswold precisou falar alto para ser ouvido em meio ao atordoante barulho do tráfego da Broadway e do esguicho da formidável Croton Fountain, onde esperávamos a polícia municipal para nos proteger durante o percurso pelos cortiços. — É preciso ter muita coragem, pois eles se levam muito a sério.

— Exatamente por isso precisava ser feito. — O sr. Bartlett aproximou-se do sr. Poe, como se fizesse valer seu direito por serem amigos. Nunca alguém imaginaria que, atendendo ao meu pedido, o sr. Bartlett mantinha a porta fechada para o sr. Poe havia vários dias. — Eles acham que levam vantagem sobre nós daqui de Nova York. Mas não temos medo deles, temos, Poe?

— Hum? Não.

O sr. Poe aproximou-se de onde eu me encontrava, à parte do grupo. Virei-me para os respingos da fonte soprados pelo vento. Recebi com prazer a sensação da garoa gelada alfinetando meu rosto. Melhor concentrar-me naquela sensação do que na outra, dolorosa, de que ele me procurava com a mente. Eu não podia fitá-lo. Se o fizesse, voltaria atrás. Pelo bem de minhas filhas e de meus amigos, eu precisava terminar com Edgar depois que sua esposa colocara suas vidas em risco, embora isso não significasse ter deixado de amá-lo. Ele era tudo o que eu sempre quisera. Nunca deixaria de adorá-lo, nunca deixaria de ansiar por ele, nunca a ferida em minha alma fecharia desde que ele me chamara do lado de fora da casa dos Bartlett, num estado lamentável, depois de minha recusa em vê-lo. Ele permanecera sem chapéu debaixo de uma tempestade avassaladora, gritando meu nome, a própria imagem do sofrimento, enquanto a chuva escorria por seu rosto desditoso. Estremeci ao me lembrar.

— Bem, a manobra de Edgar certamente foi uma excelente publicidade — disse a srta. Fuller. — Se ainda não estava na boca de todo mundo, Edgar, certamente agora está.

— Não sei — disse o reverendo Griswold — se estar na boca dos outros desse modo não deixará um gosto ruim. — Recentemente reintegrado ao nosso círculo, após sua breve incursão aos laços sagrados do matrimônio, era a encarnação da elegância em um novo chapéu de pele de castor. — Não sei se gostaria de ser conhecido por enganar uma audiência daquele porte. Eles pagaram uma bela quantia para ouvir o que acabou sendo uma brincadeira. Não se surpreenda, Poe, se nunca mais pagarem por uma apresentação sua.

— Uma coisa que constatei em meu trabalho — disse a srta. Fuller — é que é impossível prever as atitudes dos outros. Entretanto, seu método de auxílio mútuo certamente funcionou para você, Rufus.

O reverendo Griswold dilatou as narinas afiladas.

— Não me envergonho de elogiar e de ser elogiado, se é a isso que se refere. Quem pensa estar acima disso está destinado a sucumbir.

— Sucumbir? — perguntou o sr. Greeley. — Podem deixar de vender, mas sucumbir?

— No nosso mundo é a mesma coisa — disse o reverendo Griswold. — E quem afirma o contrário não está sendo sincero. — Ele me lançou um olhar cortante, enquanto girava um dos anéis em seu dedo enluvado. — Mas não posso ajudar todo mundo. Não se não me permitem.

— Acho que nenhum de vocês entendeu a questão. — A sra. Ellet adotou uma pose importante quando todos a olharam. — Se realmente querem compreender do que o sr. Poe é capaz, leiam sua obra.

Puxei meu capote com um safanão, com vontade de fazer a sra. Ellet sumir da minha vista. Quem *era* aquela mulherzinha irritante para alegar conhecer o meu Edgar?

No entanto, Edgar apenas disse:

— Como assim, senhora?

Por trás da rede, seu sorriso era presunçoso e coquete a um só tempo.

— Obviamente o senhor reproduz a motivação do narrador de "O Demônio da Perversidade". O narrador havia escapado da acusação do assassinato por ele cometido. O caso foi arquivado e ele gozava de total liberdade. A única maneira de ser pego seria confessar o crime, uma impossibilidade. Quem o condenaria? Todavia, ele se condenou. O diabo dentro dele, o diabo dentro de todos nós, o levou a agir assim.

— *Eu* não tenho tal diabo — protestou o reverendo Griswold.

A sra. Ellet o ignorou.

— O sr. Poe fez a única coisa que o condenaria. Em seu caso, invocar a fúria da elite de Boston sobre si.

— E por que eu desejaria isso? — perguntou, indiferente.

Ela se aproximou e ofereceu o rosto, como se fosse lindo, ao sr. Poe. A rede de seu véu tremeu ao dizer:

— Porque ela o aterroriza.

Ele a encarou.

— Por que alguém desejaria ficar aterrorizado? — escarneceu o reverendo Griswold.

— Leia a história — repreendeu-o a srta. Fuller. — É brilhante, Edgar. Quem nunca, em determinado momento, à beira do precipício, em vez de se afastar, se arremessa com ímpeto de cabeça?

— Eu — respondeu o sr. Greeley —, quando me casei com minha esposa.

Apenas o reverendo Griswold, o sr. Poe e eu não rimos.

— O que mais sabe a meu respeito a partir de minhas histórias? — perguntou Edgar à sra. Ellet.

— Tudo. — Ela ergueu o queixo em atitude desafiante. — Que a morte está constantemente em sua mente. Que considera as pessoas ingênuas. Que acha que, no fundo, as pessoas são perversas.

Ele a encarou.

— A senhora está enganada. Acho que, no fundo, as pessoas são boas.

O grupo riu como se ele estivesse brincando. Mas eu sabia que dizia a verdade.

— Ela pegou você, Poe — disse o sr. Greeley, tentando levar o assunto na brincadeira.

O policial chegou pedindo desculpas pelo atraso. Ao acompanhar o grupo na direção da Chambers Street, por onde se chegaria ao furúnculo supurado, ou seja, aos cortiços de Five Points, distanciei-me do grupo.

Fazia sinal para um fiacre na Broadway quando o sr. Poe me alcançou.

— Por que foi embora?

— Não suporto esses passeios infernais. Sei que a srta. Fuller visa à educação ao promover esse passeio, mas quantas pessoas visitam bairros pobres com o único objetivo de se excitar? O que isso revela sobre a turma elegante de Nova York cujo esporte é observar os pobres coitados?

— Então por que veio?

Observei dois cavaleiros passarem a galope. Por que eu tinha ido? Olhei para o sr. Poe.

— Por que se recusa a me ver, Frances?

— Preciso ir para casa, Edgar. Estou cansada.

— Não minta para mim. Não suporto que minta para mim.

— Está bem: porque sua esposa me assusta.

Ele me encarou. Uma carruagem se aproximou e o condutor bigodudo afrouxou as rédeas. Fiz sinal. Quando o fiacre parou, entrei. Edgar subiu atrás de mim e jogou-se no banco à minha frente. Não adiantava protestar.

Depois que o fiacre partiu sacolejando, afastando-se do meio-fio, Edgar perguntou:

— Que história é essa de Virginia a assustar?

A lamparina da carruagem lançou apenas luz suficiente pela janela para revelar a ansiedade em seu rosto. Suspirei.

— Terminar tudo agora seria melhor para todos nós.

— O que ela fez? — indagou.

— Se não nos encontrarmos mais, ela vai me deixar em paz. Ela é sua esposa. Precisa de você. Deve cuidar dela.

— O que ela fez?

Eu ansiava por estender a mão na penumbra e acariciar seu rosto angustiado.

— Edgar, passamos uma linda noite juntos. A maioria nunca teve uma noite daquelas durante toda a vida. Fiquemos felizes com o que tivemos.

— Frances, me diga.

Meu coração batia ao ritmo dos cascos dos cavalos. Respirei fundo.

— Ela quase causou uma explosão de gás na casa dos Bartlett. Quando estávamos em Boston.

Ele recuou como que esbofeteado.

— Como?

— Fazendo.

— Vou me livrar dela.

— Não diga isso! Só vai piorar a situação.

Ele passou a mão nos cabelos.

— Então não vou.

Quis dizer a ele que agora eu sabia que ela havia tentado me afogar, que não fora fruto da minha imaginação. A menos que o medo e a paranoia tivessem corroído minha mente, eu sabia não estar imaginando que ela planejara cortar a minha cabeça do retrato só para me intimidar. Suspeitava ter a mão dela no incêndio da casa de Madame Restell, simplesmente por desaprová-la. Parecia que, de alguma forma, ela era responsável por eu ter quase sido esmagada pelo bloco de gelo diante de sua porta, embora eu não fizesse ideia de como ela arquitetara tal plano. Quem poderia saber de quais outros atos de violência ela seria capaz? Mas eu não podia lhe dizer nada disso. Não poderia exasperá-lo ainda mais contra ela. Temia o que ele seria capaz de fazer.

— Farei tudo o que disser. Frances, mas não suporto a ideia de que me deixe. — Ele cruzou o espaço entre nós e me cingiu ao peito. — Prometa não me deixar, Frances.

Inalei seu cheiro de couro adocicado. Como eu amava sua alma destemida, sua luta por um lugar no mundo enfrentando provações intensas, lutando por mim. Mas como eu poderia arriscar a segurança da minha família para mantê-lo ao meu lado?

— Edgar, não podemos.

Ele se afastou.

— Seremos mais cuidadosos, só isso, pelo menos por enquanto. Seremos invisíveis como fantasmas. Frances, diga que vai me ver. Não permitirei que ela a machuque, prometo. — Ele apertou meus dedos. — Acha que eu colocaria em perigo a minha verdadeira alma gêmea?

A carruagem se deteve. Retirei a mão da dele. Mesmo essa separação era intensa, dolorosa.

— Ah, Edgar, tem razão. Podemos tentar, mas precisamos ser cuidadosos ao extremo.

Ele beijou minha testa prolongando o contato de seus lábios e depois recuou. Seu sorriso pretendia ser corajoso, mas eu podia ler a preocupação em seus olhos.

— Não vou deixar que ela a machuque, meu amor. Sabe que pode confiar em mim.

Trinta e dois

— Não sei como ele consegue! — exclamou a sra. Mary Jones, anfitriã do baile de Natal ao qual compareci naquela noite com os Bartlett. Seu efusivo corpanzil, reforçado pela imensa fartura, parecia invadir o ar ao seu redor. Que sua carne estivesse agora enfiada em um vestido de veludo roxo apenas realçava o efeito. Apreciadora de caros adornos de cabeça com plumas, exibia um, escarlate, nos cachos grisalhos, o que a assemelhava à emplumada égua tordilha que puxava a carroça do leão do sr. Barnum. A pluma sacudiu-se garbosa quando ela meneou a cabeça para o sr. Poe, que encantava um grupo de damas perto do pianoforte, um grupo que eu tentava evitar.

— Como ele inventa histórias tão criativas?

— Posso assegurar que a sra. Osgood não saberia. — O reverendo Griswold deslocou-se e parou pertinho, como agiria um marido. — Ela o largou como todo mundo. — Ele me ofereceu uma fatia de bolo, seu rosto bem-barbeado e presunçoso adotando uma expressão de possessividade.

Forcei-me a não me afastar quando aceitei o prato. Mais valia o reverendo Griswold acreditar que exercia algum domínio sobre mim. Se achasse que eu não tinha nenhum envolvimento com Edgar, talvez ninguém mais achasse. Ao longo dos últimos dois meses, Edgar e eu nos submetíamos a duras penas com o objetivo de fingir termos nos distanciado. Ah, tínhamos nos encontrado — não nos encontrarmos com certeza representaria a morte, o mesmo que abrir mão da água e da luz do sol —, mas os poucos momentos roubados tinham lugar nos embarcadouros na beira do

Hudson, ou nas vielas enlameadas perto dos abatedouros, ou na capela frequentada por marujos no Centro, lugares onde nossos conhecidos não se aventurariam. Mesmo então trocávamos apenas algumas palavras sôfregas ou um toque no braço. Isso devia bastar. Como medida de precaução extra, Edgar não comparecera às conversaziones com medo de ser associado a mim, nem eu comparecera às suas palestras. Se soubesse que ele estaria no baile da sra. Jones, teria me recusado a comparecer. Pelo menos a sra. Poe não estava lá, senão eu teria imediatamente fugido.

— Sinto-me tentada a acreditar — anunciou a sra. Jones, a clareza de sua voz cristalina como um clarim — na existência de certa verdade nas reflexões do sr. Poe em "Os Fatos no Caso do Sr. Valdemar". É tão absurdo assim imaginar que uma pessoa mesmerizada no momento de sua morte possa ser mantida viva, desde que presa num transe hipnótico?

— Isso é pura ficção — disse o reverendo Griswold. — Por sinal, nem é das melhores. Minha crítica não foi positiva, receio.

— Bem — disse, agitando a pluma —, conheço mais de uma pessoa que contratou mesmeristas para comparecer ao leito de morte de seus seres amados.

— E deu certo? — indagou o reverendo Griswold.

— Soube de um caso...

Antes que ela pudesse concluir, sucedeu-se um tumulto na sala de jantar. Várias senhoras exclamavam em torno de uma grande cesta de vime trazida pelo criado da sra. Jones.

— Com licença! Com licença! — trombeteou ela, abrindo caminho entre a multidão. Segui em sua ampla esteira, cônscia do reverendo Griswold em meus calcanhares.

— Daniel! — vociferou. — O que significa isso?

O criado levantou a cesta. Encontrava-me logo atrás da sra. Jones quando ela levantou a fina colcha de algodão dentro da cesta. Um lindo bebê de cerca de uma semana, numa camisola limpa de linho branco, touca de renda e medalhão de ouro no pescoço, pestanejou sob a luz de gás.

Em meio ao silêncio de estupefação, a voz de um homem disse, lacônica: — Vejam o que a cegonha trouxe.

— Por que eu? — bradou a sra. Jones. — Por que aqui?

Do outro lado do círculo de espectadores em choque, o sr. Poe disse com toda a calma:

— Porque sua mãe não pode ficar com ele.

— Bem, eu tampouco! — exclamou a sra. Jones.

— Abra o medalhão — sugeriu um cavalheiro com uma dama ao braço. — Talvez encontre alguma indicação de quem é a mãe.

Os convidados se aproximaram, como se descobrir a filiação do bebê fosse um excitante jogo de salão. A sra. Jones levou a mão enluvada à boca, depois, cautelosa, segurou o medalhão. Ele se abriu com um estalo. Um cacho louro.

— Cabelo! — exclamou a sra. Fish. — Da mamãe ou do papai?

Eliza aproximou-se das damas com as quais estivera conversando.

O sr. Bartlett deu um passo à frente e tomou-lhe o braço. Eu o vi cochichar em seu ouvido.

Nesse ínterim, enquanto a multidão observava em aturdido silêncio, Edgar aproximou-se da sra. Jones e cuidadosamente retirou a criança da cesta e a embalou em seus braços.

— Nunca o imaginei como mãe, Poe — disse o reverendo Griswold.

— Shhh — sussurrou o sr. Poe para a criança. — Tudo vai dar certo, não tenha medo. — Ele ergueu o rosto e capturou meu olhar. Havia lágrimas em seus olhos, lágrimas pela criança abandonada e, eu sabia, pelo órfão que tinha sido. A vida inteira tentara, a duras penas, esconder sua dor por trás do comportamento frio e elegante. Abalou ver sua vulnerabilidade exposta a uma multidão de espectadores curiosos.

Sem refletir, postei ao seu lado e coloquei a mão em seu braço.

— Essa criança será muito amada. Sua mãe a trouxe aqui porque quis encontrar um lar para ela entre os membros da sociedade mais próspera da cidade.

Ele ergueu o olhar. Trocamos um olhar pleno de compreensão. Senti a mão em minhas costas.

— Fanny — disse Eliza —, precisamos ir. Russell está passando mal.

Voltei-me em um farfalhar de saias para ir embora. Foi então que vi o reverendo Griswold me observando, o bonito rosto rosado e relaxado no qual se lia a reveladora compreensão do que acabara de presenciar.

Eliza espalhava a tâmara cozida na massa que eu tinha preparado na tábua de pão de Bridget.

— Fanny, não precisa ir embora.

Era véspera de Natal. Ela dera às jovens irlandesas — à exceção de Mary, que havia partido para casa meses atrás — o dia livre para as compras de Natal. A nova tradição de celebrar o dia de Natal com troca de lembranças e distribuição de presentes às crianças, supostamente trazidos por aquele alegre elfo idoso, São Nicolau, já arraigara-se em Nova York, onde as pessoas acolhiam o poema do sr. Moore, do qual ele ainda se arrependia, com enorme entusiasmo.

Escutei as crianças brincando com o jogo de pedrinhas na sala de família.

— Você já foi generosa demais — disse a ela. — Passei mais de um ano em sua casa.

Com certeza, eu já vivera à sua custa o suficiente. Recentemente, conseguira vender vários de meus antigos poemas para a *Graham's* e para o *Godey's Lady's Book*, provavelmente graças aos rumores de eu ter sido amante do sr. Poe. Podia continuar revirando o meu estoque de poemas rejeitados e manter-me graças à minha notoriedade até o regresso de minha capacidade de escrever. Talvez florescesse, se eu não mais contasse com o apoio dos Bartlett. A necessidade é a mãe da criatividade.

— Apreciei cada minuto de sua companhia — disse ela com vivacidade. — Adoro nossas conversas. É um alívio não ter cada palavra saída de minha boca categorizada: É americana? inglesa? Ou ambas?

Ri.

— Invejo sua vida estável.

Ela se calou com a colher no ar.

— Inveja? Está falando sério? O casamento feliz é uma invenção com o objetivo de dar continuidade à espécie.

— Eliza! — Dei uma gargalhada. — O que está dizendo? Você e o sr. Bartlett são o casal mais feliz que conheço.

Fitou, o rosto querido e sincero ruborizando-se.

— Fico feliz por estar aqui, Fanny. Não sei como conseguiria manter a mente longe das preocupações sem você.

Fitei-a. Quais preocupações?

Ela voltou a espalhar o recheio.

— Preste atenção, essa é a prova de que no meu estado as mulheres agem de modo esquisito.

— Seu estado?

Ela colocou uma das mãos na barriga, depois abriu um sorriso duvidoso.

— Ah, Eliza! Verdade? Está grávida?

Ela assentiu.

Eu lhe dei um abraço apertado.

— Parabéns.

Um tinir ressoou no painel de campainhas acima da pia de pedra. Olhamos como se um espírito tentasse comunicar-se conosco do além. Ao mesmo tempo, percebemos que nenhum dos criados estava disponível para atender os chamados. A campainha tornou a retinir.

— Porta da frente — disse Eliza.

— Eu atendo. — Subi, limpando a farinha de trigo das mãos e do rosto. Na certa, devia ser o menino de entregas com o ganso para a refeição do dia seguinte.

Escancarei a porta, deixando entrar uma rajada de ar frio. Deparei-me com Samuel, parado no pórtico, segurando uma árvore de cedro quase do seu tamanho.

Não sabia se ficava zangada ou alegre. Zangada, decidi. Muito zangada. Não tinha notícias dele desde setembro. Eu o mandara embora, mas ele podia ter mantido contato com as crianças. Meu coração ficava partido ao vê-las diariamente à janela à sua espera.

— Bem, vejam só se não é o velho São Nicolau.

— O velho Nicolau — disse Samuel. — Santo não.

— Pensei que fosse o entregador com o ganso.

— Não deixo de ser um entregador. — Ele arriou a árvore no pórtico. — Trouxe isso para as meninas. Achei que talvez me deixasse entrar. Os prisioneiros não recebem anistia no Natal?

Um prisioneiro e tanto. A sra. Ellet não tinha sido a única a não resistir a me contar de suas várias conquistas. Ele andava fazendo bom uso de nossa separação.

— Onde conseguiu a árvore?

— Eu estava perambulando pela Seventeenth Street e derrubei uma. Acho que ajudei o velho Astor e seus incontáveis empregadinhos a limpar a terra. — Ele balançou a árvore. — Segundo a tradição europeia, os pinheiros são iluminados com velas. Achei que talvez quisesse experimentar. — Ele abriu um sorrisinho encabulado. — O que me diz de permitir a entrada de um velho ladrão de árvores?

Um vento frio e úmido sacudiu minha saia quando cedi espaço para ele entrar, pensando apenas na alegria das crianças.

Vinnie desceu às pressas a escada, enquanto Samuel arrastava a árvore para o saguão.

— Papai! Por onde andou? Que árvore é essa?

— Uma árvore de Natal. Costuma-se colocar velas na árvore na noite de Natal.

— É hoje?

— Sim, claro; é, sim. Acha que vai conseguir arrumar umas velas para enfeitar a árvore?

— Claro! — Ela saiu correndo pelas escadas dos fundos.

Suspirei. Não haveria meios de despachar Samuel, agora que Vinnie sabia que ele estava ali. Bem, ao menos ela ficaria feliz.

A campainha da porta tocou de novo.

— Aí vem o nosso ganso — disse eu.

Passei por Samuel e sua árvore e abri a porta. No pórtico, o sr. Poe, sem chapéu e despenteado pelo vento, carregava um grande pinheiro. Minha alma pulou de alegria ao vê-lo com o rosto tão corado e bonito, a felicidade iluminando seus olhos de cílios escuros. Minha alegria rapidamente transmutou-se em medo. Seria seguro recebê-lo? Onde estava sua esposa?

— Chegou o nosso ganso — disse Samuel com desdém.

O sorriso de Edgar transformou-se em esgar.

— Não sabia que ele estaria aqui.

A essa altura, Eliza e sua prole haviam chegado ao saguão, o menorzinho de mãos dadas com Ellen.

— Duas árvores — disse o pequeno Johnny, resoluto. — Que bobagem!

— Talvez deva levar a sua para a sua esposa — disse Samuel. Enfrentou o olhar frio do sr. Poe com um dar de ombros, depois beijou Ellen.

— Como ela está passando? — perguntou Eliza educadamente.

— Dormindo. Profundamente. A mãe está ao seu lado.

Eliza me olhou como se perguntasse se deveríamos convidar os dois a entrar. Era véspera de Natal. Tempo de paz e boa vontade — tempo, como disse Samuel, de anistia. Minhas crianças ficariam satisfeitas. E talvez a presença de meu marido aplacasse a sra. Poe, caso soubesse que Edgar aparecera em minha casa. Resignada, concordei.

— Se quiserem, os dois podem ficar para a ceia — disse Eliza.

— Obrigado — disse Samuel —, mas isso depende da dama aqui presente. — Ele me olhou.

Vinnie chegou correndo pelas escadas, balançando um punhado de velinhas.

Suspirei.

— Fique.

— Viva! — berrou Vinnie.

O embaraço à mesa da ceia foi mitigado apenas pela excitação das crianças com as árvores de Natal, devidamente decoradas e admiradas antes de nos sentarmos para comer. Samuel falou demais; o sr. Poe, de menos. Quando o sr. Bartlett e Eliza tentavam puxar conversa, Samuel desandava a falar e o sr. Poe respondia laconicamente. Foi um alívio ver o sr. Poe descansar o guardanapo e, olhando as crianças, perguntar:

— Vocês conhecem uma história chamada "O Abeto"?

— É para crianças? — perguntou Vinnie.

— Quem escreveu essa história foi o sr. Anderson, da Dinamarca, e ele achava que era um conto infantil. É sobre uma árvore de Natal.

As crianças se debruçaram. Os meninos de Eliza mal continham a agitação.

— Estão prontos? — O sr. Poe olhou ao redor com aqueles seus olhos de cílios escuros. As crianças sossegaram.

— Ótimo. — Ele me fitou e então começou.

— Era uma vez um pequeno abeto que crescia na floresta. Era uma árvore bonita, orgulhosa de seus galhos verdes. Todos os pássaros e animais elogiavam sua altura e porte. Nenhuma outra árvore era tão verde e reta.

— Eu tenho uma árvore! — exclamou o pequeno Johnny. — No meu jardim.

O sr. Poe meneou a cabeça em resposta à sua interrupção.

— Essa arvorezinha, lamento dizer, não era feliz. Ela tinha notado que todo ano, chegado o inverno, alguns homens entravam nos bosques com suas serras e retiravam uma de suas irmãs, mesmo que as outras árvores não fossem nem de perto tão bonitas quanto ela.

— Por quê? — perguntou o pequeno Johnny.

— Shhhh — fez Eliza. — Preste atenção.

O sr. Poe continuou:

— A arvorezinha perguntou ao pardal se ele sabia para onde iam as outras árvores. O pardal, que já tinha ido à cidade, disse:

'Para a casa das pessoas, onde seus galhos são enfeitados com velas e seus topos coroados com uma estrela dourada. As crianças dançam em torno das árvores e cantam. Nunca vi nada mais lindo.'

"A partir daquele dia, o abeto nunca mais ficou contente. Por que não tinha sido escolhido para ir à cidade? Se fosse levado, brilharia mais e encantaria as crianças de modo mais surpreendente do que todas as outras árvores juntas.

— Igual à nossa árvore! — exclamou o pequenino Johnny.

— Quietinho — disse Eliza.

O sr. Poe me fitou antes de continuar.

— Todos os anos, quando os homens chegavam, ele erguia os galhos na direção do sol e exibia seu lindo colorido verde e forma perfeita. Todos os anos, os homens passavam por ele e o tiranizavam com sua ignorância. Então, ele tentou se esforçar para se manter ainda mais ereto, estender ainda mais seus ramos e expor seu extraordinário e radiante viço. *Apanhem-me!* Ele pensou. *Apanhem-me!* Mas, mesmo assim, os homens não o notaram. Até que um ano, quando já tinha quase desistido, eles o *apanharam.*

Vinnie bateu palmas, desencadeando o aplauso dos filhos de Eliza. A irmã, Anna, os fitou, compenetrada na história. O sr. Poe agradeceu os aplausos e prosseguiu.

— Muito bem, ele também ficou feliz. A caminho da cidade, não parava de pensar em como ficaria imponente com as velas nos ramos e uma estrela no topo. Crianças viriam de quilômetros de distância só para admirá-lo.

"Ele foi levado para uma casa e preso em um suporte. Ai, nossa, isso dói, pensou, mas nem se importou. Era um preço baixo a pagar por suas iminentes glórias. As velas vieram a seguir — tão apertadas em torno das pontas de seus galhos, tão pesadas também —, mas ele era forte, podia erguê-las! Então, foi coroado com uma estrela dourada: o Rei da Floresta! Ele ficou radiante de orgulho quando as velas foram acesas, e então, com um *sussurro,* as portas do salão foram abertas e as crianças entraram correndo no aposento, gritando: 'Ah, é a árvore mais linda do mundo!'

"O coração dele quase explodiu de alegria enquanto as crianças dançavam e cantavam à sua volta. Ele não se importou quando pingos de cera chamuscaram seus lindos galhos. Não parava de pensar no que viria a seguir, *pois então ele seria de verdade a árvore mais feliz do mundo.*

"Mas então as velas apagaram e as crianças pararam de dançar. Todos foram embora, fecharam as portas e o deixaram mergulhado na escuridão esfumaçada.

"No dia seguinte, ele foi levado ao sótão, sua estrela arrastada pelos degraus, e ele foi derrubado, *pumba*, na poeira.

"Ali permaneceu muitos anos. Seus ramos foram ficando marrons, os galhos pontudos desintegrando-se, a estrela arrancada coberta de poeira, até que um dia um rato roeu seu tronco."

"O pequeno abeto então gritou para que o rato parasse com aquilo. O rato o encarou mal-humorado e perguntou: 'Quem é você?'. E o abeto respondeu 'A mais bela árvore do mundo'. Ao que o rato retrucou: 'Você não parece tão bela.'

O sr. Poe continuou a história com sua voz suave e assustadora:

— A árvore então disse: "Eu sou bonito, todo mundo disse na noite mais feliz da minha vida, mas, naquela época, eu não sabia que era tão feliz. Achei que ficaria mais feliz ainda".

"Passos soaram nas escadas do porão. Um homem chegou e cortou a árvore em pedaços, depois os levou para o andar de baixo e os jogou na lareira da sala da família. A árvore suspirou quando as chamas subiram, cada suspiro tão agudo quanto um tiro de pistola. As crianças, brincando nas proximidades, pararam para ouvir. A cada estalido, a árvore suspirava recordando seus dias na floresta, dos dias em que crescera e ficara verde, daquela véspera de Natal na qual brilhara tanto. Uma das crianças encontrou a estrela de papel rasgada caída no chão, espetou-a no peito e saiu correndo para brincar, usando a estrela que havia adornado a árvore naquele que tinha sido o dia mais feliz de sua vida."

O grupo à mesa mergulhara no silêncio, só quebrado pelo fungar de Vinnie. Havia medo nos olhos das crianças que não choravam.

— Uma história e tanto, Poe — disse Samuel.

Um aplauso choroso.

O sr. Poe não ficou para a iluminação de nossa árvore. Eu o acompanhei até lá fora, enquanto a família esperava o sr. Bartlett terminar a sobremesa para poderem deixar a mesa e dar início às festividades.

— Que história triste — disse eu.

— Não tive a intenção de entristecer as crianças, mas não é um conto. Sou eu. Se eu soubesse que a nossa noite em Boston seria a única, jamais teria permitido que fosse embora naquela manhã. Eu a teria sequestrado e ido embora no barco do Astor para a China, ou levado você para um castelo na Escócia, para qualquer lugar onde pudesse ser minha para todo o sempre. — Ele ajeitou a espessa echarpe de caxemira no meu ombro, protegendo-me do frio. — Agora devo me contentar com a lembrança da única noite em que eu realmente me senti vivo.

— Edgar, você é o homem mais famoso da cidade. Seus admiradores o seguem nas ruas. É o único dono de seu jornal literário. Tem tudo com que sempre sonhou.

Aflito, ele franziu os olhos.

— Nada tenho sem você, e sabe disso. Essa noite de alegria é uma tortura para mim.

Respirei fundo.

— Como está Virginia? — perguntei.

— Deve destruir qualquer migalha de felicidade possível hoje à noite? — Ele suspirou. — Sinto muito, Frances. — Eu podia sentir que tentava alegrar a voz. — É Natal.

Iluminados pela luz da rua, enxergava o vazio em seus olhos.

— Gostaria que não tivesse de ser assim — disse eu carinhosamente.

— Virginia não vai durar muito mais.

— Não diga isso! Acha que vou esperar feito um abutre que ela morra? Não, Edgar, isso não é direito.

— Mas quando ela morrer...

— Não podemos pensar assim. Isso envenena o que existe de bom em nós.

Senti a dor em seu silêncio. Como eu gostaria de debruçar-me sobre ele, consumida por um desejo ainda mais intenso, posto que impossível. Por que estávamos condenados a almejar com todas as forças o que não podíamos ter?

Um cavalo passou trotando, a respiração formando nuvens na noite gelada.

— Não sou a criatura insensível que imagina — disse o sr. Poe.

— Sei que não é.

Os sinos da Igreja Holandesa na Washington Square bateram as nove badaladas, seu sonoro clangor enchendo a noite de melancolia. Era véspera de Natal. Maridos e esposas felizes riam para suas entusiasmadas crianças, que corriam pela casa até deixá-la toda desarrumada. De manhã, os casais apaixonados trocariam sorrisos enquanto seus pequeninos estariam correndo para as meias penduradas perto da lareira onde encontrariam uma boneca, um pião ou uma bola. Comeriam torrada e geleia, sorrindo um para o outro com meigo contentamento, e, depois de ter agasalhado as crianças com botas, luvas e cachecóis, dariam um passeio e cumprimentariam os vizinhos, afeiçoados a ambos e à família. Um sonho tão simples. E tão fora de alcance para mim e para o sr. Poe.

Eu tremia de frio. Ele respirou fundo e me aconchegou no xale.

— Precisamos ser pacientes, meu amor.

Suspirei.

— Oh, Edgar.

— Precisa confiar em mim. Um dia vai dar certo.

Vinnie apareceu na porta. A mão do sr. Poe escorregou de meus ombros.

— Mamãe, eles vão acender a árvore!

— Eu sei, Vinnie.

— Agora, mamãe.

— Já estou indo, Vinnie.

Quando me virei, o sr. Poe descia a Amity Street. O único vulto escuro na rua iluminada pelas luzes festivas ardendo em cada uma das casas. Ele parecia tão solitário quanto um órfão no Natal. Exatamente o que era.

Inverno de 1846

Trinta e três

Ano-novo, novo começo. Instalada na escrivaninha do salão da frente dos Bartlett, tentava ressuscitar meus escritos. Eu *havia sido* uma escritora, antes que o meu amor pelo sr. Poe me consumisse. Se quisesse ser novamente reconhecida como poeta séria, e não apenas em virtude dos mexericos em torno do sr. Poe e de mim, precisava produzir algo de valor, e sem perda de tempo. Agora, mais do que nunca, me era importante garantir o meu sustento.

Descansei a caneta retesando-me quando uma onda de náusea me atingiu. Vinha me sentindo enjoada nos últimos dez dias. A princípio, imaginei uma indigestão causada por todas as comidas suculentas do Natal, mas como uma semana depois o enjoo continuava e fui dominada por extrema fadiga, comecei a me preocupar pensando nas outras possibilidades. Uma consulta ao calendário consolidou meus temores.

De chofre, um novo violento ataque de náusea me encheu de pânico e me induziu a pegar novamente minha caneta. Olhei para a rua como quem se agarra a uma tábua de salvação. Na rua, as crianças atiravam bolas de neve umas nas outras sob a supervisão entediada de Catherine, que não compartilhava do instinto maternal de Mary. Eliza, no momento, visitava a agência de criadas, na tentativa de conseguir uma substituta para Mary, que, segundo escrevera recentemente, não voltaria. O sr. Bartlett devia estar trabalhando em seu dicionário, no escritório do andar de cima, presumi. A manhã era só minha, algo que não mais aconteceria com a chegada do bebê.

Assustei-me com esse pensamento preocupante. Precisava escrever uma história capaz de causar calafrios e assim obter minha independência. Por menor que fosse a minha inclinação para o macabro, o gosto do público exigia isso. Eu *impressionaria* o sr. Morris e seu gosmento cacho de cabelo. Eu podia fazer qualquer coisa a que me propusesse. Agora não me restava escolha.

A imagem de Madame Restell flutuou na minha mente. Eu a vi, envolta em peles da cabeça aos pés, fazendo cálculos à noite em sua escrivaninha de pau-rosa. Ela empilhava moedas formando pilhas de ouro quando começou a ouvir vozes.

O lado prático de meu cérebro de escritora interveio. Vozes? Vozes de quem ouviria a personagem? Pensei nas mulheres que cruzavam sua porta todos os dias. Criadas grávidas dos patrões. Mulheres grávidas de maridos agressivos. Mulheres em estado desolador, cuja última desesperada esperança era entregar suas vidas nas mãos inábeis de Madame Restell. Mulheres que tinham perdido a vida em sua maca.

Havia escrito três páginas bastante rabiscadas quando ouvi a voz do sr. Bartlett.

— Um novo poema?

Sobressaltada, derrubei o tinteiro. A tinta esparramou na página concluída antes que eu pudesse pegá-lo.

— Desculpe. — Ele retirou um lenço do bolso do casaco e começou a enxugar a tinta. — Sinto muito, acho que o destruí.

Prendi a respiração. A página na qual estivera trabalhando tinha sido mesmo destruída. Poderia lembrar-me do que tinha escrito?

Ele relanceou os olhos pelo texto.

— Não é um poema. De que se trata?

Uma bola de neve atingiu a janela, surpreendendo a ambos.

— Ei, parem com isso — gritou.

Ouvimos a risada das crianças através do vidro. Catherine as repreendeu, o que as fez rir ainda mais.

Ele se voltou para mim.

— Então, de que se trata? — perguntou de novo.

Comprimi os lábios.

— É segredo? — Ele abriu um sorriso malicioso.

Balancei a cabeça.

— Na verdade, não, mas é uma tarefa complicada. Trata-se de uma personagem baseada em madame Restell.

Seu rosto mudou de cor com a rapidez de uma lula alarmada e ficou tão vermelho quanto as mitenes de Vinnie.

Eu o ofendera. Por que não imaginei que um texto baseado em Madame Restell ofenderia a todos? Nunca poderia vendê-lo.

Fiz menção de guardar a página restante em meu caderno de anotações de couro.

— É um projeto tolo, na verdade. O sr. Morris, do *Mirror*, me pediu algo mórbido. Não tenho talento para tal.

— Não. — Ele deteve minha mão.

Ergui o rosto.

Ele se afastou ao ver meu embaraço.

— Você vai recuperar suas páginas.

— Não tem importância. Ele não vai comprar.

Ele olhou pela janela enquanto eu afastava o manuscrito e tapava o tinteiro.

— O que sabe sobre Madame Restell? — perguntou.

— O que todos sabem, presumo.

Ele engoliu em seco, depois o rosto adquiriu uma tonalidade vermelho-escuro.

— E o que todos sabem? — Ele me olhou desafiador quando tentei decifrar sua expressão.

Os cantos de sua boca se curvaram com severidade.

— Disse a ela que não fosse lá. Eles a teriam sacrificado. Por acaso não sabia que não era isso o que eu tinha em mente? — Seus ombros caíram como se um peso escorregasse sobre eles. — Eu a amo. Eu amo aquela criança. Como pôde dá-la?

Bangue! Uma bola de neve atingiu de novo a janela. Ele saltou como se atingido.

— Malditas crianças! — Correu furioso para a porta, mas não antes de eu ver as lágrimas cintilarem em seus olhos.

A tagarelice das crianças, animadas depois de uma manhã inteira bombardeando umas às outras com bolas de neve, permitiu-me lançar sub-reptícios olhares para Eliza enquanto tomava minha sopa na refeição do meio-dia. O sr. Bartlett almoçara em seu gabinete de trabalho — ele empregara esforços para me evitar depois de sua impressionante revelação. Com certeza, não queria dizer que Eliza tinha procurado Madame Restell. Embora ela tivesse sofrido profundamente com a perda de seus filhos, Eliza queria outros, disso eu tinha certeza. Temi que não estivesse falando de Eliza. Mas se não fosse ela, quem seria? E tiveram uma filha?

Mergulhei a colher na sopa. Parecia impossível o sr. Bartlett ter uma amante. E, porventura, alguém um dia imaginaria que Frances Osgood, filha de um próspero bostoniano, pertencente aos círculos literários mais eminentes, tinha se deitado com um homem casado em um hotel? Eu era a prova viva de que nosso comportamento é, em geral, inacreditável.

Depois do almoço, decidi caminhar até a casa da srta. Lynch para perguntar se, apesar da neve que voltara a cair, ainda promoveria a costumeira conversazione de sábado à noite. Sentia uma necessidade desesperada de fazer coisas normais, agir de maneira normal, como se ao me agarrar à normalidade a minha gravidez desaparecesse.

Gelos pontiagudos caíam enquanto eu arrastava os pés ao longo da calçada, as saias comprimidas entre o estreito túnel de cerca de sessenta centímetros cavado na neve. Em poucos minutos, meus dedos dos pés doeram do frio que penetrava pelas solas das botas. O som de efeito tedioso da neve abafava a fricção de minha saia contra o túnel de gelo e minha respiração ofegante. As ruas cobertas de neve estavam quietas como a morte. À exceção de um único cardeal encolhido em cima de uma cerca de ferro, eu era a única criatura na paisagem congelada.

Aproximei-me da casa do sr. Poe, umas das inúmeras casas baratas construídas no nível da calçada. Teria saído? Como sempre, admirei-me com sua imprudência em mudar-se com a família para tão perto dos Bartlett. Quanta mágoa devia causar à sra. Poe saber que, a poucos passos de distância, seu marido cortejava outra mulher. Não me admirava que ela raramente saísse, mesmo que passasse bem de saúde. Diante de tamanha humilhação, eu também teria me recolhido.

Todavia, enquanto andava com cautela pelo túnel glacial, odiando-me por ser a causa de tamanho sofrimento a alguém tão doente física e mentalmente, o demônio em mim me levou a pensar: Estaria o sr. Poe em casa?

No instante em que passava ao lado de sua janela, virei-me para espiar o interior da casa.

Encontrei o rosto pasmo de Mary, criada de Eliza.

Chocada, fitei-a por um longo momento, antes que ela se afastasse da janela como se puxada por alguém.

— Mary?

As cortinas se fecharam.

Sem pensar duas vezes, bati na janela.

— Mary? Mary?

Meu chamado foi engolido pela neve silenciosa.

Meu coração ressoava em meus ouvidos. Não havia engano — era Mary. Entretanto, ela pareceu tão estranha, tão vazia a sua expressão. Não obstante ter olhado direto para mim, eu não tinha absoluta certeza de que houvesse registrado minha presença. Algo terrivelmente errado ocorria.

— Frances?

Meu coração quase saiu pela boca.

De braços dados, para manter o equilíbrio, a sra. Ellet e o reverendo Griswold tinham virado a esquina da MacDougal e caminhavam com dificuldade mas apressados na minha direção. Eu não conseguia imaginar par mais inoportuno.

Olhei por cima do ombro.

— Frances! Espere! — pediu a sra. Ellet.

A expressão zangada de seu rosto me deu vontade de tudo, menos de esperar.

— Devia saber que tentaria sorrateiramente pegar suas cartas quando achasse que não seria vista por ninguém. O que eu lhe disse, Rufus?

— Cartas? — perguntei. — Que cartas?

Lentamente, o reverendo abriu um sorrisinho torto.

— Acho que sabe, sra. Osgood.

A malícia em sua expressão contraiu minhas estranhas.

— Não sei.

A sra. Ellet atacou.

— Não se faça de idiota, Frances. A sra. Poe leu uma delas hoje de manhã na qual você se declarava ao sr. Poe. Uma carta *repulsiva*.

— Mas eu nunca escrevi nenhuma carta assim. — Era verdade. Havia escrito poemas de amor, dúzias, todos para "publicação", e sim, eu e o sr. Poe tínhamos feito elogios um ao outro, mas nem uma única vez eu escrevera uma carta de amante. Nem mesmo os bilhetes que acompanhavam meus poemas falavam de meu amor por ele. Meus poemas tinham se encarregado de expressar meus sentimentos.

— Pobre mulher demente... Ela *riu* quando o sr. Poe chegou em casa e arrancou a carta de suas mãos. Quando expressei minha opinião sobre você e sua carta indecente, ele me mandou preocupar-me com as minhas cartas.

Aflita, voltei o rosto para a janela. Percebi um movimento atrás das cortinas.

— *Minhas* cartas eram apenas poemas carinhosos — vociferou. — Na verdade, não eram para *Poe*. Simplesmente queria que fossem publicadas em seu jornal. Não eram para nenhum homem específico. — Ela notou o franzir de cenho do reverendo Griswold. — Ou melhor, eram para o meu marido.

— O que o sr. Poe fez?

— Eu já disse. Ele me insultou. — Ela fechou a boca. Os lábios tremeram até as palavras saírem aos borbotões. — Ele é uma fraude. Pior do que uma fraude, uma falência moral! Não posso acreditar que um dia admirei aquele homem. Estou prevenindo todos os meus conhecidos sobre ele... E sobre a senhora! Estou prevenindo todos sobre a senhora!

O reverendo Griswold abriu um sorriso bajulador.

— Com certeza, tudo não passa de um mal-entendido.

Então, assim nosso romance seria revelado — por uma carta jamais escrita. A sra. Poe devia ter forjado a carta para me vilipendiar com uma inimiga do marido e conhecida futriqueira. Uma estranha calma, fria e pesada como um manto de neve, me envolveu. Não haveria mais fingimento a partir de agora. Não haveria mais caso. Apenas a pesarosa e eterna recordação de um raro e precioso amor.

— Bem — bradou a sra. Ellet quando sorri —, não vejo graça nenhuma nisso. O que vai fazer eu não sei, mas *quero* as minhas cartas de volta. — Ela subiu as escadas e bateu à porta.

Esperei, em entorpecida fascinação, que alguém a abrisse.

Ninguém atendeu.

Ela socou a porta.

— Eu vi a cortina mexendo! — gritou. Quando ninguém respondeu depois de outra pancada, berrou: — Sr. Poe! Sei que está aí dentro. Saia agora mesmo e devolva os meus poemas.

A neve dissipou-lhe os gritos.

Ela se voltou repentinamente.

— Vai ficar aí parado, Rufus? Faça alguma coisa.

Ele ergueu os ombros em sinal de indiferença.

— Se o sr. Poe não está em casa...

— Ele está em casa — revidou a sra. Ellet e esbravejou para a porta. — Covarde, escondendo-se atrás de suas mulheres! Eu voltarei! — Ela deu o braço para o reverendo Griswold. — Vamos.

Recuei e, esgueirando-me, voltei para casa. As crianças saíam à rua no momento em que alcancei a casa dos Bartlett. Abri o portão, já desprovido de sua coberta de neve, e comecei a subir as escadas de pedra.

Senti um golpe na nuca.

Virei-me e encontrei Ellen, a boca coberta pelas mitenes.

— Desculpa, mamãe. Foi sem querer.

Pedaços de gelo resvalaram por dentro da gola e desceram pelas minhas costas. Mal os senti.

O dia esfriou por volta das duas da tarde, forçando as crianças a entrarem. Uma carroça puxada a cavalo descera a Amity Street limpando a neve, mas ainda havia poucos transeuntes na rua. Sentei-me próximo à janela do salão da frente com uma caneta suspensa na mão. Estava agitada demais para escrever uma única palavra, mas usei isso como pretexto para não ficar com Eliza e as crianças no salão da família, no andar de baixo, até entender o que tinha visto.

O que Mary podia estar fazendo na cidade? Há meses tinha sido mandada para a Irlanda. Mas não havia como ter me confundido. Aqueles olhos grandes e azuis, as sardas, o sinal na bochecha eram dela, e ela não estava bem. Aliás, grande parte do tempo, desde que o sr. Bartlett a trouxera para casa, suja de fuligem e tossindo, no dia do Grande Incêndio, ela parecia adoentada, mas nunca tão estranha. E pensar que ela era encarregada de cuidar das crianças... Estaria escondendo uma doença grave?

Mas por que se encontrava na casa dos Poe e não na Irlanda? Entretanto, eu hesitava em contar a Eliza que a tinha visto. Apesar das insistentes afirmações de que ela receberia Mary de volta, tinha a desconfortável sensação de que Eliza não gostaria da notícia. Uma nova onda de náusea me invadiu.

Lá fora, um menininho envolto em camadas e camadas de roupa, parecendo uma bola de farrapos, espiava a casa. Por fim, empurrando o portão, começou a subir devagar a escada. Encontrei-o na porta, deixando entrar uma rajada de frio glacial.

De dentro do cachecol enrolado na cabeça, berrou:

— Uma mensagem para a sra. Gude-gude, madame.

Sorri.

— Acho que sou eu. — Peguei o papel dobrado no qual estava escrito "Sra. Osgood" na letra harmoniosa de Edgar. Abri sem hesitar.

Estou na Trinity Church. Venha agora. Disso depende a sua vida. Não demore, meu amor.

Edgar

O alarme soou em minhas veias. O sr. Poe nunca tivera antes a ousadia de enviar uma mensagem. Que nova crise haveria desencadeado tal gesto?

O menino me espiou através de uma fresta do cachecol.

— Entre. — Fechei a porta. — Espere aí.

Subi correndo a escada para pegar bolsa, chapéu, cachecol e casaco.

Por que a Trinity Church? Trinity ficava a quase uns dois quilômetros ao sul, mas apenas a poucos blocos do escritório do sr. Poe no *Journal*. A igreja era um dos poucos prédios abertos ao público o dia inteiro. Mas estaria aberta? A reforma ainda não havia sido concluída.

Com o cachecol debaixo do braço, desci correndo a escada, amarrando o chapéu. Parei para dar uma moeda de dez centavos ao menino. Catherine subiu do porão e recuou, surpresa.

— Quem é?

— Ele trouxe uma mensagem de uma amiga. Deixe que se aqueça um pouco perto da lareira. Teria um pão doce sobrando para ele?

— Não sei...

— Informe à sra. Bartlett que uma amiga precisa de mim — disse eu, caminhando para a porta. — Volto logo.

Lá fora, o ar ficara ainda mais gélido. Encurvei-me, tremendo mais de ansiedade do que de frio, segui com cautela na direção da Broadway. Na rua mais movimentada da cidade, poucos ousavam enfrentar o mau tempo. Um trenó passou retinindo, depois uma carroça de entrega de cerveja puxada por cavalos robustos e peludos que mordiam com força os bridões. Cruzei com apenas um punhado de cidadãos, tão cobertos de roupas que os rostos conservavam-se ocultos.

Que plano louco de Virginia teria Edgar descoberto? Eu não me perdoaria caso minhas filhas ou os Bartlett corressem perigo.

Segui em meio à paisagem hostil. Na Broadway com Prince, as portas da mansão do sr. Astor se escancararam. Indiferentes ao meu susto, quatro criados chineses desceram às pressas as escadas carregando um fardo. Eles o estenderam na calçada, cada um segurando uma ponta do que descobri ser uma colcha no centro da qual surgiu a carranca do velho sr. Astor de camisola e gorro de pele. Usando a colcha como uma espécie de trampolim, vigorosamente lançavam-no ao ar. O pompom do gorro voava, os pés em chinelos de pele quicavam e o queixo octogenário flácido trincava de modo amedrontador. O homem mais rico de Nova York resistia a cada pancada vigorosa. Depois, como se obedecessem a um sinal, os chineses correram a um só tempo, cobriram-no com cuidado e subiram as escadas de casa apressados.

— É bom para o sangue — disse o porteiro chinês diante de meu espanto. — Vive mais. — Bateram a porta, deixando-me de pé no deserto invernal.

Desconcertada, segui caminho. Passei pelo Astor House, onde apenas um porteiro tremia em seu libré azul no topo da escada. Passei arrastando os pés pela Saint Paul's Chapel, pelo estúdio fechado do sr. Brady, pelo City Hotel e por algumas veneráveis mansões cujos habitantes originais tinham partido havia tempo. Com os pés congelados, cheguei ao átrio da Trinity Church. Olhei para o alto. Austera, altiva, construída como um desafio à natureza, a ponta da torre do sino de Trinity, a mais alta estrutura na cidade, perfurava o céu absolutamente branco.

Fui invadida por um pressentimento terrível.

Empurrei o portão do cemitério da igreja, cujas dobradiças tremiam de frio. Os mausoléus, em homenagem a nomes apagados pelas mortalhas de neve, observaram em muda desaprovação enquanto eu seguia caminho entre os esqueletos das árvores. Com um crocitar irritante, um corvo pousou num galho e derrubou uma camada de neve.

Ansiosa, relancei os olhos em busca de Edgar. O curioso corvo pulou desajeitado de galho em galho como se em busca de um ângulo melhor para observar meus movimentos. Compelida a fugir de seu olhar, entrei pelo pórtico lateral de pedra da igreja, abri a pesada porta e penetrei no santuário. Inalei o ar frio e bolorento.

A abóboda silenciosa e cavernosa estava sem os bancos. A luz vermelho-sangue infiltrava-se através do manto de um apóstolo no vitral. Muitas das outras janelas ainda não passavam de buracos na parede tapados às pressas com madeira. No lugar do altar, supostamente a parte mais sagrada da igreja, bancadas de trabalho e cavaletes. Ninguém rezaria ali tão cedo.

Notei uma fita vermelha sobre um cavalete a curta distância. Aproximando-me, vi um papel preso no suporte do cavalete.

Sra. Osgood

Mais uma vez reconheci a letra de Edgar. Arranquei o papel e o desdobrei.

Por favor, suba. Rápido!

Olhei ao redor. Não havia escadas. Como poderia subir? Já achava bastante estranho Edgar me chamar para uma igreja inacabada num dia invernal daqueles, e ainda mais estranho insistir para nos encontramos lá em cima. Fui acometida por uma onda de medo e raiva. Por que não podia me encontrar ali embaixo?

Ouvi uma pancada abafada. Prestei atenção, a respiração presa.

O prédio gemeu com o vento. Disse a mim mesma que ouvira o som de madeira verde contraindo-se com força, mesmo quando minha garganta contraiu anunciando um mau presságio.

Passos no andar de cima.

— Edgar? É você?

Lá fora, o vento gemeu uivando através das frestas das janelas cobertas por madeira. O prédio suspirou como se expressasse solidariedade para depois mergulhar no silêncio.

Minha respiração ecoou no vasto cômodo à medida que eu seguia adiante. Vi a porta principal do santuário escorada com um pedaço de madeira e, logo atrás, na parede do vestíbulo, um dos painéis góticos de madeira entalhada pendurado. Uma porta secreta?

No vestíbulo, tão escuro e confinado quanto uma gruta, o frio era lancinante. Em meio a uma nuvem de minha própria respiração, empurrei o pesado painel. Uma escada estreita de pedra em espiral, semelhante à de uma torre medieval, serpenteava na escuridão.

Com um suspiro nervoso, agarrei-me às paredes de pedra e comecei a subir.

E lá fui eu girando em espiral, dando voltas e voltas, até por fim, sem fôlego, chegar a uma porta. Empurrei-a e parei na soleira de um espaço ainda não visível devido à ausência de luz.

Bum!

Um estrondo no andar de cima.

— Edgar?

Por que ele não respondia?

Senti o cheiro de serragem e de madeira recém-cortada enquanto meus olhos tentavam adaptar-se à luz que se infiltrava através das janelas de rosácea. Três janelas, tão largas quanto uma carruagem, no alto de três das quatro paredes. Uma comprida escada escorada debaixo de uma delas. No escuro, entrevi o que pareciam fardos de algodão amontoados no centro do cômodo. Fora isso, a caverna glacial estava abandonada.

Senti um leve frêmito no ar acima de mim. Olhei para o alto. Na escuridão, pressentia mais do que via o imenso ponteiro do pêndulo, tão largo quanto uma árvore imponente, oscilando suavemente de um lado para o outro.

Onde estava Edgar?

Meu olhar surpreendeu um tênue fragmento de vermelho: uma fita amarrada na escada debaixo da janela prendia um pedaço de papel.

Asas arremessaram na direção de minha cabeça. Debati-me freneticamente, recuei.

— Edgar!

Um pombo passou pelo pêndulo de lento oscilar, e suas penas oblíquas atingiram as paredes.

Prendendo a respiração, vi que uma das enormes pétalas da janela de rosácea, diferentemente das outras, não tinha vidro. A escada estava bem embaixo, talvez colocada ali para providenciarem o reparo. A pobre criatura devia ter entrado pela abertura sem conseguir encontrar o caminho de volta.

O papel acenou em silêncio. Hesitei sobre as tábuas irregulares do piso, peguei-o e o soltei da fita.

Desdobrei-o e o estendi para a luz.

Espere por mim.

Olhei demoradamente a escada que conduzia à janela aberta lá no alto. Não gostei da brincadeira. Não gostei nada. Isso não era jeito de tratar uma mulher — ainda mais grávida de um filho seu, pensei engolindo em seco. Embora ele ainda não o soubesse. Se me amasse, não me provocaria desse jeito.

Segundo a sra. Ellet, se alguém quisesse realmente saber o que o sr. Poe pensava, bastava ler sua obra. Ele não havia negado. Como escritora, não sabia o quanto de mim estava em cada trecho de minha ficção, a gosto ou a contragosto?

Suas histórias horripilantes nas quais mulheres inocentes eram mortas passaram como um flash pela minha mente. "O Assassinato de Marie Roget", "O Gato Preto", "A Queda da Casa de Usher". Mesmo em "O Retrato Oval", a mulher morrera quando o artista alcançara seu objetivo.

A loucura se espalha como um pingo de tinta na água. Logo já não se sabe quem é louco e quem não é.

O sr. Bartlett advertira sobre o instinto de violência sob pressão complementado pelo distúrbio. A carência e o infortúnio, somados à loucura de Virginia, tinham-no empurrado para o abismo. Quando, em desespero, buscou o meu apoio, quando mais precisou de mim, eu o afastara. Teria sido sua mente comprometida sob tensão? Se não podia me ter em vida, pretendia me possuir pela morte?

De cima veio a suave pancada do pombo debatendo-se contra a parede. O pesado pêndulo cortava o ar com a delicadeza de quem respira.

Meu olhar repousou nos fardos de algodão. Alguém o posicionara debaixo do pêndulo como se este perigasse cair. Eu olhava para cima, mais, mais para cima, para a escuridão, para o pêndulo preso por uma corda tão grossa quanto o braço de um marujo, quando ouvi gritos a distância. Entraram como uma rajada no aposento sepulcral soando como um chamado do outro mundo.

— *Frances! Espere!*

Senti um aperto no peito. Poe. Ele pretendia que eu ficasse ali para ser esmagada pelo pêndulo. Já não havia escrito um conto assim? Era a mim que queria matar. A mim.

Corri os olhos freneticamente pelo local. Não havia saída, à exceção das escadas que eu tinha subido. Ele poderia chegar no topo antes que eu pudesse escapar. Minha única esperança era alcançar a janela e gritar por socorro.

Comecei a escalar a escada.

Ouvia os passos de Edgar ao pé da escada.

— Frances! Não! Pare!

Escorreguei em um degrau, bati com o queixo e mordi a língua.

— Frances!

Sentindo o gosto de sangue, eu me aprumei e continuei a subir. Pouco antes de alcançar a janela, a escada terminou. Eu teria de pular para a beirada. Agarrada à parede, impulsionei o corpo trêmulo até chegar ao último degrau.

— Frances, não! *Por favor!*

Meu coração saltou do peito quando aterrissei no peitoril circular. Passei pela abertura, o suor escorrendo pelo corpo, apesar do frio cortante.

Pequeninos grânulos de gelo tamborilaram em meu rosto, minha cabeça, minha nuca. Enxerguei o Battery Park a distância, o domo do Castle Garden, os navios atracados no porto com suas velas enroladas bem firme por causa da neve.

Lá embaixo, um solitário trenó avançava devagar e descia a Broadway.

Abri a boca. Por mais que eu me esforçasse, até minha cabeça ficar oca, nenhum som saía. Podia sentir minha alma separando-se de meu corpo. Olhei para baixo e vi a lamentável figura na escada, tão desesperada e assustada.

Um borbulhar de fala irrompeu de meus pulmões.

— Socorro!

O condutor do trenó olhou ao redor como se ouvisse algo, mas, sem lhe passar pela cabeça olhar para cima, seguiu seu caminho.

Minha alma escorreu para o meu corpo e eu berrei com todas as forças.

— Socorro! Socorro!

O sr. Poe arremeteu para o alto da escada. Ao me ver, avançou na minha direção.

— Frances! Cuidado!

Olhei para o alto no momento em que o ponteiro dos minutos atingiu minha nuca.

Caí para trás. Tudo escureceu.

Abri os olhos. O comprido pêndulo oscilava sereno em seu determinado percurso. Os olhos de contornos escuros do sr. Poe surgiram. Ele sorriu com ternura, acariciando minha têmpora com os dedos enluvados de couro. Minha cabeça estava aconchegada em seu colo.

Ao tentar me afastar, senti a dor no ombro.

Ele franziu o cenho parecendo preocupado.

— Minha querida. Você levou um tombo horrível.

Rememorando a visão do gigantesco ponteiro dos minutos, hesitei.

A sra. Clemm surgiu, seu perpétuo olhar desvairado intensificado pela emoção.

— Solte ela!

Desvencilhei-me dos braços do sr. Poe e busquei o abraço protetor da sra. Clemm.

Ele estendeu os braços para mim.

— Frances.

Aconcheguei-me em seus braços.

— Não!

Pouco a pouco, a preocupação em seu rosto transformou-se em angústia.

— Frances, não. Acha que eu pretendia machucá-la? Ah, minha querida, ah, minha querida. — A luz sumiu de seus olhos de cílios escuros. Podia sentir sua alma recolhendo-se à sua concha. — Ah, meu amor, achou que fui eu.

A sra. Clemm acariciou-me o braço.

— Acha que pode andar, querida?

— O que vai fazer com ela? — indagou o sr. Poe.

— Onde está Mary? — Afastei-me dela. — O que aconteceu com Mary?

— Ah — respondeu a sra. Clemm —, Mary está na nossa casa.

O sr. Poe respirou fundo e então arremessou contra a tia e arrancou-me de seus braços. Desvencilhando-me, encarei ambos, sem saber em quem confiar.

— Frances — disse o sr. Poe, esgotado —, seja lá o que estiver pensando, está enganada. Muddy está muito... doente.

Eu hesitei. Podia ser um truque.

— Doente?

Ele respirou fundo.

— Quando fui ao asilo, na última primavera, minha intenção era interná-la. Eu só tive a ideia de escrever uma história naquele cenário depois de uma de minhas inúmeras visitas. Mas

Virginia ficou arrasada quando soube que eu providenciava a internação da mãe, e, como estava tão doente, com os pulmões fracos, temi que não suportasse o golpe. — Ele voltou a suspirar. — Virginia precisava da mãe e eu não podia lhe negar isso.

Na touca branca de viúva, o rosto da sra. Clemm retorceu-se de fúria.

— Monstro! Como pôde pensar em fazer isso comigo? Recebi você na minha casa quando não era nada. Eu lhe dei a menina dos meus olhos. Virginia vale mais do que dois de você! Ela sempre poderia conduzir você por uma vida prazenteira.

O sr. Poe falou em tom suave, como quem se dirige a uma criança.

— Muddy, eu sei que está tentando fazer o que julga correto para Virginia agora. Não a culpo por tentar mesmerizá-la. Claro que gostaria de evitar sua morte. Nenhum de nós quer que ela se vá.

— Você quer!

— Não, não quero, embora ela viva me torturando. Ela é o que eu seria se nunca tivesse amadurecido. Ela permaneceu uma criança que se magoa com facilidade, rancorosa, vingativa, cruel.

— Sabia que você não me ajudaria a salvá-la.

Ele respirou fundo.

— Transferir sua alma para o corpo de Mary não é o caminho.

A sra. Clemm fitou-o com olhar raivoso.

— Poderia funcionar.

— Muddy — disse, quase sussurrando —, isso é loucura. Suas tentativas são baseadas na ficção. "Os Fatos no Caso do Sr. Valdemar" não passa de uma história. Não pode capturar a alma de Virginia quando ela morrer, assim como não poderia transferir sua alma para Mary.

— Por que Mary? — perguntei. — Por que a pobre e inocente Mary?

A sra. Clemm olhou para baixo com um sorriso reticente.

— Porque ela estava disponível. Não pude acreditar na minha sorte quando a encontrei perambulando pela nossa rua naquela manhã, chorando pelo sr. Bartlett. Quem iria ajudar uma criada cujo patrão não podia manter as mãos longe dela? Pobrezinha, ela não conseguia raciocinar direito depois de ter dado seu bebê. Nunca vi criatura tão desesperada! Tudo que tive que oferecer foi uma refeição quente, e ela foi minha. — Quando ergueu o rosto, seus olhos azuis redondos tinham ficado escuros de ódio. — Não se preocupe, ia deixá-la partir quando pegasse você. Só precisava dela para praticar ou se a saúde de Virginia não aguentasse até eu conseguir ceifar você.

Ceifar?

— Então planejou matar Frances como no meu conto "O Predicamento"? — perguntou, contrariado. — Golpeada pelo ponteiro do relógio de uma igreja?

A sra. Clemm caiu na gargalhada.

— Eu sabia que poderia levá-la, menina idiota, ingênua, a subir aquela escada. Mulheres como você nascem sem cérebro. Só não sabia que, gritando daquele jeito, Eddie faria isso por mim.

Ela se voltou para o sr. Poe.

— Eu não queria matá-la, Eddie. Apenas ferir. Apenas o suficiente para que ela recuperasse a saúde a tempo de eu transferir a alma de Virginia para o corpo dela quando Virginia expirasse. Então, só por diversão, eu a mandaria de volta para aqueles esnobes dos Bartlett. — Gargalhou. — Aí, quando você *pensasse* estar flertando com essa vagabunda, na verdade estaria flertando com Virginia.

Ela ignorou meu olhar de horrorizada incredulidade.

— Foi o que Virginia sempre quis, Eddie, apenas ser tratada como esposa. Por que não podia tomá-la em seus braços de vez em quando?

O sr. Poe balançou a cabeça como se tentasse expulsar um demônio de seu cérebro.

— Muddy, Muddy, você está mais doente do que eu imaginava. Almas não podem ser transferidas de um corpo para outro como ervilhas no jogo dos copos.

— Conversei sobre isso com aquele moço simpático, o sr. Andrew Jackson Davis. Ele disse que os fundamentos têm base.

— Ele é um charlatão.

Seu rosto se contorceu.

— Você se acha melhor do que nós porque sua mãe era de Boston. Ela se achava tão importante. Foi muito esperta em deixar aquela foto e anotar que todos os seus amigos eram de lá e que você deveria voltar para Boston se precisasse de ajuda. Grande coisa! Ajudaram muito você! Meu irmão, David, era o melhor dos dois, mas ela nunca o respeitou. Foi ela quem o levou a beber. Ele ainda estaria vivo se ela não o tivesse arruinado, exatamente como arruinou você, botando esse monte de ideias descabidas em sua cabeça.

— Não sabe o que está dizendo — sussurrou ele friamente.

— Não tenho mais que ouvir isso. — A sra. Clemm saiu andando sem pressa na direção da escada.

O sr. Poe avançou e segurou-lhe o braço.

— Não vai escapar dessa!

— Me solte! — Tentou se desvencilhar, as abas da touca balançando. Sua bolsa caiu no chão e, ao abrir, revelou um martelo. Um martelo a mim destinado. Caí de joelhos como se meus ossos tivessem se transformado em geleia.

Olhei para o sr. Poe. De tão aguda a dor no coração, eu mal conseguia respirar.

— Mas como descobriu e veio me salvar?

O arrependimento e o assombro em seus olhos de cílios escuros dilaceraram meu coração.

— Virginia me contou.

Inverno de 1847

Trinta e quatro

Seguíamos a caminho de Yorkville. A neve caía do céu nublado cinza-claro em suaves pancadas, umedecendo a pele de urso com que Samuel me cobrira, molhando de leve minhas faces congeladas cobertas pelo chapéu de pele. Cobria os campos, os galhos desnudos das árvores, as costas ossudas das vacas amontoadas atrás da cerca. Quando nosso trenó passou sob o retorcido galho de um carvalho antigo, um montículo de neve desabou sobre nossas cabeças. Samuel riu e limpou a neve dos ombros, ainda com as rédeas na mão.

— Desculpe, querida. Você se molhou?

— Estou bem. — Limpei o rosto com a pele de castor com que Samuel me presenteara no Natal, poucas semanas antes.

— Bem, nada que um gole de xerez não resolva. Não se preocupe, falta pouco para chegar.

Abri um sorriso complacente. Eu poderia representar o papel da esposa de boa família para ajudar Samuel a galgar os rarefeitos círculos da sociedade de Nova York ao qual aspirava pertencer. Eu lhe devia isso. Ele insistira para morarmos juntos e reivindicara a paternidade do bebê ao descobrir minha gravidez, mentira à qual eu me oporia caso a sra. Ellet não tivesse anunciado publicamente que eu escrevera cartas escandalosas ao sr. Poe. Uma vez que eu tinha uma criança, mas não tinha marido, quem acreditaria em minha alegação de inocência? Mesmo a srta. Lynch e a srta. Fuller, acreditando agirem como amigas, tinham ido à casa do Sr. Poe exigir as cartas de volta. Nem elas acreditaram em mim quando protestei que tais cartas não existiam.

Emocionou-me o fato de minhas amigas terem tentado proteger-me, mas, na verdade, eu teria recebido a humilhação de braços abertos. Eu a merecia por duvidar do único homem que me amara de verdade. Contudo, por minhas meninas, pelo bem-estar de sua filha, tive de cortar permanentemente todos os laços com o sr. Poe e fingir que ele nada significava para mim. Tive de rir e considerar uma brincadeira que o poema escrito para mim em Boston, "To Her Whose Name is Written Within", poema que eu guardava no fundo do meu coração, fora lido na casa da srta. Lynch, como uma mensagem do dia dos namorados, evidentemente, enviada por Edgar, na semana anterior ao nosso rompimento. Eu compreendera a importância de pensar nas crianças em primeiro lugar, mesmo se isso exigisse sacrificar a própria alma.

Agora, sem emoção, ouvia as lâminas do trenó cortarem a neve encharcada. Pensei nas meninas em casa com Lizzie, nossa criada, que eu esperava trocasse as fraldas da bebê antes que ela ficasse molhada em demasia. Fiquei imaginando quais das amigas de Samuel, da alta sociedade, é evidente, iriam me visitar durante nossa ausência, forçando-me a retribuir o favor e visitá-la. Em nome do antigo hábito, pensei em escrever, mas logo desisti, a cabeça entorpecida. Estranho como o cérebro não pode ser estimulado à criatividade sem uma alma que o persuada.

— Quanta gente — disse Samuel.

No fim da estrada, trenós apinhavam-se desordenadamente diante de uma construção de janelas brancas. Ao que tudo indicava, grande parte do mundo elegante de Nova York escapara como nós para Wintergreen, uma estalagem na aldeia de Yorkville, a vários quilômetros de distância da cidade. Bastou entrarmos para obtermos a confirmação. Comprimidos ombro a ombro, em uma sala recendendo a fumo, perfume e casacos de pele molhados, estavam os Roosevelt, os Fish e os Rhinelander, ocupados em esnobar os novos-ricos, cuja risada alta reverberava nas rústicas vigas. Entre eles, vi o reverendo Griswold com a srta. Lynch. Todos tomavam gemada quente e ponche enquanto um jovem irritadiço de avental circulava com cautela entre a multidão, carregando uma bandeja de chávenas fumegantes, um violinista tocava em um canto, e um cão Collie pedia carinho aos donos.

A bebida logo realizou sua magia. Eu me vi conversando alegremente com o sr. Phineas Barnum, o famoso empresário do ramo de entretenimento em pessoa, agora alçado à nova condição social após ter apresentado seu espetáculo para a rainha Victoria, durante visita à Inglaterra no ano anterior. Passou-me pela cabeça o quanto o sr. Poe teria achado divertido o meu interlocutor. Ocorreu-me sugerir ao sr. Barnum a inclusão de um busto do sr. Poe em seu panteão de heróis. Afastei o pensamento com um gole de xerez aquecido.

— Como é a rainha? — perguntei. Pelo canto do olho, eu via Samuel irradiando seu incansável charme para a jovem Schermerhorn. Embora ela insistisse em virar-lhe o rosto com arrogância, suas faces tinham se tingido de prazer. Será que algum dia eu me acostumaria com esse casamento de conveniência? Respirei fundo e sorri para o sr. Barnum.

— A rainha é igual a qualquer outra mãe — dizia. — No fundo, só quer que os filhos fiquem bem, de modo geral. — Um sorriso largo iluminou os traços inchados reunidos na frente e no centro da reluzente cabeça de ovo do sr. Barnum. Tom fez a melhor apresentação de sua vida. Brincou com os pequeninos e cantou para a rainha, depois desafiou o poodle da rainha simulando uma luta de esgrima antes de fugir às pressas da sala. Isso, sim, é um artista!

— Preciso assistir ao espetáculo um dia desses.

— Eu o admiro. Ele tirou proveito de ser pequeno e ganhou fortunas com isso — bem, com a minha ajuda —, mas foi ele quem explorou seus atributos. O crédito é todo dele. Para qualquer outro, ser pequeno teria sido um desastre, mas não para ele. Ele alcançou a glória graças ao seu tamanho. — Num lampejo, sua vivacidade transformou-se em seriedade ao olhar no fundo dos meus olhos. — É difícil fazer do limão uma limonada, sra. Osgood. Exige muita energia. A maioria de nós não consegue. Vivemos num mundo perverso, sra. Osgood, perverso e rancoroso.

Assenti, bebericando.

Ele manteve os penetrantes olhos azuis fixos nos meus.

— Afortunada a pessoa que consegue extrair mel da flor da vida, cuja raiz e cada uma das pétalas é puro fel. Porventura, a senhora é uma dessas pessoas?

Ele teria lido a tristeza em meus olhos? Todavia, eu não desejava esquivar-me. Qual era o segredo para transformar fel em mel?

Senti um tapinha em meu ombro. Ao girar a cabeça, deparei-me com a mão de luvas castanho-amareladas oferecendo-me uma taça. O reverendo Griswold.

— Um ponche para aquecê-la, sra. Osgood?

Estremeci diante da visão do bonito rosto presunçoso.

— Eu já estou bebendo, mas obrigada.

— Meu timing nunca funcionou com a senhora — disse ele. E deu um gole da bebida que oferecera. — Uma lástima.

— Bonitas luvas — disse o sr. Barnum. — Onde as comprou?

— Brooks Brothers, na Catherine Street. Compro caixas de luvas. Tenho predileção por artigos para as mãos.

Eu tentava recordar onde tinha visto uma caixa de luvas Brooks Brother quando a srta. Lynch apareceu atrás dele.

— Olá, Frances. Olá, sr. Barnum. Vejo que encontrou a mulher mais bonita da sala.

O sr. Barnum riu.

— A senhora me pegou. Eu ainda não havia descoberto se ela canta ou dança. — Piscou para mim, não sem antes lançar-me um olhar secreto de sincero encorajamento.

— Ela é poeta — disse o reverendo Griswold, sem entender o gracejo. — Ela nunca iria denegrir sua reputação em um palco. Não leu seu livro publicado no ano passado? "Cries of New York", um título bastante interessante.

O livro vendera bem. O escândalo provocado pela sra. Ellet aumentara o apetite do público pelos poemas da amante de Poe.

Ninguém o levara a sério. Sorri secretamente. Agora eu sabia como Edgar se sentia ao encontrar o sucesso em um poema que julgava trivial.

— Escrevi críticas ótimas sobre o livro. Tratei de mostrá-lo a todas as pessoas certas. — O reverendo Griswold dirigiu-se a mim: — Agora pode me agradecer, querida. — Abriu um sorriso esperançoso.

Veio-me à lembrança o lugar onde eu tinha visto a caixa de luvas. A sra. Poe guardava seus poemas dentro dela. Por acaso, o reverendo Griswold a visitava? Teria ateado o fogo de seu ciúme na esperança de atingir a mim e a Edgar? Engoli em seco. Ele bem podia ter escrito a carta de amor que Virginia lera para a sra. Ellet, aquela que servira para nos separar para sempre.

Não, não, não podia ser. Era um indício muito pequeno. Uma coincidência.

— Olhe como ela inclina o rosto. Quanta modéstia! — exclamou o reverendo Griswold. — Eu a transformei em estrela, e ela fica encabulada diante de seu criador.

A srta. Lynch contorceu o rosto de fada num esgar.

— Espero que o ano passado tenha sido bom para o sr. Poe. Ele parecia torcer pela própria ruína. Chegou a perder a revista depois de antagonizar com todos que poderiam tê-lo apoiado. Por acaso, poderia ter feito inimigos mais implacáveis do que escrevendo uma série de artigos para a *Godey's* sobre seus amigos, pintando-os apenas sob a luz mais crítica?

— "The Literati of New York City" — bradou o reverendo Griswold. — "As Mentirinhas de Nova York" seria mais apropriado. Pobre Willis! Nem seu nariz nem sua testa podem ser defendidos: este último desconcertaria a frenologia. E o que Poe disse sobre Bryant foi desarrazoado. Tampouco foi gentil com a srta. Fuller. Seu comentário sobre seu comprido lábio superior foi imperdoável.

Inconscientemente, a srta. Lynch roçou no lábio.

— Era óbvio que ele pretendia provocar. Parecia um animal acuado dando coices. Foi de partir o coração, de verdade.

— Muita gentileza sua — disse o reverendo Griswold. — Foram ataques pessoais, pura e simplesmente. Por que motivo desejaria afastar-se de todos daquela maneira?

— Autopromoção? — sugeriu o sr. Barnum.

— Bem, não pode *me* culpar por arruinar o sr. Poe — disse o reverendo Griswold. — Ele mesmo encarregou-se disso sozinho. Dentro em pouco não terá mais ninguém do seu lado. — Olhou-me de esguelha. — Ouvi dizer que a sra. Poe está à beira da morte.

— Eles estão atravessando uma fase terrível — comentou a srta. Lynch. — Ela, no leito de morte, e ele, sem dinheiro sequer para comprar lenha para mantê-la aquecida. Ouvi dizer que alguns de seus admiradores fizeram uma vaquinha para comprar cobertores.

O reverendo Griswold torceu o nariz.

— Não precisava ser assim.

Tentei evitar o tremor de minha voz.

— Como vai o sr. Poe?

— O pobre Edgar? — perguntou a srta. Lynch com um esgar. — Nada bem. Ele parece ter entrado num declínio tão rápido quanto a esposa.

— Que pena! — exclamou o reverendo Griswold.

— Não deboche — vociferou a srta. Lynch. — Quando ele se for, a América perderá uma de suas mentes mais originais. Ficaremos todos mais pobres sem pessoas como Edgar Poe. — Ela me fitou. — Receio que ambos tenham apenas poucos dias.

— Onde ele está? — perguntei.

— Não sabe? — Ela pareceu surpresa. — Na aldeia de Fordham, a poucos quilômetros ao norte daqui, no meio do nada. Fui visitá-lo há poucos meses. — Ela suspirou. — Uma cena terrível. Pelo menos, em breve, tudo chegará ao fim.

Instintivamente, enfiei meu copo na mão do reverendo Griswold.

— Anne, leve-me até lá. Eu preciso ir ao seu encontro. Agora.

— Agora? — lamuriou-se o reverendo Griswold. — De que vai adiantar? Em nome de sua reputação, imploro que reconsidere sua decisão.

— Diga ao marido de Frances que ela saiu, Rufus. Quanto aos demais, nada saberão, a não ser que os senhores contem. — A srta. Lynch fitou o sr. Barnum. Ele balançou a cabeça como quem nega qualquer participação.

A srta. Lynch entregou a xícara de chá ao reverendo Griswold.

— Certamente — disse, equilibrando as três xícaras —, um de seus muitos queridos amigos lhe dará uma carona para casa.

Ela se despediu do sr. Barnum, tomou meu braço e caminhamos juntas até a porta.

— Sinceramente, Frances — disse, quando saímos tiritando em nossos casacos. — Estava me perguntando quanto tempo você demoraria para pedir.

À primeira vista, o pequenino chalé, encarapitado no cume de uma colina íngreme e rodeado por um pomar de árvores desnudas, pareceu encantador com seu largo pórtico e o rústico telhado de madeira recoberto de neve. Mas então percebi que não saía fumaça da chaminé. A neve amontoava-se sobre os degraus e o gelo cobria as janelas. Alguém moraria ali?

A srta. Lynch observou meu rosto no qual deveria ler-se o desalento. Ela saltou de seu trenó para amarrar o cavalo a uma árvore.

— Sinto muito, sei que não vai ser fácil.

Triturando a neve, subimos a escada e cruzamos o pórtico. A srta. Lynch bateu à porta. Esperamos. Atrás de nós, o cavalo escavou a neve, resfolegando. Um par de gralhas grasnou nas árvores desnudas.

— Talvez tenham ido embora — disse eu.

— Não, estão aqui. — A srta. Lynch tornou a bater.

Alguém puxou a porta de dentro, derrubando uma camada de gelo. Vislumbrei as abas brancas engomadas de uma touca de viúva através da fresta.

— Vão embora! — bradou a sra. Clemm.

— Viemos ajudar — disse a srta. Lynch.

Um olho azul redondo apareceu na abertura. Ela me viu.

— Ajudar? A culpa é dela.

— Deixe-nos entrar — pediu a srta. Lynch —, por favor.

Enrolada e apertada numa manta de xadrez esfarrapada, a sra. Clemm abriu a porta e nos deu passagem, lançando um olhar dardejante na minha direção.

Entramos na cozinha, um aposento de teto baixo dominado por um frio fogão de ferro. A srta. Lynch aproximou-se, abriu o gradeado de madeira e inspecionou a lareira vazia.

— A senhora não tem lenha.

— Ele está nos congelando! — bradou a sra. Clemm. — Ele está tentando nos matar de frio.

— Sabe onde posso comprar lenha? — perguntou a srta. Lynch.

A sra. Clemm meneou a cabeça.

— Os Jesuítas. Na aldeia.

— Leve-me até lá.

Tamanho era seu desespero e pobreza, que a sra. Clemm partiu de pronto com a srta. Lynch, sem pensar em mim.

Fiquei sozinha na cozinha gelada, tendo por única companhia o cheiro acre de cinzas há muito apagadas. Meus pés queimavam de frio. Cruzei as largas tábuas do piso e entrei no aposento contíguo — um salão sem tapete e desprovido de mobília, salvo uma pequena estante de livros, uma cadeira de balanço e a pequena e elegante escrivaninha do sr. Poe. Ouvi o ruído de algo arranhando.

Aflita, relancei os olhos pelo aposento. Um galho batia na vidraça. Por que tanto nervosismo? Era apenas um pequeno chalé no bosque. Mas onde estavam o sr. Poe e a esposa?

— Olá — chamei.

Dei um passo à frente e agucei os ouvidos. Detrás da porta do outro lado do aposento ouvi um som estrangulado e rouco. Alguém respirando com dificuldade? O estrangulado inalar aumentou, transformou-se em chiado e, após uma longa e assustadora pausa, passou a incluir uma exalação borbulhante. Depois retomou seu curso, cada respiração parecendo a última.

— Sr. Poe?

Não obtive resposta.

Trêmula, mais em consequência da ansiedade que do frio brutal, segui passo a passo pelas tábuas rachadas. Estanquei na porta, respirei fundo e segurei a maçaneta, que congelou minha mão através da luva. Abri a porta.

Logo à direita, um cubículo no qual cabia apenas a cama, pouco maior que um berço de criança, e a cadeira estreita ao lado. Na cama, uma colcha de retalhos sobre a qual avistei uma coberta marrom-escura — o sobretudo militar do sr. Poe. Na beirada da cama, a gata malhada, serena como uma esfinge, subia e descia em consequência da penosa respiração da pessoa embaixo das cobertas.

A gola levantada do casaco toldava o rosto dela. Engolindo em seco, inclinei-me até vislumbrar o cabelo negro espalhado sobre o travesseiro e, uns dois centímetros adiante, o que era menos um rosto do que uma caveira.

Virginia sorriu.

Cobri a boca.

Ela não se moveu. Com efeito, falar parecia exigir excruciante esforço.

— Eu sabia... que viria.

— Sra. Poe! Precisa de ajuda!

— Não. Venha... aqui.

Tremendo tanto que todos os músculos de meu corpo doíam, eu me aproximei. O gato sibilou.

Recuei. Virginia agarrou o meu braço.

— Eu queria — ofegou — ser você.

Internamente, estremeci ao contato de seus dedos. Ou seria culpa?

— Posso chamar um médico. Por favor, deixe-me chamar um médico antes que seja tarde demais.

Ela apertou ainda mais os dedos em meu braço.

— Ajude-o. Ajude-o. Ele não sabe... ficar sozinho.

— Virginia, por favor. Preciso sair para buscar socorro.

Ela me encarou intensamente, o fluido borbulhando em seus pulmões.

— Ajude-o. Então, terá ajudado... a mim.

Ouvi o lento aproximar de passos. Voltei-me para ver o sr. Poe descer encurvado o pequeno lance de escada às minhas costas. Deteve-se ao me ver. Estava tão pálido e magro que solucei.

Virginia desabou na cama. Seus dedos se desprenderam de meu braço.

— Agora... estou livre.

Com o coração partido, eu a vi mergulhar no sono. Segui o sr. Poe ao desolado e minúsculo salão.

Ele afundou na cadeira de balanço, a cabeça apoiada nas mãos.

— Não posso me perdoar.

Afastada há doze longos meses, embriaguei-me com sua proximidade, embora sua aparência afligisse o mais profundo do meu ser. A doença havia lhe encavado as faces e marcado a nobre testa. Seus cachos negros e revoltos estavam raiados de fios grisalhos. Os olhos que ergueu para mim ardiam no rosto pálido. Entalei com as lágrimas.

Caí de joelhos diante dele.

— Edgar. — Minha voz fraquejou. — O que aconteceu com você?

Faminto, buscou meu rosto.

— O destino.

Tomei-lhe a mão. A visão de seus lindos dedos, tão delicados, tão inteligentes, me deu vontade de chorar. Eu achava que ele era um dos assassinos de suas histórias. Não podia me perdoar.

Ele levou a mão ao meu rosto. Como se tivesse me ouvido, disse baixinho:

— É verdade o que dizem, sabe? Não importa quão fictícias sejam as histórias dos escritores, elas sempre dizem respeito a eles. Não que o saibamos quando as escrevemos. Em geral, longe disso. Acha que eu me imaginei como os assassinos e loucos de meus contos?

— Você é o homem mais bondoso, mais gentil do mundo. Eu devia estar louca para imaginar o contrário.

Ele afastou uma mecha de meu rosto e desceu a mão.

— Não se puna. Nós todos enlouquecemos.

Entreolhamo-nos em silêncio.

— Mas aprendi algo sobre mim mesmo — disse ele, com mais firmeza. — Todos os meus heróis, uma história após outra, entram em colapso, quer abatidos pelo demônio da perversidade, por uma irmã injustiçada ou um gato vingativo. Mas não é o demônio ou a irmã ou o gato quem os destrói. Nada disso. É a culpa. A minha culpa. Afinal, eu escrevia a meu respeito.

— Todos cometemos erros.

Ele abriu um sorriso melancólico.

— Todos nos casamos com nossas priminhas porque nos sentimos solitários? Todos a mantemos por perto quando nos damos conta de que ela é fraca e infantil e afastamos com desdém suas carícias? Todos atiramos no seu rosto a mulher que ela jamais poderá ser e a reprovamos por suas lamentáveis tentativas de copiar quem lhe é superior? Ela me amou, e eu fui cruel.

Inclinei a cabeça, absorvendo minha parcela de culpa. Quantas vezes, ao longo do último ano, eu me punira, recapitulando as vezes que culpara a sra. Poe por atos que ela não cometera? Agora eu sabia que a mãe dela estivera presente todas as vezes que eu suspeitara de Virginia. Fora a sra. Clemm quem me jogara no rio, a sra. Clemm quem providenciara para que a pedra de gelo me atingisse. Com certeza, fora ela quem se aproveitara da tosse de Virginia para distrair Catherine no momento em que acendia a lamparina de gás. Os malfeitos cometidos por Virginia — arruinar meu daguerreótipo, pendurá-lo na parede de casa — não passavam de manobras de uma criança desesperada; só isso. O ciúme interferira em minha avaliação sobre Virginia e eu a vira como um monstro, pois me era conveniente.

Mas havia algo mais...

— Edgar — perguntei com delicadeza. — Quem começou o incêndio na casa de Madame Restell?

O sr. Poe franziu o cenho.

— Que incêndio?

— Aquele que ocorreu antes de se mudarem.

Ele balançou a cabeça.

— Não sei, eu estava no escritório quando aconteceu. Por quê?

Encarei-o, tentando compreender. Teria Virginia queimado a mão enquanto ateava o fogo? Ou a teria queimado enquanto retirava a mãe do local?

Ele se reclinou, parecendo mergulhar em si mesmo. Depois de um tempo, disse:

— Quero ir embora com Virginia.

A raiva explodiu em minhas vísceras.

— Ir embora? Edgar, não! Você não pode ludibriar a vida. Precisa jogar com as cartas que recebeu. Precisa seguir adiante, Edgar. O mundo precisa de você. O mundo precisa de sua mente.

— De que adianta a minha mente se não tenho alma? Você a arrancou, Frances. Não, não é verdade, eu a entreguei a você. Queria que a possuísse.

— Então precisamos seguir adiante, por mais vazios que estejamos.

Seus olhos eram poços de dor.

— Por quê?

Respirei fundo.

— Porque temos uma filha.

Ele me encarou como se não pudesse acreditar.

— Ouvi dizer que era de Samuel.

— Fui obrigada a dizer isso — falei baixinho —, para o bem da menina. Mas Samuel sabe a verdade.

Lágrimas encheram-lhe os olhos.

— Tenho uma filha? Temos uma filha?

— Temos, Edgar.

Demos um abraço bem apertado. Saboreei as batidas de seu coração, o querido cheiro almiscarado de sua pele, a sensação de seus braços ao meu redor.

Depois de um momento, ele afrouxou o abraço para me fitar.

— Que nome lhe deu?

— Fanny Fay.

Ele meneou a cabeça devagar, como se tentasse acostumar-se ao som do nome. Uma luz suave cintilou no escuro arcabouço de seus cílios, animando seu rosto dominado pela tristeza, até por fim um sorriso brotar.

— Tem certeza que não quer chamá-la de Ulalume?

Minha risada ameaçou transformar-se em lágrimas. Escondi o rosto em seu ombro. Eu amava aquele homem.

Com ternura, ele suspendeu meu queixo.

— Cometi muitos erros na vida, Frances Sargent Locke, mas amar você não está incluído na lista.

Dei-lhe um beijo terno com gosto de lágrimas.

Quando ele recuou, eu mal conseguia respirar, tamanho o nó na minha garganta.

— Frances?

Meneei a cabeça, impossibilitada de falar.

— Acha que pode falar para a pequena Fanny a meu respeito?

Minha alma clamou, desolada por deixar sua alma gêmea.

— Sim, meu amado. Claro.

Ele me cingiu ao peito. Ouvi seu coração, memorizando seu som, e então o deixei ir.

Ele era dela agora.

O bebê chorava quando voltei para casa. Embora tensa pelo alarme interno acionado por seu choro, corri para a escrivaninha próxima à janela do salão. Destampei o tinteiro, soltando uma camada de tinta seca grudada à tampa pelo desuso. Mergulhei a caneta, e então, impaciente, deixei a emoção fluir.

Lizzie, a criada, surgiu correndo do porão, limpando a boca no avental.

— Ela acabou de acordar do cochilo, madame.

— Vou pegá-la.

— Tem certeza, madame?

Precisava escrever rápido, antes que me esquecesse da inspiração surgida durante o silêncio que a srta. Lynch teve a sabedoria de honrar. Enquanto as lâminas do trenó cortavam a neve e me conduziam de volta para casa, um poema se formara sozinho em minha mente. Uma voz — a voz para a qual todos vivemos — sussurrava daquele ponto íntimo que todo escritor conhece, mas não compreende.

Então, eu disse ausente:

— O que foi, Lizzie? Se tenho certeza? Sim, só um instante.

Anotei frases, algumas imagens, palavras-chave com medo de me esquecer, e depois descansei a caneta. Mudando de ideia, apanhei o papel e rabisquei no alto da página: O Primeiro Sorriso de Fanny.

O choro do bebê soou mais alto. Larguei a caneta e, com o coração ainda dilatado de terna gratidão, subi às pressas a escada.

Encontrei-a tentando equilibrar-se no berço, agarrada às grades. Ao me ver, agitou as barras e gritou de excitação.

Levei-me ao peito, inalando profundamente seu amado e doce perfume infantil de flores desabrochadas, de pura alegria. O cheiro, dei-me conta, da esperança.

— Quietinha agora — murmurei ao seu ouvido, um botão de rosa... — Quietinha. Mamãe está aqui. Você não está só. Nunca estará só. Você é minha, para todo o sempre.

E a criança, fitando-me com seus olhos guarnecidos de cílios escuros, sorriu.

Nota da Autora

Em seus melhores momentos, exibia aquele
ar distinto que os homens de classe inferior
raramente conseguem obter.

— RUFUS W. GRISWOLD, *Memoir of the Author*, 1850

Quando comecei a escrever "Sra. Poe", minha intenção não era escrever uma história "arrepiante". Estava interessada em saber como Frances Osgood tinha se tornado amante de Edgar Poe — fato ainda negado por alguns estudiosos de Poe. O plano era deixar registrados acontecimentos e cartas, e os próprios escritos de Frances e Edgar me mostraram o caminho. Eu também estava predisposta a me apaixonar por Edgar Poe, conhecido por exercer imenso fascínio sobre as mulheres de seu tempo. Mas eu não sabia que estava escrevendo uma história de mistério.

Talvez tenha sido ingenuidade achar que um romance sobre Poe não terminaria sendo de cortar o coração. Como muitos alunos americanos do ensino médio sabem, a obra de Edgar Allan Poe contém material bem misterioso. No entanto, quanto mais eu pesquisava, mais descobria que Poe não escrevera apenas histórias assustadoras, mas as vivera. Os terríveis acontecimentos ocorridos durante sua infância e descritos em meu livro são todos verdadeiros. Ele enfrentou perdas afetivas e imensa pobreza a vida inteira. Na verdade, tomei cuidado para tentar ater-me, o máximo possível, aos fatos das vidas de Edgar Poe e Frances Osgood. Para mim, os fatos que inventei poderiam ter realmente ocorrido. O vasto material encontrado na New York Historical Society, o assombroso

Gotham, escrito por Edwin G. Burrows e Mike Wallace, a meticulosa documentação da vida cotidiana de Poe em *The Poe Log*, de Dwight Thomas e David K. Jackson, e o simples fato de percorrer para cima e para baixo as ruas do Lower Manhattan, em busca de pistas históricas, serviram-me de guia para o mundo de Frances e Edgar. Descobri, maravilhada, o quanto ambos sofreram face à constante adversidade.

Por mais trágico que eu imagine ter sido o fim do romance entre Frances e Edgar, o que aconteceu na vida real depois que se separaram é ainda mais implacavelmente devastador. A vida podia ser cruel e curta em meados do século XIX, e os personagens de nossa história servem de triste ilustração.

Virginia Poe morreu no dia 30 de janeiro de 1847 de tuberculose ou consunção, como era conhecida a doença na época. Tinha vinte e quatro anos de idade. Nos anos seguintes à morte de Virginia, Edgar Poe escreveu alguns de seus mais importantes poemas, incluindo "Ulalume", uma de minhas inspirações para este livro. Neste poema, o narrador e a mulher, sua alma gêmea, Psiquê, deparam-se com uma estrela de grande beleza. Em desespero — o narrador descreve seu coração como sendo "vulcânico" —, a gloriosa visão lhes traz a princípio o tão ansiado alívio e alegria. Então, dão-se conta de que a estrela não é senão seu amor perdido, Ulalume. Mais uma vez mergulhados na aflição, percebem que Ulalume é inalcançável. Considero "Ulalume" seu poema mais honesto emocionalmente. Tive a sensação de ser capaz de compreender seu relacionamento com Frances — e a total angústia experimentada com a separação — quando comecei a estudar os versos. Seria Poe o narrador? E Psiquê seria, na verdade, Frances, e Ulalume a filha deles, Fanny Fay? Prefiro acreditar que sim.

Dois anos depois da morte de Virginia, no dia 7 de outubro de 1849, Edgar Poe seguiu-a no túmulo. Aos quarenta anos, sua mente ímpar silenciada para sempre. Sete meses após o falecimento de Poe, Frances Osgood morreu, em 12 de maio de 1850, de tuberculose. Tinha trinta e oito anos de idade. Depois de sua morte, o marido, Samuel, sempre empreendedor, reuniu seus poemas, incluindo os endereçados a Edgar Poe em um volume que vendeu bem. Samuel sobreviveu a todos de sua família, reunindo-se por fim a eles em 1885.

A filha de Frances, Fanny Fay, morreu com dezesseis meses de idade, no dia 15 de outubro de 1847, de causa desconhecida. É sugestivo que em "Ulalume", escrito em dezembro de 1847, o narrador e sua alma gêmea lamentem a morte da amada Ulalume no mês de outubro, em seu "ano mais imemorável". Minha teoria é que Poe refere-se ao ano de 1847, quando perdeu tanto Virginia quanto Fanny Fay e separou-se em definitivo de Frances. Ele viveria apenas mais dois anos, e Frances, somente um pouco mais. É possível que o rompimento e, em seguida, a morte da filha tenham abalado a saúde de ambos?

As outras filhas de Frances, May Vincent e Ellen, morreram em 26 de junho de 1851 e 31 de agosto de 1851, respectivamente, talvez de tuberculose, perdas que eu, particularmente, tive dificuldade de suportar. "Vinnie" ainda não completara doze anos e Ellen tinha acabado de completar quinze anos.

Maria Clemm foi a testamenteira de Edgar Poe. Embora o ódio de Rufus Griswold por Poe fosse largamente conhecido, ela entregou todas as obras de Poe a Griswold. Questionar o porquê de Maria Clemm ter deixado o legado de Poe nas mãos de alguém determinado a destruí-lo configurou a minha história. "Muddy" morreu, desamparada e sozinha, em 1871, na Church Home de Baltimore, Maryland. Church Home era uma instituição episcopal de caridade, outrora o Washington Medical College — local onde Poe havia morrido em misteriosas circunstâncias, quase vinte anos antes.

Dois dias após a morte de Poe, Griswold deu início à mais odiosa difamação da história da literatura americana. Griswold, sob um pseudônimo que logo depois confessou, escreveu uma elegia no *New York Tribune*, de Horace Greeley, que começava, "Edgar Allan Poe está morto. Morreu em Baltimore anteontem.

Este anúncio poderá sobressaltar a muitos, mas poucos o lamentarão". Griswold continuou a brutal difamação até o dia da própria morte, espalhando incontáveis invenções sobre o vício e a loucura de Poe. Entre outras calúnias, contou ter visto Poe balançando os braços e gritando para o vento e para a chuva, lançando maldições para imaginários adversários enquanto caminhava pela rua. Ele adulterou as cartas de Poe para atribuir-lhe mais hostilidade. Alegou que Poe havia desertado do exército. Chegou a ponto de insistir que Poe seduzira Muddy. Diante de tais fatos, é de se perguntar quem, na verdade, era dono de personalidade insana.

A tendenciosa biografia de Poe por Griswold foi a única divulgada até 1875, quando a reputação de Poe já estava irremediavelmente manchada. Entretanto, dessas ruínas brotou a duradoura fascinação do público pelo sombrio e perigoso Poe. Inconscientemente, Griswold havia criado e reproduzido em maior escala a lenda do homem a quem desejava destruir.

Não obstante seus desmedidos esforços, Griswold nunca conquistou a jovem que provocou sua campanha para acabar com o rival. Ele morreu em 1857 de tuberculose, sozinho num quarto decorado com retratos dele, de Frances Osgood e de Edgar Poe.

Dos três, apenas Poe alcançou a imortalidade, em parte graças a Griswold. Mas para conhecer Frances Sargent Osgood, basta ler sua poesia. Nas páginas brilham sua viva inteligência e paixão, assim como seu eterno amor por Edgar Allan Poe.

O Primeiro Sorriso de Fanny
Por Frances S. Osgood

It came to my heart—like the first gleam of morning,
To one who has watched through a long, dreary nighr
It flew to my heart—without prelude or warning,
And wakened at once there a wordless delight.

That sweet pleading mouth, and those eyes of deep azure,
That gazed into mine so imploringly sad,
How faint o'er them floated the light of that pleasure,
Like sunshine o'er flowers, that the night-mist has clad!

Until that golden moment, her soft, fairy features
Had seemed like a suffering seraph's to me
A stray child of Heaven's, amid earth's coarser creatures,
Looking back for her lost home, that still she could see!

But now, in that first smile, resigning the vision,
The soul of my loved one replies to mine own:
Thank God for that moment of sweet recognition,
*That over my heart like the Morning light shone!**

— *Graham's Magazine*, Décimo-terceiro Volume, janeiro de 1847 a
junho de 1847, página 262.

---

*Atingiu-me o coração — como o primeiro raio da manhã./ Para quem atravessava uma noite longa e fatigante,/ Esvoaçou até o meu coração — sem prelúdio ou amanhã,/ Despertando de imediato um deleite emocionante.

A boca doce suplicante e os olhos de um azul profundo/ Fitaram os meus, suplicantemente pesarosos./ Quão tênue sobre eles flutuou a luz desse prazer fecundo,/ Como da bruma da noite as flores protege o sol zeloso.

Até aquele momento áureo, seus traços suaves e delicados/ Davam-me a impressão de doces serafins em agonia./ Entre rudes criaturas da Terra, criança do Paraíso desgarrada,/ Em busca do lar perdido, que ainda conseguia vislumbrar em ufania!

Mas agora, nesse primeiro sorriso, renunciando à visão / À minha alma responde a de minha amada:/ Graças a Deus pelo momento de doce admiração/ Reluzindo em meu coração como a luz no firmamento prateada!

Agradecimentos

Embora a necessidade possa ser a mãe da criatividade, a mãe deste livro poderia ser a minha agente, Emma Sweeney. No instante em que propus a ideia do livro, ela acolheu a mim e a Frances debaixo de suas asas e nos ajudou a crescer, oferecendo sábias sugestões durante os vários rascunhos, sempre nos incentivando e, o mais importante, levando o manuscrito para o primoroso cuidado editorial de Karen Kosztolnyik, da Gallery Books. A confiança de Karen (para mim, reconfortante!) depositada neste romance e em mim desde o início, e sua paciente e firme decisão de me ajudar a desenvolver a história ao máximo, são o sonho de qualquer escritor.

Além disso, tenho uma imensa dívida de gratidão para com toda a equipe da Gallery Books/Simon & Schuster por seu generoso apoio e dedicação na realização deste livro. Sinto-me comovida e profundamente agradecida pelas generosas palavras de entusiasmo de Carolyn Reidy, Louise Burke e Jennifer Bergstrom. Obrigada a Stephanie DeLuca, Liz Psaltis, Natalie Ebel e Ellen Chan pelos muitos milagres realizados. Agradeço também a Alexandra Lewis e a Heather Hunt, pela incansável assistência editorial. Sou uma mulher de sorte por fazer parte da turma de meninas da Gallery!

A pesquisa para *Sra. Poe* foi particularmente fascinante e divertida, graças aos que generosamente me receberam quando visitei os lugares cruciais para as cenas do livro. Meus mais sinceros agradecimentos a Tony Furnivall por me levar a uma visita à torre da Trinity Church e por me permitir enfiar a cabeça pela janela de rosácea. Além de me dar uma visão aérea do Lower Manhattan, proporcionou-me uma sensação única, inesquecível. Obrigada a Angel Hernandez, do Poe Cottage no Bronx, Nova York, por me possibilitar participar da visita escolar guiada e ver, pela primeira vez, o leito de morte de Virginia Poe, e a P. Neil Ralley, que me forneceu informações adicionais no local. Um grande agradecimento vai para Joseph Ditta, da New-York Historical Society, por mostrar toda espécie de mapas e livros antigos, que se provaram de inestimável valor para a reconstituição dos passos de Frances e de Edgar. Sou também grata a Roberta Belulovich e a Margaret Halsey Gardiner e ao restante do pessoal do Merchant's House Museum, em Greenwich Village, por me ajudar a recriar a vida em 1845 na residência dos Bartlett, localizada a poucas quadras de distância.

Sou afortunada por ter contado com um grande apoio na retaguarda também. Obrigada a meu grupo de amigos e incentivadores, Ruth e Steve Berberich, Karen Torghele, Jan Johnstone, Sue Edmonds e Thiery Goodman, bem como ao meu grande e diligente clube de leitura há mais de vinte anos. Obrigada a meus queridos vizinhos, Diane Prucino e Tom Heyse, pelo uso de sua casa na montanha quando precisei me isolar para trabalhar. Um sincero obrigado aos amigos que, apesar de distantes, gentilmente me incentivaram: Stephanie Cowell, Rudi van Poele e Marie-Paule Rombauts. Obrigada também a Steve Levy e a Marilyn Herleth e ao conselho editorial da JAPA por seu amável apoio. Meu muito obrigado a minhas irmãs e irmãos, Margaret Edison, Jeanne Wensits, Carolyn Browning, Howard Doughty, Arlene Eifrid, e por último, mas definitivamente não o menos importante, a David Doughty, por me apoiar e, de vez em quando, me alimentar. E meu mais profundo agradecimento a meu marido, filhas e respectivas famílias, pela constante proteção, cuidado e risadas.

Todos vocês tornaram a redação deste livro, nas palavras de Poe, "um sonho dentro de um sonho". Obrigada.

Impresso no Brasil pelo
Sistema Cameron da Divisão Gráfica da
DISTRIBUIDORA RECORD DE SERVIÇOS DE IMPRENSA S.A.
Rua Argentina, 171 – Rio de Janeiro, RJ – 20921-380 – Tel.: (21) 2585-2000